言不由衷

淳牙 著

重慶出版集團 重慶出版社

图书在版编目（CIP）数据

言不由衷 / 淳牙著. -- 重庆 : 重庆出版社, 2024.
10. -- ISBN 978-7-229-18999-0
Ⅰ. I247.5
中国国家版本馆CIP数据核字第202467XC92号

言不由衷
YAN BU YOUZHONG
淳牙 著

责任编辑：秦 琥 刘星宇
责任校对：朱彦谚
装帧设计：冰糖珠子

重庆出版集团 出版
重庆出版社

重庆市南岸区南滨路162号1幢 邮政编码：400061 http://www.cqph.com
重庆豪森印务有限公司印刷
重庆出版集团图书发行有限公司发行
邮购电话：023-61520646
全国新华书店经销

开本：890mm×1240mm 1/32 印张：10.75 字数：350千
2024年10月第1版 2024年10月第1次印刷
ISBN 978-7-229-18999-0
定价：55.00元

如有印装质量问题，请向本集团图书发行公司调换：023-61520678

版权所有 侵权必究

目 录

- 第一章　　　　1
- 第二章　　　　23
- 第三章　　　　58
- 第四章　　　　89
- 第五章　　　　117
- 第六章　　　　146
- 第七章　　　　186
- 第八章　　　　217
- 第九章　　　　235
- 第十章　　　　265
- 第十一章　　　290
- 番外一　　　　326
- 番外二　　　　333

第一章

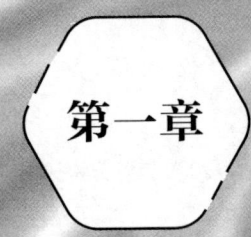

2008年春分那天居然下了场小雪，白皑皑地给煤炭小城蒙上了一层薄纱。

　　天黑得没那么早了，行人却依旧寥寥。空旷的中央大街上，零星的几辆车驶过，露出一排崭新的广告灯箱。左颖忍不住停下脚步，伸直了缩在羽绒服里的脖子，目光从那一排灯箱中一一划过。

　　为了响应几个月后的北京奥运会，即便这样一个北方偏北的三线小城，也在一夜之间卸下新年的装饰换上与奥运相关的元素。灯箱是三大一小，都挂着球鞋的广告，前三个大的都是赞助了奥运会的大品牌，代言人是时下最火的运动明星，用抓人眼球的广告宣传他们的新款运动鞋，设计新颖的外观和新研发的黑科技性能。

　　最后一个是近两年才出现在三线城市卖场的国产品牌——尚飞，logo就是一个弧度圆润的倒三角形状，请不起任何代言人，只潦草地放了一张白色球鞋的照片，配上简单的广告语——"舒适，耐用"，被放置在三个大牌下面的角落里，像是个不起眼的寒酸的旁听生。

　　左颖匆匆瞥了一眼那个名叫"尚飞"的小品牌，转头继续走，加快了脚步。

　　她走到农贸市场门口，花两块五买了半个枣糕，来到市场二层的食堂里，选了一个人少的角落坐下，双手合十，对着枣糕虔诚许了个生日愿望。

　　今天是她十四岁生日，她希望能有一双新球鞋。

　　少女眯着眼睛，纤长的睫毛微微动了动，给这个愿望加了点细节。如果可以的话，她想，我只要一双尚飞就行了，她不在意那些花里胡哨的外形和性能，舒适耐用就足够了。

　　寡淡的脸上终于露出了笑容，左颖睁开眼，谨慎地一口一口吃着冒充生日蛋糕的枣糕，可真甜啊。

左颖许过很多次愿望，大多落空，但她有把握这次能实现。

她算过这笔账了。下周末卖场有折扣，一双最便宜的尚飞130块钱就可以买到，她已经攒了两个月的零花钱，大概有40块。上个月每周末她都帮卖馄饨的葛阿姨当小工，天不亮就起床帮着包馄饨，虽然累，但算起来至少能赚个150块，足够了。

等有了一双新的球鞋，她就可以参加即将到来的体校选拔赛决赛了。

左颖低头看了眼自己脚上的鞋，是继母不要了给她的，是一双大一号的劣质小皮鞋，不跟脚，就算穿上最厚的袜子还是冷。可即便穿着这双鞋，左颖也在预赛中跑了年级第一的成绩。体育老师说她是难得的短跑苗子，一定要进体校，以后好好练，都有可能参加奥运会呢。

吞下最后一口枣糕，少女起身回家，步伐比之前欢快了不少。

家只是一间两室的简陋平房，门口层叠地堆着一座座小山似的废铜烂铁，左颖绕着走进去，推门，闻到一股炖肉的香味。左冷禅在灶台前忙活着，招呼左颖上桌吃饭，桌子上已经摆上一大盆炖好的羊排，两瓶白酒，一条红烧鱼。继母在一旁哄着龙凤胎，笑眯眯地看了看她。

左颖手足无措地坐在那儿，她当然不会认为这是他们为给自己过生日而准备的，这么多年左冷禅从不记得她的生日。不过他们此刻对自己的态度实在是诡异，居然是客气的、欢迎的，甚至是有些谄媚的。左颖盯着桌上堪称豪华的晚餐，脑子嗡的一声炸开了。

"爸，葛阿姨来过了吗？"

"来过啦。"左冷禅隔着雾气回复。

"那她给我留什么东西了吗？"左颖声音有点急了。

左冷禅手脚利索地把熘肝尖从锅里盛出来，端到桌子上，他抬手往桌上一指，笑着说："都在这啦。"

左颖不可思议地抬头看着她爸，这个和自己长得有七分相似的中年男人，红润的脸，堆着笑，眼睛眯成一条缝，没心没肺地拎起一块羊排送到嘴里，吃得嘴角泛油。

"我就说闺女没白养，小小年纪就知道给家里赚钱了，爸以后可都靠你了。"

龙凤胎不知在抢什么玩具，闹了起来，继母大声呵斥一声。

左颖努力克制着："葛阿姨给了多少钱？"

"可没少给，平时抠抠搜搜的，看来这两年是挣了钱了，给扔下二百多呢。"

"还剩多少？"

"都花了啊，你也知道，你弟弟妹妹正是补身体的时候。"说话的工夫间，左冷禅又切了一盘猪耳朵。

简直可笑，龙凤胎才三岁半，让他们啃羊排喝白酒嚼猪耳朵补身体吗？

左颖终于还是没控制住，语气阴冷："你们就那么馋，那么爱吃，怎么不撑死你们！"

左冷禅瞪着左颖："又抽什么风你?!"

"这是我的钱，是我赚的钱！"

"你的不就是我的？不就是这个家的？"

"这钱我有用的！我要买鞋！"

"你买什么鞋？你脚上不有鞋吗？让你光脚了吗？"

左颖不知再怎么说了，只觉得满腔的愤怒和不甘，以及无能为力。她一动不动坐在那里，眼泪噼里啪啦地往下掉。

左颖很少哭出声来，据说她出生起就不怎么大哭，最难过委屈的时候也就是沉默着流泪，不说一句话。不讨饶，更不控诉。

左冷禅偏偏最讨厌她这样，哪怕号一顿骂一顿，或者撒撒娇嚷嚷出来，怎么着都比这样安静干坐着强。

"不吃滚下去，看着烦，家里什么条件就要买鞋！"

一直没说话的继母抱起弟弟，来回踱步哄着，不紧不慢地说："小小年纪，不要太虚荣哦。"

左冷禅："跟她妈一样！"

左颖终于忍不住了，她用尽全力掀了桌子，满桌子豪华大餐都撒在水泥地上，狼藉不堪。

她最大的反抗就是破坏，向来如此。

左冷禅一声惊呼，左看看滚得满地都是的羊排，右看看已经摔碎了的白酒，不知先救哪个，似乎哪个都救不起来，可他总得做点什么来缓解此刻的愤怒，他抬手狠狠甩了左颖一耳光。

又一耳光。

直到左颖摔在地上起不来。

屋子里突然安静下来，连龙凤胎也不闹了。左颖费力地抬起头，看到龙凤胎直愣愣地看着自己，像看着一个可怕的怪物，两双一模一样的大眼睛眨都不眨，鼻涕流到嘴唇下。忽地，她居然尝到了异样的咸味，手一抹，是一把血。

左颖十四岁的生日就是这么过的，后来，她再也没有认真许过生日愿望。

不过她还是去参加了选拔赛决赛，也买了一双新鞋。

她用攒下来的那40块钱，经过一番讨价还价，买了双仿尚飞的假鞋，这双鞋看着跟尚飞一模一样，但走起路来会磨脚，鞋底还滑，左颖想只要能凑合撑完比赛就好了。

比赛分为两轮，第一轮小组赛。左颖本来是冲在最前面的，不过雪刚融化的跑道有点滑，她险些摔了一跤，跌到小组第三名，踩线进了决赛。

决赛前，她仔细检查了鞋底，系好鞋带，调整好心态，做了万全的准备，可还是出错了。在起跑的时候，猛冲出去的瞬间，她就听见脚下刺啦一声，随着一步一步用力刺啦声蔓延开来，她感受到脚趾露在外面，像是当众被褪去外壳的刺猬。

那双40块钱的假鞋就这样裂开了，可她还是拼命向前跑，哪怕被身边的人一个一个超过去，她也坚毅地看着前方，带着一股宛如求生一般的力量坚持到了终点。

她自然是没有被选上的。

而那些被选上的同学，左颖特意留意看了一下，他们脚下穿着的都是赞助过奥运的大品牌球鞋，都是大橱窗上的鞋。而自己，穿的是最小的橱窗里的赝品。

选拔赛结束后，左颖一个人留在体育场坐了很久，她知道已经失去了能离开这里的机会，能通过自己的能力去拼一份好生活的机会。她之所以这么重视这次选拔赛，是因为体校在省会城市，而如果在体校被选入国家队,将来会去北京,去全世界,她就能永远摆脱这里了。

可没想到,败在了一双球鞋上。

那是左颖第一次意识到一双鞋的重要性,它不仅仅是取暖和走路的工具,更是能决定人生成败的武器。一双好鞋会带你跑得更远,而一双糟糕的鞋只会把你困在原地。

那天,她看着绚丽的夕阳,发了一个多年后她每次想起来都觉得幼稚而又稍显矫情的誓:

"我要好多好多的钱,好多好多的鞋,我要过更好的生活。"

少女转头,不经意地看到旁边的镜子。也不知道是谁在体育场留下一面破碎的穿衣镜,清清楚楚地映出自己的容颜,她站在镜子前,拂去额角散落的刘海,认真观察自己的脸。

脸上还有没褪去的运动后的红晕,额头饱满,脸形瘦长,小巧的鼻子衬得本就精致的眉眼都灵动了不少;是一张轮廓优越的脸,唯独嘴角自然地搭下来,看起来冷漠倔强。

左冷禅就经常这样评价左颖:"一脸苦相,小心以后嫁不出去。"

左颖凑近镜子,弯起嘴角,下颌部的肌肉僵硬地向上牵引,勉强露出一个微笑。看上去有点尴尬,但是,不难看。

左颖挂着这个微笑,走出体育场,沿着小城一条条熟悉的马路走回家,她内心已经没有了失去机会的遗憾,而是充满力量和希望。

"不会比现在更糟了,我的未来只会越来越好。"当时十四岁的左颖想。

后来,准确地说,是十五年后的现在,凌晨五点,天还没有亮,左颖从她位于北京东三环的卧室醒来,只觉得一身疲惫,仿佛做了一个漫长的梦。

一只胳膊伸过来,隔着薄被轻轻搭在她腰上,修长的手垂在她小腹前。

"醒这么早?"

左颖灵巧地翻了个身,毛茸茸的脑袋埋在男人的胸口,细细地蹭了蹭。

"老公,我做了个噩梦。"

"又梦到什么了?"

左颖哑着嗓子,像是一只受到惊吓的小猫一般呜咽:"就你呀,梦到你这次出差又要一周才回家,我想你了可怎么办?"

陈南鹤笑了下,把胳膊缩了回去,下巴抵在左颖脑袋上,翻了个白眼。

陈南鹤把胳膊抽回去的时候,左颖几乎能想象到他翻白眼时傲娇的表情,可她却故意往他怀里扎得更深,紧紧搂住他的腰。

"我喘不过气了。"陈南鹤手落在左颖肩膀,有往外推她的意思。

左颖死死抱着他:"我不管,我不想让你出差,烦死了。"

"几点了?"语气淡淡的。

"不知道。"

"我得起床了,还得赶飞机。"这次,他真的推了推左颖。

左颖伸出一条腿扣住他,干脆挂在他身上:"要不你把我也带走吧?老公!"

陈南鹤用了点力气,先把左颖细长的腿从自己身上掰下去,又反手把她环在自己腰上的手扒开,而后迅速起身下床。

左颖看着那个一米九的身影逃似的闪进了主卧的卫生间,甚至裤衩都没穿好。左颖知道,他看似不耐烦,但实际上是享受大早晨这样被老婆撒娇的。

陈南鹤喜欢娇妻,这是一开始左颖就知道的。

所以尽管她此刻因为没睡好头痛欲裂,尽管她不喜欢早晨陈南鹤怀里的味道,甚至盼着他赶紧出差越久越好,还是得把这套耍赖娇妻的戏码演足。但这只是第一幕。

左颖在陈南鹤洗漱时迅速下床,披上一件针织外套,去厨房熟练地准备早餐。

她先是把昨天买的全麦贝果放进烤箱,再煮上鸡蛋,又拿出一些谷物蔬菜放进破壁机里,接着泡上一壶咖啡,最后用煮好的鸡蛋和牛油果一起捣碎做了一个面包酱。

当陈南鹤梳洗完毕,换上一身挺拔西装从衣帽间出来时,一桌丰盛健康的早餐便已经摆在那里了;同时坐在那的,还有他精致贤惠的妻子。

太阳刚刚升起来，透过落地窗铺进来，左颖逆着阳光坐在餐桌前，微微低着头，丝质的家居长袍松松垮垮地穿在身上，露出锁骨突出的肩膀，手上慢条斯理地给贝果涂抹面包酱。她脸色白皙，长发蓬松地垂在一侧，翘起一只脚，细细的小腿轻轻勾着餐桌下的高脚椅。

陈南鹤喜欢娇妻没错，但左颖很清楚，跟大部分男人一样，陈南鹤喜欢的并不是衣来伸手饭来张口，只知道炫耀争宠的小废物；而是既能照顾他饮食起居的贤妻，又能看脸色提供情绪价值的宠物。

当初与陈南鹤还没见过面时，左颖就知道他的择偶标准，言简意赅的三个字：贤，媚，乖。

左颖曾经花了很多功夫仔细琢磨过这三个字，越想越觉得精准，简练地总结了古往今来社会对女人的标准要求。这个要求说高不高，但要做好也不容易。

就比如今天早晨，左颖在撒了娇做了饭之后，还要用十分钟的时间去洗脸化个淡妆，甚至要烫一下因为睡了一夜有点塌的发根，完了还得赶紧换上那件丝绸长袍。如此，才能保证陈南鹤出来时，正好看到这副从容又性感的画面。每天都如此。

可即便她这么努力了，陈南鹤也不会轻易表达赞美和肯定。陈南鹤可不是容易满足的人，这是左颖结婚后才知道的。

她只管涂好自己的面包酱，送到嘴里，同时瞥见陈南鹤带着那股熟悉的柠檬香味过来，看了看餐桌，没说一句话，只是用力揉了揉左颖的脑袋，坐在她对面。

左颖弯起眉眼笑笑，心里却暗地骂了句：我刚烫好的发根是让你瞎揉的吗？

"这咖啡……"陈南鹤抿了口咖啡，"怎么这么酸……"

该来的还是来了。

左颖笑着："你上次不是说喜欢浅烘焙的嘛，我特意换了一种啊。"

陈南鹤把咖啡杯放下："用的还是冻干粉？"

左颖明白了，他不知怎么突然想喝手磨咖啡了。

"好啦，你先将就一下，我刚订了一批危地马拉咖啡豆，等你回来就能到了。"说着，她把装有贝果的餐盘推到他面前。

陈南鹤不置可否,没搭话,切了一半面包。

左颖见机赶紧转移话题:"这次还是去厦门吗?"

"嗯。"

"工厂还是总部呀?"

"可能都得到。"

"去多久呀?"

"至少一周吧。"

"再这样我可要造反了,这才刚回来两天,又把你派出去一周,真是的。"左颖观察着陈南鹤的脸色,揣度着,用饱含真诚的语气说,"除非,这次派你去负责的是什么大项目,除了我老公谁也干不了的那种。"

陈南鹤锋利的眉毛挑了挑,咽下去一口面包,顺着左颖抛出来的话头自然地聊起他这次出差的任务:"这不是新一季的款式还没确定吗,他们提了几个方案,老板还在纠结,就决定先都做出一批来,内部测评一下。还有总部那边也找到我,让我帮忙看一下……"

左颖一脸认真地看着陈南鹤,频频点头,看似带着崇拜听自己老公吹嘘工作上的事情,实际已经走神了,后来他说什么左颖也都没在意了。

她当时只是想,挺好看的一张脸,要是个哑巴,不会挑剔、不会说话该有多好。

毋庸置疑,陈南鹤是个帅哥。但他不是那种浓眉大眼的类型,他单眼皮,眼睛小且细长,好在眼神还算清澈。陈南鹤胜在身高上,一米九,身姿挺拔,看着偏瘦但该长肌肉的地方一块也不少。不过左颖觉得他最好看的还是下半张脸的轮廓,尤其是鼻子嘴唇下巴连起来的那条弧线,侧面看起来,高高低低的,颇有点漫画脸的意思。

"……所以,只能我去了。"陈南鹤撒撒好看的嘴,收了话题。

"好吧,谁让我这么倒霉,找了个这么能干的老公呢?"左颖无缝衔接上。

大概是今天左颖说的话腻过头了,陈南鹤不再理她,匆匆吃完饭,公司的司机也到了,拖着左颖昨晚就收拾好的行李准备出门。

左颖把他送到门口,拿出擦好的皮鞋,叮嘱了几句注意吃饭和休息的事,都是每次送他出差的流程。

陈南鹤嗯嗯呀呀地答应着，每次都是这样。

而这一次却有一点不同，左颖以为陈南鹤还是会像之前那样穿好鞋就走，可他突然一手撑着行李箱，眯着本就不大的眼睛盯着自己看，有点反常。

"过来。"

左颖听他的，走近一步，她以为陈南鹤是想抱抱她。

陈南鹤确实抱了她一下，然后贴着她耳朵，说："哦，对了，昨天你爸给我打了个电话，说是下个月要来北京。"

左颖全身僵硬，但也就一瞬，快速恢复自如："我知道。他怎么电话打到你那里了？"

"他说你不接他电话。"陈南鹤打量她。

"可能是我错过了，我昨天做了个超长的SPA，都睡着了。老公下次我一定也要带你去试试，特别解压。"

陈南鹤压根没回应她这茬，拖着行李，开门，摆摆手，把门关上。

左颖重重松了一口气，好像吊在头顶的那根线突然松了一般，整个人瞬间矮了几分，却松弛不少。

糊弄走陈南鹤后，她疲倦地走回客厅，瘫在沙发上，忽然想起什么，一骨碌站起来拿起角落里的手机，点出左冷禅的微信，拨了个语音通话。

对方没有接。

她按住说话按钮，语气冰冷："钱不是都给你了吗，你还要来北京？"

然后把手机扔到一旁，闭上眼睛，深呼吸，试图平复许久没有涌上来的那股熟悉的怒气。

太阳已经升高了，客厅的落地窗朝南，此刻左颖的脸完全沉浸在阳光下，本就白皙的皮肤显得更加透亮，却掩不住神情上的阴霾。

左颖用她从公众号上学来的心理疗愈方式一遍遍地提醒自己："没关系，不会有事的。"

可她还是平静不下来，于是那句自言自语的安慰变成了："谁也不能毁掉我的生活，我不允许。"

果然，还是这句话最管用，她仿佛又披上了铠甲一般有了些安全感。

这么多年来，她每一份安全感都是自己小心翼翼赚来的，包括眼前这个有些滑稽的婚姻。她觉得任何亲密关系能维持下去靠的都是供需平衡，付出必然要求回报，婚姻可不是做慈善。左颖辛辛苦苦修炼了一套娇妻的自我修养理论，并日复一日付诸实践，可不是为了简简单单一个安逸的身份而已。

那为了什么呢？

阳光有些刺眼，左颖眨了眨眼睛，转头看向沙发后侧那面墙。

客厅面积很大，U形的大沙发放在中间，前面是投影墙，后面整整齐齐码了一面墙的亚克力透明盒子，每个盒子里都是时下最流行的运动鞋。男士的、女士的、时尚的、实用的，每双鞋都有两个共同点。

第一，价格不菲，甚至是花钱都买不到的限量版。

第二，它们都属于一个品牌，都是近几年爆火的国产运动品牌，尚飞。

这些鞋，通通，都是左颖的。

而左颖之所以能拥有它们，是因为她的老公陈南鹤，是尚飞华北区大区经理。

有时候，左颖想，人还是要有梦想的，因为确实会实现。

叮咚，手机传来一声提示音。

左颖以为是左冷禅回复消息了，打开一看，是小红书的信息提示，Alice悦悦发来私信：【姐姐，这双鞋能帮忙弄到吗？价格怎么都OK的啦。】

接着，又丢来一个左颖账号发的小视频链接。

小视频里的内容很简单，一个模特翘高了腿悬空挂在椅背上，在阳光下用不同角度拍摄她脚上的鞋子，再配上一段轻柔的音乐。背景是一面白墙，看不出在哪里，模特脚踝倒是纤细，但视频里的绝对主角还是那双赭红色撞白色的球鞋。

这是尚飞上一季的限量款球鞋，也算是新年款，当时只做了不到三千双，很多人抽签排队也买不到，现在正常渠道早就没货了，粉丝们只能在二级市场碰碰运气。当然，价格自然水涨船高。

左颖想了想，回复对方：【37码的，只有一双，六千哈。】

这个价格当然有一定的溢价成分在，但并不算太夸张，如今的尚飞虽然跟那些国际品牌没法比，但在国内几乎是最受年轻人追捧的潮牌了。尚飞早在十年前就转换思路，主攻年轻人市场，请了个大牌设计师翻新了主打款，宣传精准投放在潮流市场，本来是小范围火了一把，赶上这两年国潮风大热，被推了上去。

　　左颖这双鞋是测评阶段陈南鹤拿回家的，还问过她的意见，左颖试过之后就留下了。没多久一个流量小生穿着这双鞋上了春晚，当天这款鞋在二手市场就被炒到万元的价格。左颖本来是想赶紧出手的，但碍于当时正跟陈南鹤在老家过年呢，没机会下手。

　　陈南鹤没有明确要求不许左颖卖鞋，但提过公司内部禁止炒鞋和囤货。加上鞋墙上除了陈南鹤工作之便带回来的，也有陈南鹤送给左颖的，或者左颖看上了跟他要的，转手就卖了多少有些不近人情。

　　不过左颖确实爱钱，需要钱，也绝不是个守规矩的人。瞒着老公卖家里的公共财产这种事，她是没什么道德压力的。

　　可左颖的鞋也不是那么好卖的，虽然不费力气地囤了尚飞所有爆款，但是都是左颖的尺码。球鞋的主力消费群体还是男生，左颖想出手客源有限，只能卖给同样小尺码的女孩子，她干脆放弃了球鞋二手平台，只在小红书做一个账号。好在，有几个尚飞的女粉丝真的搜到了她，其中Alice悦悦就已经买了三双了，而且从不讲价。

　　Alice悦悦：【好耶，还是转你支付宝吗？】

　　麋鹿会飞：【是呢。】

　　麋鹿会飞是左颖的账号名，说起来，这个名字跟陈南鹤也有些关系。

　　他们刚约会的时候陈南鹤约她去一个热门集市，结果没方向感的左颖走丢了，两人像无头苍蝇一样寻找对方。准确说，是陈南鹤寻找无头苍蝇左颖，找了快一个小时后，陈南鹤有点发飙了。

　　"你站在那别动，告诉我，你南边是什么，我去找你。"

　　"哪边是南啊？"

　　"那北边，北边是什么？"

　　"北我也不知道啊。"

　　"你不分东西南北吗？"

　　"我只分左右！"左颖也急了。

　　"你真了不起。"

最后陈南鹤让左颖一遍遍形容她左边和右边的标志建筑，二十多分钟后找到了蹲在路口吃冰激凌的人。陈南鹤以为左颖一定生气了，这会没法约了，可她像是什么也没发生一样，凑过来，笑盈盈地也拿出一个冰激凌给他。

他不知道的是，左颖在等待的过程中已经一口气吃掉了五根冰激凌了。

左颖不是一个好脾气的人，更没什么耐心，那天太阳异常地晒，她只好用冰激凌来让自己冷静下来，确保一会还能用乖巧的一面继续笑着跟他逛那个无聊的集市，还要假装兴奋地陪他拍照打卡。

不过在拍照时，她瞥见陈南鹤给她的微信备注名是：【左麋鹿】。

左颖百思不得其解，怀疑自己是不是惹陈南鹤厌恶了，终于散场后在陈南鹤的车里一脸严肃地问他，为什么给自己存了个动物名？

陈南鹤先是皱皱眉，然后突然笑起来，边笑边看已经准备要摔门而去的左颖，最后为了防止左颖真下车，他把车门锁上，才缓缓开口。

"麋鹿，爱迷路啊。"

左颖费了半天劲才明白什么意思，无聊死了，谐音梗。

不过按理说喜欢谐音梗并且笑点还低的男人大多都是暖男，可陈南鹤却是个不折不扣的冷漠混蛋。

冷漠到什么程度呢，陈南鹤很少会主动给左颖发信息，更别提分享日常和报备行踪了。他似乎也不关心左颖的事情，老婆在家忙什么做什么，好像跟他一点关系也没有。如果左颖主动跟他聊，他也会随便应一下，态度大多都是敷衍的。

更多时候，他连理都不会理左颖。有一次左颖突然犯了急性肠胃炎，恰好赶上那天北京暴雨打不到车，左颖给陈南鹤发了无数信息都不回，最后只好敲门求邻居送自己去医院。事后才知道，陈南鹤专门给左颖设置了免打扰模式。

左颖问过陈南鹤为什么给她设了免打扰模式，其实他只要用诸如开会忙之类的借口搪塞一下左颖就行，可陈南鹤居然低头沉默了一会，然后抬起头认真看着她说：

"没什么，觉得烦。"

左颖当时正躺在病床上，突然嗷嗷吵着肚子疼得受不了让陈南鹤赶快去叫医生，算是给彼此解了围。她告诉自己，慢慢习惯就好了。

两个人的关系，全靠左颖维系着。

支付宝发来提示，六千块已到账。

左颖把钱转到银行卡里，每当这个时刻她心里就平衡了些，也有了动力去用点智慧经营一下婚姻。

收拾完家务后已经是中午了，算算时间陈南鹤应该已经到厦门了，左颖主动给他发了个微信：【落地了吗？】

果不其然对话框一直沉寂着，半小时后左颖点了个外卖，拍了张照片给陈南鹤发了过去：【试了一家新店，看起来还不错哦。】

二十分钟之后，左颖又给他发：【不好吃。】

又过了一小时，刷了一集韩剧后还是没收到任何回复，左颖干脆发了个语音：【老公，你忙得怎么样啦？忙完给我报个平安啊，不然我按失踪人口处理了。】

几分钟后，陈南鹤终于出现了：【还在忙。】

如果不用报警找事来刺激他，可能这冷冰冰的三个字都收不到。如果换成真正的小娇妻早就炸锅了，用冷暴力的罪名或哭或闹非得作掉他一层皮才能罢休。可左颖早就习惯了，也没那么在意，大条地跟他说：

【辛苦了老公，忙完有空的话去看看爸爸，陪他吃个饭。】

她说的爸爸，是陈南鹤的爸爸。

陈南鹤的老家也在厦门，妈妈去世后就陈爸爸一个人生活，左颖跟陈爸爸的关系不错，这句话倒是百分百的真心。最后，她发送了一个玲娜贝儿送飞吻的表情包，把手机扔到一旁忙自己的事情去。陈南鹤不会再回复了，她心知肚明。

左颖经营婚姻的智慧很简单，就是脸皮厚加上无所谓。

她不知道这种大咧咧的心态是因为她情绪上的钝感，还是真的不那么在乎。她很努力让陈南鹤以为她在乎他，但实际上呢，左颖知道是打折扣的，但这个折扣是多少她拿不准。如果要把她和陈南鹤之间的感情论斤称两比较一下的话，就陈南鹤对她这种爱搭不理的态度，谁多谁少还真不一定。

陈南鹤需要的是理想中的妻子，左颖满足了他，就够了。

左颖预约快递把球鞋给Alice悦悦邮过去，找地址时随手翻了一下她的小红书账号。大多都是年轻女孩的生活日常，健身、穿搭、追星还有跳舞。从她的分享能看出来，虽然没有故意炫耀，却是个家境很富足的女孩子。而且，尤其喜欢跳街舞。

左颖特意仔细看了几条她跳街舞的视频，又翻了翻下面的评论，原来她自己经营一个街舞工作室，看起来不怎么赚钱，但形成了一个小范围的辣妹圈子。圈子里的女孩除了跳舞和追星外，共同的爱好还有球鞋和滑板。左颖眼睛转了转，取消了快递预约，而是给Alice发了个私信。

麋鹿会飞：【我们家这边的快递今天约满了，如果方便的话，我给你送过去吧。】

Alice悦悦几乎秒回，表达感谢，又发过来一个地址。

地址是一家很火的和牛三明治的日式私厨，正好在左颖家附近，陈南鹤几次想去吃都约不到位置，可这个女孩却让左颖直接去唯一的包间找她。

左颖拎着球鞋很快到了，站在包间外就听到里面的笑声，敲门进去，看到Alice悦悦正在跟别人直播连麦，聊的都是跳舞相关的话题。她摆摆手让左颖坐下等一会，随后服务员端了一份和牛三明治和刺身拼盘放在左颖面前，左颖大概清楚，这份套餐的价格抵得上三分之一双球鞋了。

"是叫你Alice还是悦悦呀？"结束直播后，左颖大方地看着女孩问。

"Alice是我的猫的名字，悦悦是我妈养的那只，你叫我苗晨就行。"苗晨突然凑近了，看着左颖，"姐姐，你好漂亮呀，比我想象中的好看多了。"

小姑娘也就二十岁左右，说起话来又甜又脆，神情中带着一股明亮的天真感。这种神情是左颖陌生的，是那种在富足充盈的环境下才能养出来的，某种程度上对她来说是刺眼的，好像一面镜子一般能照出自己精致外表下的瘢痕。

不过她此行的目的是谈生意，稳了稳神态，把包装好的鞋子递给苗晨，自然地说："尚飞的鞋是好看，但更适合你们年轻姑娘，以后咱们就是朋友啦，多帮姐姐宣传哈。"

左颖只有包括苗晨在内的几个固定客户,但论购买力也就在苗晨这里能赚到钱。当她看到苗晨的街舞工作室有一票身高差不多的爱球鞋的辣妹时,看到了商机,这要是一人能买一双,她就不用费劲再寻找37码的客户了。

苗晨雀跃地接过鞋子,爽快答应下来:"没问题呀,但是姐姐,你不是专职炒鞋的吧?"

左颖一愣,笑了笑:"我不像吗?"

"不像,我还以为你是尚飞内部高层的家属什么的呢,那么多限量版。"

左颖有点吃惊,但她不想亮明自己的身份,没什么必要。

苗晨也没继续这个话题,收拾东西准备走,却看到左颖面前的吃食一点没动:"吃点呀姐姐,又不用花钱,我们自己家的店。"

看到左颖惊讶的表情,女孩爽朗笑笑:"是我妈啦,我妈的店。"

左颖记得陈南鹤说过这家私厨之所以那么难定,是因为老板请来了日本的厨师,食材和厨具都是国外空运的,店面小,每天餐品还都限量供应,所以至少要提前三天预订。而且别看定价贵,算起来也不赚钱的,主要是老板爱吃这口。左颖纳闷是哪位有钱任性的大佬开的店,陈南鹤说是郑慧之。

郑慧之,那个常年出现在各种励志文章里的女性典范,那个拥有传奇经历的白手起家女富豪。

左颖慢慢咀嚼着一块和牛三明治,算是她吃过最好吃的东西之一了,吞咽下去后,她突兀地对苗晨说:"你猜的没错啦,我老公确实是尚飞的,华北大区的陈总。"

苗晨眼睛一亮,对于尚飞粉丝来说,为数不多的几个高层他们都是有所耳闻的:"陈总?是那个传说中的 Alex chan 吗?听说这一季的联名款可是他一手推动的,他那么年轻原来已经结婚了啊,姐姐你可太幸福了。"

左颖微笑着,不自觉地转了转食指上的婚戒。

凭借她并不算成功的社会经验,她认为经营人脉很重要的一点,就是抛出身上最有价值的名片。

"嗯,我老公是挺优秀的。"

走出私厨后已经是傍晚了，左颖忽然想联系陈南鹤。

她拿出手机看看，陈南鹤仍旧没回复她那条让他跟爸爸吃饭的消息，点击头像进入朋友圈，突然发现他在十五分钟之前发了个朋友圈。

是一张公司活动的合影，陈南鹤被几个潮人围在中间，双手各拿一个尚飞的经典款球鞋模型，对着镜头微笑。

本就是一张再正常不过的照片，左颖却放大，再放大，定格在陈南鹤的手上。

他没有戴婚戒。

左颖退出朋友圈，权当什么也没看见，也没有再联系陈南鹤。

肚子有点撑，她打算把晚饭省了，慢悠悠走路回家。

北京三月底的气温还比较凉，早晚温差大，赶上今天又是个雾霾降温天，下班的人群大多还穿着薄羽绒服，在浑浊干冷的空气中匆匆回家。左颖不经意看向路边，却发现被修剪整齐的植物已经绿油油一片了，杏花和玉兰花竞相斗艳。

该死的春天到了。

她和陈南鹤就是在去年春天认识的。

那时候左颖身上的伤还没好，几乎身无分文，无处可去，跟别人合租在五环外的一间次卧里，每天一边找工作，一边忍受从老家来的催债小混混的骚扰。她觉得自己深陷泥泞，脚上还缀着千斤巨石，用尽全力去寻找让自己爬出来活下去的奇迹。

那个奇迹还真的被她找到了，就是陈南鹤。只不过那时候的陈南鹤，还是别人的准男友。

她刷脸走进这个东三环以房价高闻名的小区，门卫熟识地跟她打了声招呼，没几步走到电梯口，一梯两户，安安静静，打开门，白天吸饱了阳光的屋子暖融融的。左颖把鞋子踢踢踏踏扔到门口，光脚走进去，陷在皮质大沙发里，一抬眼，看到摆在对面的小小婚纱照。

房子是陈南鹤几年前装修的，风格是那种极简的工业风，到处都是水泥灰的元素，跟他的人一样冰冷压抑。当时照相馆送了几幅装裱好的彩色婚纱照，可实在跟陈南鹤的装修风格不搭，就只在客厅摆了一个台历大小、颜色素净的照片摆台。

那会儿左颖着急住进来，几乎是拎包入住，对房子的装修装饰没有提任何要求，结婚后也没有添置任何东西，这个三室一厅的房子里除了那面鞋墙，也就这个小结婚照跟她有直接关系了。

左颖偶尔会觉得，自己像是房子里的客人，随时会消失。

电话突兀地响起，她吓了一跳，拿起来一看，脑子抽抽地疼，是左冷禅的视频电话。

左颖瞬间调整到战斗模式，接通："你是不是有病，谁让你给陈南鹤打电话的？"

"给你打你也不接呀，我能怎么办？"

左冷禅正走在路上，看背景是老家的烧烤街，镜头晃得厉害，只拍到左冷禅秃了顶的头，看不到脸，但光那个熟悉的赖赖唧唧的声音就足够让左颖烦闷了。

"你找我干什么？"

"爸爸想宝贝女儿了还不行啊。"像是讲了尴尬笑话一样，他笑了笑。

左颖当即就猜个八九不离十，命令一般："脸让我看看。"

左冷禅晃了两下，才在镜头里露脸，一只眼睛包着纱布，嘴唇红肿，脸颊青紫一片。他笑嘻嘻地对着镜头龇牙，缺了一颗门牙。

左颖没忍住笑了一下。

"笑啥？"

"好看。"

"颖子，爸遇到点难处了。"左冷禅塌眉耷眼看着镜头。

左颖冷哼："嗯。"

"借了点钱，也就晚了几天还，那帮兔崽子就追到家了，把咱家空调电视都搬走了，我去农村躲了两天，还是让他们给堵住了。你看看这牙，这可不是打掉了，这是领头那孙子给我薅掉的！"

左颖还真凑近了，一副欣赏的表情。

"你得帮爸爸一把，颖子，爸爸就指望你了！"

左颖只是看着镜头，眼睛都没眨一下。

左冷禅眼泪都快掉下来了："颖子，你要是不管爸爸，爸爸就得给他们逼死！"

"那就死一个我看看。"

左冷禅立刻收起眼泪，眯着唯一一只眼睛打量左颖。左颖一向很佩服左冷禅收放自如的情绪管理，演起戏来十分投入，撤出时也干净利索。要不是这么多年早知道他什么德行，还真容易被他骗到。

"你现在过上好日子了，就不管爸爸的死活了？"他朝地上吐了一口痰，"狼心狗肺的玩意儿。"

"爸爸？谁是谁爸爸？你跟谁撒娇呢？"左颖一脸平静，"我结婚时跟你说得清清楚楚了，给了你那笔钱，以后咱俩一点关系也没有，老死不相往来。我会负责凝凝和小斌的学费生活费，其他的一概不管。咱们俩还立了字据，记得吗？"

左冷禅点头："行，你不管我，我去找我姑爷。"

"你找他也没用，他对我都这样，能管你？"

"陈南鹤对你不挺好吗？"

"好什么好，三天两头打我。"

有时候左颖也承认，自己多少遗传了一些左冷禅的坏毛病。

"怪不得呢，他朋友圈里一点你的影子也没有。"

左颖一惊："你加陈南鹤微信了？"

"是他加的我。"

"什么时候加的？"

"那天我给他打了个电话，然后他来加我。"

"聊什么了你们？"

"就……"左冷禅狡黠地笑笑，"怎么了，担心我说漏嘴了？"

见左颖脸色难看起来，左冷禅反而舒畅不少，笑嘻嘻说："放心吧，你学历的事我还没跟陈南鹤说，不过啊，你也知道爸爸我老了脑子不够用了，要是哪天跟姑爷聊起来说漏嘴了也不一定。到时候你当不了富太太了可别怪我。"

"你敢。"左颖虚张声势。

左冷禅冷哼一声，没把她当回事，自顾自说："我理解，你也确实应该担心，陈南鹤要是知道你是个什么人，还会跟你过日子？闺女，听爸爸的，用点手段把老公伺候好，狗屎运一辈子遇不上几次。"

19

左颖瞪着一双狐狸眼,只是说:"你把他删了。"

"行。你先给我拿5万,我缓缓。"

"滚。"

左颖挂了视频。

冷不防地,她一抬眼又撞见了那张结婚照。

那张照片是在京郊一个森林公园拍的,他们牵着手站在一条小溪旁,陈南鹤转头温柔看着她,她看着远方,风吹起左颖的婚纱,缠绕在陈南鹤的腿上。

左颖记得这张照片拍得并不顺利,中间被打断好几次,因为左颖的手机一直在响。摄影师干脆把手机递给左颖,问她要不要先处理一下电话。

一共有十几通电话,一半是催债的,一半是左冷禅。当时左冷禅欠了很大一笔钱,用左颖做担保,他跑出去逃债了,催债的就缠上了左颖,足足缠了她半年。左颖拿着手机找个人少的地方,回了两个电话后,一脸疲惫地回到拍摄场地继续拍。

可左颖怎么也无法投入状态,做不出摄影师想要的表情,无法松弛地与新郎互动。陈南鹤本来对拍照这种事很无所谓,却不知怎么突然要求也高了起来,一会挑剔左颖动作僵硬,一会说她笑得不够甜,不够温柔,不够像一个幸福的新娘。

"去你妈的,我不拍了!"

左颖扯下头饰扔掉,拎着沉甸甸的婚纱自己走了。

那是她第一次跟陈南鹤发火,第一次在陈南鹤面前暴露真实的自己,她承认有些冲动了,但话说出去就收不回来,她做了最坏的打算。

陈南鹤追了上来:"婚不结了?"

"不结了。"

"你别后悔。"

左颖一下子被激怒了,转头看着陈南鹤,掐着腰,仰着头:"你是不是觉得我高攀了你,就低你一等了?除了你我就找不到别的男人了?没有你陈南鹤,我也可以找个北鹤东鹤西鹤的!"

陈南鹤皱紧眉头,转头看向太阳。左颖以为对于他这样自负自大的人来说,这些话都在他的雷区,她觉得这段婚姻肯定完了。可他却转回头，小眼睛皱在一起，只是问了句："到底出了什么事？"

"钱不够！"

"什么钱？"

"彩礼，彩礼不够。"

"不是给你爸30万了吗？"

"他又要30！"

左颖觉得自己疯了，像个赌徒一样盯着陈南鹤。

陈南鹤冷冷扯了下嘴角，一脸不屑，嘴上却答应了："就这点事？你可真逗。"

然后他转身往拍摄场地走，又回头看了左颖一眼，不耐烦："走啊。"

左颖很快就消化了刚才的冲动和愤怒，审时度势，知道自己赌赢了。同时又有些愧疚，甚至是说不清楚的感动。她赶紧快走几步追上陈南鹤，牵住他的手晃了晃，柔柔地贴着他，正想撒个娇哄哄他，陈南鹤却一把甩掉了左颖的手。

左颖还是没调整好状态拍出一个幸福新娘该有的样子，照片里看上去很疲惫，甚至有点丑。但陈南鹤却偏偏选了她最难看的那张照片，作为唯一的婚纱照放在他们的新房里。

那笔钱后来都给了左冷禅。

结婚后左颖带着陈南鹤回老家办了个喜酒宴，两人开着大奔回去的，拎着不少茅台和海鲜，双双一身名牌。左颖衣锦回乡的消息轰动一时，可参加喜宴的却没几个人。

说是喜宴，但左颖严格控制来宾只选了几个信得过的亲戚朋友，又事先交代好大家跟陈南鹤少说话多喝酒，尤其是不能说漏嘴左颖学历的事，她还专门让左凝左斌寸步不离守着陈南鹤，整个宴席冷清又诡异。

陈南鹤没一会就被灌醉了，左凝左斌把他送到酒店睡觉，左颖才把左冷禅叫出来，同时也叫上了那几个催债的混混。

那几个当地的混混跟左颖很熟悉了，都是左冷禅常年债主，这些年为了追债没少跑到北京去骚扰左颖。她受过伤，挨过打，丢过工作，也留下了很深的心理阴影。

左颖当时还穿着大红色的新娘旗袍，脸上带着喜庆的妆容，眼神却犀利决绝，甚至有点狠厉。她当着大家的面替左冷禅还上了所有的钱，把欠条撕得粉碎扔到茶杯里，同时告诉那些放高利贷的，以后再借给左冷禅钱跟自己没有任何关系了。她当着所有人的面跟父亲断绝关系，以后除了左凝左斌的学费生活费之外，她不再负责这个家任何开销。

这个家她也不会再回了，她跟这个家以后一点关系也没有了。

她又虚张声势地说，她嫁人了，老公在北京是个不好惹的人物，以后谁要是再追到北京去找她麻烦，她老公不会放过任何人。

最后，她把那杯浸泡了欠条的茶一口喝了下去，摔碎在地上，头也没回走了，留下左冷禅在原地破口大骂她狼心狗肺。

左颖当天就把喝得烂醉的陈南鹤弄上了车，她开着陈南鹤的大奔趁夜离开。在高速上走了五个多小时后陈南鹤醒来了，懵懵懂懂地问左颖，怎么这么仓促就走了，跟逃难似的，他酒还没喝够呢。

左颖戴着墨镜，没搭理他。

可陈南鹤看到左颖的眼泪就顺着镜片往下掉，她擦也没擦。

陈南鹤倒头继续睡，只当什么也没看见。可他心里清醒地冒出一个念头，或许他不该结这个婚，不该织这个网的。

第二章

陈南鹤打来电话的时候，左颖正在苗晨的舞蹈工作室跳舞，手机在椅子上振了很久她也不知道。

苗晨看中了尚飞春款的限量版板鞋，问左颖那里有没有，没等左颖回复，她又说现在二级市场已经炒到大几千了，如果能弄到的话她愿意翻倍，出一万五。

左颖想也没想："有啊，你在哪呢？我给你送去。"

尚飞很少做板鞋，今年春天跟国外一家以做板鞋闻名的品牌联名出了限量款，一方面拓宽一下品牌知名度，一方面也算是为了新市场探一探路。板鞋以草绿色为主，配上米杏色的鞋底和鞋带，清新又稚嫩，起了个名字叫【春之翼】，当时只发行了100双，并且给每双鞋都打上了编号。

左颖这双鞋是29号，是陈南鹤送她的，在左颖刚过去不久的二十九岁生日那天。

陈南鹤不是个小气的人，不，可以说是非常大方了。这一年来左颖收到他大大小小十几个礼物了，都是明码标价的高档货，遇到什么买什么，赶上个节日就送，很少费脑子和时间。

不过陈南鹤送东西的方式跟正常人不一样，左颖经常觉得，他的目的是花钱让人恨他，而不是感激他。也就自己这种爱钱比爱面子多得多的人，才能消受得起。

比如他们第二次约会，见面前左颖特意从很火的网店上买了一套粉色小香风套装，想打造一个有点品位的娇妻形象，却发现平时那些帆布包都配不上了，就从高仿店买了个假的香奈儿。虽是高仿，但价格不便宜，她觉得足够以假乱真了。

那天他们去逛了后海，吃了饭划了船，左颖还在酒吧里一展歌喉给他唱了首歌，她觉得自己表现得很完美，直到最后陈南鹤开车带她来到商场，直接进了香奈儿专柜。

柜员似乎认识陈南鹤，问他这次买什么，陈南鹤指了指左颖身上的包："就这款，现在有货吗？"

柜员低头看了一眼，露出一个意味深长的笑容。左颖想去捂住包已经来不及了，她后来才知道这个所谓的高仿连 logo 都做歪了，有点见识的人一眼就看见了。所以这一整天，陈南鹤就看着自己背着假包洋洋得意，真够丢人的。

更丢人的还在后面。柜员还想给客人保留一丝体面，说有同款，要哪个颜色。陈南鹤问都没问左颖，说："就这个，黑色的。"

柜员还在挣扎："是送给这位小姐吗？这位小姐已经有黑色的了，要不要考虑一下白色呢？我们这款白色上身也非常好看的。"

陈南鹤打断她："你看不出来吗，她这个是假的。"

说完，陈南鹤还特意转头，盯着左颖看。

左颖堆起一个标准的假笑，无处安放的眼神往下瞟，然后灵机一动轻轻拉了一下陈南鹤的袖子，用娇羞的声音说："哎呀，真是的。"

她只能这样佯装示弱搪塞过去，但心里已经礼貌问候陈南鹤祖宗十八代了。

最后黑的白的两个颜色左颖都要了，脸都丢光了，她不能跟钱过不去。

她捧着两个真正的香奈儿回到出租房，打开后使劲闻了闻，果然是香的。

那是她人生中第一次见到真正的奢侈品，而且是属于自己的，哪怕得到的过程尊严尽损，她还是紧紧抱在怀里连睡觉都不撒手，像是抱着小时候缺失却无比渴望的洋娃娃一般。

从很早起左颖就明白：尊严才是奢侈品，但并不是人生的刚需，她要不起。

那天晚上陈南鹤还发了一个欠扁的信息：【今天开心吗？】

左颖秒回：【超开心的。】

过了很久，陈南鹤回复了一个竖起大拇指的表情，左颖毫不在意。

从那之后每次陈南鹤送礼物都是漫不经心的，像是"买鞋时他们硬推给我的丝巾""同事买多了一个包匀给我了""圣诞节国外有折扣""积分再不用年后就过期了",甚至是"客户送我的,我用不上总不能当垃圾扔了吧"。左颖通通接受,从不嫌弃,热情反馈,甚至献出相应的情绪价值来表达感恩。

但二十九岁这个生日礼物有点不一样。

左颖知道陈南鹤一定会送自己生日礼物,多半又是哪个品牌的应季新款,她的期待并不高。那天陈南鹤说他早下班,回来接左颖去吃饭,进屋的时候左颖就看到他拎着一个礼盒。果不其然他直接递给左颖,淡淡地说:"礼物。"

左颖先是小步扑过去,搂着陈南鹤的脖子在脸上亲了一口,然后雀跃地接过来,打开,看到了一双很小清新的尚飞板鞋。说实话,那双鞋当时的定价并不高,又是陈南鹤自己公司的新款,算不上多贵重的礼物,甚至有点敷衍了。左颖一时间愣在那里,组织了半天语言,也不知如何准确地表达感激。

陈南鹤瘫在沙发上,带着点狡黠,说:"看一下侧面。"

左颖看了一下,鞋的侧面做出一个突出的字体编号:29,她立刻明白了用意。

陈南鹤得意地笑着:"他们好多人都抢这个数字,但谁也没抢过老子,哈哈!"

左颖意外地看着陈南鹤,他很少露出这样的笑容,爽朗又天真,还带着点狡猾幼稚,笑起来露出一整排大白牙,像个没心没肺的男学生。左颖有点不敢去相信,他的得意是因为给自己争取到了同龄的编号鞋吗?

不过那种悸动转瞬即逝,左颖再看那双鞋时想的是,再过一段时间一定能卖个好价钱。

当苗晨从左颖手里接过那双鞋时,首先看了看侧面的编号,然后说:"29?姐姐为什么留了个29啊?"

左颖有片刻的出神,她脑中突然闪现出生日那天陈南鹤没心没肺的得意模样,心里难得地涌上来一股不舍。她结结巴巴的,想回答苗晨的问题,可脑子想的却是另外一件事,费了半天劲她才慢慢捋顺自己的想法。

她想把鞋要回来,她不想卖了。

苗晨已经穿上了鞋，在舞蹈室里转悠几圈，做了几个街舞动作，又用手机拍了段小视频。左颖就坐在旁边看着她，盘算着等她玩够了就把鞋要回来，钱退给她，实在不行就跟她说实话，她会理解的。

可突兀地，苗晨又脆又甜地说："姐姐，你周四那天有时间吗？"

"有的啊，怎么了？"

"我妈，想认识你。"

左颖感觉背部一僵："你妈？"

苗晨抱歉地笑了下："忘了跟你介绍了，我妈是……"

"我知道！"左颖抢着说，而后又觉得失态了，"上次你在店里说过的。"

"哦。"苗晨嘟了一下嘴，"哎呀，也没有别的，就是我在家提过我和尚飞陈总的太太是朋友，她就说能不能认识一下。我也只是问问啊，你要是不想也没关系，她那人也挺莫名其妙的。"

"可以，我有空！"

苗晨点点头，注意力马上又回到了鞋上："姐姐，我穿这个鞋好看吗？会不会有点不搭？"

左颖斩钉截铁："好看！搭！"

怎么说呢，左颖承认她这个转变有点自私，但再来一遍她还是会卖。她能控制住一万五的诱惑就不容易了，但无论如何也没法拒绝郑慧之的邀请。

谁不想见郑慧之呢？左颖想，哪怕她只是拿自己消遣一下也要去。

几年前左颖曾见过郑慧之一次，那时候她还在西单的一家商场做导购，郑慧之在一楼签售她的自传书。左颖下楼搬货的工夫，听到有个大学生模样的读者问郑慧之："您觉得女孩子最重要的品质是什么？"

"野心。"郑慧之的声音很温柔。

当时左颖就把那箱很重的货放下了，鬼使神差地去买了一本郑慧之的自传，那本书一直跟着她在北京搬来搬去。

没一会左颖就完全忘了陈南鹤那茬，留在舞蹈工作室跟苗晨又聊了一会。苗晨让她去上一节街舞课，左颖没什么舞蹈基础，但闲着也无聊，就去了。一节课下来出了一身汗，倒也酣畅，她正准备去冲个澡回家，随手

27

拿起放在椅子上的手机，震惊地怵在那，陈南鹤给她打了六个电话。

陈南鹤很少主动给她打电话，更别提这种连环夺命call了。

第一个念头是，不会出什么事了吧，她不会要守寡了吧？

左颖刚要给陈南鹤回电话，陈南鹤的微信就发过来了，一句话：

【看到信息后把春之翼那款鞋给我邮过来，发顺丰，急用。】

她敲开微信对话框，本想问他要鞋干什么用。可仔细想想，之前也出过类似的状况，陈南鹤有时候会跟总部那边就开发的事情，需要在大量产品中选一些细节，上次讨论到一双早期的球鞋时手上没有样品，陈南鹤就让左颖从家里给邮过去的。

左颖先没回复他，而是在几个二手平台搜了一下有没有转卖春之翼的卖家，眼睛都快累瞎了，终于找到一个泉州的卖家。左颖把链接发给陈南鹤，同时发了一个语音："老公我找到一个转卖这款鞋的，而且离厦门更近，比北京发过去快很多呢，你派个人开车去取就行，要不我帮你联系他吧？"

她以为自己处理得很周到了，可也就一分钟的时间，陈南鹤的电话打过来了，开口就问：

"你在哪呢？"

"我？我在一个舞蹈工作室，跳舞呢刚才。"

左颖边说，便走到走廊里的僻静处，不知为何有一种类似被抓奸的窘迫感。

"你会跳舞？"陈南鹤的声音冷冰冰。

"这不学呢么。"

陈南鹤顿了顿，把话题又转回去："春之翼你邮过来就行，后天用，来得及。"

"可是泉州发过去更方便啊。"

"用完了还给你。"语气不容辩驳。

左颖一阵沉默，她没想到陈南鹤倔劲儿上来了这么坚持。

陈南鹤不知道左颖偷偷卖鞋的事，只是偶尔会发现家里鞋墙上莫名少了一两双，不过既然鞋都是左颖的，他不太在意。也有随口问问的时候，左颖就说送人了，要么送左凝了，要么送哪个认识的朋友了。陈南鹤只是点点头。

但这双鞋不同,这是陈南鹤送她的礼物。虽然送的时候云淡风轻,但彼此都知道意义是不一样的。

"喂?"见对面半天没动静,陈南鹤催了一下,"怎么这回还小气了?"

在很短的时间内左颖做了个选择,她不可能把鞋从苗晨那里要回来的,撒谎也没有意义。既然陈南鹤不用她给出的解决办法,那就只有胡搅蛮缠才能收场了。

"我就小气了。"左颖带着点娇嗔的怒意,"你第一天认识我吗?"

陈南鹤不懂她的意思:"什么?"

左颖突兀地质问:"你为什么没戴婚戒?"

话说出来后左颖有点小得意,甚至有扬眉吐气的爽感。她本没想揪着这个事情闹,这是陈南鹤自己撞枪口上的。

"出差就出差,拍照就拍照,为什么还把婚戒摘下来了?怕谁看见吗?"

陈南鹤没料到在这遭到突然伏击,毫无防备。但左颖知道他冷漠起来是什么绝情的话都肯说的,趁着他措手不及,得赶紧把鞋的事情糊弄过去。

"陈南鹤,你是不是当我好欺负的,在外面不把我当回事,回来还算计我的东西吗?"

陈南鹤恢复了状态,似乎要解释什么:"我……"

左颖没给他这个机会:"门都没有!你别欺人太甚了。"

说最后一句话时,左颖故意带着点哭腔,然后麻利地挂了电话。

她明白吵架就是要趁上头的时候疯狂输出,可以撒泼耍赖,可以蛮不讲理,因为理智后权衡利弊下就只能吞咽委屈了。何况她还真觉得委屈,积攒了很久的委屈。

她决定一会陈南鹤再打电话不接了,可陈南鹤没再联系她。

晚上回家后,左颖思来想去联系了那个泉州的卖家,对方说他那双春之翼下午已经被订走了,是厦门的买家,而且是专门安排人开车来取的。左颖知道一定是陈南鹤,算是了却一个心事。

可晚上她还是没睡好觉,到了深夜还是毫无困意,她无聊地刷着手机,看八卦看短视频看吃播,时不时退出去看看微信,陈南鹤那边一点动静也没有,真够沉得住气的。

他们之前很少吵架,就算是因为一点小事拌了嘴,没多久也就过去了,不过每次都是左颖先给台阶下。说是台阶,其实就是她无条件主动示好,撒个娇、讲个笑话破了僵局,或者干脆胡搅蛮缠地哄一哄陈南鹤。不知道为什么,陈南鹤还挺吃这套。

现在鞋的问题也解决了,左颖想要不要主动联系一下陈南鹤,毕竟自己也有点惭愧,可她又觉得婚戒的事情还是过不去。左颖还记得看到那张照片的时候,她狠狠地放大陈南鹤的手找戒指,确定他没有戴之后,清晰地感受到自己五脏六腑都抽了一下。

给他脸了,不管他。

大概到后半夜她才勉强睡着,可没一会,朦朦胧胧中她听到了开门和走路的声音。她以为是做了个梦,告诉自己别瞎想,可那个声音越来越大了,左颖睁开眼睛,非常确定此刻客厅有人。

条件反射一般,左颖抽出她一直压在枕头底下的水果刀,缓缓站起来,走向客厅。

枕头下面藏水果刀的习惯已经很多年了,之前有一段时间被催债的混混骚扰,那时候左颖住在一楼,他们居然撬了窗户闯进来了。后来,左颖养成了两个习惯,一个是要住高楼才能睡着,越高越好,一个是在枕头底下藏一把水果刀,只有这样她才能睡着觉。

左颖整个身体绷紧了,攥着刀小心翼翼地走向客厅,她光着脚,屏住呼吸,没发出一点声音,她想一会不管那个贼是男是女是高是矮,她先捅一刀占了先机再说。

她一点也没怕,像个孤勇的战士一样坚毅地来到客厅,客厅留着一盏很暗的小灯,借着小灯昏黄的光,她看到那个贼躺在了沙发上,蜷缩着睡着了。旁边,横七竖八放着行李箱和西装外套。

左颖收起了刀,是陈南鹤回家了。

陈南鹤看上去很疲惫,衣服还是走的时候那套,头发乱成一团,身上还有若有若无的烟味酒味,他紧紧皱着眉头,呼吸平稳,像是已经睡着了。

左颖知道陈南鹤工作挺累的,结婚后他有一大半的时间都在出差,偶尔还得豁出命去喝酒应酬,但还是第一次看他累成这样。而且按计划他本来是三天后回来的,怎么突然连夜回京了。她想着先让他休息,回头再说,便回到主卧拿了张毛毯。

　　左颖把毛毯轻轻盖在陈南鹤身上,刚要走,手腕突然被握住了。

　　"左颖,"陈南鹤闭着眼睛,声音低沉得像是在梦呓,"我把戒指弄丢了。"

　　他眼皮动了动,手上稍稍用了力气,把左颖往自己这里拉近了一点:"飞机上就发现丢了,我以为丢在车里,或者路上,回来找了一圈,也没找到。"

　　左颖觉得自己的五脏六腑又抽了一下。有时候她倒宁愿陈南鹤用冷漠和敷衍来回应她,那是她熟悉的交流方式,眼前这种状况她突然不知道怎么处理了。还好现在是深夜,还好他们看不清彼此的脸。

　　比起难辨真假的诚意,她宁愿要彻底的虚伪。

　　踌躇半天,她才说一句话:"你要不要,进屋去睡?"

　　一进卧室,陈南鹤就清醒了许多。

　　他说厦门那边就剩点收尾的工作了,他交给别的同事了,买了最快的航班回来。戒指是找不到了,让左颖干脆把她的也扔了算了,两人重新订一套。

　　说这些话时左颖和陈南鹤并排躺在床上,双双看着天花板,都没有想睡觉的意思。左颖觉得陈南鹤难得有点经营婚姻的诚意,自己也不能再耍小脾气,翻身主动去搂住他,贴着他的脖子:

　　"我今天做得也不好。"

　　陈南鹤躲了一下左颖的亲昵:"白天喝酒了,身上有味。"

　　"没事。"

　　"我去洗个澡。"

　　左颖后悔刚才的主动了。夫妻之间都有自己的私密暗号,看似普通的一句话,在这种暧昧场合就变成了心照不宣的约定。对于左颖和陈南鹤来说,"洗澡"就是他们的关键词,但凡提到这两个字,那个事就算是提上议程了。

左颖心里嘀咕着，完了，今天这觉是睡不好了。

浴室里传来淋浴水声，左颖心不在焉地想刷刷手机，突然看到枕头边陈南鹤的手机亮了一下。陈南鹤刚才没锁屏，左颖拿起来，看到一条信息。

是短信，来自一个陌生的没有保存的号码，发了一句莫名其妙的话：

【怎么一直没跟我们说你结婚的事？】

左颖还在想会不会是发错了，或者是垃圾短信，可同一个号码又发来一条：

【小鹤，我能见见你的妻子吗？】

浴室的水声戛然而止，左颖赶快把他的手机扔回去，像是甩掉一个会烫手的炸弹。

陈南鹤从浴室走出来时，看到左颖背对着他侧身躺着，长卷发斜斜地铺在枕头上。他钻进被子里，向她那边凑了凑，手刚要探向左颖的身体，看到她闭上了眼睛。

"困了？"

左颖懒懒地用鼻音哼了一声，既不像肯定，又不是否定，陈南鹤退了回去。

陈南鹤在这件事上不是特别主动，每次都是左颖起个头，他才慢慢投入状态。如果左颖倦倦的，陈南鹤便不会再要求什么。左颖拿不准他是天生自制力特别好，还是根本对这种事兴趣就不大。但今天的状况是她很烦，没心情了。

左颖感觉到陈南鹤躺了回去，似乎看了一会手机，不过很快就关上睡觉了，不知道那两条短信他看到没有，但没回复，没多久陈南鹤就睡着了。

在一张床上睡久了，左颖能够凭呼吸准确辨别出陈南鹤的睡眠状态，等他熟睡了，左颖悄悄下床来到客厅。她打开百度，快速输入了刚才那个陌生号码。

没错，左颖用最快的时间背下了那个号码。

百度显示，这是一个厦门的号码，别的信息搜不到。

左颖又把这个号码输入到微信的添加朋友功能里，搜出来一个微信号,是一个女人,名字只有一个字【樱】。头像是一个女人的背影,身材高挑但看不出年纪,不过她穿着的那套白色套装左颖认得,是阿玛尼去年的女式西装套装。

凭直觉,她只能判断出这是一个成熟干练的有钱女人。

左颖当然不会加她好友,也不会去质问陈南鹤,她一个人在客厅坐了两个多小时,天快亮的时候回去睡觉了。

要允许婚姻中存在小秘密,只要暂时不会伤害到自己。

左颖不知道什么时候睡着的,醒来后陈南鹤已经不在家了。没一会,陈南鹤给她发了个信息,说他去公司了,今天忙,晚上不回家吃饭了。左颖乖乖答应着,又嘱咐他按时好好吃饭,少喝酒。

而后连续两天,陈南鹤都是早出晚归的,两人交流很少。左颖每天都会问他回不回家吃饭,陈南鹤隔了很久回复同样的话:【今天忙,别等我了】。左颖就真的不等,该吃吃,该睡睡,剩下的时间都在看书。

看那本郑慧之的自传书。

为了见郑慧之左颖做了充足的准备,她以为那样一个独立强大的女人,对依赖丈夫生存的所谓娇妻自然是很不屑的,她要从内到外武装起来,摒弃掉尚飞陈总太太的标签,给她留下属于自己的印象。

不过左颖怎么也没想到,郑慧之见到她第一面时,说的是:"陈太太,我能不能拜托你一件事,请你先生帮我个忙?"

左颖不是一个爱看书的人,她甚至有点阅读障碍,别说大部头的长篇著作,就是公众号上字数稍微多一点的文章她都没耐心看完。

刚结婚的时候左颖还会每天装模作样捧一本名著当着陈南鹤的面读,想营造一个知性温婉的形象,后来有一个周末下午,陈南鹤边吃橘子边盯着看书的左颖,盯了好半天才问:"你怎么看书还倒着看?"

左颖当时脑子里正琢磨着在哪个平台做账号卖鞋,心不在焉地以为把书拿倒了,她赶紧看看,没拿反啊。

陈南鹤连连摇头:"我的意思是,你昨天看的是中间,今天怎么看前半部分了。"

左颖尴尬地红了脸,刚把语言组织好,陈南鹤便把她的话抢了:"是故事太精彩所以去重温前面的情节了?唉,这本书讲的是什么啊?我好多年前看过，都忘了。"

　　左颖瞪了一眼对面的人，觉得他就是故意的，也不装了，把那本她看两页就犯困的世界名著合上，恶狠狠扒了个橘子吃。

　　同时，她瞄了一眼，看到陈南鹤抿起嘴角极力克制着偷笑，像是捡了个便宜笑话却不敢笑一般。

　　从那之后，左颖碰都没碰过那些书。

　　不过在见郑慧之之前，左颖把她的自传熟读了两遍。

　　郑慧之的传奇经历她都能倒背如流了。一个只有高中文化的农村女孩，一步一步通过自己的努力，白手起家创办了一个全国已经几百家连锁的商超集团，五年前还在香港上了市。而更励志的是，郑慧之还是个曾经遭遇过家暴的女性，她手撕渣男勇于离婚并带着女儿杀出一条血路的经历，让她成为这个时代的铁娘子。

　　左颖每次读到郑慧之刚刚离婚的那段经历都很感动。离婚后她净身出户，背着还不到两岁的女儿来到北京，在中关村卖几种盗版的电脑配件。后来因为货出了质量问题，对方来闹，砸了郑慧之的家和店铺，母女俩被迫在地下通道住了一夜。

　　郑慧之一夜没睡，第二天一早她花了几乎所有钱把女儿送到托班，然后去外地一家一家地跑零件生产商，凭死缠烂打的厚脸皮和不达目的绝不活着回去的毅力获得了几个正版代理权。那之后，她的店越做越大，也拓宽了商品种类，做成了连锁商超。

　　在这一段的结尾，郑慧之鼓励那些身处逆境的女孩子，要有野心，也要有能够绝地反击的信念。

　　第二次读到这里时左颖还是红了眼眶，那天正好陈南鹤在对面吃早餐，他几次放下手中的咖啡，终于还是没忍住，开口对左颖说："这么感人吗？"

　　左颖努力平复一下激动心情，诚恳地把书递给对面的人："特别特别好看，老公你也拿去看看。"

　　陈南鹤撇撇嘴："我不喜欢心灵鸡汤。"

　　左颖怀疑陈南鹤瞧不起自己。

　　陈南鹤的爸爸在厦门开了一个西装店，谈不上大富大贵，却是个富足的小康家庭，陈爸爸把所有精力都放在陈南鹤身上，给了他能力范围之内最好的教育。陈南鹤也争气，本科考上了全国排名前三的金融系，又去英国读了一年研究生，毕业后先是在国外一家投行工作了四年，其间参与了尚飞的一个收购业务，没多久干脆跳槽到尚飞。

实打实的天之骄子，实打实的商业精英。

左颖第一次了解陈南鹤是通过一张A4纸打印的简历，当看到那个名叫"Alex chan"的寥寥数语却字字千金的经历时，她心底涌起一阵酸楚，陈南鹤是她所能想象到的普通人完美人生典范。

她从不羡慕那些靠投胎赢在起跑线上的各种二代，但对这种在幸运之上又足够努力的人，她是嫉妒的。

可陈南鹤又跟她想象中的精英不一样，结婚以来，除了早出晚归和经常出差外，左颖没发现陈南鹤有任何精英阶层的习惯和喜好。

他收藏了一书柜的中英文版本的书，自己却从来不看。他不混任何精英圈子，打游戏叫的都是老家的发小，玩的还都是和平精英和王者荣耀。他讨厌看任何英文的东西，有一次左颖让他帮忙看一个进口麦片的配方表，陈南鹤居然用上了翻译软件。

不过讽刺的是，就算是个劣质的精英，也觉得有资本瞧不起自己的大众品味。这也是为什么左颖尤其喜欢郑慧之，郑慧之是无数个像她一样被生活无情碾压的女孩的偶像，是她们黯淡人生里所能想象到的逆袭范本天花板。心灵鸡汤怎么了，好喝就行。

左颖懒得再理陈南鹤的阴阳怪气，把书合上，看着封面上的郑慧之充满了力量。

严格说来，郑慧之并不算是一个漂亮的女人，过于高的颧骨显得她脸颊凹陷，皮肤黑，眼袋重，天生又是一个敦实的梨形身材，网上的照片看着都有一种灰蒙蒙的土气。书的封面照是集团上市那天拍的，看得出在妆容和穿搭上用了心思，但脸还是不好看的。

左颖想，对于足够强大的女人来说，容貌焦虑大概是个很可笑的话题吧。

这本书就写到公司上市那里，像典型的励志大女主爽文一样，故事的结局是她克服重重难关获得了最高的地位和尊重。那后来呢？

左颖查了一下，郑慧之后来的新闻大多都是关于她第二段婚姻的，郑慧之四年前跟小她八岁的财经栏目主持人倪战结婚了。

在去郑慧之家路上时左颖想到一个有趣的假设，如果这本大女主自传结束在女强人再婚那里，不知还会不会这么畅销。

郑慧之把左颖约到了她和倪战在顺义的新家，是一个独栋别墅，门口有个女管家在等着她，客客气气地把她领到别墅的后花园，端上许多精致的茶点后，训练得体的管家微笑着退下了。

左颖全程绷紧了神经，小心翼翼，生怕露了怯。她还特意穿了一套干练的小西装，头发一丝不苟地在脑后盘成一个髻，略施淡妆，就连平时那些零零碎碎的首饰也都取下了。她想给郑慧之留下利落洒脱的印象，可见到她本人时，左颖第一个念头是，自己还是用力过猛了。

郑慧之从楼上下来，抬手跟左颖打了声招呼。左颖确定再三，才贸贸然站起来回应一下。郑慧之穿着宽松的嫩粉色居家服，还戴着个大口罩，散着半长的黑发，完全看不出一点书里雷厉风行的气质。

左颖正感叹女强人居然也喜欢玲娜贝儿配色时，郑慧之坐在她对面，摘下了口罩，左颖拿起一块桂花糕后又滑稽地放下了，她震惊地看到郑慧之脸上一片浮肿。

她敏锐地看出来，那不是简单的水肿或过敏什么的，那是面部填充后的恢复期状态。原本凹陷的两颊馒头一般肿胀起来，眉弓突兀地隆起，脑门也肿胀得像个寿星公，看起来也就刚填充两三天的样子。

郑慧之倒也没隐瞒，主动说："不好意思陈太太，我刚做了点医美，就只能冒昧把你约到家里来了。晨晨说你是她的好朋友，那我也就不见外了。"

"是是，您客气，不见外。"左颖所有心理准备都被击溃了，发挥得一塌糊涂。

郑慧之顶着一张膨胀的脸，倒是很丝滑地跟左颖攀谈起来，很快就把控了节奏，让左颖以为已经跟她是朋友了。然后，郑慧之才巧妙地步入正题。

"听晨晨说，你还做点小生意？"

左颖略显尴尬："啊，谈不上生意，就……交交朋友。"

"没什么不好意思的。"郑慧之眼神犀利地在左颖身上瞄了瞄,"赚钱不丢人的,陈太太。"

左颖觉得自己手心已经在冒汗了。

"不知道你了不了解,我在顺义这边有个高尔夫运动俱乐部,都是一些住在附近的朋友。我很少打理这些事,但前几天同事跟我说,俱乐部的鞋和服装该采购了。之前啊,我们都是买国外的牌子,现在觉得还是得支持国货,咱们国货确实越做越好了,是不是,陈太太?"

一番话说完,左颖已经完全理解郑慧之的意思了,她抛出了一个大单。准确说,是向尚飞抛出一个大单,跟自己没什么关系。

郑慧之到底是在商场沉浮多年的人精,盯着左颖的眼睛补充说:"如果喜欢高尔夫的话,我可以介绍你跟你先生进入俱乐部啊,里面的人比我厉害的可太多了。现在啊,单打独斗太辛苦。"

左颖连连点头,她当然明白人脉的重要性:"那是当然,如果我们有这个荣幸太好了。"

"一句话的事。"郑慧之突然倾身,肿胀的脸凑近了些,"不过,陈太太,我能不能拜托你一件事,请你先生帮我一个忙?"

左颖弯弯嘴角得体笑着,首次迎向郑慧之的眼睛。

郑慧之看透了左颖,甚至没见过本人时,仅仅通过苗晨的描述就掌握了她的需求,并自信地安排这样一个下午茶。看似喝茶交友,实则是在交换利益。

左颖欣然接受,她又不亏:"您说。"

"是这样的,我们家有个亲戚,特别优秀的一个男孩子,刚从日本留学回来的,想找个实习岗位。"郑慧之难得露出一丝谨慎,"你看能不能请陈总面试一下?"

说是面试,其实就是安排进去。左颖奇怪的是,凭郑慧之在社会上的能量安排一个实习机会还不容易,犯得着费这么大劲找一个陌生人帮忙?

郑慧之刚要开口说什么,传来一阵皮鞋踏在木质台阶上的踢踏声,她突然起身,说了一句稍等,小跑着去了客厅。

左颖好奇地跟着她的身影,看到一个身姿挺拔的男人下楼,他穿着一套灰色休闲西装,戴着一副大墨镜,几乎遮掉了一半的脸,却遮不住骨子里散出来的倜傥气质。左颖认出来,他是倪战,那个外形和口才都出类拔萃的财经频道台柱子。

这两口子也是够有趣,一个在家戴口罩,一个戴墨镜。

抱着对偶像私生活八卦的心,左颖眨着眼睛观察他们的互动,没放过任何细节。

倪战似乎要出门,郑慧之跑过去,轻轻说了句什么,又拉了他一下。倪战只是略略停了一步,转头向左颖的方向看了一眼,大步离开了,眼神全程没有在郑慧之充满科技感的脸上停留过一刻。

而郑慧之却始终小心翼翼地看着丈夫,即便他已经走了,也赶紧追了两步,倪战却并没有回头。

左颖一阵低落和唏嘘,她愕然发现,心目中最强大的女性在年轻的丈夫面前却是个卑微的角色。

郑慧之再回来后彻底抛掉刚才的客套,她大口喝了一杯茶,直直地跟左颖说:"陈太太,实习这个事对我很重要,如果你能安排,我可以让你们夫妻入会,可以从陈总那里订购未来三年的鞋和服装,还会单独给你相应的提成。"

郑慧之又强调了一下:"单独给。"

那天的下午茶喝到最后,左颖心底一部分灰暗下去了,另一部分却生机勃勃。

她是个随时伺机而动的人,而伺机而动的人,是不会放过任何机会的。

晚饭前,郑慧之是让家里的司机给左颖送回去的,下车后司机又递给她两袋礼品,一袋高档红酒,一袋是刚才左颖吃过的点心礼盒。

左颖没有上楼,在小区里就给陈南鹤打了个电话,陈南鹤这次接得倒是很快,看来今天挺闲。

"老公老公,在干吗呢?"

"上班啊。"声音懒懒的。

"想我了吗?"左颖甜甜地问。

陈南鹤游戏一般:"你呢?"

左颖揪下来一片梧桐叶子,在手里把玩:"想呀!可想可想了,你呢？"

陈南鹤狡黠地："你猜。"

左颖陪他玩，嘟嘴："我猜你没有。"

陈南鹤顿了顿："真笨。"

左颖接招："那我答错了呀，我得自我惩罚一下喽。"

陈南鹤来了兴趣："罚什么？"

"老公，想喝汤吗？"

"心灵鸡汤吗？"

"猪肝汤啊。"左颖娇娇地呵斥，又补充，"你最喜欢的，我亲自给你做。"

对面沉寂了几秒钟。

左颖赶紧说："你要是今天没空的话，明天后天都行。我好久没给你做了。"

"就今天吧。"

左颖挂了电话，扔掉已经被揉碎的那枚树叶，上楼回家。

陈南鹤最喜欢喝猪肝汤，但他不知道的是，他喜欢喝的猪肝汤其实没有一顿是左颖亲手做的。

左颖觉得这世上最难的事情之一，就是做猪肝汤了。

她亲自做过三次猪肝汤，全部以灾难收尾。

第一次是左颖九岁那年。那时候左冷禅还是单身，正是颜值巅峰，女朋友就没断过。左冷禅很讨女人喜欢，他又是个来者不拒的情种，荒唐时就连已婚妇女也不放过，那段时间他就跟市场里卖猪杂牛杂的小媳妇打得火热。

小媳妇姓黄，丈夫常年在外面跑长途客车，婆婆管她管得很严，抓到了就一顿打，左冷禅为了跟小媳妇约会，不要脸地让小学三年级的女儿来给他们放哨。

为了讨好女儿，左冷禅破天荒花了五十块钱给左颖买条白裙子。那条同时拥有泡泡袖和蕾丝的裙子是左颖做梦都想要的，那时候的她愿意为了这条裙子做任何事，所以当左冷禅告诉她只需要在小媳妇家的库房外间守着，如果有人来就大声打招呼时，左颖乐呵呵答应了，太简单了。

她当时并不知道爸爸和别人在里面做什么，安静地在外间守着。库房外间堆满了各种杂物，大多是处理内脏的工具和部分没卖出去的货，血腥味很重，到处是血渍油渍，左颖怕弄脏了白裙子就像个漂亮的木桩一样站在唯一的干净空地一动不动。

没一会，外面传来声音，她想去看看是不是有人来了，脚下一滑，摔倒了，同时掀翻了一个大塑料盆，盆里的东西哗啦啦全部扣在左颖头上，是一整盆的猪肝。

新鲜的猪肝一块一块地从左颖头上落下，她不知道那是什么，随便捡起来看。软软的触感，浓重的腥臭味，轻轻一捏后蔓延出猩红的血液，最要命的是肮脏的猪血斑驳地落在她的白裙子上。左颖吓得尖叫，用力尖叫，同时胡乱摘掉身上的猪肝，可猪肝偏偏又在她裙子上滚了几圈，血渍染透了那条裙子，那是她整个童年收到的来自爸爸最好的礼物。左颖觉得自己要崩溃了。

她的尖叫引来了不少人，左冷禅和小媳妇被当场抓包，光着身子被人追着打。回家后，左冷禅把气撒在了左颖身上，但那天他没打左颖，而是让九岁的女儿就穿着那身浸透了猪肝血的裙子过夜。

惊吓过度的左颖一夜没睡，穿着那条裙子坐了一夜，第二天左冷禅出门后，左颖拿了点零钱去澡堂洗了澡。她以为自己没事了，可两天后左冷禅不知从哪里弄来一块猪肝，扔到厨房，让左颖给他煲汤。

九岁的左颖已经会做大部分家务了，做饭对她并不难，但她从来没做过猪肝汤。她还专门去问了隔壁邻居奶奶怎么做，了解流程后回家，准备第一步，切猪肝，可第一步她就失败了。

左颖把那块猪肝从塑料袋里直接倒在案板上，盯着看了一会，告诉自己，不过一块动物内脏而已，拿着菜刀准备切片。可当触碰到那个软乎乎的东西时，血迅速浸入她的指甲里，她浑身惊起一阵鸡皮疙瘩，随后又闻到了那股熟悉的腥臭味，恐怖的回忆全部涌上来，她再也控制不住吐了出来，全部吐在那块猪肝上。

那天，左冷禅打了她。

那天后，左颖再也不碰任何内脏类的东西了。

这些事情陈南鹤都不知道，陈南鹤几乎从不关心左颖的过去。不过就算他问,左颖也不会告诉他。

像是握着一把命运剪刀,左颖把结婚前后的人生一分为二剪开。

结婚后,她用尽全力甩掉过去那个灰蒙蒙、脏兮兮永远处在匮乏状态的左颖,她要成为一个崭新的富足的有力量的人。

但她没料到有些链接是无法粗暴剪断的,比如她害怕甚至厌恶猪肝,可她的老公偏偏最爱猪肝汤。

与陈南鹤还没有见过面时,左颖就知道他喜欢喝猪肝汤,他写在了征婚简历里。

没错,左颖和陈南鹤是通过相亲认识的,但那时候陈南鹤的相亲对象并不是左颖,而是左颖的室友。

那是一年前的事情了,左颖人生中不光彩的时刻有不少,可唯独这件事是她自己都羞于回忆的。

那时左颖跟一个陌生女孩在东五环合租个两室一厅,她住次卧,女孩住主卧。女孩工作很忙,她们很少交流,左颖对她的印象是风风火火的短发小个子,而且也姓左。有一次快递在门口喊了句左女士在吗,她们俩一起迎出去了。

真正的交集是在春节后,左颖夜里去厨房找吃的,打开冰箱,突然看到一块新鲜的血腥内脏,她吓得一声尖叫,引来了主卧女孩。女孩解释那是她买的猪肝,不知道该怎么保存就随便塞在冰箱里了,实在不好意思。左颖摆摆手说没关系。

女孩犹豫了一下,叫住了要回房间的左颖:"对了,你会做饭吗?"

左颖点点头:"会一点。"

女孩开朗地笑:"那能帮我打个下手吗?我一点也不会做饭,拜托拜托了!"

当知道女孩要做猪肝汤时左颖想拒绝的,但碍于一个屋檐下不好把关系搞僵,就说她可以在旁边指挥。

女孩看上去确实从不做饭,按照左颖的指挥勉强切好了猪肝,腌制好后,打开燃气烧水的环节就手忙脚乱了。而开水不等人,猪肝汤最重要的又是火候,最后左颖看不下去还是亲自上手了。但全程她屏住呼吸,闻都不愿意闻那股腥臭气味。

女孩说汤很好喝,自己先喝了一大碗,满足地盘腿坐在简易餐桌前:"怪不得他偏偏最喜欢喝猪肝汤,果然一绝,我得学会了,就算不给他做,时不时犒赏一下自己也不错啊。"

"你要给谁做啊?"左颖顺着她的话,漫不经心问。

"一个相亲对象,见都没见过,他特别喜欢喝猪肝汤,红娘让我好好学学将来拿下他的胃。跟你说那个男的特别下头,你猜他的择偶标准是什么?就三个字,特别极品,你猜猜!"

左颖摇摇头。

女孩说一个字拍一下桌子,义愤填膺地:"贤!媚!乖!"

左颖越想越觉得有意思,大笑起来,女孩也跟着笑,两个陌生人距离拉近了些,左颖便又问:"你怎么会跟这种人相亲啊?"

"还不是我妈,瞒着我给我报了个婚介中心。"女孩打量左颖,"咱俩年纪差不多吧?你也是94年的吧?看你也好像是单身,你家里不催你吗?"

左颖无所谓地摇摇头,左冷禅只是催她赚钱帮忙还债,从没催过她结婚。

"那你可真幸运。"女孩羡慕地看着左颖,"不过你要找的话,也可以试试我妈选的这个婚介中心,该说不说那里的男嘉宾都挺优秀的。也不贵,不到三万块钱。"

左颖掩饰着惊讶和窘迫,又无所谓地摇摇头,她当时刚刚勉强还了点利息,浑身上下只剩二百块钱,甚至交不出下个季度的房租。

"对了,给你看看那个下头男!"

说着女孩跑回房间,拿出来一张A4纸打印的简历,递给左颖:"你看看,上面是他的求学和工作经历,下面是兴趣爱好和择偶标准,你就看上面的,像不像小言男主配置?"

左颖盯着这个叫"Alex chan"的简历看了好久,沉默着一言不发。

女孩碰了碰左颖的肩膀:"想什么呢?"

左颖才恍然回过神,问:"怎么没有照片?"

"这是游戏规则,好玩也就在这里。"

女孩报的是专门服务于海归的高端婚介所,门槛很高,女孩是日本京都大学毕业的,家境又不错,才能匹配到陈南鹤这种条件。红娘服务是一对一的，但为了保护隐私和避免会员之间不必要的麻烦，让双方在见面之前都用英文名了解彼此，由红娘介绍两人的基本情况和择偶标准，如果双方有意向，下一次再交换照片，最终见面。

"要不是因为游戏规则好玩，跟拆盲盒似的，我才懒得配合呢。还得贤、媚、乖，他想得美，一样我都做不到！不过我还挺好奇，这位Alex这么自信，到底长成什么样？"

"那就交换照片呗。"

"才不呢，我又没看上他。"女孩高傲地仰了仰头。

左颖垂下了眼睛，突然说："要不，你发我的照片，咱们逗逗他。"

女孩眼睛一转，捧腹大笑，抱着左颖说："行！姐妹你也太有意思了！"

两周后的一个中午，左颖用在超市打零工赚的钱去医院拿了些药，走出医院时接到了女孩火急火燎的电话。

前几天左颖肋骨骨折了。她刚找了个超市的工作，上班时催债的又找到了她，她怕影响工作就扫了辆单车逃了，车被那帮人踹了一脚，她倒霉地摔在台阶上，骨折虽不严重，但丢了工作。她一手扶着医院门口的公交牌，一手接电话。

"姐妹！你在哪呢？快回来，有进展！"

左颖已经忘了那茬了，一时之间觉得莫名其妙："什么进展？"

对面兴奋地说："那个下头男，看完照片约见面了，哈哈哈哈他说你是他理想型，长在了他的审美点上！搞不搞笑这人！"

左颖探着身子寻找公交车，却吃了一口尾气："哦。"

"他还托红娘说，如果你能做到那三个字，他肯定要好好珍惜起来，要什么给什么，不让你吃苦，不让你受委屈，吃香喝辣钱可劲儿花！"女孩鄙夷地说，"你说这不纯纯的直男癌吗？他把老婆当什么了，宠物吗？"

左颖胸口又开始疼了，她坐在旁边椅子上，看着来来往往的人群，出神地想着什么。

女孩还在吐槽："而且我跟你说，他长得特丑！"

左颖却突然平静地打断她："我能去见见吗？"

挂了电话后，左颖吐了一口气，浑身无力，放空了脑袋，她觉得太累了。

回家后女孩就守在客厅等着她，拿出手机给她看一张照片，苦口婆心地劝她："你看看你看看，也就比我们小一岁吧，长得跟个棕熊一样，看着比你大一轮都不止。"

照片是一个典型的游客照，一个体型健壮的男人站在环球影城的标志前，穿着件棕色皮草外套，戴着毛线帽，再加上那张有点凶相的脸，俨然一只不好惹的棕熊。确实有点寒碜，倒是把他身旁的大高个路人衬托得潇洒挺拔。

"我看看。"左颖把女孩手机拿过来，仔细看照片。

但其实她不是看照片，而是看照片下面那条红娘发来的微信，上面写着：【周六晚七点，在蔚蓝咖啡厅一层见哦，陈先生会在桌子上摆一枝白玫瑰。】

女孩把手机抢回去，关上："反正，他配不上我，也配不上你。"

左颖不置可否，没反驳，只是心想，你不是我，我也不是你。

第二天左颖买了一条新裙子，又去做了个指甲接了个睫毛，花两天时间锻炼和美容，确保周六那天自己是最佳状态。

她也是抱着一种侥幸心理，按时来到约定地点，她想或许女孩已经拒绝对方了，或许这根本就是个愚蠢的决定。可她又无法说服自己不来，她已经没有任何牌可以打了，也就没什么可输的了。

咖啡厅里几乎坐满了人，找了一圈，只有一张桌子上放着朵白玫瑰，可那个人并不是棕熊相亲男。

左颖还特意走到那人边上看了看，是一个很年轻的帅哥，长手长脚的，坐在那小小的空间显得很拘束。他低头在滑手机，侧脸惊人地好看。

左颖绕过去，又找了一圈，还是没找到人。她打算放弃了，准备离开时，旁边一个低沉的声音叫住她：

"左小姐吗？"

左颖转头，看见那个帅哥站了起来，好家伙，得仰头看着他。

"左小姐，你好，我是陈南鹤。"

陈南鹤舒朗地笑着，伸出手。

"陈先生你好，我是左颖。"

左颖伸手轻轻搭在他手上,他的手居然是暖的,左颖赶紧抽回,生怕自己冰凉的指尖让他不适。

"左颖。"陈南鹤重复了一遍她的名字,"比Crystal好听。"

Crystal是那个女孩的名字。左颖心里一沉,这个名字似乎在提醒她是个冒牌货。

陈南鹤招呼店员过来点餐,问也没问左颖的意见,直接给她点了一杯热姜茶,又点了些吃的。

点餐时左颖仔细观察对面的人,她自认并不是一个外貌协会,但对着一个好看的人心情确实愉悦了不少。陈南鹤在跟店员说话时,左颖认出来了,他其实也出现在红娘发来的照片里,他是那个路人。

"笑什么?"陈南鹤注意到她低头偷笑,忍不住问。

左颖温柔地说:"我刚才没认出来你。"

陈南鹤挑眉:"怎么样?不亏吧。"

那顿简餐他们吃得很开心,陈南鹤比左颖想象的健谈,他并没有按照相亲套路聊一些过去经历和恋爱观的话题,而是像认识很久的朋友一般,随意分享生活上一些趣事。

左颖一直跟着他的节奏,保持微笑,偶尔搭个话,大部分时间都在聆听。

陈南鹤那天穿了一件廓形棒球服外套,显得头肩比例优越的同时,又有些许少年感。左颖目光向下,隔着桌腿看到陈南鹤穿着一双尚飞的限量款运动鞋。那双鞋她记得,因为一鞋难求还上了热搜。

"你喜欢球鞋吗?"陈南鹤问。

"嗯。"左颖轻轻应了一下。

"那正好了,"陈南鹤舒展地靠在椅背上,看着她,"我就是卖鞋的,管够。"

左颖不动声色地喝了口热姜茶,又暖又辣的液体顺着嗓子流到身体里,瞬间激活了被她遗忘很久的一些欲望。

她清晰听见脑子里蹦出一个声音,告诉她要把握住任何有可能的机会,哪怕是骗来的。

"除了鞋你还喜欢什么?"陈南鹤问。

"烹饪吧。"左颖立刻回答。

"这么贤惠,有什么拿手菜吗?"

"猪肝汤。"

左颖迎向陈南鹤的目光,看到他嘴角向上翘了翘,眼神却更审慎了,一时分不清他的真实情绪到底是什么。

可左颖想的是,择偶标准能给出那三个字的普信男,必定很享受女人投自己所好的。

分开时突然下起了雨,雨越下越大,店里的伞都被拿走了,陈南鹤限号没开车,两人站在门口等雨停。那是去年春天第一场雨,他们加了微信之后就没话了,并排看着雨。

一会,左颖突然没来由说了句:"这场雨之后,春天就来了吧。"

沉寂片刻,陈南鹤才说:"对啊,期待吗?"

"你呢?"

"期待。"

"我也是。"

晚上左颖回家后,主卧的门开着,室友开心地在床上滚来滚去跟别人打电话,左颖匆匆回到自己房间,什么也没说。刚进屋,就接到陈南鹤的微信:

【下周美术馆有个雕塑展,一起去?】

左颖回:【好呀好呀。】

后来她跟陈南鹤又约了三次会,第三次结束时他们在陈南鹤车里接了吻。

陈南鹤一伸手扣着左颖的后脑,一手轻轻抚摸她细长的脖子,把她按在椅背上,温柔地吻她。

左颖积极回应他,可当陈南鹤变得更放肆时,左颖脑中突然闪过一个不相干的念头,她得搬家了。她怀疑主卧女孩已经猜到相亲对象被抢走了,怀疑不久后自己就会穿帮。

第四次约会时,陈南鹤开车来接她,看到她拎着简单的行李惨兮兮地站在路口。左颖说房东不守信用临时收房,她无处可去了。陈南鹤直接把她带回了家。

陈南鹤把她送到家后,接到工作上的一个电话,说要紧急去公司处理点事情离开了。左颖把行李放在门口,光着脚走进那个工业风装修的房子,北京初春还是挺冷的,又停了集中供暖,左颖在家都要点着电褥子睡觉,可陈南鹤的地板是暖烘烘的。

她站在偌大的客厅中央,手机滑落在地上,咚的一声,居然有回音。环顾一圈,这是她来到北京后见过的最大的房子。走到落地窗前,视野明亮,清晰地看到北京三环的地标建筑,如果天气更好一点,左颖想,还可以看得更远。

有生以来,左颖首次有一种脱胎换骨的错觉,从她走进这间屋子起,她决定把过去的人生都抛在脑后。

哪怕费尽心机去争去抢去骗,她也要竭尽所能站得更高,住得更暖,以及跑得更远。

左颖给陈南鹤发了个信息:【晚上能回来吃饭吗?给你做猪肝汤。】

陈南鹤回:【好,辛苦你了。】

那是左颖第三次做猪肝汤,她把它当成一个事关生死的大任务,做了充足的准备,可最终还是演变成一场灾难。

左颖料到不会一次成功,所以买了足够多的食材,前两次她觉得切片切得不够美观放弃了,但源于对猪肝本能的厌恶她怎么也切不好,勉强凑出一盘薄厚均匀的,腌制好了后,下锅又成了问题。也不知怎么,几次都没掌握好火候,不是太嫩就是太老。陈南鹤发信息告诉她还有十分钟到家时,左颖的灶台还是一团糟。

最后,在陈南鹤进门前几秒,她胡乱在沸腾的锅里添了一些蔬菜进去,盛出来,看起来确实是一锅蔬菜猪肝汤。

陈南鹤闻着味道过来看了一眼:"好香,闻起来就好喝,我先洗个手。"

左颖在汤里撒上葱花,端着汤碗走向客厅,陈南鹤已经坐在餐桌前了。就在那个时候,左颖突然想起她没有放胡椒粉,猪肝腥味较重,全靠胡椒粉压制,这么重要的调料她居然大意忘了。她对这碗汤本来就没什么信心,如果再缺了胡椒粉,就是灾难。

离餐桌还有几步远时,左颖做了一个决定,她坚决不能让陈南鹤喝到这碗糟糕的汤,不能让陈南鹤知道她根本不擅长做他最喜欢的菜。于是,仓促间,左颖脚下一滑,手上一个不稳,滚烫的汤眼看着朝着自己泼过来。

这时候,陈南鹤敏捷地站起来,从侧面推了一把汤碗,汤碗侧面飞出去,汤水溅到桌子上,淋到地上。左颖身上是干干净净的。

陈南鹤轻轻扶了下左颖肩膀:"怎么那么不小心。"

左颖自责又委屈:"怎么办呀,汤都毁了,食材也不够了,再做来不及了,都怪我。"

她以为陈南鹤一定很失望,可他却反过来安慰左颖,伸手去收拾弄脏的地板,还顺便点了麦当劳外卖。最后,两个人坐在地板上狼吞虎咽地用快餐填饱肚子。

那时候左颖看着大口啃鸡翅的陈南鹤,萌生出些许庆幸,以为自己终于交了好运。但庆幸之余,又不免心虚。

两人聊得正开心时,左颖见缝插针试探着提起:"那个婚介中心,你后来还联系吗?"

"见到你之后我就退出了,红娘我都给她删了。"

左颖稍稍放心了些:"那个平台挺不靠谱的,为了配对成功率更高,红娘会擅自改动会员信息的你知道吧?我之前见过一个创业CEO,后来他说他就是打工高管而已,原来是红娘给改了。"

"哦?"陈南鹤看了看左颖,"你的信息被改过吗?"

"当然啦,我可没那么多外企工作的经验哦。"左颖故意大咧咧地说,眼神却仔细揣度着陈南鹤,"我就不咋爱上班,加上这两年环境不好,一直没有固定的班,我可得提前跟你说明哦。"

陈南鹤笑笑:"这没事,你上不上班都行。不过,你是从日本京都大学毕业的吧?"

左颖猛吸了一口可乐,险些呛到,她咳了咳,赶紧回答:"那当然啦,学历还能假。我毕业证就在老家呢,要不要我让我妹寄过来给你看看?"

"别闹,我随便说说的。"

左颖很清楚,对于陈南鹤这种务实利己的精英来说,老婆的工作可有可无,但一份高等学历是匹配的基础,是进门的门槛,她不敢冒这个险。

但她没注意到的是，对面的陈南鹤也大口喝着可乐，眼神却紧紧锁着左颖，带着明目张胆的鄙夷。

那天晚上，左颖是躺在陈南鹤腿上睡着的。陈南鹤非要拉着她看一个欧洲电影，无聊死了。

左颖只记得最后睡着前，她发誓一般对陈南鹤说，下次一定要让你喝上猪肝汤。

陈南鹤后来确实喝到很多次猪肝汤，但没有一次是左颖做的。

左颖对此却并没有太多惭愧，毕竟她为了让陈南鹤喝上最好的猪肝汤，也是费了很多心思的。

左颖花了半个月的时间，在方圆三公里内，一家一家去亲自尝试卖猪肝汤的饭店，最终选了一个最好的，居然是胡同里的一个小饭庄。老板就是厨师，姓庞，恰好是左颖的老乡，聊得甚好，左颖便说以后都在这里定猪肝汤，价钱加倍，不过要最新鲜的，做好立刻送。

陈南鹤喝的那些汤，都是小饭庄里的庞厨师做的。

从郑慧之家回来后，左颖掐着点给庞厨师打了电话，算准了陈南鹤到家的时间，让庞厨师提前十分钟送到。末了又特意交代了一下，汤还是像之前那样放在楼道就好，不必敲门。

左颖按时去楼道把装有热汤的打包餐盒拿回来，倒在自家的汤碗里，再撒上葱花。汤里不放葱花是早就交代过庞厨师的，毕竟葱花还是要新鲜的，在热汤里泡久了既不美观也不好吃。

八点一刻，陈南鹤准时回家了。

他一进屋，就闻到了那股熟悉的味道，看到那个褐色的汤碗已经摆在了餐桌中间。左颖还在厨房忙碌着，听声音似乎在炒青菜。

"老公，你回来啦。"

陈南鹤闷闷答应一声："嗯。"

左颖觉得可笑，以前刚到家就会来厨房跟自己腻歪一下，现在连话都懒得说了，不过她不在意："稍等一下哦，还有一个菜，马上就好。"

三菜一汤，荤素搭配，色香味俱全，像任何一个普通幸福的家庭晚餐一样。

左颖给陈南鹤盛了满满一碗汤，特地多夹了几块猪肝，放在陈南鹤面前。

"老公，趁热喝哦，哎呀别看了，赶紧先喝汤，喝完了我有话跟你说。"

陈南鹤正刷着手机里一个文件，密密麻麻都是字，他筷子都没动，看也没看汤一眼。

"等会，我先把这个看完。"

"汤凉了就不好喝了。"

"马上。"陈南鹤盯着手机，又说，"你刚才想跟我说什么？什么事？"

既然他问了，左颖干脆现在说："嗨，就是我一个朋友的亲戚，刚从日本毕业回来，高才生哦，想看看能不能进尚飞实习。"

"哪个学校毕业的？"

"好像是京都大学吧。"

"那是你学弟吗？"

陈南鹤突然抬头看向左颖，左颖一愣，没听懂他的话。

陈南鹤眯起眼睛："你不是京都大学的吗？那他不就是你学弟吗？"

左颖心里骂了一声娘，忙活了一晚上，脑子宕机了，居然忘了这个。她知道自己失态了，却不知怎么补救，有点懊恼。

"对呀，我们学校的……"左颖站起来，"老公你先吃，我刚想起来下午洗的衣服还在洗衣机里呢，我去收拾一下。"

"嗯。"

左颖匆匆离开，去了主卧的卫生间。

她刚走，陈南鹤迅速起身，端着那碗猪肝汤来到客厅的卫生间，把汤倒入马桶里，冲掉。长腿迈着大步回来，看左颖还在忙活，想了想又端起那个大的汤碗，全部倒进马桶里。像做贼一样，确定没有被发现后，他终于松了口气。

左颖从不知道，陈南鹤根本就不喜欢喝猪肝汤。

他讨厌猪肝汤。

左颖回到客厅，看到陈南鹤已经把猪肝汤全部喝完了，连大汤碗里的也没放过。他最后吃了几口青菜，便拿着手机挪到沙发上，跟左颖说："回头把简历发给我吧。"

左颖一个箭步冲过去,搂着陈南鹤的腰,贴着他窝在沙发里,头埋在他胸口,拿出她擅长的娇柔语气:"我老公怎么这么好。"

因为贴得太近,把陈南鹤的手机挤掉了。这是左颖惯用的撒娇手段,因为身高悬殊,她像个树袋熊一样挂在陈南鹤身上,手脚并用,让陈南鹤奈何不了她。

陈南鹤被挤在里面,后背紧紧贴着皮质的沙发,无奈只能低头看着一头茂密长卷发的女人:"我不敢保证一定能进啊。"

"我知道。我不给你压力的。"

陈南鹤手没处放,只好搁在左颖的腰上:"你哪个朋友的亲戚?"

"新交的朋友。"

"谁啊?"

"不告诉你。"她故意玩笑。

陈南鹤默了默,语气清淡:"你还挺多小秘密的。"

左颖僵了片刻,忽地抬起头,仰视小巧的下巴看着陈南鹤,笑盈盈的:"你就没有什么秘密瞒着我吗?"

陈南鹤凝视着她的眼睛,她有一双狐狸一样的眼睛,明媚、细长,微微上挑,笑起来时眼尾带着钩,瞳仁幽深。陈南鹤经常觉得,她的眼睛能摄人魂魄,不敢轻易与她对视。

左颖感受到了什么,手指戳了一下陈南鹤的腰,暗示地:"我要去洗个澡吗?"

陈南鹤当然明白左颖什么意思,却只是抬手捏了一下她的脸,然后把她抱得更紧了些,自己却闭上了眼睛,眉头疲惫地揪起一个褶。

左颖悻悻地,偷偷叹了口气。

在这场滑稽的婚姻里,出于各种动机,左颖精心伪装过很多事,也跟陈南鹤说过许多违心的话,有时候她对着镜子都不知道眼前的人是真是假。但唯独这件事,她从不伪装,全情投入,甚至比陈南鹤还主动。

她喜欢跟陈南鹤睡觉,是她在这场婚姻里唯一的真诚。

左颖还赖在陈南鹤身上,她仰头看着陈南鹤的脖子。他脖子上有一道疤,这个角度看上去那道疤特别明显,深褐色的小蜈蚣一样斜着卧在喉结下面,有点性感。

左颖问过陈南鹤这道疤怎么来的，陈南鹤说前几年打架被人揍的。但过年时左颖又问了陈南鹤的爸爸，当时陈爸爸正津津有味地看电视，随口回答，小鹤没跟你说过吗，那道疤啊，是他自己拿刀割的。左颖当时很震惊，继续追问，可陈爸爸慌乱地赶紧离开了。

左颖用指腹轻轻摩挲那道疤，莫名闪过一个念头。

在这场婚姻里，陈南鹤的真诚是什么呢？

第二天一早左颖就联系了郑慧之，跟她要那个亲戚的简历。郑慧之很快回复，说稍等一下。没一会，郑慧之给左颖打了个电话，问能不能麻烦她过来取一下。

"电子版倒是也有，但是那孩子有一个打印好的作品集，都是他设计的服装什么的，让陈总给挑挑毛病。我今天一整天的线上会，所以就麻烦你了，如果你不方便我待会儿找人送也行。"

左颖闲着也没事，应下了："不用啦，我去嘛，正好可以蹭几块郑总家的点心。"

郑慧之笑笑："叫慧姐就行。"

"好的呢，慧姐。"

左颖来到郑慧之家时她正在书房开会，等了一会后她才抽空出来，递给左颖一个文件袋，连连道谢，比第一次见面热情了不少，称呼都改了：

"真是劳烦妹妹了，我这两天事情太多了，不然早就约你喝一杯了。下次吧，把陈总也叫上，我带你们去打球。"

这话一说，明显是把他们纳入圈子了。左颖欣喜，嘴上不见外地答应着，眼睛却不受控地看向郑慧之的脸，努力表现得自然。

她的脸消肿了一些，看起来平整了不少，可嘴唇又肿了起来。上唇红肿得最厉害，像是一根刚烤好的M形香肠，嘴角也有明显修饰过的痕迹，僵硬地维持着一个上扬的弧度。她打完了填充，又马不停蹄地做了个微笑唇。

左颖暗暗赞叹，也太拼了吧。

郑慧之电话不停响，她说还有会没开完，把管家叫来，安排司机送左颖回去。可司机一早就去天津帮郑慧之取东西了，现在也没回来。左颖便说她打车回去，反正也不远。她只是想赶紧走，怕再盯着郑慧之的嘴唇过于不礼貌了。

郑慧之的独栋在顺义偏北的位置,足够安静,面积也够大,就是太偏僻了。左颖叫了个车,显示最快也要二十分钟后才到,好在天气不错,她也不着急,就在路边踱步等着。

等待的时候她又想起郑慧之的微笑唇,不免唏嘘。一个备受尊敬的成功女人,在中年事业最辉煌的时候,却带着焦虑步入医美大军。她一定在害怕什么,才如此仓皇地不择手段补救。

滴滴,身后传来两声车喇叭,左颖闪身靠边。

滴滴,喇叭又催了两下,左颖转头,一辆黑色路虎一个驰身,稳稳地停在她旁边。

车窗落下,露出一张戴着墨镜的窄脸,同时一个播音腔开口:"左小姐,你去哪儿,捎你一段。"

墨镜摘下来,一身休闲打扮的男人得体微笑,隐隐飘过来一股烟草香水的味道。左颖当然认得出他是倪战,郑慧之的小老公,电视台的台柱子,估摸着他是从家里出来,看到自己在家门口大马路上闲逛才停车的,不过他怎么会认识自己呢?

"倪先生,"左颖先打个招呼,"你认识我啊?"

"上次你来过家里,我见过一次的人就不会忘。"

见左颖面露不解,似怕她误会,倪战又补充:"可能是职业病吧,经常要见很多人,练成最强大脑了。"

倪战说话时除了标准播音腔外,还带着丝丝的笑意,好像从他嘴里蹦出来的每个字都裹了一层糖,让听的人如沐春风,很容易被他说服。

左颖笑笑:"我叫了车了,等会就到了。"

"这里不好打车,市里的车过来也慢,上车吧,我约的事情还早呢,正好先送你,再说像我这种重要人物去太早多跌面啊。"

遇到这么会聊天的人,左颖找不到拒绝的说辞,取消了滴滴,开门上车。车门打开后,她看到副驾的座位上有一个文件袋,上面醒目地标注着一家律师事务所的logo。倪战捡起文件袋,扔到后座。

大概是职业经历训练出来的高情商,尽管是第一次交流,又是在如此封闭的环境,前半个小时的车程里倪战丝毫没有让左颖感觉到不适和尴尬。

他先是聊了一会天气和路况，路过一家牛肉火锅时又极力推荐了一番，建议她工作日中午去免得排队，最后又兴致勃勃聊起娱乐圈里的热门八卦，惹得左颖连连惊呼。

但其实左颖是在故意配合他。她对娱乐圈那些破事丝毫没有兴趣，也看得出来倪战很善于跟女人打交道，这些话题都是惯用套路，三招之内肯定能获取大部分女人的信任，那就让他得逞好了。

不过左颖倒不觉得他有什么歪心思，可能只是惯性开屏吧。

左颖又想起了郑慧之的微笑唇，逻辑上理解了一些，情感上还是觉得不值。

倪战转头看看左颖，察觉到她心不在焉地看手机，视线又落在她秀气精致的手指上，突兀地问起来："打算什么时候结婚啊你们？"

"什么？"

左颖被问蒙了，顺着他目光看向自己的手指，她今天没戴婚戒。上次陈南鹤说把婚戒弄丢了，左颖索性也就摘了。

"哦，我们结婚了的，去年结的，再过两个月就是我们结婚纪念日了。我今天没戴婚戒，我们打算换一套呢。"说完，左颖才意识到解释得过于急迫了。

倪战点点头，目视前方不说话了，气氛怪异起来，左颖知道他憋着什么话没说，却也不好多问。

直到车快开到左颖家时，不知倪战怎么想的，把话题又扯到他们夫妻身上："说起来，春节前我见过你家陈总一次。"

"是嘛。"

"在一个私家网球馆，我被一个朋友带过去玩。陈总好像是那里的合伙人，他球打得真好，一个人打我们俩绰绰有余。"

左颖皱皱眉，没应声。

"你会打网球吗，左小姐？"

左颖忽地有点厌烦，没正面回答："我到了，把我放在这里就行。"

倪战靠边停下车，在左颖下车时，又探身补充了一句："左小姐，如果我说什么让你不开心了我道歉。主要是打球那天，陈总说他是单身，可能开玩笑吧……嗨，好奇心害死猫。"

左颖一手撑着车门，侧着身子，一张小脸已经垮了下来，说："谢谢你送我回来，倪先生。"

回家路上，她给陈南鹤发了个信息，跟陈南鹤要个地址，她把简历资料给他闪送过去。

过了一个多小时陈南鹤才回复，地址是尚飞北京分部办公室，看来他正在上班。

左颖冷静思考了一会，其实也就花了几分钟时间，然后迅速换了身衣服，针织连衣裙外面套了个廓形薄风衣，又穿上搁置了很久的高跟鞋，叫了个专车，目的地就是尚飞北京分部。

不可否认，倪战那番话给左颖带来不小的影响。倪战是个四处开屏的花孔雀没错，但左颖知道，他没必要跟自己胡诌撒谎，他说见过陈南鹤，应该是真的。那么，陈南鹤对外自称单身，也是真的了。联想到陈南鹤拍照不戴婚戒，还有那个陌生女人的信息，左颖隐隐有这个心理准备。

可是，他居然网球打得很好，而且投资了一个网球馆？这不可能。陈南鹤就根本不会打网球，他是个运动白痴。左颖几乎擅长各种运动，约会那段时间也试图带着陈南鹤去运动，包括尝试打网球，陈南鹤全程像个残疾人一样发球都学不会，他说他从小就没有任何运动天赋。

尚飞北京分部的办公室在西边，路况好的前提下开车也要四十分钟，左颖在路上犹豫过到底要不要过去，最终，还是在目的地下了车。

好奇心果然害死猫。

公司在一个科技产业园里，尚飞霸占了最豪华的一个四层独栋，产业园入口就有尚飞的巨幅海报，那栋纯白色的四层办公楼前也竖着尚飞最新款球鞋的广告。左颖绕着广告，踢踏着高跟鞋，走进去。

前台拦住了她："您好，请问您找谁？"

"你好，我找陈总。"

陈南鹤跟左颖说过，他并不是北京分部的最高层，他上面还有一个总裁和两个总监，他的职位是大区经理，公司里跟他平级的还有两个经理。平时经常在媒体和官网露脸的都是他的上司，陈南鹤比较低调，只参与公司内部职权范围内躲不开的活动。

不过陈南鹤由于主抓整个华北地区的销售业务，又一手推动了几个爆款球鞋的营销全程，才在公司格外受重视，毕竟他是负责赚钱的。因此外界提起尚飞陈总时，都知道是那个很会卖鞋的陈南鹤。

果然，前台立刻明白左颖找的是谁，直接问："您有预约吗？"

左颖记得陈南鹤也说过，他每天的行程都要提前预约的，她干脆直接给陈南鹤打了个电话，没打通，又打了一个，还是没通。一旁的前台小姑娘敛起笑容，开始上下打量左颖了。左颖干脆报上身份："我是陈总的太太，有点急事找他，他可能在开会吧。要不我直接在他办公室等他，可以吗？"

尽管左颖客客气气的，前台还是睁圆了眼睛，语气带着明显的不耐烦了："可是，我们陈总不在公司呀，他就不在北京，他去东北出差了，您不知道吗？"

小姑娘故意看着左颖，看到她脸色唰地白了，本就白皙的皮肤一点血色都不见了。

左颖稳了稳神，半天才说："那麻烦你，能帮我查一下公司里有叫陈南鹤的吗？"

小姑娘撇嘴，为难了片刻，说："全名叫什么？"

"陈南鹤。南方的南。仙鹤的鹤。"

镶着钻的指甲在键盘上快速敲了几下，问："陈南鹤，九五年的，厦门籍贯，是他吗？"

"对。"

"他是我们设计部的。"

"设计部？什么职位？"

"就一普通设计师啊，设计纸袋啊鞋盒啊什么的。"

左颖攥紧了拳头，指甲扣进了肉里。

"谢谢你。"

她一步一步走出尚飞办公楼，高跟鞋在大理石地面上敲出脆响，每一声都像是踩在她的肺腑里。当她轻飘飘地走出来时，忽觉一阵头晕，扶着一旁的广告牌，意识到自己一天没吃饭了。

她从包里拿出一块巧克力，她有低血糖的毛病，巧克力是随时会带在身边的。吃了之后,眼前的一切清楚了不少,脑子也跟着转了转。

左颖拿出手机,翻着通信录,手指有点抖,她不管,继续滑,找出一个早就被她拉黑的电话,犹豫了一下,还是拨了过去。

对方很快接通:"喂?"

左颖揉了揉眼角。

"喂,哪位?"

"晶晶吗?"

"你是……"对方提高音量,"我的天,左颖吗?"

"我能见见你吗?"左颖压着声音,"求你了。"

左晶晶,是一年前与左颖合租的主卧女孩。

第三章

陈南鹤在工位上明目张胆睡了一上午，醒来后眯眼瞅瞅手机，左颖没发来任何消息，微信界面还停留在他发的公司地址那里，已经三小时过去了。

他工位的位置有点偏，有时信号不好，常错过电话，有点烦。

他慢腾腾地站起来，腿有点麻了，长腿原地晃了晃，又稍微伸了下懒腰。他穿了件材质硬挺的白衬衫，黑色休闲裤，浑身上下一丝褶皱也没有，黑色短发潦草地铺在头顶，衬托出一张帅气而又漫不经心的脸，跟办公室里其他蓬头垢面的打工人形成鲜明对比。他转身走出工位，下楼，像是走出原本就不属于他的临时栖息地。

陈南鹤刚走，坐在他对面的新来的女同事在微信上跟老人八卦起来："你看你看，他又睡了大半天！迟到，早退，动不动就请假，来了也是补觉，可真牛。"

"嗨，他一直都这样。"

"领导就不管他吗？"

"你看哪个领导敢管他？"

"他什么来头？"

"不知道。但是别惹他，好心提醒。"

"可是他好帅啊！"

"别！惹！他！"

陈南鹤所在的设计部在二楼的公共办公区，因为在公司没啥地位，简单被划出来几个格子间。尚飞的核心设计团队都在厦门总部，每季的新款爆款都是总部设计出来后直接下工厂的，北京这边也就是配合着设计一些包装或海报什么的，统共也就养了七八个人。

其中，还包括一个闲人陈南鹤。

陈南鹤来到一楼，手指点了点前台桌面，正埋头刷手机的前台猛地抬起头，是个生面孔。

"有我的快递吗？"

镶着钻的指甲赶紧关了手机："名字是什么？"

陈南鹤想这公司文化是越来越浮躁了，留不住人，连前台都平均一个月换一次："陈南鹤。"

"啊……"前台拖了个诡异的尾音，"快递倒是没有……不过，刚才有人来找过你。"

然后，陈南鹤听着新来的前台啰啰唆唆聊了半小时，绘声绘色地讲了一遍一个谎称是陈总太太的漂亮女人点名道姓来查他，走出门的时候魂都没有了，末了突然紧张地说"哎呀，她会不会是商业间谍什么的？！"

陈南鹤听完没什么表情，只扔下一句"有可能，下次别随便透露员工信息"，事不关己一样走了。

他又看看微信，左颖还是没联系他，已经四个多小时了。

下午他有一个视频会议，跟总部那边对接这个月的重点工作，除了总部设计部的同事之外，尚智远也会参加。

尚飞是家族企业，尚智远是现任总裁尚一祁的侄子，也是主抓产品开发的集团副总。因为尚智远在，所有人都格外重视，齐齐整整地挤在小会议室前排，只有陈南鹤一个人懒散地坐在后排。

会议还是那些流程，两边部门领导先汇报工作，大领导再布置工作，最后个别员工还会被抽查提问，无聊至极。每个人平均二十分钟的时间，陈南鹤粗略算了算，今天这个会起码得四个小时能结束。结果还不到一个小时，他就离开了。

那时正好轮到尚智远发言，尚智远戴上了他标志性的黑框眼镜，对着电脑读工作安排，一板一眼的，偶尔斜着眼睛扫向镜头，短粗胖的手指推了推镜框。当他说到尚总对下个季度新品的理念想法时，陈南鹤终于忍不了了，起身，迈着长腿走出去，甩上门。

北京会议室的同事们都见怪不怪了，只有新来的女同事惊愕地转头看了眼那个叛逆身影，原地睁圆了眼睛，心想他这么牛哄哄的该不会是老板的私生子吧？转而又使劲摇摇头，告诉自己以后少看点降智网文小说。

尚智远蹩脚的南方普通话戛然停了下来,他喝了口手边的茶,才继续发言,又推了推黑框眼镜,嘴角不屑地扯了扯。

陈南鹤直接来到四层,直接大步走向尽头的办公室,办公室门口挂着名牌:【陈伟浩】。

办公室门口的工位坐着一个机灵的秘书,看到陈南鹤后微笑打了个招呼,没有拦他,却立刻打开手机发了条信息:【陈总,小鹤哥上来了。】

办公室不大,朝北有点暗,但在这一百多人的分公司内能获得一个独立空间已然不简单了。陈南鹤进去后熟门熟路拉上窗帘,即便没阳光他也觉得亮,晃得脑袋疼,他仰头躺在唯一的长沙发上,抬手遮住眼睛。他觉得有点恶心头晕,正酝酿快睡着时,兜里的手机振了一下。

陈南鹤猛地坐起来,拿出手机,赶紧打开。他悬着一颗心期待着什么,他也说不清具体期待的是什么,当打开手机时,只能确认是失望的。

陈伟浩:【兄弟猜猜我在哪儿呢?】

他发了一张自拍,一个健硕的脑袋,浓眉大眼,隐隐冒着点胡茬,穿着他最喜欢的假皮草,对着镜头得意地凹出一个盲目自恋的微笑来。背景看着有点萧条,似乎还挺冷,行人还都穿着羽绒服,而北京此刻已经入春了。

陈伟浩:【我在你老丈人家呢!哈哈哈】

陈南鹤不耐烦地回复:【有病。】

陈伟浩:【也太冷了这边。】

陈南鹤:【东北也归你管了?】

陈伟浩:【你要是将来交给我管,我也义不容辞啊,哈哈哈。】

陈南鹤回复一个微笑表情。

陈伟浩:【唉,这边要铺几个店铺,各种手续贼麻烦,让我来帮忙的,明天就回去了。】

那股恶心头晕的感觉又袭上来了,身体里像是有密密麻麻的蚂蚁从胃部向喉咙涌一般,陈南鹤扔下手机,又躺下,用所有力气来遏制自己圈养出来的恶魔。

不知不觉,他睡着了。

陈南鹤混混沌沌中做了一个奇怪的梦,梦到他跟左颖打了起来。不是夫妻之间的吵架或辩论,就是字面上的打,互殴。

他们在一个黑咕隆咚的地方,左颖手里举着一把菜刀朝他奔过来,就是她平时做饭用的那把,哦,她还系着个围裙,她朝他砍过来,一点也不留情。

梦里陈南鹤赤手空拳的,躲了一下刀,又从后面偷袭了一下左颖,握着她双手背在身后,把她控制在怀里。左颖还在嚷嚷着上蹿下跳,陈南鹤仗着手长腿长紧紧把她锁住了。

陈南鹤低头看着她,她气得涨红了脸,那双妩媚的眼睛也似要喷出火来,像个被一块肉吊着的饿急眼了的小兽。

忽然地,她眼睛一垂,看着他的脖子:"陈南鹤,你脖子那里怎么了?"

陈南鹤说:"不是告诉过你吗,前几年被人打了,留下的疤。"

"可是,它在流血啊。"

梦里陈南鹤低头,看到鲜红的血从他喉结下的伤口流出来,而同时,他抬起手,那把菜刀不知何时握在自己手里。

陈南鹤就在这时醒来了,惊出一身汗,他下意识摸了摸脖子上那道疤,重重吐了口气。他试着回忆一下刚才的梦,毫无逻辑可言,却把人搞得筋疲力尽。

他看看手机,已经到了下班时间了,左颖还是没有联系他。

他点进左颖的朋友圈。朋友圈设置了半年可见,她发得并不频繁,平均一个月发一条,基本都是精心挑选的能体现她生活品质和品味的照片。要么是精致的低糖手工烘焙,要么是新入手的小众鞋子包包,或者跟陈南鹤打卡的高档餐厅,还有过年时她跟陈南鹤在鼓浪屿的自拍合影。

朋友圈里的她都是安逸的、充实的、娇媚又恬静的,贤惠又温柔的,都是她刻意像拼图一样一块一块拼起来的形象。

陈南鹤觉得,虽然他也没见过,但刚才梦里那个挥舞着菜刀上蹿下跳的小兽才是真实的她。想到这里,陈南鹤莫名笑了笑。

天已经黑透了,公司里只剩下几个加班的同事,陈南鹤拿起车钥匙,回家。赶上晚高峰有点堵,他把手机连上车载蓝牙,打开音乐软件选了一首欢快的歌,跟着摇头晃脑地唱了起来,甚至还来了一段饶舌。

以前左颖吐槽过陈南鹤唱歌难听，说他的嗓子像是鸭子和鹦鹉生出来的串儿，想到这里陈南鹤唱得更放肆了些。尽兴时忘了看红绿灯，后面狂按喇叭催了几下，他才注意到绿灯来了。

嘻哈音乐一首接一首放着，大数据精准把握了他的喜好，拿捏了他的情绪多巴胺，也让北京的晚高峰没那么难熬了。一个小时后，他驶进了小区地下车库，把那辆左颖很喜欢的大奔稳稳停在车位。

停好车，他正从旁边的储物箱里取东西，这时车载音箱突兀地响起手机铃声，陈南鹤一惊，看了眼来电，是爸爸。

"我没什么事，就是问一下你们五一回不回来。"陈爸爸似乎在做饭，旁边能听到炖汤时沸腾的声音。

"我还不确定。"陈南鹤简单答。

"那小颖呢？"

陈南鹤觉得他爸其实想问的就是左颖，也不知道她怎么做到的，见过一次就跟陈爸爸处得这么好了："回头我问问她。"

"行，挂了吧，没事了。"陈爸爸跟陈南鹤向来没什么话，但挂之前他又提醒一句，"你俩挺好的吧？"

"嗯。"陈南鹤小声应了下。

挂了电话后，陈南鹤低头沉默了一会，才慢吞吞下车回家，他动作极其缓慢，身子像是浸过水一般沉重。

家里空无一人。

陈南鹤只点了一盏客厅的灯，喝了杯牛奶，就在灯下坐着。

他环顾家里一圈，忽然有个很可怕的发现，惊起一身鸡皮疙瘩，这个家里几乎没有左颖的影子。

家具家电都是陈南鹤买的，客厅里摆着陈南鹤的书架，墙上挂着陈南鹤喜欢的画，衣帽间最显眼的是一排陈南鹤的西装，门口摆着的也都是陈南鹤的鞋。而左颖的东西本来就不多，大部分又都收了起来，只有身后的鞋墙和面前的小婚纱照跟她有关。

她好像从来没有在这个家里出现过似的。

这时，旁边的灯忽地灭了，陈南鹤又试了试，还是打不亮，估计停电了。

黑暗中，陈南鹤努力想，为什么他平时没有发觉左颖存在感这么低呢？哦，大概是因为每次他回到家左颖都在，都会叽叽喳喳地用拿捏精准的娇俏语气荼毒他的耳朵。

"老公，你回来啦。""老公，饭马上好了哦。""老公你觉得这两套睡衣我穿哪个好看？""老公我想要最新款的那双鞋。""我老公怎么这么帅！""老公是你先洗澡还是我先洗？"

他烦透了这些聒噪的声音。

都是假的。

陈南鹤拿出手机，左颖已经整整十个小时没有联系他了。

他干脆打开对话框，带着怒意，打算发点什么，斟酌了半天，才输入一句话。

【家里停电了。】

没有回复，大概过了十分钟，旁边的灯亮了，微信振了一下。

老婆：【电费充好了。】

陈南鹤想继续回复点什么，打字输入，却删了又删，从【谢了。】【电费都是怎么交的？】【你在忙吗？】【不回家了？】最后只打出【左颖……】两个字。

统统删掉，陈南鹤直接拨电话过去。

左晶晶接到左颖电话时正准备出差去上海参加一个行业会议，她现在是一家跨国医药品牌的中层组长，单身，但不打算结婚，努着劲想拼一个国外总公司的调职机会，熬三年后再回来能连升两级。她现在想通了，爱情和婚姻靠的都是运气，只有攥在手里的成绩和钞票不会辜负自己。

可接到左颖的电话后，晶晶丝毫没犹豫，立刻让行政帮她改签了明早的机票，把左颖约到公司附近的茶楼。她坐在靠近门口显眼的地方，远远地就认出了踏着高跟鞋袅袅走来的女人，她长发随意挽在脑后，伸直了修长脖颈朝里面看了看。

晶晶朝她挥了挥手，突然想起第一次见到左颖的情形。

那时候她刚换到这家公司，着急入职就随便租了个主卧，没多久房东告诉她次卧租给了一个同龄女孩,可晶晶在家里一直没碰到过她,对她唯一的印象是放在门口的一双球鞋。

晶晶至今还记得那双鞋的样子,是一双很旧的白色帆布鞋,杂牌子,鞋底有修补过的痕迹,白色的鞋面经过反复洗涤已经泛黄了,鞋头磨损得更严重,总之是一双扔出去大概率也不会被回收的鞋。可就是这样一双旧鞋,却配上了不对称的一对彩色鞋带,像是从彩虹里随便抽出几个颜色揉在一起一样,让这双鞋有一种令人感动的勃勃生机。

当时晶晶想,这女孩一定是个野生又坚韧的人,是能够在废墟里开花的人。

真正见到左颖是在家附近的十字路口,那天刚下班回家,远远地就看到路口骂骂咧咧的吵起来了,走近发现是两三个男的在推搡着一个女孩子骂。周围也有人劝,但那几个男的说女孩欠了他们很多钱不还,是个老赖。晶晶凑过去看了下,一眼就看到那双彩虹鞋带的旧帆布鞋,目光向上,看到散着长发的女孩垂着头,头发遮住了她的脸。

晶晶一向是个不怕事的,想去插手帮忙,可那女孩突然扬起下巴,抬起一只胳膊,眼神无比狠厉地瞪着那几个男的,一点也没害怕,语气也清清淡淡的:"要不我卖血吧?不知道值不值点钱。"

行人越来越多,也有说要报警的,那几个外地口音的男的骂了两句就匆匆走了。女孩只是捡起地上的帆布包,把散发掖在耳后,薄薄的肩膀一寸寸缩在黑色大衣里,像是什么也没发生一样离开了。

晶晶跟妈妈说过这件事,妈妈让她赶快搬家离这种危险隐患远一点,可她却更想接近左颖了。大概是留学期间漫画看多了,她觉得左颖身上那股原始的生命力很诱人,甚至有点热血,她笃定左颖是不甘于现状的,她是能抓住任何机会翻盘的。

所以后来,晶晶从红娘那里知道左颖借用自己身份,偷偷去跟那个精英Alex谈恋爱时,她是不意外的。

她没有追究,没有怨念,反正她对那个棕熊一样的普信男也没什么兴趣,反倒真心觉得他配不上左颖。她想告诉左颖她值得更好的,可左颖已经搬走了,也拉黑了她。

没想到短短一年,她们居然在这种情形下见面了。

晶晶看着坐在对面喝茶的女人，举手投足间已经变成了优雅贵妇。目光向下，看到她脚上那双米白色的小羊皮尖头高跟鞋，一尘不染，温柔精致，可那接近十厘米的尖细鞋跟泄露了她骨子里的不自信。

没有女人真的爱穿高跟鞋，她们需要的是被凭空撑起来的势气，来武装自己。

左颖看起来明明过得很好，可当她坐下时，脸上却挂着掩饰不掉的疲惫，晶晶并不意外。

"我以为你会泼我一脸茶呢。"左颖僵硬笑了笑，有点心虚。

晶晶给她茶杯续上："我那么小气的吗？"

"对不起，晶晶。你也许不相信，我那时候但凡有别的办法，也不会去抢你的东西。"

"你过得好吗？"晶晶打断她的话，直直看着她。

左颖恍惚了一下，坦然说："我后来跟他结婚了，闪婚。"

"他对你好吗？"

左颖认真想了想："……不算差吧。"

然后她又苦笑着补充："我没见过什么好男人，在我认识的男人里，他算是不错的了。"

"哪怕他是个骗子，还不错吗？"

左颖这才抬头看向晶晶，从坐下来到现在，她一直不敢看这个曾经对自己足够善意的人。晶晶跟一年前没什么变化，短发，素圈耳环，圆润的一张小脸，只不过没了过去爽朗的笑容，只剩下严肃和冷漠。

是我活该，左颖想，她有权利厌恶我。

可即便她厌恶我，甚至被她秋后算账，左颖也要来见她，而且必须搞清楚一件事。

左颖这次来不仅仅是为了道歉的。当她手足无措地站在尚飞那个四层独栋门口，从一块巧克力中恢复些神智后，第一个出现在脑中的人是晶晶。因为在这荒诞的故事里，左颖唯独觉得对不住的人就是她。除此之外，也只有她能解答自己的疑惑。

"看给你吓的。"晶晶绷不住了，笑起来，"你来找我，难道不是因为你发现那个普信男是假的吗？"

左颖看到她笑了,也松弛了些:"你在我搬走的时候就知道了吧?"

晶晶回答:"不,你搬走的时候,我只是从红娘那里知道你去见了那个普信男,不知道他是个冒牌的。"

"那什么时候?"

"去年冬天吧。但我没想到你已经跟他结婚了。"

"怎么知道的?"

"我见到了陈伟浩。"

"陈伟浩?"

"哦,就是真正的Alex chan。"

晶晶突然来了个工作电话,她就在左颖面前接起来,聊了十几分钟才挂,然后又编辑了个邮件给同事发过去。忙完了之后,她倒了一大杯茶,一口喝干,看到对面的左颖已经等不及了,眼睛一直在自己身上打转,又不好意思催。

晶晶笑了笑,才讲起她如何见到正牌陈总的。

"是在一个酒吧里,我们合作的一家公关公司年会上。"

这家公关公司也是外资企业,业务范围非常广,合作的都是国内外有名的品牌。那时正赶上圣诞节,他们趁着节日弄了个主题年会,定了工体一家迪斯科风格的酒吧,邀请了几个大金主客户。其中,就有晶晶所在的医药公司。

晶晶是被同事拖着去的,说这是千载难逢的解决单身问题的社交场合了,里面的人大多都是各行业的精英翘楚,又没有工作场合的严肃正经,只要是适龄单身看对了眼的脱单概率相当高。果然,主办方走完了年会流程后,大型自由交友活动开始了。

晶晶对脱单没多大兴趣,倒是觉得他们准备的红酒蛮好喝的。两杯酒后有点无聊,便也壮着胆子去搭讪了两个看着顺眼的男嘉宾,一个有主了,一个性取向不清不楚的。也有两三个主动向她示好的,可见她态度懒懒的,都识趣散去了。

最后晶晶瘫在卡座一角,无聊地喝着红酒玩连连看,同事凑过来,指着吧台一个方向说:"你觉得那个人怎么样?"

"谁呀?"

"尚飞的陈总啊,就是那个把尚飞做成一鞋难求的Alex chan。"

同事提到陈总她还没对上号,可提到Alex时,她一下子清醒了,刚才的酒算是白喝了。

晶晶看向吧台那个雄壮的背影,跟红娘发来的照片对上号了:"他,单身吗?"

"当然啦,我打听过了,单身,未婚,四处征婚找对象呢。"

晶晶冷笑一声,拎起红酒瓶,像是一头要去战斗的母豹一样敏捷地穿过人群,坐在陈总旁边。

"Hello!"

雄壮的身影半趴在吧台上,像是在看手机,又像是睡着了。

晶晶只好推了推他,假装关心:"还好吗?"

终于有了点动静,缓慢转过头,红涨着脸看了看她:"你好,不好意思我有点喝多了。咱们先加个微信,回头慢慢聊。"

说着他真的亮出微信二维码,晶晶扫了一下,Alex陈伟浩。过去的相亲简历上只有英文名,她这才知道他叫陈伟浩。

"陈总,还单身的吗?"

"对啊。"

"也是,能同时满足贤媚乖的女的不多。"

"你怎么知道我的……"陈伟浩费劲地抬着沉重的脑袋,"对不起,咱们之前认识吗?"

晶晶故意大惊小怪:"你把我都忘了呀?"

陈伟浩蒙了。

"我啊,我是Crystal啊,我们之前在婚介中心交换过资料,红娘欢欢姐,记得吗?"

"你认错人了。"

陈伟浩收起手机二维码,转头就要跑,被晶晶薅着袖子一把拽了回来。

陈伟浩一脸震惊地看着晶晶,说话依然语无伦次的:"挺有劲儿啊。"

晶晶也不跟他绕弯子了,直奔主题:"红娘欢欢姐说你跟左颖见面谈恋爱呢,是不是?"

"不是。"

"不是什么?我问你,见过面没有?恋爱了没有?恋爱了你还在这装单身?你不说,信不信我现在就给左颖打电话。"

"哎呀,不是我!"陈伟浩迷迷糊糊说了句。

"什么?"

"见面的不是我。"

"那是谁?"

晶晶死死盯着陈伟浩,可他眼睛已经眯在了一起,越来越沉,使劲撑着脑袋,用最后一丝清醒说了一个名字和一句糊里糊涂的话。

他说:"陈南鹤……"

晶晶追问:"陈南鹤?"

他大着舌头又说:"他俩,他俩绝配。"

然后陈伟浩一头砸在桌面上,一醉不醒,被同事送了回去。

那天晶晶没有加上陈伟浩的微信,倒是清楚地记下了陈南鹤这个名字,也试图给左颖打过电话,想告诉她与她相亲的普信男是个冒牌货,但没打通。没多久工作忙起来,她就把这件事忘了,直到今天左颖主动联系她。

"陈南鹤。"晶晶再次重复一遍这个名字,"是他吗?"

左颖点头。

晶晶咬着牙说:"就是他,应该跟陈伟浩关系很亲近,用陈伟浩的身份来跟你相亲的。"

"而且,"左颖神情冷滞,语气平淡求证,"他从一开始就知道我不是你,对不对?"

"对,他们一开始就知道。不然,陈伟浩不会一听说我是Crystal就跑。"晶晶小心翼翼看了眼左颖,又说,"也不会说你俩是绝配。"

左颖垂下头,眼皮搭在脚下,细细的脖颈像是要折掉一般弯下来,冷不防笑了下。

绝配。

绝配的意思就是,她和陈南鹤是一丘之貉,是一路货色,都是动机不纯的骗子。

左颖虽然在来的路上已经有心理准备，但确定了事情原委后还是觉得真的荒唐。

陈南鹤是个骗子，而他也早知道自己也是个骗子了。

晶晶突然生起一阵同情，又责怪起自己，说："这事说到底也怪我，那时候不该把你的照片发给红娘，他一定是看到你的照片动了心思。"

"不怪你。"左颖半天缓过神来，"是我自己的选择。"

她还记得第一次见到陈南鹤那天，在一家精致的咖啡厅，他的桌子上摆着一枝白玫瑰，他看着四下乱窜寻找相亲对象的自己，缓缓站起来露出一个明亮舒朗的笑容，温柔地叫住她。那天下了初春第一场雨，左颖内心不安又雀跃，她以为自己终于交了好运，以为终于可以有机会走出泥潭。

可是她当时并不知道，生活的真相是，她从一个泥潭走进另一个泥潭。

这时左颖手机亮了一下，她看了一眼信息，没在意。

晶晶的电话又响了，依旧是工作上的急事，她答应着一会去公司处理，挂电话后看着对面的左颖，笑笑："我得先走了。"

左颖诚恳地看着她："好，我们保持联系可以吗，晶晶？"

晶晶走过去，用力抱了一下左颖。

左颖忽然鼻子一酸，她不习惯真诚的拥抱，僵硬地揽着晶晶。

"不管怎么样，别心软。"晶晶一脸正义，"他是个骗子。"

左颖马上接了句："我也是啊。"

左颖随后也走出茶楼，打开手机支付宝，交了个电费，然后回复陈南鹤信息：【电费充好了。】

刚才的信息是陈南鹤发的，莫名其妙地说家里停电了，好像什么事也没发生一样。但相处久了的夫妻都有这种默契，再正常不过的一句话，在这种较劲的时刻都藏着汹涌的情绪。过去遇到停电陈南鹤也都是摸黑待着，等左颖自觉缴费，他才不会主动求助。

左颖很清楚，陈南鹤知道她去过公司了。

他说停电了，其实是抛给左颖一个台阶，他姿态高高地坐在台阶顶，让左颖走上去耐心主动地与他聊聊。

凭什么？谁又比谁高尚多少。

左颖随便选了一个方向，盲目地在街上走着，她也不知道要去哪里，就不想回家。

没走多远，陈南鹤的电话打过来了。

左颖接通了电话，但两边都沉默着，谁也没有开口。左颖坚决不顺着那个台阶上，倔强僵持着。

终于还是对面先说话："家里来电了。"

左颖皱皱眉，也平淡问他："晚饭吃了吗？"

"喝了牛奶。"

陈南鹤顿了顿，又问她："我去接你吗？"

"不用，我不回家了。"

说完左颖意识到有赌气的情绪，又说："我要去趟外地。"

"去哪儿？"

"去……看看凝凝。好久没见了。"

陈南鹤嗯了一声，却没有挂电话："那，简历呢？"

左颖看了眼包，从郑慧之那拿来的简历文件还在包里。

"我到了机场给你寄过去。"

陈南鹤先挂了电话。

左颖拦了一辆出租车，直接开去机场。

陈伟浩刚出差回来，本想着休息一天正好把红娘介绍的三个相亲对象集中见一下，他比较心仪那个清华附中的音乐老师，资料很完美，要是会煲猪肝汤就更好了。可刚到北京，就被陈南鹤叫去公司，让他安排进去一个实习生。

"就这点事，你跟人事老许说一声也行啊。"陈伟浩实在不愿意去。

"我哪有你面子大？"陈南鹤幽幽说。

"别，老许知道你是谁。"

"你办不办？"

"行。"陈伟浩不敢得罪他，"我这辈子要是打光棍，都是你害的。"

红娘说那位音乐老师非常抢手，约她的男客户排队都排到下个月了，陈伟浩便抓紧时间约今天的晚饭，音乐老师还没回复他就先订好了餐厅，马不停蹄去公司办事。

人事那边还算顺利，但被秘书缠着处理了几个积压的合同，中间还得跟总部的法务扯皮，耗到了下午六点多才结束。他今天没开车，叫了个滴滴去餐厅，这时候陈南鹤电话又打过来，他顿时有种不祥的预感。

陈南鹤什么都好，就是总挡他桃花。

"伟伟，今天辛苦你了。"

一听这嬉皮笑脸的称呼，陈伟浩心里凉了半截，知道他准没好事。

"我请你吃饭啊。"

"不用，我订了餐厅了。"

"正好，那你请我。"

"我晚上有相亲，饶了我行不行？"

"相亲啊。"陈南鹤嘴里似乎嚼着口香糖，"那带我一个呗。"

"你有病吧。"陈伟浩吼着。

正跟陈南鹤纠缠时进来一条微信，红娘说音乐老师染上了流感，改天约。陈伟浩第一个念头是，一定是陈南鹤妨的。

陈伟浩去地库找陈南鹤，刚钻进那辆黑色大奔，就劈头盖脸咆哮："我警告你，这是老子最后一次为了你取消相亲，记着点我的好，以后对我厚道点，好歹让我当个有钱的老光棍。"

陈南鹤笑："一个老光棍，要那么多钱干吗？"

"你就笑吧，敢情你饱汉不知饿汉饥，你可别忘了，你老婆可是从我这里抢的。"

陈南鹤脸色平静着没作声，一踩油门，没等陈伟浩系上安全带就驶出地库。

陈伟浩嘟囔着不满，转头打量一下这个从小玩大到的朋友，看出他有点反常。

他知道陈南鹤并不喜欢聊他老婆的话题，在外面更是绝口不提左颖这个人，尤其对厦门那边。他偶尔会跟自己提一下左颖，但也是不咸不淡的，或者抱怨一下她闹出那些幺蛾子，要么就是问最近流行什么礼物买来送她。

陈伟浩拿不准他对这场婚姻的态度，忽而觉得他还挺上心，忽而骂他就是渣男。

餐厅门口停好车后，陈伟浩不经意问："吵架了？"

陈南鹤没理他。

坐下点餐时陈伟浩又问："我托人从米兰背回一个新包，爆款，适合送老婆，用不用帮你带一个？"

陈南鹤皱眉看菜单："这都什么菜，怪不得你相不到对象。"

陈伟浩不服："大哥，这四星级餐厅，法国主厨，人均小两千，而且这里灯光打得特别好。"

陈南鹤来了兴趣："灯光好？"

"你不觉得这的光特别暖特别柔吗，像加了个滤镜，衬得人好看。"

陈南鹤懒懒靠在椅背上，认真打量好友，半晌后幽幽说："你是不是又胖了？"

"点菜点菜。"陈伟浩不想跟他说话了，这人今天带着邪火，还是少惹。

菜品是偏法式的，以煎鹅肝和焗蜗牛最为地道，陈伟浩又点了焗土豆和馅饼，陈南鹤津津有味地把菜单从头看到尾，又从尾翻到头，只问了句能不能来瓶红酒。

陈伟浩对他上次喝多了的癫狂壮举记忆犹新，摆摆手赶紧把菜单抢下来，给他点了一杯果汁。

一顿饭下来，陈南鹤就只喝了那杯果汁。陈伟浩把一桌子精致餐食扫光，最后慢悠悠吃着赠送的小甜点，瞥了眼对面盯着微信快半小时的人，聊起了另一件事。

"上次老尚提的事你考虑得怎么样了？"

陈南鹤还在看微信，可没人联系他："什么事？"

"让你回总部啊。"

"他让我回我就回啊？"陈南鹤关了手机，烦躁。

"那你就说不回呗，就说北京这边特别锻炼人，尤其那个不起眼的设计部，人人都是扫地僧。"

陈南鹤若有所思看着他："他让你来探我口风的？"

"谁？尚总？没有。就是上次厦门那个晚宴你刚走，他随口跟我唠叨了句。"陈伟浩打量他，想想后小心说，"倒是樱姐给我打过电话……"

"你跟她说什么了？"

"我可啥也没说！"陈伟浩叹口气，不得不说实话，"她问我你结婚多久了，问我跟你老婆熟不熟，是个怎么样的人？我一问三不知，全挡回去了。"

陈南鹤不知在想什么，冷不防笑了下。

陈伟浩继续说："要我说，反正他们也知道你结婚了，你不如搬回厦门得了，省的总这么两地来回跑。老尚大大小小的会都叫你，信号多明显，你得抓住机会啊，哥们儿都指着你呢。"

陈南鹤懒懒地嗯了一声。

"你要是想好了，这次回去就跟老尚聊聊，上次晚宴的事，你可让他伤心了。我说句公道话，这事也怪你，你说你那天喝那么多酒干啥，喝了酒就算了，中途撂挑子走了算怎么回事？你都不知道后面尚智远怎么给你穿小鞋的，那个小人。"

陈伟浩提起尚智远，倒了胃口，放下手里的甜点。

陈南鹤倒是不以为意："反正我发疯也不是一次两次了。"

"那天到底怎么了？怎么突然走了？"

"找东西。"

"找什么？"

陈南鹤下意识把手拿到桌子底下，按了按手指："戒指。"

"后来找到了？"

"算了，不重要。"陈南鹤漫不经心说，"我就是不想让他们好过。"

陈伟浩看到他眼底忽地红了一片，便不再继续聊了，叫服务员买单。

虽然他嘴上劝陈南鹤收敛性子，但也明白他过去经历的那些糟心事，换成任何一个人都无法云淡风轻。

所有人都说陈南鹤又疯又混，但陈伟浩清楚他已经尽力了。

上次尚家晚宴那天，也是尚飞下季度新品研讨会，几乎所有高层都在，他和陈南鹤都是提前一天到了厦门。陈南鹤还认真做了准备，研讨会上几次发言都在点子上，尤其他提出在新品研发策略上主抓女性体验，用女模特来卖男士球鞋，陈伟浩觉得很惊艳。会议上设计总监突然提到要把春之翼的一些细节延续到新品上，总部却找不到那双鞋了，最后也是陈南鹤解决的。

陈伟浩留意过，老尚看陈南鹤的眼神难得不那么冷漠了。

但是中间有个小插曲，陈南鹤在解决春之翼的事情时疯狂打了很多电话，中间又出去了一会，回来后有些恍惚。但那时他还算可控，真正的难堪发生在尚家晚宴上。

晚宴开始没多久，陈南鹤就被尚智远叫到楼上，中途陈伟浩上去看了一眼，看到尚家的几个同龄人在露台围着一个奇怪的铜鼎喝酒。那个鼎他还是第一次见，锈迹斑斑，倒是不小，里面完全能蹲个小孩，不知道用来干吗的。

大家都围着鼎嘻嘻笑笑的，只有陈南鹤抱着个红酒瓶坐得远远的，看上去喝了不少。他本想去劝劝，所有人都知道不能让陈南鹤多喝酒，可樱姐也上来了，她说她去劝。陈伟浩就下了楼，跟几个同事在沙发上闲扯淡，大概不到半小时，楼上就传来一声巨响，非常骇人，随后是叮叮咣咣的声音，又听到有人骂了句脏话，很快陈南鹤就跌跌撞撞下楼了，把红酒瓶随手摔在地上，直接走了。他走后尚智远追过来，有人问怎么了。

尚智远说了句，这疯狗又欺负樱姐，妈的神经病。

当时老尚就坐在陈伟浩对面，他小心翼翼看过去，看到老尚一脸鄙夷。

其实陈南鹤中途离开后老尚一点也没放在心上，没有动怒，也没有失望，更没有随口跟陈伟浩唠叨任何话。他就当什么也没发生，就当陈南鹤是个无足轻重的疯子，走了反倒轻松不少，继续乐呵呵地组织大家去看他养的锦鲤。

老尚看锦鲤的眼神，都比看陈南鹤有温度得多。

陈伟浩见他始终没回来，不放心出去看看，却听司机说陈南鹤买了最近一班机票回北京了，刚刚把他送到机场。

陈伟浩给陈南鹤打电话，已经打不通了，直到半夜接到他的信息，他说他到家了。

"走啊，抽一根。"

饭后，陈南鹤拐着陈伟浩出去抽烟，也打断了陈伟浩的思绪，虽然他有点好奇那天在楼上发生了什么，但绝不会主动问的。

他们走了一段路，来到亮马河边上，陈南鹤拿出一盒快抽完的黄鹤楼，递给陈伟浩一根。

"怎么又抽烟了？不是说你老婆不让吗？"陈伟浩接过烟。

"她不让我就不抽？"陈南鹤自顾自吐烟圈玩，偶尔看看旁边玩飞盘的年轻人，两人没再说话。

陈伟浩随手拍了一张亮马河的照片，绿荫绿水的，算是北京市内难得养眼的一角了。他编辑了一个朋友圈，发出去之前点了一下可见的人，在通信录里只选了一个人，发了出去。

"这啥意思？"陈南鹤大咧咧盯着他手机。

"有点素质没？还窥屏？"陈伟浩躲了他一步。

"吧啦吧啦是谁？"陈南鹤笑着问。

"一个女的。"

"为啥单独发给她？"

"让她知道我过得惬意，舒服，有情调，而且跟她无关。"

"幼稚。"陈南鹤掐了烟，"有用吗？"

微信一响，陈伟浩低头看，扬了扬手机显摆："联系我了。"

陈南鹤回到家时已经快十一点了，他跟陈伟浩九点多就散了，后来他又开车沿着四环兜了两圈，听了两遍最喜欢的专辑才往回走。在地库里磨蹭了一会，慢吞吞地上了楼。

家里漆黑一片，他只开了客厅一盏小灯，在灯下坐了一会，忽觉饿了，才想起晚上只喝了一杯果汁。

陈南鹤去厨房找吃的，冰箱里倒是有不少食材，牛排青菜酸奶水果都有，左颖喜欢囤东西，家里只要有储物空间都塞得满满的。他看了一圈，没什么想吃的，关上冰箱又翻了翻厨房的储物柜，拽出一袋方便面。他拆开一包，煮了。

煮好的面放在汤碗里，就是平时装猪肝汤的碗，他吃了一口，味道还不错。然后忽然想起什么，拿着手机对着方便面拍了张照片。

他把照片编辑到朋友圈，点了可见的人，只选择了左颖的头像，发了出去。

剩下的时间，陈南鹤一边吃方便面一边盯着手机，毫无动静。

第二天一整天他在公司都浑浑噩噩的，一会拿起手机看看，一会又烦躁地扔下。中途只有两个做微商的朋友给他发了信息，他随手把对方都删了。

又混了一天后，直到下班后他瘫在家里打游戏时才接到那通电话，可内容却是他无论如何也想不到的。

他念叨着，论发疯，左颖还是更胜一筹。

言简意赅地说，他突然被通知，他老婆左颖拿菜刀砍了亲爸左冷禅。

虽然提出去看左凝是一时兴起，但真正见到她时左颖发自内心地开心。她像小时候那样紧紧箍住左凝的脸，连搓带揉的，又狠狠亲了一大口。

左凝哭笑不得："姐，我都多大了。"

"再大也是我妹！"

"那我八十了你还亲我啊？"

"等你八十我早死了。"

"不会的，没有哪个阎王敢收我姐。"

左颖先是得意一笑，想想不对劲，嘴上骂了句小兔崽子便追着左凝满校园跑。

左凝在大连一所医科学校学护理，今年大一，左颖到的时候她正好在上课，就一个人在校园里随便逛了逛，等左凝下了课才给她打电话。左颖喜欢在大学闲逛，她没有念过大学，觉得很神圣。

左凝从小学习成绩就远远不如左斌，左斌轻轻松松能拿年级第一，左凝高三了连高一的物理题都解不明白。她高考落榜过一次，左冷禅还挺高兴让她干脆回老家相亲去，左颖死活没同意，差点闹上法庭。后来左颖干脆在学校附近给她租个房子，请了家教，复读一年好歹考上了三本。

学习不怎么样，左凝性格却很讨人喜欢，情商高，有眼力见，长得还好看。左颖和左斌都没少挨左冷禅揍，但他没怎么对左凝伸过手，有那么几次左冷禅凶了左凝，左颖和左斌都跳出来挡在她面前，像是要跟他们父亲同归于尽一样。这时左凝往往会笑着说："爸跟我闹着玩呢，爸才不会打我呢。"

左颖一直觉得,妹妹才是全家最聪明的人。

她聪明到知道姐姐没带任何行李突然造访,一定是发生了让她无处可去的事情,她猜是跟姐夫有关。

但左颖的性格一贯都是报喜不报忧,问了她也不会说,何况又是姐夫的事情。左凝干脆就不提,想着尽可能让她开心开心。

"姐,我想买衣服,陪我逛街呗。"

"还有啥愿,赶紧许,本菩萨难得下凡一次。"

"我还想去汗蒸,洗个澡。"

"准了。"

"然后去海边,吃海鲜。"

"准。"

"再喝点酒。"

"左凝你现在都会喝酒啦?跟谁学的?恋爱了?谁?快领出来我瞅一眼。"

姐妹俩叽叽喳喳一人捧着一杯奶茶去逛街,一圈下来左凝就买了个手机壳,倒是给左颖从里到外挑了一套新衣服,还选了一双运动鞋,当场就把那双小羊皮恨天高换下来了。买鞋时左颖故意绕开了尚飞的专柜,左凝随着她,什么也没说。

左凝选了一家韩式汗蒸房,姐妹俩躺在滚烫的热石子上熏出一身汗,又请了两个师傅做了SPA,一通吱哇乱叫后谁也说不出话来了。从汗蒸房出来,左颖换上新买的衣服,迎面四月北方的海风一吹,顿觉浑身舒爽。

她昨天在机场等到天亮才坐上航班,其间除了发了个快递,吃了一碗牛肉面,就一直坐在候机室里发呆,没运动,没洗澡,浑身僵硬乏累,此刻才突然松弛过来。

"姐,好多了吧?"

左颖看着妹妹狡黠的小脸,明白她的良苦用心,又揉着她的脸亲了一口,土匪一样。

太阳一落,北方的海边还是有点冷,她们在海滩没走一会儿就撤了,选了附近一家海鲜酒楼吃饭。左颖从小喜欢吃海鲜,蒸的煮的都行,吃饭时左凝聊了很多大学校园里的趣事。说有一次做解剖实验一个同学吐在大体老师肚子里了，还有一次有个女孩子看到大体老师就哭了，认出是她大舅。左颖认真听妹妹聊着，偶尔应和两句，心情平静多了。

晚上左颖没让她回学校，拽着她一起去住酒店，左凝提了个条件，她要喝酒。

最后只买了几罐啤酒，一兜小零食，姐妹俩坐在酒店地毯上喝起来。嫌没气氛，左凝吵着要跟她姐划拳，她划拳是挺厉害，平均下来左颖喝三口她才喝一口，可还是她先醉了，迷迷糊糊栽倒在左颖腿上。

"姐，你这酒量咋这么好。"

左颖看着腿上那张红扑扑的脸蛋，顺了顺她的头发："天生的。"

"那我咋没遗传你呢？"

左颖笑："傻不傻，我又不是你妈，你能遗传我？"

"有时候我觉得你就是我妈。"左凝使劲摇摇头，"不对，你比我妈都亲，我妈我都好几年没见到了。"

"别胡说。"

"真的。那时候要不是你，我和左斌可能早就饿死了，要不就让爸给卖了，哈哈。"说着左凝凑过来搂着左颖胳膊，"姐，这些年辛苦你了。"

左颖赶紧制止："停，别来煽情。"

左凝突然说："姐，你别怕，什么都别怕，我们长大了，以后我和左斌保护你。"

"瞎说什么呢？"

"谁欺负你都不行。"

"谁敢欺负我？"

左凝大手一挥："陈南鹤也不行！"

咯噔一下，这三个字像是倒计时的钟摆一样锤在左颖心底，提醒她左凝只是让她暂时躲一躲的避风港，最终还是要面对现实里那个棘手的问题。

她想左凝应该猜到她跟陈南鹤之间出了问题了，又不敢问，只好用这种方式给她打气。过去左颖为了巩固这所谓的优质婚姻，刻意不让家里人跟陈南鹤多联系，所有交流都得在她眼皮子底下。而她跟陈南鹤的事，更是从没跟他们分享过，包括左凝。

"说实话，我真的很看不懂姐夫这个人。"

左凝是彻底喝高了，仰头躺着，一双手对着天花板的灯比画着什么，开始说些莫名其妙的醉话。

"他不咋爱说话，挺闷的，明明长得那么精神，居然有点老成。就你们结婚那天，我们在一桌喝酒聊天，左斌说他不想读那么多年书想赶紧去赚钱，姐夫突然说了他好几分钟，说读书才是这个年纪最重要的，长篇大论的。"

左颖忍不住哼了下："装的吧。"

"但是呢，姐夫说成熟吧，也不是，他身上还有点脆弱感。"

左颖笑了："脆弱感？"

"对啊，你没发现吗，姐，姐夫有时候像只淋了雨的小狗。"

左颖笑得更甚了，这都什么奇奇怪怪的形容词。

"就那天婚礼他喝多了，你让我和左斌先把他送回酒店，刚走到门口我发现包忘记拿了回去取，回来时看到姐夫就坐在地上，扶着脑袋看着你，你正跟那群人拼酒呢，姐夫就看着。我叫他一声，他一回头，看到他眼睛红了，可怜巴巴的。"

左凝又接着说："然后到了酒店，他躺下后翻来覆去怎么也睡不好，脸色白得吓人，身上出了一层汗，没办法我都去药店买药了。回来的时候左斌把我拦下来，说姐夫睡着了，我一看，他是躺在小沙发上睡的，身体缩在一起，抱着膝盖，像个小孩。"

说着说着，见左颖没接话茬，左凝自顾自玩手机去了。

左颖忽然想起之前的一件小事，出了神。

就是陈南鹤把婚戒弄丢了那天，他出差提前回来找，大半夜悄悄回了家，当时左颖以为家里进贼了，拎着一把刀出去，看到陈南鹤在昏黄的灯下躺着。他眉头用力地拧在一起，身体缩成一团，像是在对抗什么一样。眼睛虽闭上了，但没睡着，当他伸手拉了一下自己时，手心全是汗。

她想起左凝的那个形容，淋了雨的小狗。

可转念又想，这个王八蛋到底是不是回来找婚戒的还不一定呢，也许根本没丢，他就是不戴。

不想再琢磨跟陈南鹤有关的事，左颖也捡起手机玩一会，正好看到陈南鹤刚刚发了个朋友圈。

朋友圈就是一碗清汤寡水的泡面，没配任何文字。

她关了手机，扔到一边，可左凝莫名其妙说："不知道姐夫在干吗呢？"

左颖没好气："吃泡面。"

"你们联系了啊？"

"他发朋友圈了啊。"

左凝划了划手机："我怎么没看到……他没发呀。"

左颖拿过来看看，左凝和陈南鹤之前加过微信，但几乎没说过话，点进朋友圈，果然没有那碗清汤寡水的泡面。

他是专门发给我看的？

他什么时候这么闷骚又幼稚了？

"姐，要不明天把左斌叫过来一起玩吧。"

左颖晃了一下神，才知道左凝在说话："什么？"

"明天正好左斌也没课，他从长春坐高铁过来也不远，咱们仨一起去游乐场呗。"

"行。"

"太好了！"

左凝立刻就给左斌拨了个视频电话，左斌没接，就给他发了个语音让他明天一定要来，完事就爬上床去睡觉了。左颖让她冲个澡再睡，她嚷嚷着喝多了脑袋疼，钻进被子里。

左颖却没了困意，她又翻了一下陈南鹤发的那张泡面照片，碗是家里的汤碗，平时盛猪肝汤那个褐色的，面是去年双十一左颖凑单买的海鲜面，算算应该过期了。

呵，真是被伺候惯了，活该。

左颖还是心烦，干脆下楼买了瓶白酒，就着零食全喝完之后终于有困意，挨着左凝睡着了。

第二天醒来昏昏沉沉的，窗帘打开着，阳光刺眼，左颖实在不想起床，就嘟囔着让左凝去把窗帘拉上，可旁边没反应。

左颖睁开眼,看到左凝坐在对面的沙发上,肩膀一抽一抽的,在哭。

"怎么了?"

"没事。"她擦了擦脸。

回想一下昨天晚上,左颖问:"是不是左斌?"

左凝捂着脸,低头哽咽起来。

"到底怎么了!"

"姐,怎么办啊,左斌退学了……"

左颖坐起来:"他为什么退学?"

"他不是学生会干部吗,收了一笔学生会的活动经费,挺多钱的,被爸给弄走了,输了,左斌堵不上漏洞,就退学了,回家躲起来了。"

左颖深吸一口气,闭上眼睛,再睁开时满床找手机,最后在椅子旁边找到了。

"姐,你要干吗?"

"找左冷禅。"

她们住的是海景房,早晨充沛的阳光铺洒满了整个屋子,把左颖的脸映得惨白,肃穆,原本明艳的五官看起来颇为吓人。左凝忽地有种极其不祥的预感,上次她见到她姐这副要上战场的模样,还是在她决定与陈南鹤结婚并与左冷禅断绝关系时。

左颖直接买了最近一班高铁回了老家,左凝看她姐那副要大撕活人的架势不放心,也跟着回去了。

小城是这两年才通高铁的,高铁站就是把过去的旧火车站翻新了下,出了站台,对面还是那条左颖很熟悉的老街。走到最边上的一家煎粉店时,左颖停下了脚步,看着那家名叫"郑记煎粉"的小店发了一会儿呆,她以为这家店早就没了呢,算算也有二十九年了。

左凝打量她姐,试探着说要不进去吃点东西,同时赶紧给左斌发了个信息,让他把左冷禅先藏起来,等姐冷静了再说。左颖踩着小羊皮高跟鞋,说饿了你自己吃,大步流星走了。

下高铁前她就把高跟鞋又换上了,气势汹汹地挺起了背,每一步都踩得铿锵有力。左凝想起那句高跟鞋是女人最好的战靴的说法,再看她姐的背影,像个独闯敌营的女将军。

左颖并没有回家，直接来到左冷禅常去的麻将馆。麻将馆藏在一个小超市后门，穿过昏暗的超市，掀开厚重的门帘，乌烟瘴气的喧哗声袭来，左颖站在中间，眼睛转了一圈并没有看到左冷禅。倒是被麻将馆的老板娘认了出来，小碎步过来，把她拽到一边。

"这不颖子吗，你不是嫁了个有钱人，不回来了吗？"

周围几个好事的赌徒斜斜看过来，窃窃嘀咕着什么。左颖过去经常来这里找左冷禅，左冷禅是常客，也是大冤种，他从高利贷那借的钱大部分都输在这里了。左颖为此来闹过，也举报过他们，跟老板娘的梁子结了十几年了。

"左忠书没来？"

"这话问的，我又不是你妈，专门帮你看着你爹。"

左颖挺起脊背，足足比老板娘高半个头，低头看着她："你倒是想，别以为过去你俩那些事我不知道，信不信我不小心给你说出去。"

左颖其实很不喜欢这样的自己，粗俗、市侩又带着极具恶意的攻击性，可一踏上这片土地她又不得不切换成这种模式，否则她会输得连骨头渣都不剩。

老板娘瞪了左颖一眼，嘴上认怂："他现在不玩这个了，嫌慢，你去大市场那边找他吧。"

大市场，左颖知道，他现在又赌上骰子了。左颖转头掀帘子出去，直奔下一个民间赌场，同时呵斥着一直跟着她的左凝："你敢再给他发信息试试！"

左冷禅本名叫左忠书，左冷禅是左颖给他起的，因为他觉得"忠书"这个名字不吉利，害他没运气，运气对左冷禅这种赌徒太重要了。

左颖还记得初中的一个周末，她从同学那借来一本武侠小说在家看，左冷禅一脸丧气地从外面回来，说要改个名字。他让左颖帮着想想，不然白供她上学了。左颖眼皮从武侠小说里抬起，寥寥看了眼她爸："左冷禅怎么样？"

左冷禅咂吧咂吧这三个字："不错，冷酷，高深，霸气！"

他出去就嚷嚷改名字了，让大家叫他左冷禅，直到两个月后他才从别人口中知道左冷禅是个臭名昭著的卑鄙小人。他想揍左颖，可左颖已经回学校了。

后来左凝问过左颖为什么给爸起了这个名字，左颖说当时书里有个她很喜欢的人物对左冷禅有一句评语，她看了之后立刻想到了她爸，觉得贴切极了。左凝问是什么评语。

"最不佩服的第一人。"

左颖曾经问过左冷禅，既然当年那么不喜欢自己为什么不干脆把她往孤儿院门口一扔算了，左冷禅往往会笑嘻嘻地说我哪里舍得呀。但左颖舍得，所以后来她来做这个狠心的不孝子，她来做个了断。

她天真地以为糟糕的家庭可以像毒瘤一样切割掉，却不知毒素是在血液里的，随时会滋生出新的病变。

赌庄里，左冷禅坐在朝北的位置，正对着门口，算命的说这个方位有助于他的运势，的确他今天摇了几把都还不错，起码没输多少，他想这样下去的话或许能把左斌的钱赢回来。那小子考上一个本硕连读的重点大学确实不容易，就是性格太软弱，一点小事就休学回家了，完蛋玩意儿。他胡乱摸了一把脸，瘦削的脸紧绷在一起，眼睛放着光，张罗着再开一局。

这时候，他看到门从外面打开，逆着光走进来一个女人。看不清脸，身材高挑细长，披着一头大波浪，风吹起长风衣衣摆，飘过来一股高档香水味儿，应该不是这小城里的女人。

左冷禅有了些不好的预感，直到看到那女人脚下的高跟鞋才认出她，浑身一凛。那鞋跟高得离谱，细细的像是两根锐利的钢钉一样扎在脚下，随便一踏就能扎出两个窟窿来。

能穿这种暗器一般的招摇高跟鞋的，左冷禅只认识一个人，他赶紧收起钱，留下一句改天再玩，仓皇着从后门跑了。

左颖认出了他的背影，追了出去。

左冷禅的腿年轻时受过伤，左颖从小又是短跑队的苗子，即便穿着高跟鞋，左颖还是足足追了他两条街，两人之间一直没拉开距离。

左冷禅一回头看到左颖还像个锁魂女鬼一样缠在身后，索性也不躲了，跑进自家所在的小胡同，进门后先猛灌了一瓶水，气还没喘匀左颖就撵进来了。

左冷禅笑笑："回来啦闺女，回家也不提前跟爸爸说一声，爸爸好给你包饺子。"

"少来这套。"左颖直截了当,"你知道我为什么回来。人都说虎毒不食子,你是专挑我们几个祸害啊,左斌的钱呢?"

左冷禅也不装了:"输了。要不是你,我今天指不定就能赢回来,看见你就晦气。"

左颖踱着步,在这熟悉的两室一厅的平房看了一圈:"行,那我就把房子卖了,钱给左斌。"

"胡闹,你把房子卖了我住哪儿?再说你不阔太太吗,你给你弟弟把学校的钱还上不就行了!"

左颖笑了:"钱被你输了,凭什么让我还?这些年你给龙凤胎花过钱吗,尽过责任吗,你还有脸去骗?今天正好我回来了,你欠他们的,就一起还了吧,这房我卖定了!"

左冷禅慌了,眼睛一转,掏出手机:"你要敢卖房,你信不信,我现在就给陈南鹤打电话!"

左颖条件反射一般地浑身一抖。

"怕了吧?怕他知道你是个什么人了吧?"

"行。你打。"

左颖放下这句话,转身去了厨房。

像是猜到左颖要干什么一样,左冷禅快速拨通陈南鹤的电话,免提,举在头顶,电话忙音清晰地回荡在简陋的房子里。

左颖拎了一把菜刀出来,左冷禅赶紧躲在沙发后面,一直跟着的左凝也壮着胆子想去劝左颖,这时电话接通了。

陈南鹤低沉的声音:"喂,爸……"

左颖紧紧攥着菜刀,突然觉得小腿有点抽筋,她想会不会是刚才跑得急了。

左冷禅赶快大声接话:"唉,南鹤啊,你知道左颖在干什么吗?"

不等陈南鹤回答,左冷禅一脸得意地看着左颖继续说:"她呀,回家来看我了!什么好东西也没给我拿,拎了一把刀,唉,要砍我!南鹤,我实话告诉你,这不是她第一次要砍我了,以前也冲我比画过刀,还有板砖啊,铁锹啊,都跟我比画过,还拿棍子揍过我!"

小腿钻心地疼，左颖觉得自己快站不稳了。

左冷禅还在说："爸对不住你啊南鹤，当时没跟你说实话，现在为了你好，我必须得告诉你，左颖就是这么个东西，六亲不认，自私自利，狼心狗肺，你真是可怜啊，娶了这么个老婆！对了，她还是个骗子！"

"她是不是跟你说她是什么日本留学生，根本不是，她连高中都没念完！"

左颖疼得眼泪都快流出来了，她努力克制回去，眼睛一片水雾，让她觉得眼前正在发生的一切都极不真实。

左凝终于忍不住了，喊了一句："爸，你别说了！姐当初辍学也是为了照顾我们，你跟我妈离婚了，谁也不管我们，要不是我姐，我跟左斌早就饿死了。"

"那，那她也不能骗人家陈南鹤啊！她跟她妈一样，都是骗子！"

左颖忽地瞪大了眼睛，眼前的一切变得无比清晰，她真实地知道她的父亲用最难堪的方式撕开她的伤疤，连皮带肉的。

左颖开了口，声音有点抖："我妈不是，她不是骗子。"

"她就是！她骗光了我的钱，自己跑了。要不是她，我这辈子不会这么倒霉！"

"你妈欠我的，就得你还！"

"什么妈生出什么孩子，你妈是大骗子，你也是。"

左颖什么也没说，她拎着菜刀直奔左冷禅跑过去，左冷禅赶紧向门外跑。左颖没有追，而是在很近的距离内，把菜刀扔出去，直直地劈向左冷禅。

左冷禅倒下时把手机也扔掉了，手机摔到地上，滚几下后到左颖面前。她看了一眼，陈南鹤已经挂了电话，不知道他听到了多少。随便吧，她已经不在乎了。

隔壁邻居报了警，左凝也叫了救护车。救护车和警车一前一后来的，一个接走了左冷禅，一个带走了左颖。

到了派出所，左颖行尸走肉一般配合警察做笔录，毫无情绪地一遍遍重复她拿菜刀砍她爸的前后经过。给她录笔录的是一个年轻的女警察，似乎还怀着孕，一开始对左颖态度很不客气，后来渐渐语气软了许多，结束时还给她倒了一杯热水。

晚上左颖是在派出所度过的,有些流程还没走完,还需要配合。她一个人坐在长椅上,脑子一片空白,她觉得自己像是《西游记》里被孙悟空打回原形的那些妖精,褪去了千辛万苦修炼来的人模人样的皮囊,变成一摊烂泥。

到了后半夜,派出所渐渐安静了,只有几个值班的民警在吃外卖。左颖闻到了一股煎粉的味道,忽然间,眼泪落下来。

她想起了她妈妈,王晓梅。

准确说,她已经想不起来王晓梅的模样了,那年她四岁,虽说已经记事了,但就是怎么也记不起王晓梅的脸,她记得的是煎粉的味道,酸酸甜甜的还带着蒜香的煳焦味儿。

那天王晓梅牵着她来到车站,路过煎粉店时左颖停下看了看,王晓梅就带她进去了,给她点了一份不加辣椒的煎粉。当时煎粉刚刚在小城流行起来,偏偏又是酸酸甜甜的口味,左颖大口大口吃着,一会就吃掉了一碗。

王晓梅又给她点了一碗,然后摸了摸她的头,说等一下妈妈,妈妈一会就回来。

可她再也没回来。

后来左冷禅说王晓梅是故意把她扔了的,左颖不信,但王晓梅临走时在左颖兜里塞了五十块钱。拿出那皱巴巴的五十块钱后,左颖大哭。

五十块钱,即代表一个母亲抛弃女儿的决心,讽刺的是,又是她安慰自己良心的价码。后来那五十块钱被左冷禅拿走了,他买了几瓶白酒,在家喝得烂醉,两天下不了床,结果发现是喝了假酒中毒了。

想到当年左冷禅喝假酒中毒的蠢样子,左颖莫名又笑了。这一笑,她便不再去想那些过去的事了,就躺在长椅上打了个盹。不知道睡了多久,半梦半醒间那个女民警过来碰了碰她,叫醒了她。

"醒醒,你家人来接你了。"

左颖费力地坐起来,头很疼,也没听清女警察的话:"什么?我可以走了吗?"

"可以,签个字就行。下次不要这么冲动了。"

左颖跟着女警来到前台,在一些手续上签字,然后清点了一下被扣留的个人物品。交接完后,女警又说:

　　"你家人在门口等你呢!"

　　"我家人?"左颖纳闷,"他们不是在医院吗?"

　　女警被同事叫走,说是来了个喝醉酒闹事的案子,急需人手。走之前她转头,冲左颖说了句:

　　"他说他是你老公。"

第四章

左颖过去经常故意让陈南鹤等她，制造那种时刻需要他并享受他体贴自己的感觉。

比如约会时故意迟到几分钟，逛街时偏要在女孩子喜欢的小玩意儿那里磨蹭好半天，或者跟瑜伽馆认识的娇妻团聚餐时让陈南鹤早点来接自己，到了就在楼下等着，小姐妹们知道后会说："咱们早点散吧，免得让人家老公等。"

左颖这时会虚虚一摆手，笑着："没关系啦，他就是怕影响我们才没上来的，咱们尽兴最重要。"

结束后一行人踢踢踏踏地下楼，不出意外看到长手长脚的陈南鹤一身西装革履坐在休息区，看见自家老婆后三两步走过来，揽着她肩膀，还不忘跟大家说一声"我没打扰你们吧？"往往这时，一群小姐妹会围着他毫不吝啬地夸奖几分钟，夸他是个好老公，又夸左颖运气好，最后齐刷刷地目送这对郎才女貌的完美夫妻翩然退场。

左颖留心观察过，陈南鹤回家路上一直噙着笑，他是开心的。

左颖以为陈南鹤是在享受她故意制造出来的奖赏，毕竟只要付出一点时间就能得到娇妻团的疯狂赞美，说到底是我给他提供了情绪价值啊。

当时她还愚蠢地得意想，调教老公可太简单了，跟拿骨头喂狗没什么区别。

可此刻，左颖在走出派出所的几步路上不得不承认，之前所有她沾沾自喜的手段都成了笑话。

她像个小丑一样，在陈南鹤眼皮子底下一次次上演娇妻戏码，而陈南鹤才是那个拿着骨头训狗的人。

或许，他每次在等自己时，都是带着看戏的心态期待等会儿能捡到不错的笑话吧。

可左颖怎么也没想到，她走到派出所门口时，等在那里的陈南鹤在抽烟。

他穿着一套浅灰色休闲装，坐在台阶上，微微弓着背，手上那根烟只剩一小截了。他之前从不抽烟的，起码，没在她面前抽过，左颖很讨厌烟味。

左颖小时候经常被左冷禅带去麻将馆，那些赌徒个个都是老烟枪，偏偏又是那种不通风的房子，左颖常年被熏得闻到烟味就头疼反胃。陈南鹤不知道这些缘故，只知左颖厌恶抽烟，便克制住了，这算是为数不多的他真正迁就她的事。

看到左颖后，陈南鹤把烟头按在台阶上熄灭，走下去扔到垃圾箱里，而后就站在台阶下面，仰头看着左颖，小眼睛眯起来，情绪难辨："你不是说，去看左凝吗？"

"是。"左颖权当没看见他抽烟，下台阶，"顺便砍个人。"

陈南鹤扯了扯嘴角，没忍住低头笑笑。

左颖想今天这笑话算是让你捡了个大的，没白跑一趟。

"左凝给我打的电话。"他解释说。

左颖走在前面，陈南鹤跟在旁边，他靠近马路里侧，故意放慢些脚步。春日上午阳光暖融融的，一群鸟叽叽喳喳从他们头顶飞过，卷起一丝风来。

陈南鹤继续说："她告诉我……"

左颖突然停下，扶着腿弯腰，嘴上嘟囔了句脏话："妈的。"

陈南鹤有点蒙："骂谁？"

"我腿抽筋了。"

"哪条腿？"他低头看。

"右腿。"左颖疼得咬着嘴唇，"我得坐一会儿。"

说着，她已经站不稳了，就要坐在马路牙子上，身子还没弯下去，陈南鹤拦腰把她抱起来，走向不远处的社区公园。

左颖对于与他接触有点别扭，但现在顾不上那么多了。她弓着右腿，小腿紧紧压着陈南鹤胳膊，他几个大步，将左颖放在公园塑料椅子上。

大概是高跟鞋穿太久了，还追了左冷禅两条街，昨天这条腿就隐隐在痛，左颖一直在用极强的意志撑着。她一向对自己身体有很强的控制力，可不知为何，此刻有些东西突然就绷不住了，首先就反映在极度疲惫的小腿上。

陈南鹤蹲在她面前，扯过她的右腿，放在自己腿上："你放松。"

左颖疼得没有好性子了，吼道："你别碰。"

陈南鹤不管她，大手在她小腿上捏了一遍，找到那块拧紧了的地方，用力按下去："忍着点。"

陈南鹤专注地用力揉她的小腿，脸陷在阴影里，长睫毛微微翕动着。

小腿像是被上了酷刑一般抽搐地疼，左颖忍了一会实在难耐，头抵着陈南鹤肩膀，五官疼得变了形。

他们就这样沉默着，左颖脑子一片空白，全身注意力都集中在陈南鹤手按着的地方，不知过了多久，她渐渐听到了周围几个孩子玩游戏的声音，发现腿似乎没那么疼了。

左颖把头抬起来，小声说："行了，好了。"

陈南鹤松开她，转过头，看到她眼睛里一片水雾，脸色苍白得不像话，他踌躇片刻，却只说："这什么鞋，以后别穿了。"

左颖抖了下脚上的高跟鞋："这不你买的吗？"

"是吗？"陈南鹤又看了看鞋。

左颖哼了一声："是你买的吗？"

陈南鹤在左颖旁边的椅子上坐下，椅子对于他有点矮，他把腿远远伸出去，晃了晃，才说："哦，同事说适合送老婆的爆款，买二送一，凑单的。"

左颖没再理他，把脸转到一边看那几个玩游戏的孩子。她并没有生气，她知道陈南鹤说的不是气话，是实话，他就是一直这样敷衍的。放在过去，左颖会轻轻捶一下他，娇嗔地说老公你能不能对我上点心。

但现在她懒得假装应付了。

而且，她那套也不管用了。

长腿又晃了晃，咳了一声才说话："不过，这鞋还挺适合你的。"

左颖翻了个白眼，料想他也是在尴尬找话题，她也不知道怎么接，更不知道这样独处着跟他聊些什么，好在此时肚子突兀地叫了叫，左颖说：

"我饿了,先吃点东西吧。"

她站起来要走,陈南鹤想扶着她,左颖没理,一瘸一拐地走在前面,他便慢悠悠跟在后面。

左颖选了一家人气很旺的包子铺,几平米的店面横竖放着六张桌子,几乎坐满了人,他们运气好遇到一桌刚埋单的,坐下后左颖点了一屉包子和一碗粥。

陈南鹤摇摇头:"我吃过饭了。"

包子上得很快,热腾腾的满满一屉,左颖只倒了一点醋,蘸着大口吃起来。她确实饿了,从昨天到现在就没怎么吃东西,派出所倒是给发了盒饭,她就只喝了赠送的饮料。连吃了两三个包子后,她听到对面的人似乎在笑。

陈南鹤津津有味地看着左颖吃东西,忽觉有点像在看短视频里的吃播博主,没忍住笑出了声,被她发现后赞叹一句:"你吃东西真香。"

左颖过去会在他面前故作矜持,不管吃什么都像是演戏一样细嚼慢咽,食物不重要,形象第一。

可今天她完全忘了这茬儿了,有点懊恼,转而又觉得无所谓,随他笑吧,反正他就是来捡笑话的。

"是啊,从小吃不饱,怕饿。"她又一口吃了个包子,若有所思地补充说,"你可能不懂,饿久了的人,吃相都不会太好看的。"

左颖埋头继续吃,陈南鹤继续盯着她看,眼神玩味。

左颖偶尔抬头瞪他一眼,陈南鹤坏笑,还问要不要再给她加一屉包子。

这时店里走进来一家三口,见没位置了走到左颖旁边,问能不能拼个桌,左颖正不想跟陈南鹤单独坐,连忙说可以。

"可是我们三个人,一共两把椅子……"三口中的妈妈冲老板说,"麻烦,能加一把椅子吗?"

左颖赶紧说:"他不吃,你们都坐这吧,他去外面。"

陈南鹤稀里糊涂地让了座,莫名其妙地被挤到了门外,就这样被赶了出去。

他一出去左颖轻松多了,趁热喝了那碗粥,然后想了想,小声地又偷

93

偷点了一屉包子。

中途她看向窗外，看到陈南鹤微微倚着门口一株柳树，接了个电话，他似乎没说什么，一直在听着。

刚刚抽芽的树枝投下几缕阴影，像是在他优越的侧脸上打了两道光，显得脸更瘦更小了。他似乎真的瘦了一点，仔细看，头发也长了些，他之前出门总是会用发蜡抓一抓头发，今天就蓬松地堆在头顶，像是没睡醒的样子。

左颖磨蹭了半个多小时才吃完饭，走出来后陈南鹤在刷手机，旁边一辆拉货的三轮车开过去，扬起一阵尘土，落在陈南鹤棕色的皮鞋上。左颖觉得好笑，他像是个沦落民间的败家公子。

"刚才爸给我打了个电话。"陈南鹤突然说。

"你爸？"

"你爸。"

左颖意外地微扬下巴看他："左冷禅？"

"他说要请我吃饭。"陈南鹤耸耸肩。

"不去。"

"他说请我吃大饭店，我都答应了。"

陈南鹤挑了挑眉，嘴角翘起，左颖当即明白了他嫌看的笑话还不够，还想看更多。

"你真想去？"

陈南鹤倚着柳树，低头眯着眼睛看着左颖："他说那大饭店的鱼炖得特别好。"

左颖有些不安："可我都吃饱了。"

"我知道，两屉包子。"

左颖抬头剜了他一眼，明白他是铁了心想去："你想好了，左冷禅的饭可不是那么容易吃的。搞不好是鸿门宴。"

陈南鹤收起放在她身上的目光："来都来了，不去不好。"

若是放在过去，左颖无论如何不会让陈南鹤去赴左冷禅的宴，最起码她必须提前安排好一切。但现在没什么可害怕的了，不管好的坏的，她的底牌都摊在他面前了。

"行，一起去。"

左冷禅难得下了血本，请他们去了小城最豪华的饭店。饭店在市中心的美食街，黄金位置的两层铺面，主打的是地方特色炖菜，门口停了几辆小城最豪的车，还蹲着两个威武的石狮子。

路过石狮子时，左颖突然用力拽了一下陈南鹤的袖子，他停下脚步，转头看了看她，莫名其妙说了句：

"腿又抽筋了？"

左颖愣了一下，回过味儿来后又松开他，说了句算了，上台阶往里走。陈南鹤却反手握住她的手腕，把她拽住：

"怎么了，想说啥？"

"没啥。"

陈南鹤没有松手，反而更用力了些，左颖甩了下没甩掉，有点火大，回头问他："干吗？"

"等会可不要再砍人了。"陈南鹤意味深长看了她一眼，松开她走进饭店。

左颖跟着进去，心里七上八下的，不知为何她觉得陈南鹤这趟过来跟之前大不一样了，像是卸下面具后破罐破摔了，丝毫没看出来有什么愧疚和难堪，反倒是混了不少。左颖几乎确定了，今天这个局八成要翻车，翻就翻吧。

面对收拾不了的烂摊子，左颖的态度一向明确，就旁观。既然陈南鹤是来捡笑话的，她就当自己是看戏的好了。

服务员直接带他们去了二楼的包房，这里的包房都是用世界著名城市命名的，他们这间是悉尼，一进门就是一个悉尼歌剧院形状的中式屏风，不伦不类。

绕过屏风，看到餐桌上已经坐了三个人，左凝，左斌，还有吊着一只胳膊的左冷禅。那把菜刀只砍到了左冷禅的右胳膊，划了一道几厘米的伤口，虽不致命，但伤口不浅，昨晚缝完针麻药劲儿过了之后，左冷禅哼哼半宿，可听说陈南鹤来了，还是起早给他打了电话。

左冷禅端着胳膊，赶忙迎过来："来来，快，南鹤你坐在这儿。"

他热情地把陈南鹤迎到主座上，陈南鹤礼貌推让，两人拉扯了一会，最后还是左冷禅坐在主座。他拉着陈南鹤坐在自己边上，招呼服务员上菜，跟他聊了两句自己的伤，又问候一下陈南鹤的工作。

"我看尚飞又在我们这开了一家专卖店，生意可好了，南鹤这里面是不是也有你这个大区经理的功劳！"

左颖一进来就一副看热闹的姿态远远地站着，陈南鹤坐下后朝她挥挥手，示意她坐到自己边上，左颖就一直面无表情坐下陪着。没人搭理她，她也懒得插话，仿佛这顿饭跟她没什么关系。

只有听到左冷禅这句话时，左颖饶有兴趣地看向陈南鹤，看他怎么回答。

陈南鹤也转头看了眼左颖，小眼睛一挑，似乎在问左颖我该怎么回答？说不说实话？

左颖微微一笑，表示你随便，我不在乎。

陈南鹤了然地点个头，对他岳父说："是，尽了一点力吧。"

左颖暗笑，是尽了一点力设计鞋盒吧。

菜上齐了后，左冷禅端着一杯果汁站起来，清清嗓子发言："我说两句。今天很高兴，咱们一家难得聚齐了一次，尤其是南鹤也回来了。但是呢，也很惭愧，昨天我们家发生了一点不愉快。不过都过去了，是不是，颖子？"

左冷禅大概是个表演型人格，只要有舞台给他发挥，他能装得像个圣人一样。他这种招数左颖见多了，打你骂你的是他，把你捧在手心里的也是他，左颖早就麻木了。

"颖子，虽然你砍了爸爸，爸不怪你，是爸不好，爸不该那么说你！"左冷禅抽了抽鼻子，像是努力哭却没哭出来，"今天南鹤来了，我表个态，昨天是我口无遮拦了，左颖呢是个好孩子，好姐姐，当然肯定是个好妻子，是不是，南鹤？"

话头转到陈南鹤身上，左颖又来了兴趣，看向陈南鹤。

这次陈南鹤没征求左颖意见，重重点个头，笑着说："是，她特别好！"

还特意强调了一下："特别，真诚。"

左颖知道他在讽刺自己，不能输，也顺嘴说了句："谢谢，你更真诚。"

左冷禅笑着："那太好了！那爸敬你一杯，喝了这杯酒你们回去就好好过日子，像以前一样，做一对恩爱的小夫妻好不好！"

左颖看到陈南鹤犹豫了一下没有举杯，她干脆举起了杯，冲向陈南鹤的方向，含笑挑衅一般："对啊，像以前一样。"

陈南鹤抿紧嘴唇，看了眼左颖，似乎在挣扎什么，随后也端起杯。

左冷禅满意极了，招呼左斌左凝也一起喝，然后又让左斌单独敬陈南鹤，两杯酒后，左冷禅见陈南鹤有点醉意了，才缓缓提起他今天最重要的事，左斌退学的事情。话里话外让陈南鹤解决。

"南鹤，你弟弟考上重点大学不容易啊，是咱家骄傲啊，不能眼睁睁看着他毁了呀。"

左颖轻笑了下，不经意地看向旁边的陈南鹤，意思我提醒过你了这是鸿门宴，你自己接招吧。

没等陈南鹤表态，左斌站起来了。左斌是个内向且自尊心很强的人，出了事情后觉得丢人，第一个念头居然是退学回来逃避。如今听到父亲在饭桌上帮自己求人，脸上更挂不住了，红着脸制止："爸，别说了。"

"你别插话！听你姐夫的！"左冷禅一脸殷切地看着陈南鹤。

左颖也看着他，等着他怎么说。既然你答应来这个饭局，就肯定想得到左冷禅绝不会让你白吃白喝的，他给你一块糖，往往是要从你身上割一块肉的。

陈南鹤突然转头看左颖："你说呢？"

"我？"左颖措手不及。

"对，你说怎么办就怎么办。"陈南鹤说得恳切，嘴角却带着玩味，"我听你的。"

左颖认真看着他，他喝了酒之后眼底猩红，眼神锐利中带着些戏谑，像个在做游戏的孩子一般想看对手认输。

左颖忽地收回了旁观者心态，认真想了想，她坐直了身子，严肃说："这个事你不要管，我也不会管，让他解决。"

左冷禅当然明白左颖指的是自己，狠狠咬了咬牙，嘴上哎哟一声，委委屈屈的："南鹤，你看看她……"

左颖一双狐狸眼瞪向她爸:"看谁?我怎么了?我就应该让陈南鹤当这个冤大头吗?问题是你惹的,凭什么找他解决?"

"你们是夫妻呀,他不是你老公嘛。"

左颖被气得上了头,不管不顾说:"夫妻怎么了?夫妻之间没有当冤大头的义务!"

"再说了,我老公就该让你欺负吗?你剥削我还不够,连我老公也不放过吗?"

左颖稳了稳神,斩钉截铁:"你再这样,信不信我和他……"

陈南鹤突然按住她的手,死死抓住,放在自己腿上,制止她再说下去,接过话来,像是在顺毛安慰她:"好了,好了。"

见左颖及时收住了那句话,陈南鹤继续说:"其实来的路上我问过左凝了,主要是学校方面也得给同学们一个说法。早上我联系了一个朋友,他正好在左斌的学校负责一点管理工作,说是能帮个忙。钱我已经给他转过去了,下周给回复。"

左冷禅激动地笑了,摆手示意左斌:"快,敬你姐夫一杯!"

左颖想把手抽出来,陈南鹤还是紧紧握着。

左斌在他爸勒令下,绕着桌子过来,给陈南鹤倒满一杯酒,左颖却吼了他一句:"回去,不喝了。"

左冷禅啧啧埋怨:"你看,南鹤给咱家解决这么大的事,敬个酒不应该的吗?"

左颖坚定:"我说不喝就不喝。"

左凝赶紧圆场:"对,姐和姐夫是不是要坐今天的高铁回去啊?那是不能多喝了。"

陈南鹤终于松开了左颖的手,左颖却反握回去,可手上湿漉漉的,滑了一下没握住,干脆挽上陈南鹤的胳膊,撑着他。

陈南鹤抓住左颖时,她就感觉到了手上的汗,一开始她还没在意,可汗越来越多,他嘴唇也苍白起来,这会儿明显身体也颓了下去,眼看要撑不住了。

左颖想起左凝说过婚宴时陈南鹤喝酒后的状态,又想到丢戒指那天也闻到了酒味,料想他可能是酒精过敏,不能再喝了。

"我们今天不回去了,我累了,找个酒店休息一下。"

左颖做主散了局,扶着虚弱的陈南鹤先走了。陈南鹤由着她,没说一句话。

左颖在附近一家酒店开了房,进门就让陈南鹤休息,她去洗手间洗个毛巾的工夫,回来看见陈南鹤已经闭上眼睛躺下了,身体蜷缩在一起。

她给他擦了擦脸和手上的汗,又想到左凝那句话,淋了雨的小狗。

左颖知道陈南鹤还没睡着,坐在床边,离他很近的距离,轻声说:"钱我会还给你的。"

半晌后,陈南鹤才嗯了一声。

没多久,左颖听着他的呼吸声辨别出来,他睡着了。

晚上陈南鹤醒了一次,立刻冲去了洗手间,把水龙头开到最大,哗哗的流水声中左颖还是听到了他在呕吐,翻江倒海的。他吐了一会后又冲了澡,再出来时只在腰间围了条浴巾,带着一团湿漉漉的雾气走过来。

左颖余光瞥了眼他那几块腹肌,又看到他走到床边时一把扯掉了浴巾,囫囵着擦了下后背,扔在地上。而后旁边的床猛地凹陷下去,沾着水珠的胳膊甩在左颖旁边,食指恰好搭在她手上。

"酒量是越来越差了。"他自言自语嘀咕。

左颖翻了个身,手顺势抽回来,食指指腹沾了一滴水,她轻轻捻了一下。

陈南鹤对着天花板,慢慢地,幽幽地,长长叹了一口气。

左颖脑子乱成一团,这时枕头旁边的手机亮了下,她偷偷看,居然是郑慧之发的一段语音。

左颖按了下转文字。

郑慧之:【妹妹,那孩子说尚飞已经通知他下周去入职了,哎哟你家陈总办事效率可真高。你这两天有时间吗,请你吃饭。】

左颖心烦意乱的,输入文字:【抱歉慧姐,我最近不在北京……】

还没发出去又收到郑慧之的语音,还是转了文字。

郑慧之:【我直说吧,必须好好酬谢一下你们,你带陈总一起来,我们落实一下订单的事。】

左颖清醒了些,把之前输入的全部删掉。

她也就犹豫了几秒钟，一咬牙，转过身去，正好撞上那个半裸男人的清澈眼神。

"睡不着吗？"

陈南鹤抱着马桶昏天暗地吐了十几分钟，吐的全是中午那顿酒，从昨天接到左冷禅控诉左颖的那通电话起，他就没怎么吃过东西。那通电话断了后，他又给左凝打了几个电话，知道左颖砍了她爸，进了派出所，就买了最早的高铁用最快时间赶到小城。

真遗憾，怎么错过了左颖拿刀砍人那一幕，不知跟他梦里的情景像不像。

酒精都吐出来后身上轻松许多，胡乱冲了个澡，再躺下却睡不着了。他环视这个房间，跟去年回来办婚宴时住的那间差不多，典型的北欧风大床房，墙上却挂了两幅东北特色的喜庆风俗画。很奇怪，陈南鹤对左颖家乡最深刻的印象居然是这混搭的酒店房间。

他翻了个身，侧躺着，正好看见他老婆同样侧睡的背影。

她那边点着一只小睡灯，光非常暗，光线旖旎地笼在床头，给她修长的脖颈遮上一层淡红色薄纱。那淡红上面，粘着几缕黑色散发，随着她的呼吸微微颤动着。

陈南鹤很想伸手把那几缕散发拨正，也想试试自己的手放在上面会不会也染上淡红色，更想肆无忌惮地犯点混，在那薄薄的肩头咬上一口。

盯着左颖肩头那一块裸露出来的皮肤，陈南鹤认真想该用多大的力气咬这一口，既不会伤害到她，又能发泄一下自己的烦躁。

对，烦躁，左颖经常能轻易激起他的烦躁。她像一只训练有素的小狐狸，站在岔路口轻轻摇一摇尾巴，他就忘了自己本来要去的方向了。

忽地，那棱角尖利的肩头动了动，左颖转过头，一双妩媚的眼睛撞向他。

陈南鹤喉结上下滚了滚，突然哑着嗓子："睡不着吗？"

话音刚落，陈南鹤自己也惊到了，他不敢相信这么引人误会的话是从他嘴里说出来的，仿佛又看见那个摇着尾巴的野狐狸。

他刚洗了热水澡，身上潮热还没有褪去，左颖又一向喜欢穿宽宽大大的睡衣，领口凌乱地敞开着。两人猝不及防，四目相对，呼吸相撞，这个节骨眼陈南鹤莫名其妙冒出这样一句话，像是在即将到达燃点的介质里投入一颗小火苗。

但他们还没有到干柴烈火的程度，陈南鹤很清楚，他们之间除了那颗火苗之外，还悬挂着无数把利刃。

"老夫老妻的，怎么还脸红了？"左颖故意。

"你也红。"陈南鹤看着她淡红色的脖颈。

左颖轻轻嗯了一声，像是懒得跟他辩，视线沿着陈南鹤的脸一路滑向下，到喉结，到胸膛，表情婉转中带着些期待，终于定格在某一个位置，瞬间怔在那里。再抬起头时，左颖嫌弃地问："你怎么又把它翻出来了？"

陈南鹤沿着她刚才的视线也滑了一遍，明白她为什么失望了，陈南鹤穿了那条大红色的转运里裤。

这条里裤是过年时陈南鹤的三叔送的，三叔喜欢研究命理风水，说陈南鹤今年运势不好需要穿红内衣调整一下，还特意送过来一条转运里裤。陈爸爸对此深信不疑，勒令陈南鹤每个月初一十五都要穿。

陈南鹤和左颖都没放在心上，一条内裤而已，就答应了。大年初一那天拿出来一看，纯纯正正的大红色，裤腰和四角还镶着金边，前面用手工绣了一个小猪头，据说呼应他的属相。后面还各有一块金子，说是他命里缺金。

陈南鹤换上后左颖前前后后欣赏了半个钟头，啧啧称赞，说他像个辟邪用的大娃娃，足足笑了一晚上。

内裤只穿了一宿陈南鹤就换下来了，可又不敢扔，拿回北京后左颖就把它规规矩矩放在内衣抽屉里，谁想到他居然偷偷摸摸又穿上了。

左颖似笑非笑看着他，眼睛又向下瞟了瞟："想转运了？"

"不是。"陈南鹤急着解释，"收拾东西时着急，拿错了。"

左颖哦了一声，意思你说啥是啥。

陈南鹤更急了："我还想问你呢，我那些正常的里裤你放在哪里了？"

"就抽屉里啊。"

"哪个抽屉？"

"内衣抽屉。"

"哪个是内衣抽屉？"

左颖看着有点气急败坏的陈南鹤，笑了，看来这一年真是把他惯坏了。

平日里为了让陈南鹤觉得她不是只会撒娇的废物，家里家务左颖也一把抓，把他从里到外照顾得妥妥帖帖的，就连每天换洗的内衣都是在他洗澡前提前准备好，所以这位大少爷才不知道内衣抽屉在哪里。

陈南鹤眼里却闪过一丝冰冷："是不是挺得意的？"

"我得意个什么？"

"把我变成一个离不开你的傻瓜。"

左颖一惊，胳膊撑起上半身，发现他严肃地沉着一张脸。

陈南鹤平躺着，手肘叠交垫在脑后，两腿舒展地垂着，望着天花板，皱了皱眉，不紧不慢地说："一开始，我是把内衣放在卧室第一层抽屉里的，后来你搬进来，我找不到了，问你，你说挪到了最下面那层。没多久，我又找不到了，又问你，你说挪到衣帽间了。衣帽间大大小小十几个抽屉，我分不清，你就说以后你给我找。你找什么，我穿什么。难道不像个傻瓜吗？"

左颖略略心虚问："你觉得我是故意的？"

"不是吗？"

左颖也不否认了："我以为你喜欢这样。"

"我说过喜欢吗？"

"可你也没说过不喜欢。"左颖有点烦，"如果你不喜欢我安排你的事情，你可以告诉我。"

陈南鹤凝视她，声音冷清："那是因为我以为你喜欢。"

左颖怔了一下，腾地坐起来，居高临下看着陈南鹤平静的脸，恍然明白他在摊牌。

这几天她一直在想要找一个什么样的契机与他聊聊，无论如何想不到，是在老家酒店的大床房里围绕一条猪鼻子红里裤展开的。

左颖扯过来毯子扔在陈南鹤身上，盖上扎眼的红，直截了当："对，我才不喜欢管你每天穿什么裤衩子、戴哪条领带、用什么鞋配什么衣服。做这些事情很累的好吗？我又不是你妈。"她没注意到陈南鹤脸色青了又白的，继续说，"不过你说的也对，我确实，有故意把这些事情当成一份工作去完成。"

到这里左颖收住了，剩下的话被她生生压下去。可陈南鹤通过她突然敛了锋芒的唇角，就知道她本来要说的是什么。

工作嘛，能有多少心甘情愿和全身投入，又能喜欢多少。

陈南鹤垫高了胳膊，看向她，手臂内侧的肌肉紧紧绷着，几条蜿蜒盘旋的青筋清晰可见。

"所以这都是你控制丈夫的手段了？从哪学的？"

左颖眼睛酸痛，她接不住陈南鹤的刻薄，便胡乱换个战术把矛头指向他："你又好到哪里？你知道的吧，我去过你们公司了。"

陈南鹤不示弱："知道。我还早就知道，你根本不是什么日本留学生。"

"骗子。"

"彼此彼此。"

"你还有什么瞒着我的？"

陈南鹤又望向天花板，眼睛微微闭上，似在挣扎，睁开后却只说："我说了你就会信吗？"

左颖默认，他们之间谈信任这个词简直可笑。可她又垂眸想着什么，带着狡黠和算计，也像是不甘心，然后忽然朝陈南鹤腋下猛拍了下："陈南鹤你等我一会，我出去一下。"

陈南鹤条件反射坐起来，赶紧揉了揉腋下，那是他全身上下最敏感的一块肉，这个他确定左颖是知道的，有点不爽，冲她抱怨："挺疼的。"

左颖没管他，披了件外衣就出去了，她没找到自己的风衣，就随便把陈南鹤的休闲外套穿上。

陈南鹤还在揉着被拍疼了的那块肉，低头一看，都拍红了，她绝对是故意的。

他望了一眼门口那条狐狸尾巴消失的方向，难以遏制地再次烦躁起来，而胳膊上酸辣的疼痛只是导火索，引燃的是他对自己再次不争气的愤怒。

"陈南鹤，"他在脑中自言自语般训斥自己，"来的时候明明说好了，你就是来看那个自以为是的女人的笑话的，可看看你都干了些什么？"

他翻身下床，随手拿起酒店的浴袍裹在身上，腰带虚虚揽在腰间，胸口半敞着，从来时背着的经典老花书包最深处掏出藏起来的半盒烟，打开窗户，坐在窗户下面的小沙发上，敲出一颗点着，狠狠吸了一大口。

在尼古丁顺着鼻腔窜入天灵盖后，他光着的脚在地板有节奏地跺了跺，开始歇斯底里地一一细数他这趟来干的那些蠢事。

首先，他干吗要帮左斌还钱？

在高铁上他给左凝打了好几个电话，从旁敲侧击到刨根究底，总算搞明白事情原委。也没人让他管，甚至左凝还在电话里说姐夫这件事情你就当不知道，可他还是辗转着让陈伟浩联系到左斌学校的副校长，甚至不得不搬出老尚的名字来。屈辱，奇耻大辱。

他想着既然过程这么屈辱不能轻易交付，他要让左颖求他，好好求他，把她那些拙劣低廉的招数和虚情假意的戏码通通再来一遍，他再视她的表现和自己心情决定是否大发慈悲赏她一次。可结果呢，她不过是当着全家人的面一反常态叫嚣着跟他撇清关系，他就厌了。

陈南鹤觉得，她一定是受到了高人指点。

而且什么叫夫妻之间也没有当冤大头的义务，我当冤大头的时候还少吗？

一根烟几口抽完，他又点了一根。

再来，他明明警告过自己再见到左颖时气势上不能输，对，他确实骗了她，可她也不是坦坦荡荡的无辜小白花。既然翻了脸，总是要斗一斗的。可发生了什么？

陈南鹤沿着时间线仔细向前捋了捋，发觉从见到她第一眼他就没了斗志。

他来到小城后第一眼见到左颖不是在派出所门口，而是在里面休息区的长椅上。

他到的时候天还没有亮，急匆匆从高铁站打黑车来到派出所，报出左颖的名字，一个似乎怀着孕的女警察指了指大厅里侧的休息区，他转个身，看到左颖和衣躺在长椅上睡着了。

椅子是铝制的单层长椅，早春夜晚温度依然接近零度，尽管她把那件宽大的风衣紧紧裹在身上，可睡在这样的环境里还是会着凉的。陈南鹤想把左颖叫起来，这时候她动了动，原本被衣领遮住的脸露出来。

陈南鹤突然僵在那里，胸口像是被狠狠闷了一拳，他看到左颖已经花了妆的脸上挂着泪痕，红肿的眼睛像是未熟透的樱桃，薄薄的眼皮跳了跳，梦里也不安稳。

她不是来教训左冷禅的吗？她不是因为把左冷禅砍了才进派出所吗？

她哭什么？

谁欺负她了？

陈南鹤没有叫醒她，转头问女警借了一条薄毯，顺着肩膀给她盖上，却看到她穿着一双接近十厘米的高跟鞋，鞋上面沾着灰尘和泥渍，来自她穿着这双鞋蹚过的泥泞战场。

陈南鹤想让她睡得稍微舒服些，便小心翼翼把高跟鞋脱下来，赫然看到她两只脚都被磨出了血泡，后跟有，脚趾有，脚背上也损了一块皮，露出触目惊心的粉色皮肉。

他当然记得这双鞋是他送的，陈伟浩说这是国外女明星们最喜欢的款式，高级还舒适，女人踩着它都能轻轻松松乘风破浪。

陈南鹤咬牙切齿地看了又看左颖脚上大大小小的伤口，心想去他奶奶的乘风破浪，这笔账就算在陈伟浩头上，不会放过他的。

就在这时候，陈南鹤脑中的小作文还没写完，突然听到刷门卡的嘀嗒声，左颖回来了。

他猛地站起来，掐灭烟头，把窗户开到最大，挥舞着胳膊把烟味往外赶。

在等待左颖睡醒那段时间，陈南鹤一个人在小城里走了走，天刚刚亮，朝阳穿过已经荒废掉的厂房丝丝缕缕照过来，干冷的空气并没有温暖分毫。

陈南鹤漫无目的走在小城最大的主路上，看着两旁低矮斑驳的老式楼房，假花假草装饰出来的绿化带，早起谋生的面容疲倦的老乡，还有与精致毫不沾边的店铺橱窗，想象着他过分精致的老婆是如何在这里跌跌撞撞着长大的。

左颖或许永远不知道，在很久之前，陈南鹤就已经拼凑出了她窘困又无助的年少时光。

根本不用左冷禅那通揭穿她老底的电话，那通电话只会让陈南鹤觉得她比他想象中的还要顽强，也更加清楚了一些，她走到今天费了多少力气。

在原路走回去时，陈南鹤低头盯着人行路上松动的地砖想，某种程度上他是佩服左颖的，如果换成是我可能早就被生活绞杀干净了。可反过来他又假设，如果让左颖来过一遍他的人生呢，不知道会不会也做出一样的选择，或者更甚。

陈南鹤继续假想时，突然接到陈伟浩的语音通话。

陈伟浩大半夜被陈南鹤叫醒处理左斌的事情，头晕脑涨的忙了半宿，才回过味来事情的严重性，电话里焦急地问陈南鹤左颖砍人会不会判刑，用不用帮他找律师，又说让他放心处理家里的事，公司别管了，尚智远今天会先来北京这边，他问起的话我帮你编个话。

陈南鹤这才想起来今天原本有个品牌活动的，是跟一个当红炸子鸡艺术家谈出联名款的事。这个联名原本是陈南鹤提出的方案，可老尚还是交给尚智远去主抓。陈南鹤电话里让陈伟浩随时同步自己情况，又解释了一下左颖家的事，说他现在要去派出所把老婆接出来。

当时陈伟浩隔了几秒钟，试探着说："你们俩要不趁这个机会，把话都说开，好好聊聊。"

陈南鹤本能地怼了句："用你管？"

陈伟浩压低了声音，带着点小心翼翼："她要是知道你不只是一个设计人员，以我对她的了解，你就不用担心她跑了。"

"我什么时候担心她跑了？"陈南鹤气急败坏，喊了起来，"而且你怎么了解她了？"

陈伟浩见他孵了毛，迅速挂了电话。

陈南鹤刚巧走到派出所门口，他没有进去，而是坐在台阶上点了一根烟，心绪平复一些后，他盯着那根快燃尽的仿佛一座迷你火山一般的滚烫烟头，屏住呼吸，两根手指用力捻上去，星火熄灭，烟灰徐徐飘落。

他当然理解陈伟浩的用意，他难道不想彻彻底底坦诚相见吗？事实上从知晓左颖去公司查他那一刻，他非但没紧张反而觉得轻松了许多，像是终于搬掉了那块压在胸口的巨石。

他希望左颖用她锋利的爪牙扒了他的皮，对着他本质里已经糟透了的灵魂冷嘲热讽，为了解气也可以砍上几刀，踩上几脚，他不介意，大不了还像以前很多次那样捂着头蜷缩着等待一切结束。

他希望左颖一层一层地，把他所有的伪装揭穿，而不是由他自己来做。

他不敢。

他能承受被遗弃，被鄙视，被最亲密的人将他连根拔起，再在他最薄弱的位置施以酷刑。

可他无法主动割舍，他的那些刺只是虚张声势，他懦弱，他承认。

可这样耗下去，他又觉得自己过于自私和卑劣。

"不行，"陈南鹤感受指腹间的灼烧，告诫自己，"她还没有完全从一个泥淖中爬出来，我不能再把她拉到另一个里面去。"

他听到了身后高跟鞋的踢踏声，比她平时的脚步声浮乱了些，可陈南鹤还是第一时间辨别出来，稳了稳神，决定面对。

可是当他站在台阶下面仰起头，看着那个明明单薄到几乎被抽干了魂魄，却强撑着最后一丝力气站在最上面的人，刚才所有翻来覆去的纠缠都像是那截烟头一般被他碾碎在指间。

她散下来的卷发几乎裹住了整个肩膀，风一吹，露出了那双眉眼。

陈南鹤听到脑中一个声音说，不行，我反悔了，我就是懦弱。

他当时眯着眼睛，看着他老婆，用轻松的语气调侃她，可心里想的却是，我要把这谎言坚持到底，牢底坐穿。

不过那时的陈南鹤没有料到的是，当天晚上的酒店大床房里，他正狼狈徒劳地向外散烟时，他老婆出了一趟门匆匆回来，手里捧着一大堆零食，要跟他玩一个真心换真心的游戏。

最终，还是她露出那锋利爪牙。

左颖带着一股锐利的冷气进来，可脸上的微笑柔软从容。她手捧一大袋零食和饮料，招呼陈南鹤坐到沙发上，把零食摊在中间，自己拿了一罐啤酒，递给陈南鹤一瓶营养快线，语气淡淡的："你不能喝酒，你喝小孩的饮料。"

"就没有大人喝的吗？"陈南鹤理了理那件敞开胸口的浴袍，坐在她对面。

"不喝拉倒。"

她还穿着陈南鹤的外套,材质硬挺的休闲帽衫将她本就偏小的骨架显得更薄了,闲散下来的头发不适,她用发圈随便抓了抓缠在脑后,低低的扎了个蓬松的马尾,耳边缀着几缕卷曲的发丝。

她坐在一盏射灯下面,陈南鹤从这个角度看过去,看到她利索地拉开一罐啤酒,用纸巾擦了擦浸出来的泡沫,抬起咕咚咕咚喝了一大口,而后那双灵动又诡计多端的眼睛盯着自己,上下打量。

陈南鹤低下头,在零食堆里挑了挑,选了一包辣条打开,却不着急吃,而是问:"你刚才说玩什么游戏?"

左颖双肘放在膝盖,倾过身去看着他:"真心话,说真心话,敢不敢?"

陈南鹤嚼着辣条,挑眉看她,意思详细说说。

"每人问对方三个问题,只有三个问题,是你最想知道的事情,而对方必须如实回答,必须说真话,敢不敢?"

陈南鹤手里扒着开心果,神色也是耐心细致的,看不出任何情绪。他很擅长这种不动声色的表演,看似云淡风轻,实则汹涌的波涛已经将他反复溺死多次了。

他比左颖想象中的要了解她,他太清楚左颖正在用一种轻松的游戏,来猎取最需要的信息。跟过去她那些或娇蛮或体贴的手段一样,都是她伸向自己的伪装过的爪牙。

陈南鹤点点头。

左颖很高兴:"好,那你问吧。想好啊,只有三个问题。"

"为什么我先问?"

"我还没想好啊。"她理所当然地说。

左颖想去撕一个酸奶盖,却怎么也撕不开,陈南鹤拿过来,撕开后递给她,左颖自然地接过来:"问吧。"

陈南鹤又低头吃了两个开心果,才缓缓问出第一个问题:"是为了钱跟我结婚的吗?"

左颖想了想:"是。还有你的房子。"

陈南鹤使坏:"你怎么确定那就是我的房子?说不定是我租的呢?"

"结婚前我去物业和房管局查过。"

陈南鹤狠狠点头,并不意外她能干出这种事,又问:"后悔了吗?"

"还没有。"左颖认真想了想,"此刻还没有,但不敢保证明天会不会。"

陈南鹤眯着眼睛盯着她,表情复杂晦涩:"你还挺严谨。"

"最后一个问题了啊。"她提醒。

陈南鹤细细嚼着嘴里的干果来舒缓情绪,有点羡慕左颖能轻松做到这种冷酷的坦诚。既然如此,他也努力调动所有勇气,试图自己剥开皮肉掏出一些真心。可同时脑中泛起许多复杂的情绪,难堪的片段,还有无法言说自相矛盾的因果,终于在左颖催促的眼神中,陈南鹤问出前半截话来:"你介不介意我……"

不行,还是没勇气说出口。他眼睛酸痛地看着对面他理应最亲密,实际却是隔阂最多的人,正要艰难补充完后半句时,她把话抢了过去。

"哦,你是问我介不介意你是个设计人员吗?"左颖爽快说,"也不能说完全不介意吧。我接受。"

坦然一笑,陈南鹤没再补充。

窗外一辆拉货的货车驶过,发出隆隆的声音,循着敞开的窗户刺耳地滚进来,暂时打断了他们刚才险些赤膊相见的交锋。

待杂声过后,陈南鹤敛起了散漫,罕见地认真对她说:"到你了。你的问题呢?"

陈南鹤当时做了结婚以来最为坦荡的心理准备。

"好。"左颖拍拍手上的零食残渣,深呼吸,流畅地发问,"第一个问题哦,如果你在尚飞只是一个设计人员,怎么会这么短的时间就安排进去一个实习生的?"

陈南鹤蹙眉:"我很好的朋友是尚飞的高层。"

"你这个很好的朋友,是真正的陈总吗?"

陈南鹤无所谓地:"对啊。"

左颖突然直直盯着陈南鹤:"那如果你找他帮忙签个订单,他会答应吗?"

陈南鹤觉得莫名其妙，没理解她的意思："这算什么问题？"

"回答我，他会帮忙吗？"

陈南鹤轻轻点了下头，然后恍然间明白了，冷冷问道："这就是你的三个问题？"

"对。"

"你早就想好了这三个问题吧？"

左颖承认。

"答案满意吗？"

左颖察觉到陈南鹤的冷意，知道瞒不过他了："托我安排实习生的是郑慧之，就是那个女强人郑慧之。她答应我，要跟你签一个大订单，能让我们从中间赚一笔钱。你以前也说过，这种私人之间签的订单操作空间很大。"

陈南鹤靠在沙发背上，低低看着左颖："所以你想玩这个真心话游戏，就是为了让我帮你搞钱的。"

"不管赚多少，咱俩平分啊。"

陈南鹤没回应她，只是居高临下看着她，脸色难看到令人害怕，左颖垂着眸子，不敢抬头。

就这样尴尬沉默良久，陈南鹤才开口，语气极其冷漠，像是换了一个人："你还真的是，从头到尾，都是演给我看的。"

这时吹进来一丝冷风，左颖忍不住打了个冷战，突然觉得特别冷，她紧了紧身上陈南鹤的外套，去把敞开的窗户关上。

而后她故意忽视陈南鹤能冻死人的气场，绕着他走，准备去睡觉，底气不足地闷声说："你不同意就算了。"

"我同意。"接着他几乎是一字一字地补充，"倒是你啊，别后悔。"

他笑了下。

回家的路上陈南鹤一句话也没跟左颖说，正眼都没看她一眼。

他们睡到中午才起床，起来后直接去了高铁站，左颖提前买好了票，早到了一个多小时。临近假期，车站人不少，他们找了两个空位挨着坐，陈南鹤一坐下就掏出手机打游戏，脸色阴沉。

左颖问他要不要吃点东西，这附近有家羊肉泡馍不错，还有一家石锅拌饭,想吃哪个?陈南鹤皱眉,又掏出耳机戴上了。左颖白了他一眼,起身去买了一人份的麦当劳套餐,没管他。

还没来得及吃,左凝打来了电话,问了问他们到车站没有,吃饭了没有,还想准备一点家乡特产送过来让他们带回去。左颖赶紧打断她,说年纪轻轻的小姑娘别那么懂事少操点心,还有以后找男朋友千万别给人当老妈子,找个能照顾她的。

"找姐夫这样的就挺好。"左凝在电话里说,"他特别在意你的。"

左颖瞟了眼旁边玩游戏的人,心想还好他听不见:"你又知道了?"

"我当然知道,前天陪爸缝针的时候姐夫连着给我打了好几个电话,我腾出空才给他回,他一听在医院声音都变了,我说你没事,他才正常了点,逼着我从头到尾告诉他发生了什么。"

旁边的人似乎输了一局,烦躁地喘气。

"姐,你俩好好的,给我锁死。"左凝大声说。

左颖默了默,想起昨天晚上的局面心里七上八下。这时陈南鹤自然地把手伸进她的麦当劳套餐里,抓了一把薯条,一个个往嘴里塞,又开了一局。

"知道了。"左颖最后小声答。

车站广播通知检票了,左颖手肘碰了碰陈南鹤,提醒他该出发了。

陈南鹤装模作样收了耳机,但其实耳机一直在静音。他跟在左颖身后排队,眼睛向下瞟了瞟,看到左颖侧头盯着一处看了好久,顺着她的目光看过去,是一幅很显眼的尚飞广告。

广告挂在一楼和二楼之间,紧挨着列车时刻表,是整个高铁站视野最佳、尺寸最大的广告了。只不过图片上那款鞋并不是最近的潮流款式,是前年的一个大众爆款,确实更符合小城市的市场需求,陈南鹤还记得这款鞋最初的设计方案是从他手里确认的。

后面有人催促他们跟上队伍,左颖仓促回过头,忽地看到陈南鹤也在看着尚飞的广告发呆。陈南鹤被发现后迅速收回眼神,又换上那副生人勿近的脸色。

左颖没话找话:"这双鞋我还挺喜欢的。"

陈南鹤没理她,左颖又自言自语说了句:"跟我小时候那双很像。"

左颖说的小时候的鞋，就是十四岁那年买的赝品。也是这样一双白色系的跑鞋，但远不如广告中的好，连基本的透气轻盈都谈不上，更别说不断在更新的外观和黑科技了。左颖忽地有点感慨，时代和技术都在向前跑，被裹挟着的人也一样。

只能向前，不回头，更不要下坠。

在检票的时候左颖告诉自己，哪怕生活已经摇摇欲坠了，她也要在有限的条件里一砖一瓦地重新垒起来。

她清楚昨晚有点急功近利，狡猾自私，但郑慧之是她如今能抓在手里最好的牌了，哪怕希望渺茫也要赌一把。

如果没有了盔甲，她就自己打造一副盔甲。总之，她不要倒退，不要回到过去。

火车从小城驶出后，左颖看着窗外徐徐后退的故乡，沉沉地松了口气。她视线看着前方，将已经发生的糟心事抛在脑后，告诉自己接受现状，看向未来。可转过头突然发现，旁边座位空了。

陈南鹤不知吃坏了什么，这一会工夫去了两三趟卫生间，回来后就抱着肩膀靠在椅背眯着睡觉，两条长腿局促地摆在座位前，偶尔伸出去放松下。

左颖莫名有些惭愧，陈南鹤这趟明摆着是为了自己来的，也算周到，尽了一个丈夫应有的责任。一码归一码，她还是拎得清的，尽管他明显在耍脾气较劲，左颖还是主动搭了搭话，语气亲切："哎，你看到窗外那座山没有，那就是小时候课本里游击队打鬼子的地方。"

"你们小时候语文课讲游击队吗？"

"好像南方没有游击队吧……"

"有吗？"

陈南鹤突然睁开了眼，忍无可忍，拍了拍前座的大学生："哥们儿，换个座不？"

回京后他们也没好好说过话，陈南鹤刚下高铁站就被叫去公司，尚飞与马尔空联名的案子被尚智远谈翻车了。

马尔空是近两年才崭露头角的当代艺术家，他设计了一系列以《山海经》为灵感的装置雕塑，奇谲又瑰丽，还极富童真童趣。在全球做了十几场巡展，大获成功，可以说是艺术领域当红人物了。陈南鹤看上了他的商业价值，直觉能做出一套真正的国潮联名系列，就在总部例会上随口一说，没想到老尚挺感兴趣，可转头却交给尚智远去做。

"智远稳重，有经验，懂尚飞的文化。"当时老尚在大会议室把玩着手里的玉石，强调，"其他人配合他。"

老尚是对着会议室那面巨大的智能电子屏幕说的，但在场所有人都明白这话是说给陈南鹤听的，是命令，也是警告。

可他没料到的是他最器重的大侄子确实懂尚飞，但不懂艺术家，准确说他自大到根本不尊重艺术家。陈南鹤听说尚智远带着创意总监直接来北京见马尔空，高傲地大谈特谈尚飞的需求，让马尔空开个价码，在吹牛和还价的过程中还认错了马尔空的作品。

当天尚飞就被婉拒了。

后来是创意总监刘诺觉得遗憾，私下和陈伟浩商量要把陈南鹤叫回来负责这个联名项目。陈南鹤在回京的高铁上被他们一通狂轰滥炸，下了火车就像特工抓特务一般在左颖眼皮子下被不动声色地劫走了。

左颖连着给陈南鹤发了几个信息问他去哪儿了，陈南鹤拍了张会议室正烟熏缭绕头脑风暴的照片回复她，交代了事。

而后接连几天，他们连轴开会讨论与马尔空的联名方案。

陈伟浩很少参与品牌研发方面的具体工作，是刘诺担心稳不住陈南鹤这个散仙，送了他一套收藏的红酒好说歹说让他陪着开几天会。

陈伟浩嘴上不情不愿的，可实际却非常希望陈南鹤能凭这个联名项目打一场胜仗，不提多年挚友关系，论工作能力陈伟浩也是佩服他的。当然陈伟浩也有不放心之处，怕高强度的工作会让他承受不了，毕竟公司里真正了解陈南鹤的并不多。

不过就这几天的状况来看，陈伟浩完全多虑了。陈南鹤倒是始终在场，但只是偶尔在决策性的意见上说句话，大部分时间都歪在椅子里玩手机，比如现在。

刘诺正对着PPT分析同时在争取跟马尔空联名的竞争对手资料，陈南鹤一手托着下巴，盯着手机里莫名其妙蹙眉，偶尔又撇撇嘴似笑非笑，表情丰富到勾起了陈伟浩的兴趣。陈伟浩凑过去，发现他居然在刷小红书，看的还是一个专门拍球鞋的冷门账号。

陈伟浩好奇地凑近了些,这模特脚还挺好看,特地瞄了眼账号名:"麋鹿会飞?"

陈南鹤忽地坐直了,按灭手机,狠狠瞪了一眼陈伟浩,把椅子拉开离他远一点,眼神警告他谨言慎行别告诉任何人。

可很快他又意识到自己过分紧张了,陈伟浩又不知道这个专门卖尚飞限量款球鞋的麋鹿会飞就是他老婆。

有时候陈南鹤很好奇,如果左颖知道他一直偷偷在关注她卖鞋的账号,会是一番什么情景。生气?羞愧?不,她应该也会拉着他一起做账号搞钱。

想到此陈南鹤低头偷笑,忍不住又打开小红书,翻了翻最新那条视频下面的留言,没错,任何一条留言他都没放过。

留言也就短短四五条,有人问她有没有尚飞二零二一年与篮球明星魏明联名的篮球,愿意加价购买。左颖在下面回复篮球属于周边,她没有。这款篮球陈南鹤有印象,最初开价就上万了。

陈南鹤转头看看陈伟浩,忽地想起不久前的那笔血淋淋的账,他可不是个有气量的人,于是又把椅子挪过去,小声问他:"二零二一年跟魏明做的篮球你是不是还有一个?"

陈伟浩有点蒙:"啊?"

"给我吧。"

"那别人送我的。"

"给我。"

"咋地,我欠你的啊?"

"是啊。"

陈南鹤更好奇,如果左颖知道她账号上卖的那些鞋都是他刻意送给她的,又会是一番怎么样的情景。

结婚后左颖没怎么跟陈南鹤开口要过钱,除了每个月家里的生活费外,也就是在支付宝上关联了亲密付。陈南鹤主动给过她一张卡,左颖没收。后来陈南鹤发现她这个隐秘的收入途径后,就默默做起了供应商。

篮球当天陈南鹤就拿回了家,不过他并没有像之前那样编个轻巧的理由送给左颖,他抱着篮球坐在车里翻来覆去纠结了半小时,越想越烦,决定暂时先不给她。

让他心烦的不仅仅是那晚在酒店被她算计个彻底,更是回来后这几天,左颖似乎故意处处让他不痛快。

她先是在家里做了个大扫除,趁机把两人的物品分门别类收纳了一遍。尤其是陈南鹤的东西,衣服鞋子都按序放在衣帽间同侧,用A4纸大小的标签醒目地标注好,还拍照给他看。

她也不再准备精心搭配的早餐晚餐了,这陈南鹤倒是不介意,过去她的刻意反倒让他更有压力。不过有一天夜里加班回家,去厨房觅食,发现冰箱几乎空了,便去翻橱柜,这时突然收到左颖的微信,语气极其友好:【海鲜方便面过期了哦。】

陈南鹤脑子嗡地一下,想起前一阵子那条跟陈伟浩学的矫情朋友圈,咬牙狠狠关上橱柜。这时又收到左颖的微信:【如果点外卖的话,帮我也带一份哈。】

自从回到北京后,陈南鹤借着加班的由头搬到了客房去住,他们碰面的时间并不多,大部分都是微信交流,客气得像是住在一个屋檐下的室友。左颖除了偶尔发这种让他不痛快的信息外,很少主动联系他,每天躲在卧室里不知忙些什么,跟之前嘘寒问暖厚脸厚皮的样子判若两人。

陈南鹤又感慨了一会,才磨磨蹭蹭上楼。

推开家门,居然意外地闻到了饭香,不是食材和香料的味道,而是单单一股浓浓的米饭香味,却瞬间抚平了陈南鹤已经打了结的紊乱神经,心情熨帖不少。

左颖穿着一套家居服正好路过玄关,瞥了他一眼,忽地停下,问:"你身后什么东西啊?"

"哦。"陈南鹤慢悠悠换鞋,像是经她提醒才忽然想起什么一样,从身后拿出一个篮球来,"你说这个啊?我的篮球,一直放办公室,都快忘了,同事提醒我才想起来。"

"什么牌子的?"

陈南鹤低头穿拖鞋,语气轻飘飘:"就是两年前我们跟魏明做的那款,一般,卖得不好。"

左颖眼睛一亮:"我看看。"

陈南鹤表示没听懂,左颖又说了一遍,他才把球抬高了些,做出一个抛球的动作,朝她扔过去。

左颖没料到他会在这么近的距离把球抛过来,抬手去接的时候已经来不及了,没掌握好角度,球砸在她脸上,又落在怀里。

陈南鹤听到左颖惊呼了一声,拖鞋也不穿了,光脚过去。

左颖却像是忘了疼痛一般,只是抱着篮球,看着那深褐色纹路上一行黑色的小字,问陈南鹤:

"樱是谁啊?"

"什么樱?"

"球上面写着,from 樱。"

陈南鹤一惊,听到自己隆隆的心跳声。

突然,一滴滴血砸在篮球上,左颖摸了一把脸,摸到了黏稠的液体。

第五章

过去,左颖经常故意当着陈南鹤的面吃歪醋,但凡他身上沾了外面的香味,朋友圈有不熟识的女孩给他留言点赞,或者只是他在两人亲密时不专注那么一点点,左颖都要找个时机恰如其分地释放些醋意,非要闹得陈南鹤放下身段哄哄她才罢休,以此证明他们还好。

是的,她并不是真的怀疑陈南鹤有秘密,那些捕风捉影的细节和点到为止的作闹,只是她用来验证婚姻是否正常的手段。

但这次不一样,当左颖看到那个已经泛旧的篮球上清晰的黑色小字时,忽地整个人抖了抖,头重脚轻地打了个冷战。那上面清清楚楚地写着【from樱】。

【樱】字稍微大了一些,也比其他字重,极好辨认,把左颖一下子拉到两个月前的那个晚上。陈南鹤醉酒忽然返家,婚戒莫名丢失,以及深夜里那两条来自同样名字的女人的信息。

而比这些证据更让她确认这次并不是捕风捉影的是,她发现陈南鹤罕见地慌张了。

左颖鼻子被篮球砸出血是陈南鹤先发现的,他第一个动作是拍掉左颖怀里的篮球,而后粗暴地捧起她的脸,把她的头抬起来,随手抽张纸巾垫在鼻子下面:"先止血,我带你去医院。"

左颖被迫盯着天花板的灯,一阵刺眼眩晕后,她摸了摸鼻子,很快凭经验判断出来骨头没受伤,出血量也不大,没必要大惊小怪去医院。她让陈南鹤去拿医药箱,自己去卫生间处理。

陈南鹤就杵在卫生间门口,看左颖用沾了药水的棉签一遍遍伸到鼻子里去清洗伤口,再将染了血的棉签丢到垃圾箱里。他眼睛紧紧跟着左颖冷静的动作,一步不敢上前,左颖透过镜子看了他一眼,他居然向后缩了缩。

被发现后的陈南鹤想证明他一点也不慌,但也就向前挺了下胸,问:"疼吗?"

左颖摇头。

"我不是故意的。"

左颖点头。

左颖依旧对着镜子有条不紊地处理伤口,神色冷清,眼神再也没有往陈南鹤身上放过一刻。可他就站在那里,一动不动,不靠近,也不离开。

就这样安静沉默了很久,像是一场无声的较量一般,最终陈南鹤败下阵来,主动说:"她是我的同事。"

左颖瞬间就知道他慌了。

她当然听得懂陈南鹤的话,却还是故意问:"谁?"

"那个……篮球上的名字。"陈南鹤稍微自然了些,"那本来是我同事的篮球,她不要了给我的,闹着玩签了个名字。"

左颖最后简单洗了个脸,用洗脸巾慢慢擦着,半晌才说话:"多大了,这个同事?"

"二十出头吧,刚毕业。"

左颖没再追问,点点头,像是完全相信了陈南鹤的鬼话。

她闭上眼睛,朝脸上拍了拍化妆水,再看向镜子里的人,话题一转:"订单的事情你安排好了吗?"

陈南鹤没料到突然扯到这,一愣,转而点点头。

左颖笑了下:"辛苦啦,那我跟郑慧之约时间。"说完,她转身回房间。

厨房里本来煮着一锅石锅粥,因为这场插曲已经煮过了头,陈南鹤去看了看,已经烧成了一锅浓稠的米糊。

陈南鹤盯着石锅,忽地自嘲地笑了下。

而与此同时,回到卧室的左颖坐在床上,再次用微信搜索那个她早就背下来的手机号。【樱】的手机号。

她有十足的把握陈南鹤撒了谎,他过去从没有主动解释过跟任何一个女人的关系,刚才那一番漏洞百出的交代,无异于不打自招。

她察觉到自己莫名心慌,深吸一口气,点下搜索按钮,依旧搜出来那个叫【樱】的微信号，不过她换了个头像，换成脸很清晰的肖像照。

是个漂亮女人，但并不是二十出头的女孩，是一张成熟知性的脸。

左颖想也没想，按下添加好友键，可对方设置了隐私限制，无法添加。

左颖又把她的头像截图保存，而后放入搜索引擎中，搜出来的不是俞飞鸿就是高圆圆，她又换了个社交平台搜，依旧徒劳。

最后她平躺在床上，听到厨房里有洗碗的声音，料到是陈南鹤在收拾那锅煮坏的晚饭。房子里异常安静，只能听到断断续续的流水声，左颖忽然一阵鼻酸，她调动所有控制力压制下去，怕勾起鼻子的伤。

不知过了多久，她渐渐平静下来了，恢复了知觉和理智。得益于她天生对感情的钝感，以及结婚以来被陈南鹤忽冷忽热的态度锤炼出来的忍耐力，左颖很快压抑住了差点让她失控的嫉妒和愤怒，告诉自己去做该做的事情。

她有个原则，不在不受控的事情上耗神耗力，时间只花在能握在手里的东西上。

第二天左颖是被一股浓浓的粥香叫醒的，醒来看到陈南鹤在厨房煲粥，他挺拔地站在宽敞灶台前，额前几缕碎发遮住了眼睛，看上去很温柔。

陈南鹤扭头看了眼左颖，眉眼低垂，淡淡解释这锅蔬菜瘦肉粥是给她补血的，还得再煮半小时，不好喝就点外卖。

左颖礼貌问要不要一起喝，陈南鹤犹豫了一下，说公司今天有会，去上班了。

陈南鹤走了之后左颖慢悠悠把粥盛出来，坐在阳光下喝了一口，味道居然不错，给陈南鹤发了个反馈：【好喝。】

陈南鹤秒回：【行。】

左颖很少遇到陈南鹤秒回的情况，紧紧抓住：【后天把时间空出来呗？约了郑慧之。】

隔了半小时没等到回复，左颖又发：【你答应过的啊。】

陈南鹤几分钟后回：【我没说不行。】

加了一句：【刚到公司。】

【就知道你守信用。】完了左颖附送一个大拇指点赞的表情。

陈南鹤莫名说了句：【要是在电视剧里，你肯定是个反派。】

【哈，为啥？】

【你们反派从不内耗。】

左颖托腮看着这句话，笑了，心里有种被戳到的奇特感觉。

与郑慧之的约会定在周六下午，本来郑慧之是打算约周日的，左颖找借口坚持改在周六。原因很简单，她查到周六倪战有录影工作，他一定不会在。

只要倪战不在，陈南鹤暂时就不会穿帮，毕竟他们家只有倪战见过真正的陈总。可左颖还是不放心，路上又问陈南鹤跟他的好朋友聊好了没有，如果订单谈下来通过他来走没问题的吧？陈南鹤默认。

左颖还是不安了，她碰了一下陈南鹤的胳膊说："我们这样不算犯法吧？顶多有点道德败坏。"

陈南鹤当时正开着车，在高尔夫俱乐部前找停车位，他一向不喜欢开车时旁边有人叽里呱啦的，闷声说："败坏也是你败坏。"

左颖没跟他计较，毕竟今天这种需要组团作战的场合不便内讧，下车后她打量了一下人模狗样的陈南鹤，走到他面前，踮脚给他整理了一下POLO领。弄好后满意地拍了拍他胸口，一抬头，发现陈南鹤正在用晦涩不明的眼神看着自己。

"瞅啥？"

"瞅你好看。"

陈南鹤又把领子松了松，欠欠的，先走进俱乐部。

进门后报了名字，俱乐部前台直接把他们带到郑慧之的办公室，刚推门，就听到郑慧之在大嗓门训人。被她训的是一个穿着职业正装的女孩，低着头，一言不发。

左颖和陈南鹤站在门口正犹豫要不要等会再进去，郑慧之一眼看到了他们，瞬间切换个柔和语气招呼："快进来，进来坐。"然后，转头继续骂人。

左颖二人悄声坐到沙发上，对面坐着一个二十出头的年轻男孩。男孩文文静静的，清澈的黑眼睛在他们之间转了转，对他们热情笑着打招呼，露出一整排牙齿。左颖也微笑点头，礼貌回应。

坐在那旁听了几分钟，左颖就听明白郑慧之为什么训那个女孩了。

女孩是球场的经理，好像在安排一场高尔夫赛事时把所有场地都排满了，耽误了郑慧之接待某位大人物。女孩解释当时郑慧之只说那几天要空出来一块场地，可能随时会用，没有明确说具体时间，郑慧之劈头盖脸骂她笨，让她滚出去。

骂走了下属后，郑慧之爽朗地笑着过来，坐在年轻男孩身边，摆摆手语气抱怨："现在的孩子啊，脑子都不灵活，这还是重点大学毕业的呢，读书读傻了。我都说随时会用，听不明白吗，让我丢那么大人。"

左颖笑笑接话："是啊，就应该那几天都空出一块场地来。"

郑慧之突然盯着左颖看，露出一丝审视意味："妹妹，伶俐人。"

左颖感觉到郑慧之的赞赏，害羞中带着点兴奋，微微转头看了眼陈南鹤，发现他板着一张脸盯着手里的乌龙茶。

郑慧之倒是没介意陈南鹤的疏离，热情伸出手："这就是陈总吧，幸会。"

陈南鹤与她握了握手。

郑慧之突然对旁边男孩说："快，你也正式认识一下陈总，这次还多亏了他呢。"然后又对左颖二人介绍："这是卢宇鸣，叫他小卢就行，他就是我的那个亲戚，哈哈。"

左颖陡然一慌，心里七上八下，责怪自己疏忽大意竟忘了这个亲戚。如果他已经是尚飞实习生，不可能入职了还没见到真正的陈总。她慌乱地瞥了眼陈南鹤，发现他倒是坦然，还不紧不慢地跟人家聊了起来。

"分到哪个店了？"陈南鹤问。

小卢恭恭敬敬回答："大兴的门店。"

"挺远的，辛苦。"

小卢始终带着微笑："没关系陈总，能进到尚飞锻炼我就很开心了，辛苦点没什么。"

左颖听不懂他们在说什么，已经急得像个被扔进火里的跳蚤，不住地给陈南鹤递眼神，让他把话说明白些。可陈南鹤任她火急火燎，就是不接招。

小卢倒是看出来左颖有点蒙圈，情商高地解释："尚飞的实习生刚入职都要去分店锻炼三个月的，能直观了解市场，面对顾客，对以后接触公司其他业务很有帮助。"

左颖点点头，终于松了口气，对这个乖巧聪明的小孩有了不少好感，夸了他几句。

郑慧之笑笑，一脸慈爱："别夸他，怕他骄傲，他需要学习的好多呢。"

小卢赶紧说："是，郑总说得对。"

郑慧之没再接他的话茬，看看时间，说离晚餐还有两个小时，让助理带他们夫妻俩去球场玩一玩，自己还有点工作要处理，吃饭前派车去接他们。

左颖和陈南鹤顺着她的意思，跟着女助理坐摆渡车去了球场。左颖之前没玩过高尔夫，充满好奇，助理带着她在球场转了一大圈后，便找了个教练教她打球。

左颖问陈南鹤要不要一起，陈南鹤用手挡着太阳，懒洋洋说没兴趣，他去找地方喝点东西。左颖知道他是个运动白痴，没强求。

陈南鹤没坐摆渡车，沿着一条偏僻但阴凉的小路溜达，他有点疲惫，也被太阳晒得心烦意乱，想一个人清净一会。不知不觉来到一处竹林，竹林里面有一座红砖小房子，门口立着把遮阳伞和两张桌子，想必是临时休息的地方，他便在门口坐下了。

本想点支烟的，却忘记带火了，他想跟房子里的工作人员借个火，可走到门口突然停步，却听见里面奇怪的声音。

娇喘的，旖旎的，混杂着几句露骨粗话。

门没有关严，陈南鹤正好站在门缝处，他不用故意偷看，就清清楚楚看到了那两个缠在一起的人。

是郑慧之，和小卢。

玩了不到一小时，左颖就确定自己不喜欢高尔夫这项所谓的富人运动，剩下的时间无比煎熬，后悔没有跟陈南鹤一起去溜达，不知道他在这京城最隐秘奢华的高尔夫俱乐部里逛到什么趣处没有。

仗着天生敏锐的运动细胞，左颖虽第一次打，却学得很快，可掌握窍门后就失去了兴趣。用精巧的力量挥出球后,她并没有太期待落地的结果,比起依赖谋算和控制的运动,她更喜欢奔跑中的竞技感。

但不得不承认高尔夫有极强的社交属性,尤其对野心勃勃的人,不然也不会有那么多在球场上"一杆定乾坤"的商场趣闻。左颖耐着性子跟教练打满了两个小时,终于盼来了接她的车。

车直接开到俱乐部的餐厅,是三所大同小异的房子围起来的独立小院,院子中间有个巨大的鱼池。左颖被引领到中间的屋子,一进门,看到陈南鹤和小卢坐在休息区候着。陈南鹤看到左颖眼睛一亮,忽地站起来,招呼她过来坐,又连连问她累不累、渴不渴,玩得怎么样。

左颖从没见过陈南鹤对自己这么殷勤,像是分离一会就按捺不住性子的愣头青,按住了就不撒手。对面的小卢就稳重多了,还是那么懂事礼貌,清清爽爽。

左颖越看男孩越赏心悦目,不免主动搭话:"小卢,多大了?"

小卢甜甜笑:"二十一,姐姐。"

"真年轻。"

"姐姐也蛮年轻啊,同龄人。"

这时郑慧之的助理从包间里把门打开,喊他们进来坐。左颖被夸得上了头,还喜滋滋地沉浸在小卢的那声"同龄人"里,突然被陈南鹤抓着胳膊拎起来:"走了。"

包间面积不大,装饰却很讲究,左颖尤其喜欢窗户下面那两张日式竹椅,比普通椅子矮一点,却大了一圈,圆圆润润的看起来颇为可爱。左颖有点想坐上去试试,可郑慧之到了,招呼大家入座,让服务员上菜。

郑慧之换了套衬托身材的紫色旗袍,似乎又洗了个澡,整个人散发出一股妩媚的清香,中长的黑发在脑后扎了个扫把一样的低马尾,露出填充过的饱满额头。左颖仔细看看她,发觉她变好看了很多。当然这里面也有医美和瘦身的功劳,可更难得的是多了些精神气,脸上也挂着发自内心的自信笑容,跟之前的状态天壤之别。

左颖判断她最近定是情感顺遂了,来自好情绪的滋养,可比医美效果好多了。

菜品一一上来,口味偏南方,先是松茸鸡汤,大家喝完之后上几道精致小凉菜，最后才是堪比国宴的招牌菜。其中让左颖最为惊艳的是切得似头发丝一般的文思豆腐，和肉质极其鲜美的清蒸河豚。

郑慧之对她的私厨颇为自豪，每上一道菜都讲一番来历，在她绘声绘色的讲述中气氛松弛了不少，菜吃了一小轮后，郑慧之自然地跟陈南鹤聊起尚飞的事情，进入今天的正题。

左颖留心观察过，郑慧之谈工作的神态与日常截然不同。如果说日常还有些中年女人大大咧咧的亲和力的话，一旦聊到关于真金白银的工作，瞬间调动出浑身上下所有锐利精悍的细胞，通过一双眼睛扫描对方的底线和弱点，用最高效的方式达成对自己最有利的结果。

她看似在跟陈南鹤闲聊，却接连问了几个非常专业的问题，从尚飞今年在北方的销售策略，到俱乐部采购上的具体建议，一个个犀利问题流弹一般抛过来，砸得左颖脑子千疮百孔无以应付，不停搅拌手里的汤匙。

可陈南鹤全部接住了这些流弹，像个内功高手一般把它们一个一个握在手中，化为齑粉。

左颖安静坐在旁边，看着陈南鹤一一回应郑慧之的问题，看着郑慧之连连点头像是放下了警惕，最终他们达成一个采购方案。

郑慧之会跟尚飞一次性签三年的俱乐部鞋和服装的采购合同，具体采购细节陈南鹤来定，合同上的价格按最低团体价走，会额外单独给他们夫妻总价百分之五的服务费。

服务费，也就是合法化的提成，更通俗的说法叫回扣。

左颖粗略估算了一下，总价的百分之五再扣掉税也不是小数目了，不过郑慧之并不亏。如若她通过正常途径去尚飞采购，是拿不到最低团体价的，算起来她甚至还省了钱。

郑慧之也没装傻，大方举起杯说这是双赢的美事，让站在后面的助理尽快给他们夫妻办理俱乐部会员手续，转头还不忘夸两句左颖的伶俐，玩笑着说这一杯咱们得敬左颖。

左颖自然领情，陈南鹤开车没喝酒，她斟了满满一杯，一口饮尽。见正事聊完了，想着该活络下气氛，左颖自觉挑起气氛担当的身份，并再次把目光投向小卢。

左颖闲闲地问："小卢，谈女朋友没有啦？"

没想到小卢大方说:"谈了。"

左颖随意追问:"女朋友是同学吗?"

陈南鹤给她夹了一块醋熘小排,送到餐碟里时还点了点:"你尝尝这个。"

可小卢却丝毫没在意,甚至故意说:"她就是在这里上班的。"

郑慧之突然咳了一下,清清嗓子,又解释自己最近有点换季过敏,嗓子不舒服。

左颖还要继续说什么,陈南鹤开口提醒她:"你手机振了好几下,是不是有什么急事。"

左颖纳闷她一个闲人能有什么急事,拿起来一看,居然是陈南鹤刚刚给她发的微信:【看他俩的手表。】

左颖当然知道他指的是谁,不经意地朝他们的手腕看过去,赫然发现他们戴的是一对一模一样的名牌手表,小卢的是稍微粗犷些的男款,郑慧之的是细表带的女款。当然也有撞款的可能,不过以小卢的条件是买不起这个品牌的,而且这个品牌就是以做情侣表最为出名。

所以,左颖放在桌子下的手使劲捏了一下大腿让自己冷静,一寸寸消化哽在嗓子眼的爆炸八卦,郑慧之和小卢是一对!

而且小卢差点公开承认郑慧之是女友!

郑慧之还有点不愿意!

难怪,郑慧之可是在出轨啊!

那倪战知道吗?

之前还以为倪战是个四处开屏的花孔雀,原来还是慧姐玩得开!

陈南鹤瞥了眼旁边已经灵魂出窍的人,主动说晚上还有安排,领着左颖先撤了。

直到陈南鹤的车已经驶出了俱乐部停车场,左颖还涨着一张脸,瞪圆了眼睛回味着刚才的一切。

陈南鹤瞅她憋得难受:"你可以说出来了。"

左颖脱口而出一句表达震惊的粗话。

陈南鹤笑:"刚才你再问就收不了场了。"

"还是你机智。"左颖朝他连连点头表示感谢,忽地想起"你是怎么知道的?"

陈南鹤露出个消化不良的表情,像是吞咽了什么不干不净的东西一样,他灵巧打方向盘转弯,遇到高峰期堵在一排尾灯后面,磕磕绊绊说出自己目睹的香艳现场。他说当时吓蒙了,一刻也没停留,悄声离开,恨不得找消毒水洗洗眼睛,那一幕画面有剧毒。

"到底是什么样的?"左颖一脸好奇看着他。

"什么什么样的?"

"他们具体到底在干什么?"

陈南鹤转头看了她一眼,脸噌地红了,吼了一句:"我忘了!"

"不说拉倒。"左颖含笑,似是挑逗。

车流开始动了,陈南鹤专注开车,仿佛得救一般偷偷松口气。

可左颖并没安分,思忖着问他:"你是不是觉得郑慧之找个小男生偷情,挺无耻的?"

陈南鹤想也没想,回答:"两相情愿的事,就算女方年纪大一些,社会地位高一些,也无可厚非。这件事的问题关键不是小男生,是郑慧之已婚了。"

"哦,所以她出轨这件事不可原谅了?"

"嗯,也不一定……"陈南鹤神情认真了些,"这也要看她的婚姻状况是怎么样的,如果在婚姻里她一直是被剥削的一方,受伤的一方,或者夫妻双方有默契互不打扰,那也没什么了,我甚至会觉得她干得漂亮。"

左颖有些意外地看着他。

陈南鹤又说:"比起盲目用道德标准审判一个人,不如再多了解她一点。"

左颖沉默了。

半响,陈南鹤有点慌:"我说错什么了吗?"

"没有。"左颖看着前方的车流,"我之前一直以为你是普信男。"

陈南鹤立刻说:"那你没看错,我是普信男里的顶流。"

又加了一句:"因为太帅。"

左颖抿嘴笑笑,把头偏到一侧,看向窗外。

趁她不注意时陈南鹤也看过去,看到她专注地不知在想什么,长睫毛轻轻垂了垂，几缕长卷发弯弯曲曲搭在外轮廓上，勾勒出一张小小的精致的脸。陈南鹤视线落在她小巧的鼻尖上，不知是不是车内灯光的烘托，红红的一小点，仿佛点缀了淡色朱砂，像是小时候吃过的点心中间最甜的那一处。

"陈南鹤，停一下车。"

陈南鹤一愣，暗自乱了些方寸："怎么了？"

"我想吃那个。"

左颖说的是大学旁边一家人气很旺的芝士烤红薯，门口已经排了小长队，店面不大，一对小夫妻欢快地忙碌着。

陈南鹤把车停在路边，他们一起排在队尾，两人翘首看着店面招牌下的菜单照片，商量着一会点什么。

也许是聊八卦促进消食，也许是晚餐根本没吃饱，他们看着招牌上简单粗暴的食物图片，双双露出殷切的明亮眼神。快排到他们时，一个稚气的女大学生过来，小心地问："学姐学长，请问我可以插个队吗？我晚上的课马上要开始了。"

左颖和陈南鹤对视一眼，默契地笑起来，又连连说好，让那个羞涩的女生走到前面去。

他们笑的不是那女生，而是被误会成大学生。可再一打量两人，忽然觉得，也难怪。

因为预料到今天会玩高尔夫，各自都选了一身休闲运动装，碍于他们已经分开住一段时间了，互相没商量，却意外搭出了情侣装的意思。

陈南鹤是一件米色POLO衫，卡其色裤子，材质和剪裁都极好地衬托出他身材。左颖穿了一套杏色运动套装，百褶裙配短上衣，隐隐露出紧实的细腰线，青春洋溢。

而他们站在一起，男的挺拔阳光，女的青春靓丽，两个漂亮的脑袋凑在一起互相分享对方的烤红薯，远远看过去，俨然一对校园情侣。

陈南鹤见左颖更喜欢他点的口味，干脆跟她换过来，左颖欣然接受，笑着说了句谢谢。陈南鹤突然有个冲动想去点一下她的鼻尖，手已经抬高了，惊愕地怔住，退了回来。

这时，莫名下起了雨。北京的初夏雨水很多，阴晴不定，闹着玩似的。

陈南鹤撂起两盒烤红薯放在一只手里,另一只手虚虚挡在左颖头顶,跟她说回车上吃。两人顶着绵绵密密的小雨,小跑着离开。

左颖心情也难得愉悦,上车后还在讨论刚才被错认为大学生的小插曲,陈南鹤很少见她这么开心,忍不住多看几眼,眼角尽是温柔,宠溺中竟走错了路。

左颖一个路痴也发现了他开错了方向,提醒他:"走反了呀,怎么迷糊了你。"

陈南鹤自然地把话接过来:"是啊,迷糊了,最近都睡不好。"

"怎么了?"

"可能客房的床太软了吧。"

左颖哦了一声,并没打算继续聊下去。

陈南鹤却一鼓作气:"我今晚能回主卧吗?"

"我今晚能回主卧吗?"

左颖并没有拒绝。

那场急雨很快就停了,车行到半路,左颖降下一半车窗,随着湿蕴清爽的空气弥漫进来,车内一对各怀心思的夫妻双双暗自喘了口气。

可即便呼吸自如了些,拉扯在他们之间的心照不宣的暧昧还在游荡,并没有被徐徐滚进来的微风吹散分毫。

左颖瞟了眼陈南鹤的侧脸,喉结下那道斜斜的疤,最后落在他握着方向盘的骨节匀称的手上,感性和理智在她身体不同位置交锋,她像个等待输赢结果的庄家,渐渐失去了耐心。

而陈南鹤就简单多了,他目视前方,心无旁骛,发挥出他最好的车技连续变道和超车,用最快的速度回家。

下车后他大步走在前面,偶尔微微转头看了眼后面,示意她也跟上。

电梯里只有他们俩,按了二十二层,电梯关门那一刻,左颖向一旁不动声色挪了一步,离他远了些。

可到了一层,电梯停下,上来一人一狗,大型犬朝左颖吠了声,陈南鹤伸手把她拉到自己身边。

而后,手顺势向下,扣住手腕,并没有丝毫松开的意图。

尽管主人呵斥着那条大型犬，用力牵着它，还是没阻止它又朝左颖凌厉地窜起来。左颖多少被吓了一跳，反手握住陈南鹤的手，陈南鹤像是得到信号一般，手指顺进去，划过丝丝电流，与她相扣。

狗和主人在五层就下了，电梯里又只剩他们俩，空气凝滞，两人僵硬地纹丝不动，左颖把头贴在他肩膀上，无聊地试图去辨别他的心跳声。

陈南鹤的心跳声一向很明显，像是在体内置了一个小型电子鼓，只要是不那么吵的环境里，稍微靠近他一点就能听到节奏分明的隆隆声。有段时间左颖失眠，喜欢蹭在他怀里睡，陈南鹤还嫌弃过老婆太过黏人，实际上左颖只把他当成个有温度的催眠药。

可此刻却什么也听不到，左颖微微踮起脚尖，耳朵轻轻摩挲过他手臂的皮肤，不经意地瞄到陈南鹤紧绷的锋利下颌线，以及上下快速滚动了下的喉结。

电梯停在二十二层，还没反应过来，陈南鹤几乎是把她拽出电梯的。

左颖真正感受到他的心跳是在沙发上。陈南鹤埋在她脖颈间，故意咬了一口之后，左颖本能地想将身上的重量推开一些，手触在胸膛，隔着棉质的衣服摸到急促有力的心跳声，宛如千军万马的号角。

他反常地积极主动，像个要吃人的嗜血丧尸，就连中途被打断也始终不肯放下手里的肉。

沙发下面响起一连串的手机振动声，一开始他们都没在意，可连续不断的异响着实影响情绪，左颖便催他："你先接一下电话。"

"不是我的。"

左颖反手把蹭到沙发缝的电话抠出来，是她的，陈南鹤抓着手腕把她的手臂向上推："不要接。"

左颖却挣脱他坐了起来："左斌的电话。"

电话接通，有人不甘心地吐气。

"姐，我跟你说。"左斌丝毫没意识到对面焦灼着的状况，一本正经，"你要是听我的，就还是选择成考吧。"

左颖把音量调小了些："可是自考不是更灵活吗？成考只有四个月准备时间了。"

他们进来得急，屋子里没有开灯，手机淡淡的蓝色荧光下，左颖的脸罕见地认真又怯懦。她本想离开这里去卧室继续这通电话，可身后的人又缠上来。

左颖手肘向后挡了一下，被陈南鹤按下。

左斌那边有车鸣的噪声，似走在路上："姐你放心，除了课程之外你只要把教材和资料全看了，隔一周我们做一套真题，参加今年的成人高考是没有问题的。"

这时候，身后突然发出一声鼻音哼笑，手上的动作也停下了。

"高考？"他继续笑。

左颖瞬间清醒许多，整理一下衣服，语气冷冷："左斌我先挂了。"

陈南鹤眼疾手快伸长胳膊把她圈在怀里，赶紧道歉："我错了，我错了。宝宝。"

左颖很早就明白一个浅显的两性常识，男人在床上或者类似床上的地方对你道歉，尤其是喊着昵称道歉，多半没什么真心，都是怕煮熟的鸭子飞了。

果然，身后的人又绷不住笑起来，下巴抵在她肩头，像是逗小孩一般转头看她："你真要参加高考？"

左颖突然站起来，打开客厅的灯，刺眼的白光让两人都同时遮住眼睛，适应过来后看着凌乱的沙发和彼此，双双垂下头进行一番自我审视，仿佛刚才黑暗中发生的是被蛊惑后的一场表演。

左颖当时想，果然足够亮的地方，任何瑕疵和侥幸都藏不住。

而陈南鹤想，回头客厅的灯一定给它换了，要不砸了。

他向前伸了一下手想去抓她，做最后的挣扎："真的，对不起，我不是那个意思。"

左颖却向后退了一步，她挺直了脊背，两手稍微理了理散下来的头发，把一张干净的脸全部露出来。

在此之前，她认真思考过要怎么告诉陈南鹤最近偷偷忙着的这件事，她并不想瞒他。虽然论起来陈南鹤说不出口的秘密似乎更多，但左颖受够了过之前那种半人半鬼的日子，她想尽可能地对陈南鹤坦诚一些。

说到底，或许陈南鹤和这段婚姻比她想象中的更重要一点吧。不仅仅是一处庇护所，也不单单是藏不住的欲念，她也不确定支撑自己此刻站在这里的是什么，总之，左颖罕见地想敲碎她赖以生存的保护壳。

可为什么没有及时说出来呢？大概她很清楚，多半得不到她想要的反馈。她太想得到特定的认同了，所以哪怕一丝一毫的嘲讽，都会让她立刻缩回已经损坏的保护壳中。何况，又偏偏发生在这样一个时刻。

既然如此，左颖想，被扫兴的不应该只有我一个，她冷静地看着陈南鹤的眼睛，缓缓地，不卑不亢地说了一番话："很好笑吗？你可能不相信，上学的时候我本来是全年级第一的。我并不是个有天赋的人，但我自认还算努力。努力跑，努力学习；短跑第一，成绩第一，可我还是连去跟别人竞争的资格都不够。我花了很长时间去找原因，归根结底，就是因为我运气不好。"

她顿了顿，又说了一遍："我一向，没什么好运气。可运气不好能怎么办呢？反抗吗？怨天尤人吗？不，我接受一切现状，但不会放弃。

"陈南鹤，你也许觉得我快三十岁了去考大学很可笑，但是在我失去的所有机会和权利里面，没有上大学是最让我遗憾的，也是我最想做的事。但凡给我喘口气，我就要去念书。哪怕还是没有好运气，我也要试一试的。"

她说最后一句话时尾音颤抖着，及时止住，眼睛里闪着明亮的光，脸上带着些许莫名的自豪。

对，自豪，左颖多少为自己能鼓足勇气在陈南鹤面前首次表达她近乎卑微的自我而自豪。就好像卸掉了那层精致的面具后对他说，你看啊这才是我，粗陋，渺小，是阴霾下长大的干枯褪色的杂草，从来不是那朵恃靓行凶的野玫瑰。

可即便真实的我如此普通，我也没忘记挺直脊背，用细弱的枝枝蔓蔓努力向上伸展去接触阳光，竭尽所能地活得更好。

然后她整理了一下在黑暗中被弄皱的裙子，当着他的面把百褶短裙上每个褶皱都理顺，恢复整齐体面的模样。

陈南鹤的目光一寸寸地向下落，最终落在地板上一处划痕上，划痕被左颖的影子覆盖着，锋利的一小条，尤为明显。

当那个影子突然离开后，白炽灯的亮光之下，那条划痕诡异地瞬间消失不见了。

陈南鹤忽然一阵明显的疼痛，他说不清为什么，似乎那条划痕转移到他的胸膛里，留下新鲜的疤。

陈南鹤最终也没搬回主卧去住。

他开着窗户，躺在客房的小床上，一夜没睡。

其间抽了半包烟，喝了约有三公升的水，夜深时还去地下车库里待了一会，在他想尽办法勉强克制住体内汹涌的焦躁后，终于挨到了天亮。他匆忙洗了把脸，早早出门去公司，怕左颖见到自己此刻的模样。

尚飞的同事们对陈南鹤的来历都有所耳闻了，他还留着二楼公共区的工位，但几乎每天都在四层的大会议室待着，据说新的品牌联名项目被他带得很顺利，本来拒绝了尚飞的马尔空在看了陈南鹤的提案后主动约了见面。

可今天，他居然早早来到公司后就坐在二楼的工位，保持一个诡异的姿势盯着手机发呆，终于快到中午时，他去楼梯间打了个漫长的电话。

据当时在楼梯间抽烟的同事说，他离得不远，加上环境封闭回音大，他听到电话里的人似乎管陈南鹤叫"姐夫"。

一时间，格子间里的社畜们都无心搬砖了，线上线下八卦起尚飞最牛的设计师是不是恋爱了，也可能是已婚了。如果已婚的话，凭厦门传来的关于他的风言风语，不知该替那位陈太太高兴，还是担忧。

陈南鹤的电话是打给左斌的，详细询问了左颖参加成人高考的事。得益于上次回老家陈南鹤的完美表现，成功地让左斌、左凝对他无比信任，有问必答，有求必应，陈南鹤甚至觉得再努努力他能挑战一下左颖在龙凤胎心里的位置。

据左斌说左颖从去年就有这个打算了，可直到上个月才下定决心，左斌是家里学习最好办事最稳重的，加上当年左颖没上大学多多少少是为了他和左凝，自然全力支持姐姐。

左斌还告诉陈南鹤，左颖已经选好了心仪的高校，也在学校报了考前辅导班，每周上三天课，甚至把详细课程表发给了他姐夫。陈南鹤看了眼课表，今天下午就有课，他谢了谢左斌，挂了电话回到工位。

再回到工位后，同事们发现陈南鹤明显更焦灼了，他捧着手机，似乎在发微信，字打了又删，删了又打，半天发不出去。

陈南鹤索性扔下手机，转头看向窗外晴朗的天，愣了好久，直到脸色渐渐舒缓下来。最终他像是做了什么重要的决定一般，慎重又笃定地打了几个字不知给谁发了过去，而后沉沉地松了口气。

接到陈南鹤这条微信的人是左颖。

当时她正坐在高校的阶梯教室里上艺术理论课，这门课是她自选的需要考的科目之一。今天是这位老师第一堂课，花了很久对着PPT讲自己的经历，怪无趣的。当收到微信时，左颖低头开小差看了眼。

她很久没回过神来，那只是一行短短的连断句都不需要的小字，没头没尾，又奇奇怪怪的，可左颖就是看懂了。看懂了它的前因后果，看懂了它的艰难悱恻。

那行小字仿佛一把利刃一般准确地扎进她心里，说不清是感动还是心痛，让她久久凝滞，直到听到教室里的惊呼声才把她拉回现实。

循着同学们的惊呼，她也看向讲台上的PPT，原来是那位老师贴了一张自己与行业大佬的照片。左颖也看过去，整个人无比震惊。

那张行业大佬的合影里，左颖一共认识三个人。

一个是此刻讲台上的艺术概论老师，一个是郑慧之，还有一个是那个如鬼魅一般萦绕在她的婚姻里的她无论如何也忘不掉的【樱】。

老师指着那张漂亮知性的脸介绍说："她呀，是王樱博士，不仅是海外一家慈善机构的董事，还是英国奢侈品研究学的博士，跟旁边这位郑慧之郑董也很熟。"

台下有同学开玩笑说，王樱博士太美了，结婚了吗？

老师意有所指地说："人家王樱博士眼光可是很高呢。"

郑慧之今天行程非常赶，上午去一个电商红人节做分享嘉宾，下午回公司开销售部的大会，晚上还约了上海过来的老友吃饭，更别提中间穿插处理的那些琐碎事了。看来经济环境真是复苏了，去年此时她还闲到跟倪战在家一人捧着一台平板各自追美剧呢。

倪战，呵，郑慧之只要稍微提起这两个字，就毫无预兆地胃疼。

饶是日程如此满，郑慧之还是在早晨六点起床，做了个空腹有氧，吃了私教搭配好的营养早餐，简单化个妆就出门了。

出门前管家夸了句她气色越来越好，还说身上的高定套装明显大了一号，下次要定小一号的才合身。郑慧之一向对别人虚头巴脑的夸奖很排斥，可她对着门口的穿衣镜看了眼，老管家的话也不算瞎奉承，看来这一年在医美和锻炼上的功夫没白费。

可当她来到红人节现场，走进那间让人眼花缭乱的香喷喷的会议厅时，才明白纵使她投入再多时间和钱使劲折腾自己，也就是一个矮小敦实又皮肤松弛的中年妇女。放眼望去，满屋子衣着脸蛋大同小异的年轻女孩，白花花的纤细手臂，不同色号的嘟嘟红唇，一半挺着傲人的胸脯，一半想方设法露出没有一丝赘肉的小蛮腰。

郑慧之有种错觉，仿佛一脚踏入了天庭集会，眼前都是叽叽喳喳争奇斗艳的仙家宫娥，不过她倒大可不必跟姑娘们雌竞，因为她是站在上面动动手指就能决定她们命运的人，她是王母娘娘。

郑慧之跟红人节活动官方有个合作，会根据网络红人们在红人节活动中的表现，选择两个进入她的商超直播间。不过这些事都是直播业务团队在处理，她只要露个脸念完发言稿走了流程就行，郑慧之站在台上没有五分钟，台下两张熟脸引起了她的好奇。

两张脸很相似，就连身材都是一样的瘦瘦高高，都是那位江湖人称冬哥的物流大佬最喜欢的类型。郑慧之在不同场合分别见过冬哥带着这两个女生，时间是重叠的，据说她们还互相拉踩了一阵子，无非是想争一个靠婚姻实现阶层跃迁的机会。郑慧之听人八卦过她们用的那些肮脏又阴损的办法，瞠目结舌，甚至有些钦佩。

可通过婚姻怎么可能逆天改命呢？也许能置换出一时的利益和安逸日子，那还得是个聪明伶俐的，蠢货大多白白耗费了青春，成了别人酒桌上一起艳俗的谈资。

后来冬哥娶了个运输大王的侄女，还不是女儿哦，就算远房侄女他也是敲锣打鼓八抬大轿明媒正娶的，毕竟前两年环境不好整个业务线最赚钱的部分是妻子娘家提供的。

你看，婚姻就是这么简单的事，各取所需，利益交换。普通人的婚姻是共同育儿养老的合作社，有钱人就更简单了，纯生意。

想到此，郑慧之自嘲地笑了，又想起那个让人浑身难受的名字，如果她当初有这个觉悟，是万万不会跟倪战结婚的。

因为从小就是个又胖又丑的穷女孩，郑慧之在成长过程中从没体验过被狂热追求的感受，更别提女性红利这回事了。她第一段婚姻是父母包办的，对方一开始就没看上她，从她生下晨晨后老公再没有理过她。后来她发誓要在男人的赛道上拼命跑，专门跟男人竞争，既然赢不到你们的爱，起码要赢了你们的尊严。

外人都叫她铁娘子，她明白这跟女性魅力丝毫不沾边，甚至有故意取笑她的意思。还真有一个低俗的主播在直播中说如果一个荒岛上只有郑慧之和一只羊，那么他宁愿和那只羊在一起。这个片段上了热搜，团队义愤填膺地让她告对方，郑慧之当时摆摆手说不跟傻子一般见识，可心里也不是滋味。

总之，很长一段时间以来，她从没想过有人会对她示爱，直到遇见倪战。

唉，不得不说，那段日子还是挺美妙的。

一个家喻户晓的风度翩翩主持人，不仅每天给你送亲手搭配的花篮果篮，连里面情话绵绵的卡片都不带重样的。每次见面也不会跟你聊市场股市那无趣的，更不会刻意奉承你事业上的成就，他就是单纯地只是把你当成一个女人，关照你自己都没在意过的细微感受，并肯定你作为女性的美和良善。

但这些只会让郑慧之心动，是什么让她下定决心结婚的呢？哦，对，也是一次上了热搜的事。倪战在自己的财经节目里跟嘉宾闲聊，嘉宾随口八卦了句当时已经传开的两人绯闻，倪战没有直接回复，只是说别说在一个荒岛上，就是全世界的女性任他选，他也只要郑慧之。

胃又痛起来了。

当年创业时饥一顿饱一顿的，落下了这个毛病。

助理见郑慧之按着胃部皱起眉头，谨慎地问她中午要不要去沿海城吃饭，小卢说他煲了萝卜羊肉汤。郑慧之点头，她们从红人节出来后，就直接去了她给小卢在沿海城买的小两居。

路上助理接了个律师的电话，告诉她倪战那边提了新的诉求，除了洛杉矶、悉尼和上海的三栋房子之外，他还要公司百分之六的股份。

郑慧之破口大骂："做他的春秋大梦，喂不饱的畜生，你跟李律说，房子我也一栋也不给他了，官司打到底！"

坐在副驾的助理倾身探到后座，回避司机小声说："姐，那张照片对我们挺不利的……"

郑慧之咬咬牙，看向窗外，眼神蹦出恨意。

片刻后，她才敛起凶光，转回头冷冷对助理说："那个左颖跟你确定时间了吗？"

"哦，她本来想约今天，但咱们时间不是排满了吗？"

"你让她傍晚来，我给她留出一个小时。"

郑慧之觉得今天的心情全被那个贪婪的人渣毁了，也没了喝汤的胃口，浑身上下所有毛孔都被无处发泄的情绪堵住了，憋得难受。

到了沿海城后，她没有让司机和助理上楼，一走进那间浓浓肉香味的小两居，郑慧之只是朝小卢勾了下手指，小卢就跟着她走进卧室。

事后郑慧之眯了十分钟，进入了深度睡眠，醒来后心情舒畅了不少，看到小卢躺在身边刷手机。手机屏幕的角度正好冲着她，清晰地看到他正刷着奢侈品官网的鞋。

郑慧之就喜欢小卢这一点，说起来在那些朝她扑过来的小男孩里，他不算最帅的，也不算嘴最甜的，却是最简单懂事的。他很清楚自己能得到什么，也会适时地索取，从不做过分的奢望。

他不像倪战，没有处心积虑地妄想利用跟富婆的婚姻逆天改命。

想到此，郑慧之突然坐起来，在微信翻了半天找出左颖的号，问她下午早点见可不可以，左颖几乎秒回，说全听慧姐安排。郑慧之不屑地笑笑，起来去冲个澡，囫囵着喝了一碗汤，给小卢转了一笔钱之后离开了。

下午的会她心不在焉，开到一半就催流程，好歹是提前两小时匆忙收尾了。她直接去了自己的日料店，走进唯一的那间包厢，一推门就看到坐在榻榻米上的纤细身影。

左颖站起来笑着招呼："慧姐。"

"坐坐。"郑慧之坐在她对面，打量了她一番，不知为何觉得她今天有点不一样了。

137

衣服还是她往常的风格，茂密的长发依旧披在肩上，脸当然还是好看的，郑慧之目光向上，落在她的眼睛上，发现她今天的眼神格外凝重，似乎心事重重。据助理说，虽然是郑慧之主动约的局，但左颖更上心，再三来跟她敲时间。

郑慧之想了想，主动提起一件事："那笔钱你们还没收到吧？应该就这两天了，财务都需要走流程的。"

左颖愣了一下，回味过来："是，不着急的慧姐，你不提我都没想起来。"

郑慧之招招手，让服务员上已经点好的小吃，又给左颖倒了一杯这里最好的清酒，两人喝了两杯酒后，关上包房的门，才开始进入今天的主题。

郑慧之先是问了句："倪老师最近找过你吗？"

"倪老师？"左颖错愕地放下手里的杯子，"我跟倪老师都不算认识，没私下见过面，也没有互留过联系方式。"

"那种人如果想找你，肯定找得到联系方式的。"郑慧之冷笑了下，"如果他找到你，要跟你见面什么的，答应他。"

左颖不解："倪老师为什么要找我呢？"

郑慧之爽快说："我们要离婚了，在打离婚官司。"

左颖做出一个表示意外的表情，但实则不是没有预感。

"没什么，很快通过新闻都会知道的。"郑慧之点了一根烟，停顿了一下说，"他找你是想让你帮他打赢官司。"

"我？我怎么能帮到他这个事？"

"我给你看个东西。"

郑慧之把烟熄灭，伸手想去取放在榻榻米边缘的包，左颖也略略起身去帮忙。

郑慧之的包跟左颖的挨着，一不注意，左颖碰倒了自己的包。

左颖今天拎的是一个中号的敞口托特包，里面塞满了书和资料，一碰就都掉了出来，摊在两人面前。最上面的是一本很小众的慈善圈内部的杂志，封面是一个女人在马场上骑马的照片。

郑慧之很难不注意到那张醒目的杂志封面。她一面从自己包里拿东西,一面盯着那本杂志,眉头皱起,语气玩味:"哟,这不王樱王博士吗?"

左颖眼神忽地亮起来:"慧姐你认识王博士啊,我是在网上看了她在英国留学时的博士论文,又听说她做了很多慈善,非常欣赏她,也可以说是钦佩了。"

郑慧之哼了一声。

左颖慢吞吞把杂志装回去:"可惜就是没机会认识她,不知道她现在在不在国内了。"

郑慧之从包里拿出一张打印好的A4纸,却并没有马上亮出来,而是接着左颖的话说:"你嫁给了尚飞的人,怎么会连王樱都不认识呢?"

左颖停下手中动作,直直看向她:"王樱博士,在尚飞吗?"

郑慧之没有回答,像是这个问题根本不重要,不值得继续聊一样。她把那张打印纸放在左颖面前,还特意转过去让她看清楚。

左颖低头,本来不甘心想继续追问的她在看到那张纸后突然大脑一片空白。

准确说,她像是被雷击中一般动弹不得。

那是一张打印出来的照片,照片里是一对赤裸着的男女。照片拍到了男人的正脸,显然就是小卢,但只拍到女人模糊的后背,不用猜也知道是谁。

他们被偷拍了艳照。

视线向下,左颖看到右下角的时间戳,就是在高尔夫俱乐部商讨订单的那天,在她和陈南鹤刚刚离开后。

而且,他们就坐在那把左颖很感兴趣的,险些去试一试的圆滚滚的日式竹椅上。

恍惚中,左颖听到对面的郑慧之居然顺接了刚才的问题,她说:"王樱啊,整个尚飞差不多快要跟她姓了吧。"

郑慧之一直有种诡异的直觉,她认为左颖和倪战本质上很相似。

他们都是漂亮又聪明的人,并且懂得利用这一天赋作为武器,野心勃勃地在亲密关系里不断猎取资源。

她花了很久才识破倪战的手段。

结婚前的倪战像个清高的情圣，为了打消郑慧之的顾虑，他主动找律师拟了一个以保护郑慧之财产为主的婚前协议。可结婚后没几个月，倪战就哭着告诉她炒股欠了几千万，如果再不还债就得坐牢判刑。

可还了债之后呢，在倪战的精心引导下，她又花钱帮他保住了电视台的工作，给他的父母弟弟买房，让他插手公司一部分业务，其中她做的最糊涂的事就是在意乱情迷时答应给婚前协议追加一项补充协议，婚内出轨那一方要补偿对方精神损失费。关于具体数额，倪战写的是全部身家，郑慧之写的是三分之一。

别说三分之一，就是郑慧之的三百分之一，也足够倪战那个穷途末路的投机分子打个漂亮的翻身仗了。

后来倪战暗中用了很多手段逼她就范，分居，冷暴力，故意制造抓不到任何证据的绯闻，毫无理由的贬损与责难，甚至直接往郑慧之床上送人。直到那个一直给她各种性暗示的私人教练坦白说收了倪战的钱，郑慧之才彻底看清嫁了个什么狗东西。

他从一开始就处心积虑地编织一个浪漫的梦，将没见识过爱情的单身富婆骗到手后，再一口一口蚕食掉对方来为自己续命。

这也是为什么郑慧之厌恶那些妄图通过婚姻逆天改命的人，或许有些偏激，她将那种人视为蛀虫，白眼狼，以及肆意玩弄别人感情的道德败类。

从这个角度说，左颖跟倪战也不完全相同，她的野心更多的是放在自己身上，而不是贪婪地从对方身上索求。

在见左颖之前，郑慧之通过她只卖特定尺码的尚飞限量球鞋的事，曾对她有个初步判断。无非是个俗气又机灵的高管娇妻，文化和家庭背景都拿不出手，小打小闹地依仗丈夫的资源赚一点私房钱。

可真正与她接触几次后，郑慧之看到一个蛮荒又旺盛的生命，她是极度饥饿的，极度渴望成长的，但她没有把别人当做食物，而是梯子。她要借用别人的肩膀，让自己站得高高的去摘取最有养分的果实。

而她那个所谓的精英老公，在郑慧之看来徒有其表，看似是左颖依附于他，实则无论在精神内核还是行事手段上，左颖都远远比他清醒和果敢。

直白点说，从那短短一顿饭的接触看来，郑慧之可以断定那场交易是左颖逼着陈南鹤来的，在他们家，左颖才是扮猪吃虎的当家人，陈南鹤更像个养尊处优的恋爱脑。

这也是为什么郑慧之特意回避那位陈总单独约他的娇妻，并且将自己眼下最难堪的把柄主动摆在她面前。郑慧之有把握说服左颖站在她这边，至于陈南鹤，他身上那种散漫游离的气场让她无处下手。

日式榻榻米包厢里，郑慧之小口小口喝着清酒，观察了一会左颖青了又白的脸色，耐心等她消化后，手指点了点打印出来的香艳照片，不紧不慢地开始铺陈："我怀疑是被我辞退的那个经理偷拍的，后来离职补偿没谈拢，妈的，报复我。你对她还有印象吧？"

左颖刚才脑中飞快思考着郑慧之把她叫来的用意，还以为误会她偷拍的照片，听到这句话稍稍安了心，恍惚点头。

"餐厅附近的监控都被我删掉了，但这照片倪老师也拿到了，但凡他能找个人证什么的，离婚官司我输定了。"

左颖立刻表态："你放心慧姐，我是不会跟他说什么的。"

见郑慧之盯着自己，她又补充："我老公也不会的！"

"看你紧张的，小脸都没血色了。"郑慧之居然笑了，而后眼神向下落在照片里女人裸露的后背上，"看得出来是我吗？"

左颖心想这不是你是谁，可话在脑子里转个弯："倒是……没拍到脸，后背嘛……都差不多……加上还有点模糊。"

"嗯。"郑慧之满意地重重点头，又说，"那你也看得出来吧，这就是咱们聚餐那天。"

左颖尴尬得脚指头已经抠出联排别墅了，实在想不明白她已经表态了郑慧之为什么还揪着不放，她还想怎么着，灭口吗？

"嗯。"她低头答。

"那天餐厅一共三个女的，你，我，和我助理婷婷，是吧？"

"是。"

"你见过婷婷的，不到一米六，体重快一百六十了，背厚得像堵墙。"她笑。

左颖刚想跟着笑笑附和，可把话又咽了回去，抬起头，似乎明白郑慧

141

之的意图了。

艳照拍到了小卢的脸,而女主角只露出不完整的模糊的后背,郑慧之完全可以否认不是她,是别人。比如,那个迫不及待在聚餐后跟小卢就地偷情的人,也有可能是尚飞高管不安分的小娇妻?

郑慧之马上就印证了左颖的猜测,笑着说:"你的身材比我好太多了,但好在照片够糊,你说是你,也不会有人不信。"

至此左颖终于明白,郑慧之今天找她来的目的不是问罪,也不是灭口,而是让她给自己的艳照门顶包的。

她说不清惊讶和愤怒哪个更多,支支吾吾语无伦次:"慧姐,但是你看……"

郑慧之打断她,猜中了她的话:"我知道,你跟照片里区别最大的就是头发,我都想到了。你刚才说你跟倪老师私下没接触过,最起码在我们聚餐后他没见过你是吧,那他肯定也不知道你现在是什么发型。你把头发剪了,就行了嘛。"

左颖几乎是瞪向郑慧之。

"妹妹,你先别不高兴。"郑慧之倾身,一脸慈爱,"我怎么会让你吃亏呢?"

接着,在左颖毫不掩饰的被冒犯后的愤怒神情下,郑慧之徐徐善诱安抚她,并给了她一个无法抗拒的诱惑。

郑慧之许诺给左颖一份工作。

高薪是一部分,而最重要的是这也许能成为她的事业。郑慧之当然注意到刚才随着那本慈善杂志掉出来的,还有成人高考的教材,而获得高学历的目的是什么呢,还不是想换取一份有前途的事业。

郑慧之爽快给出三个选项,公司的销售部门、运营团队和直播业务左颖可以根据喜好和个人发展自己选一个,再给她匹配职位。

左颖低下头,似在思考和挣扎,说不心动是不可能的。

郑慧之仔细观察她,话里有话:"靠结婚是不可能彻底改变命运的,你以为是你的,哪天别人一不高兴了,就都带走了。"

左颖脸色微红,拿起水杯抿了一口。

郑慧之乘胜追击,言简意赅:"婚姻是靠不住的。"

而后,她眉头蹙起,努力克制突然袭来的胃痛:"爱情更是胡扯。"

左颖抬起头,眼神清亮了不少。郑慧之以为自己的话发挥了作用,点醒了她,可转而听到她又把话题扯回之前的无聊小事上。

"王樱博士,"左颖微微转头,飘忽的眼神在不远处的杂志上落了落:"她是尚飞的高层吗?"

"怎么问起她了?"

"好奇。"左颖转了转手里的杯子。

郑慧之吃了块寿司,才说:"她跟了尚一祁好多年了。"

尚一祁,就是尚飞现任总裁,也是把尚飞从一个只出现在小城市卖场的三线品牌做成国货龙头的功勋。

左颖在与陈南鹤恋爱后为了显得没那么浅俗,也为了攒一些聊天谈资,曾故意搜了很多尚飞和尚一祁的新闻,不过印象中,她从没注意到尚一祁身边有王樱这样的女人。

"他们结没结婚我不确定。"郑慧之轻蔑地撇撇嘴,"王樱也不是个省油的灯。"

"她怎么了?"

郑慧之斜斜看她:"早些年我们一起在慈善机构工作过,怎么说呢,就没有她摆弄不明白的男人。老少通吃的,你懂的吧?"

左颖心里咯噔一声,清脆而疼痛。

见左颖听进去了,郑慧之又八卦几句:"这些年她出来得少了,听说整天在厦门研究怎么给尚一祁生孩子。好像早年受过伤,生不了了,国内国外什么招都想了,就差研究有丝分裂了。"

"也是,尚一祁膝下无子,年纪也不小了,她再生不出来,就该被换了。"

左颖放在腿边的手机突然响起来,她吓了一跳,看了眼,关掉。

可她明显没了兴致,酒杯和食物都放下,没一会儿电话又响了,她便找借口先走,只说会考虑郑慧之的提议,尽快回复她。

郑慧之见她心不在焉,以为是被这场信息量巨大的下午茶影响的,没再留她。

左颖从日料店出来后电话又响起来,这是第三个电话了,来自同一

143

个人。

左颖接起,对面陈南鹤的声音听上去有点哑,他先是沉默片刻,才问左颖在哪里,他刚下班,要不要去接她。左颖看着天边一朵玫瑰色的晚霞,想起晚上约了陈南鹤吃饭的,说好啊,那我去找你。

今天是个难得的大艳阳天,立夏一过天气也热了起来,傍晚的太阳依旧炽热。左颖眯眼看着天空,太阳和晚霞居然同时挂在上面,诡异,又自相矛盾。

她打个车来到陈南鹤公司附近的商场,他们之前很喜欢吃附近一家牛杂火锅,她下车后,看到陈南鹤站在广场路边,倚着一根水泥灯柱,两腿交叠,抱着肩膀。

在离几步远的距离内,陈南鹤微笑着,朝她扬了扬下巴,懒懒地试探性地张开手臂。

左颖忽然小步跑向他,许是没料到她真的过来了,陈南鹤用力拥着她。她也搂着他的腰,脸贴着他的胸膛,浅浅地吸了口气。他们就这样腻歪了一会,好像彼此之间那些勾心斗角没存在过一般。

下巴在她脑袋上蹭了蹭,陈南鹤问:"今天干什么了?"

左颖从他怀抱里抬起头,仰头盯着他看了很久,好像根本没听到他的话一样,眨了眨那双蛊惑性十足的眼睛,无比自然地问出一个让他措手不及的问题:"陈南鹤,王樱是谁?"

"谁?"他惊愕反问。

"王樱啊,就是深夜给你发信息的王樱,篮球上的王樱,慈善家王樱,博士王樱,她是谁?"

陈南鹤脸上的温柔瞬间消失,他转身就想走,左颖紧紧搂着他的腰,不给他逃避的机会,眼神半是恳求半是威胁:"王樱,你认识她吗?"

陈南鹤低头,但并不回答,而是胡闹了起来,伸出手指胡乱地去遮住左颖那双复杂的眼睛。不知是不敢看她,还是不敢让她看自己。

可左颖继续说,疯狂说。

"她为什么发信息问你结婚没告诉他们?他们是谁啊?尚一祁吗?你是谁啊?你跟他们是什么关系啊?"

陈南鹤继续胡闹,又去捏左颖的嘴角,眼神盯着她的唇,仿佛根本听不到她的话。左颖任他揉捏，索性将她这些日子脑中闪现过的没有逻辑的猜测全说出来。

"你每次去厦门都去干什么了？真的出差吗？"

"你是王樱的孩子吗？"

"还是，你是她的小男友？"

"你们好过吗？"

"你一个设计师哪里买得起房，她买的吗？"

"我问你呢，王樱是谁啊？"

陈南鹤又去折腾她的脸，用力捏着，揉着，看着她五官变了形，又丑又怪的，笑了。

可左颖却注意到他笑的时候眼睛里波涛汹涌，莹光闪闪。

左颖入神地看着那里面闪耀着的东西，鼻子一酸："陈南鹤，你到底经历了什么？"

陈南鹤忽然用力按着她的头，把她按在怀里，任她挣扎，任她推搡打骂，死死不松手，像是要让她在自己怀里溺死。

左颖闹累了后停下，耳朵贴着他的胸，除了隆隆的心跳声之外，听到他急促地倒吸一口气，扣在自己脑袋上的手更用力了。

她直觉，他是在害怕被看见什么，被撞破什么。

毫无缘由地，左颖又想起了在阶梯教室里他发来的那句文字。

前一天晚上左颖在两人难得的暧昧中，扫兴地首次向他暴露卑微的自我时对他说，"我一向没有好运气。"她记得就是从那句话开始，陈南鹤的眼神徐徐向下，再也没底气抬起来。而后，他花了一天一夜的时间，字斟句酌地反反复复纠结，发给她一句话。

他说：【可我的好运才刚刚开始。】

第六章

在去见左颖的三个小时前，陈南鹤在北京尚飞分部引起了一场不大不小的骚乱。见证这场骚乱的人，是他最好的朋友陈伟浩。

陈伟浩事后每每心有余悸地回忆起来，都很后悔他没有在一开始阻止这一切，他本来是有机会的。其实他只要今天下午早点回公司，一切就都来得及。

上午他在东边的商场参加一个门店的活动，他们请了两个刚刚在国际青年联赛上夺冠的小运动员宣传这一季主打的球鞋，媒体和公关也都在，还叫上不少尚飞的粉丝。其间闹了个笑话，小嘉宾在介绍这款鞋时出了错，几次都说成了去年夏天主打款的名字，就好像结婚时把新娘名字念成前女友一般引起哗然。

两个小运动员大概第一次接到商务，没有应对这种状况的经验，后面的活动就变成一场灾难，如果被发到网上可能会酿成公关事故的那种。陈伟浩灵机一动，临时带着团队搞了个热热闹闹的抽奖游戏，好歹把事故苗头压了下去。

其实他也不奇怪小嘉宾会认错鞋子，这两年尚飞的设计重复性很高，技术和外型都少有突破，吃的还是几年前的老本，所谓的爆款也都是营销出来的。这个问题公司里的人都不敢在老尚面前提，毕竟负责研发业务的老大是尚智远，印象中只有陈南鹤不知轻重地在周年庆大会上说过，场面相当刺激。

陈伟浩忙到了下午，本来计划直接回公司的，又被门店店长拖去吃了个饭。饭局上磨磨叽叽的快三点才结束，他下午还安排了其他工作，用最快时间回公司，可还是慢了一步。一进公司，前台就把他拦住了，说有客人在等他。

陈伟浩问谁，他不记得约了人。前台神神秘秘笑着说，就那个财经频道主持人啊，倪战。

在陈伟浩的惊讶中，她又补充，不过没关系，他说你不在的话找陈南鹤也行，这会儿他们在四楼小会议室呢。

"他们聊多久了？"

"半个多小时了吧。"

陈伟浩几乎是跑着爬楼梯上去的，他跟倪战曾经在网球馆有过一面之缘，前几天听说倪战又去网球馆找他，当时他正跟陈南鹤在开马尔空联名的会，陈南鹤知道后，平平静静地说了他跟他老婆左颖私下与郑慧之签订单赚回扣的事，当然，用的还是陈伟浩的名义。

"你们两口子这样会遭天谴的！你们俩狼狈为奸，干吗拉上我？"

他拍了拍陈伟浩肩膀。

真是倒了霉了，如果再重来一次，当初就是把他拖出去枪毙了也不会让陈南鹤去咖啡厅见左颖。

推开小会议室的门，气还没喘匀，陈伟浩看到了极其诡异的一幕。全国著名的温文尔雅软饭男倪战和尚飞令人闻风丧胆的嚣张破落户陈南鹤隔着桌子面对面坐着，双双翘着腿，挺直背，一动不动不错眼珠地盯着彼此，就连陈伟浩进来也双双视而不见。显然已经厮杀过一轮了，看这硝烟弥漫的架势，第二轮随时会来。

陈伟浩干笑两声，走过去坐在中间，试图调动一下气氛，再弄明白到底发生了什么，好进行友好调解。可他的战术还没来得及发挥，倪战绷不住先亮招了。

"正好真假陈总都在，我再重复一下我来的目的，很简单，就想请这位陈总帮个忙，帮我伸张一下正义。"播音腔刚落，他客气地朝陈南鹤点头。

陈南鹤却一点也没客气："我为什么要管你们家那点事？"

"此言差矣哦，现在可不止是我们家了。"倪战说话文绉绉的，表情也似笑非笑，"刚才不是已经说了，我也有眼线的，此刻你太太就在郑慧之的日料店呢，你可以猜猜看，郑慧之这次会让她做什么，以及给她什么好处？"

陈伟浩看到陈南鹤眸光微敛，十足的不祥之兆。

倪战又说:"以我对郑慧之的了解,她大概率会让你太太在法庭上承认照片里的女人是她。为了佐证这一点,你猜她还会干什么?"

陈伟浩已经听不懂了,眼神在两人之间乱转。

倪战继续:"她除了会让你老婆撒谎,剪头发之外,还会让她跟那个小男孩假戏真做谈场恋爱,你信吗?"

陈南鹤终于露出一丝表情来,他笑了笑,脑袋撇一边,下颌线紧绷。

倪战以为胜利在望了:"你太太你肯定比我了解的,只要诱惑足够……"

话还没说完,陈南鹤忽然站起来了,他先是重重地叹了口气,像是极不情愿但不得不这么做一般,绕着桌子走过去。陈伟浩想要去拦已经来不及了,陈南鹤随手操起旁边的椅子朝倪战砸了过去。

好在倪战躲了一下没砸到头,仓皇要跑,陈南鹤大步绕过他,堵住了门,站在门口狠狠踹了他一脚。

陈伟浩几乎是扑过去护着倪战,上下查看伤势,好歹是有名有姓的电视台台柱子,因为这点事在尚飞公司里挨了揍传出去老尚得要他的狗命。他安抚着倪战,可一转头,却发现陈南鹤已经不见了。

小会议室的门敞开着,外面围了几个闻声看热闹的同事。

陈伟浩用尽洪荒之力哄了倪战一个小时,先礼后兵,软硬兼施,发挥他自称为擦屁股式的谈判技巧终于稳住了倪战,答应不追究。只不过临走时他好奇地问了句,陈南鹤是尚飞的祖宗吗?

陈伟浩苦笑,他是我祖宗。

跟倪战聊完之后陈伟浩大致理明白事情脉络了,无非就是因为左颖一时贪心,他们夫妻俩卷进富婆狗血的离婚案里。

又是左颖,她才是祖宗。祖宗的祖宗。

陈伟浩回到自己办公室,看到陈南鹤躺在沙发上,一脸平静地眯着眼睛。他终于忍不了了,火气噌地上来,冲他吼:"老子在下面当孙子,你躺在这享受啊!"

陈南鹤睁眼,礼节性看了他一下,又闭上:"从小不就这样吗,我以为你都习惯了。谢了。"

陈伟浩拉出一把椅子坐在他旁边:"你要是一早听我的,这种事就根本不会发生。"

"听你什么？"

"听我的把实话告诉左颖啊！"陈伟浩意识到声音过大，降低了些，"告诉她你不是养不起老婆的，告诉她你不差那点钱，告诉她尚飞将来可能都是你的，告诉他你是……"

陈南鹤猛地睁开眼睛，凛冽地看着好友，陈伟浩把话吞了回去。

陈南鹤又恢复懒懒模样："我不说。"

"你不说我去说。"

"你敢。"

陈伟浩干着急："我就不明白了，你怕什么？她如果接受不了那些事，要我说这种女的也不值得你这样。"

陈南鹤突然问："我怎么样了？"

陈伟浩有一肚子损他的话，可在他充满好奇和期待的目光下，突然就不想说了。

结果这人却笑了："陈伟浩你嫉妒我？"

"滚蛋。我嫉妒你啥？"

"我起码有老婆。"

"早晚得跑。"

"跑了也比没有强。"

陈伟浩一摆手："我就多嘴管你。"

陈南鹤笑笑，满意地把头转到一边，看样子想继续休息一会。

陈伟浩瞪了眼他的后脑勺，心里非常清楚他在用玩闹的方式逃避问题，这是他从小就训练出来的应激反应。

只不过，陈伟浩不明白的是，在他看来陈南鹤和左颖之间是一场互相算计的局，没有谁比谁更不堪，没有谁比谁更吃亏，显然也是有感情的，他为什么不敢把话说开呢？

陈伟浩忽地打了个冷战，陈南鹤难道还瞒着什么事情，是他也不知道的？

转过身去的陈南鹤并没有睡着，他只是有点疲惫，想在见左颖前歇一会，晚上他们约好了一起吃饭的。他总是不想让左颖看到自己糟糕的一面，总想准备好。

他当然猜不到好友盯着他后脑勺的一番腹诽，在他看来刚才那轮对话虽然占了上风，但非常不爽。

最不爽的就是那，早晚得跑。

奇怪，瞧不起谁呢。

再说为什么要跑，要真是那样，我就大大方方让人家走，跑多丢人。

陈南鹤不耐烦地伸了一下腿，陈伟浩这个破沙发太小了，回头让他换一个。

翻来覆去还是得不到休息，脑子里仍是刚才的话题，冷静下来后不得不面对，他之所以被那句话激怒到，多多少少是因为被戳到了隐蔽的担忧。

而如果再坦诚一些面对自己，他其实早就知道了唯一的，肯定的，不带任何附加条件的，也不允许有任何意外的答案。

可他从来都不知道，要怎么把一个人留在身边。

她想要什么呢，陈南鹤想起刚才倪战惹怒自己的那番发言，忽然有个很悲哀的念头，如果能简单地用能量化的东西把她留住，也不是不能接受。

陈南鹤腾地坐起来，怀疑自己真疯了。

他去洗了把脸，接连打了几个电话硬生生把左颖从郑慧之阴谋局里拽出来，然后在约定地点等她。

他选了一个视野宽敞的位置，前面没有任何建筑物遮挡，正好看见一片玫瑰色的晚霞悬在天上，像是笔触浪漫的油彩画。他鲜少会体察到生活中美好的一面，今天不知是不是在等人的缘故。

他看着那片晚霞逐渐散开，逐渐变色，晚霞下的行人匆匆忙忙，被染了色的树荫郁郁葱葱，再低头，不经意看到一抹熟悉的身影走过来，慢慢地走向他，仿佛从晚霞里掉出来的。

陈南鹤试探地张开手，只是想试一试，却不料她真的朝自己跑了过来，他像对待易碎的宝贝一般珍珍重重地抱住她，看她抬头，看她笑，看她看着自己，看她提出那个令他恐惧的名字，问出那个摧毁一切希望的问题。

不是没有心理准备的，他清楚早晚这层皮会被她扒掉，但多少毁了此刻难得的美好。

你问我过去经历了什么，怎么说呢，反正像刚才那般在晚霞下等你的时刻经历得不多。时间久了，我都以为这世上就没有好东西了。

在左颖一刀一刀扎向他的时候，陈南鹤一面想堵住她恼人的眼睛和嘴，一面想起了那天晚上她所说的话。

她说，我一向没有好运气。

所以，我对于你，也是一个糟糕的运气了？是意外，是霉运了？

可是终于，起码现在，我才稍稍相信运气这回事，以为我的好运开始了。

我的好运才刚刚开始，怎么能够就结束了呢？

最后陈南鹤把她狠狠扣在怀里，几乎用了全身力气，在她放弃挣扎后，在他终于压制住被勾起的翻天情绪后，在她耳边说了两句话，算是回答了所有。

"你看你，现在会问问题了？"

"你忘了吗，我给过你机会的。"

天色骤暗，华灯初上，晚霞像是从没出现过一样无影无踪。

陈南鹤松开她，不忘看看她被压红的脸，揉了揉，然后揽着她肩膀，悠闲随意："走吧，吃饭去。"

左颖像是在梦里，显然还没缓过来，刚才他那两句话刺过来的痛感还没散，怎么变脸比变天还快，这就没事了。

"你刚才说什么？"她揪着不放。

"我说我饿了，去吃饭。"

"不是这个。"左颖感觉一拳打在棉花上，"再之前。"

"再之前不是你一直在说吗？"

左颖如今已经适应陈南鹤耍混了，咬牙："行。边吃边说。"

牛杂火锅店在商场四楼，路上陈南鹤想勾她的肩，左颖匆匆几步先上了扶梯，陈南鹤就站在她后面，正好看到她头发里的发旋儿，毛茸茸的一圈像是个小型龙卷风。

他们来得晚，门口已经排了许多人，陈南鹤去取了个号码，前面还有十几位。他找了两把椅子，招手叫左颖过来坐。

他们坐在店门口靠边的位置，商场冷气吹得很足，两人不约而同都抱着肩膀，中间隔着半个人的距离。

左颖一路上都在琢磨着如何把话题拨回刚才的频道，她花了无数心思好不容易查到的可以跟他对峙的秘密，攒足了跟他谈判的勇气，不能这么稀里糊涂浪费了。他居然还惦记着排队吃饭，我都快噎死了。

左颖两腿向他的方向挪了下，刚要说话，陈南鹤一脸认真地看着她，把话抢了。

"你渴不渴？他们那有柠檬水。"

"我不渴。"

"零食你吃不吃？"

"不吃。"

左颖把他往回拉："陈南鹤，咱俩……"

"那我去吃点。"

他抬起两条长腿就走了，左颖略略瞪了他一眼，沉着脸等，可等了几分钟他也没回来。她站起来找他，陈南鹤根本没在店门口，再扫一圈，看到那个身高乍眼的人正在对面的儿童游乐场饶有兴致地看着什么。

左颖过去，陈南鹤像是后背长了眼睛一般有预感，回头朝她招招手。

这时两个家长追着熊孩子从他们旁边跑过去，陈南鹤抓着左颖胳膊把她捞过来，顺势揽在身前，两臂圈着她，下巴搁在脑袋那个发旋儿上，让她跟自己一起看几个不到五岁的孩子用小网兜捞小金鱼。

指甲大小的小金鱼在网兜里扑棱棱跳，孩子们跟着雀跃，左颖听到背后也传过来呵呵两声。

感受到左颖手臂被冷气吹得冰凉，他两手握着纤细手臂上下搓了搓。

左颖耗尽了耐性："队还得排多久？"

"不知道。"

"前面还有多少号了？"

"挺多的吧……"

左颖更气了："你不是饿了吗？"

陈南鹤轻笑："别着急，快了。"

他的笑轻轻柔柔的，却仿佛有重量一般沉甸甸地砸在左颖头顶，又侵入她的神经，蔓延全身，她忍不住打了个冷战，恍然意识到陈南鹤此刻看似在抱着她哄着她让她别再纠缠他和陌生女人的关系，实则在暗自得意。

他像个披着人皮又叼着玫瑰的大尾巴狼，在她面前装模作样温柔体贴，暗处正翘起尾巴得意着炫耀，女人嘛，我哄哄就好了，好了就忘了。

如果不出意外的话，左颖咬牙揣摩着身后拥着她给她取暖的人，吃完饭他八成还会带自己去一楼的奢侈品店消费一圈。

过去但凡真的惹她不高兴了，陈南鹤走的都是这套流程，等左颖捧着香喷喷的新包勾着他的脖子娇嗔地说下不为例哦，他立刻脱下人皮，呲起獠牙。

左颖抿起唇，狠了狠心，觉得有必要提醒他戏已经唱到哪一出了。

"咱们换个地方吃吧，我知道一家馆子。"她转回身，特意强调，"你不会失望的。"

陈南鹤问馆子在哪里，左颖没回答，只说她来开车。左颖是个路痴，开车没有导航跟走迷宫没什么区别，上车后她直接在导航里输入了家附近的一个路口，说馆子就在那。

陈南鹤路上很安静，放了张他平时喜欢的嘻哈专辑，看着窗外发呆，偶尔也会趁着看路况的时机瞅瞅他老婆。

他有个小怪癖，还挺喜欢看女人开车的，尤其那种开错了路也保持绝对自信，动作不够娴熟但眼神十分专注的女司机，就像他旁边的人。

左颖忽然转个头，莫名对他浅浅笑了下，陈南鹤有点措手不及，撇过头怕被她看出什么来。

陈南鹤以为左颖一定是忍耐不了排长队，要带他去换一家人少冷清适合撕战的场子，好尽快继续晚霞下的那轮谈话，他知道他那点小手段逃不过去的。

半个小时的车程里，除了见缝插针地偷瞄女司机，陈南鹤其余的时间都在战歌一般的音乐中思考着还有什么哄老婆的招数可用，他甚至偷偷拿出手机搜了点攻略，越看越惆怅。

"到了。"

一个急刹车，陈南鹤条件反射般护住手机屏幕。

左颖把车停在定位的路口后，两人下车又走了一段，陈南鹤跟着她拐进一条小胡同，走了几百米，来到一个旧居民楼下的小吃街，她直接走进中间的店。

　　陈南鹤抬头看了眼，招牌上只写着【庞哥家常菜】，没有其他。玻璃门敞开着，里面一览无余，几张简易木质长方桌，两边各摆个长条凳，店里也就几平米，除了一个民工模样的在吃面的客人外，还有点了几个家常菜的一家三口。

　　他觉得有趣，以前左颖看到这种苍蝇馆子都绕道走，可今天她熟门熟路进来，跟店员热情打招呼，熟稔地坐在长条凳上，甚至菜单都不用看就点好了菜。

　　陈南鹤倒是略显拘束地坐下，像是跟着女土匪回山寨的白面书生。

　　服务员最后跟左颖确定菜单："菜还是老样子是吧姐？然后额外要两份蒸饺，一个凉菜拼盘，对吧？"

　　左颖点头，问了句："庞师傅今天在吧？"

　　"在啊。"服务员笑，"你来了肯定他亲自下厨的啊。"

　　看吧，简直是女土匪大本营。

　　陈南鹤倒是好奇地看了看菜单，他很少吃这种简陋的苍蝇馆子，看起来就是北方口味的家常菜，没什么特别的，正想把那张沾了水渍的简易菜单翻过来时，对面女土匪幽幽说了句话：

　　"你的菜我点好了。"

　　"哦……"陈南鹤不明白自己为什么怯生生的，像是闯进了别人的地盘，客场作战士气差一截，"你经常来这里？"

　　"嗯。"

　　"这儿的菜好吃？"

　　"那这得问你。"她含笑看着对面。

　　"问我？"

　　陈南鹤迎向她弯起来的眉眼，一时怔住，忽然觉得那双明艳的眸子里不知为何透着明晃晃的嘲弄，以及同情。

　　这时候从后厨走来一个系着黑色围裙的厨师模样中年男人，端着一大碗滚烫的汤，径直来到他们这桌放下，因为汤盛得过满甚至还溢出来一些，沿着白色汤盆流到木质桌面上，其中还洒出来两根香菜，和一小块猪肝。

陈南鹤直愣愣盯着那碗汤，颜色，味道，猪肝的薄厚大小和熟烂程度，甚至配菜的种类都是他极为熟悉的，是噩梦一样隔三岔五就出现在自家餐桌上的，是他忍着强烈的反感吃过无数次的，是他老婆自以为能靠这盆臭烘烘的东西就能拿捏住他的，他这辈子看一眼就头皮发麻的猪肝汤。

他惊愕地抬头看对面的女人，只见她笑眯眯地转头对旁边的厨师温柔说："庞哥，给你介绍一下，这是我老公，他最喜欢你做的猪肝汤了。"

然后，她又转向自己，用他很久没听到的藏着咸奶油一般的娇柔声音喊他："老公。"

陈南鹤预料到了她接下来的话，把牙咬得脆响，脸色已经很吓人了。

左颖却全然不在乎，语气更嗲了些："老公，这是庞哥，我老乡，你喝的那些猪肝汤，可都是他亲手做的。"

末了，她又盯着自己，一字一字强调："每一顿都是哦。"

陈南鹤觉得她不是女土匪，而是屠夫，自己是被她牵进来活活宰了的猪。她不仅宰了他，还用冷酷又漂亮的手法把他的血肉骨架拆了做成一桌宴席，摆在这里款待他可怜的灵魂。

厨师立在旁边，搓搓手："兄弟，那你觉得我的汤咋样？有啥意见可以提。"

陈南鹤依旧狠狠看着他老婆，他想掐死她，就现在。

左颖抿嘴笑，丝毫不惧："老公，庞哥问你呢。"

陈南鹤重重吐了口气，垂下眼睛，像是在挣扎，也似在忍耐，再抬头直接略过左颖看向庞厨师，说了两句让他扳回一局的话：

"怎么说呢，一开始味道我就不喜欢，倒不是你手艺差，我这人几乎不挑食，但我天生讨厌猪肝，特别讨厌。"

"后来我就不知道啦，因为大部分都被我倒马桶了。"

左颖冷冰冰地，丢刀子一般清脆地叫了一声他的全名。

陈南鹤这才略略看向她，一脸无辜，客场作战终于找回点气势。

庞厨师大概有生以来头一次遇见两口子把日子过成这样的，莫名其妙，闻所未闻，他甚至脑子里都没弄明白他们吵架的根源在哪里，明明一对养眼的俊男美女，此刻双双脸色铁青恨不得上去撕咬对方。他只有又搓搓手，笑笑回了后厨。

菜都上齐了，他们依旧隔着简陋的桌子看着对方，什么话也没说，却似来来往往传递了万语千言。

最终，陈南鹤眨了眨眼睛，呼出一口气，才堪堪开口说出半句话来："你真的是……"

虽然只有半句话，左颖像是完全知道他本来要说什么，并由此联想起他们夫妻很久以来的纠葛，被忽视的委屈，被欺骗的不甘，以及不久前他贴她耳朵那两句耍赖一般的混账话。

她也急急地吸了一口气，眸光凝重，面色沉静。

她说："好像你说过半句真心话一样。"

陈南鹤失神片刻，再回过神来，只觉得胸口钝痛，可即便如此，他仍顶着那张耍浑无赖的脸，决定继续用这种姿态死扛到底。

看你能拿我怎么样。

这时左颖放在桌子上的电话突然响了起来，左颖看了眼，又瞄下陈南鹤。

陈南鹤直觉电话跟自己有关，不客气地伸手夺过来，来电显示上写着三个字：【陈爸爸】

陈南鹤要挂掉，左颖一把抢过来，接通。

接通陈爸爸电话是一时手滑，如若不是陈南鹤胡闹着去抢，左颖是绝不会在此刻这般撕破脸的境地仓促地接家人的电话的。

左颖很少把一个人划分到家人领域，左冷禅已经被她排除在外了，陈南鹤在这个领域进进出出，但陈南鹤的爸爸始终有着一个温暖的位置。

虽然他们只相处过三天。

左颖去年的年夜饭是在陈爸爸家吃的，那也是她第一次跟陈爸爸见面，去之前她几乎没做任何心理准备，因为本来以为陈南鹤不打算带她回厦门的。

虽然那时他们已经结婚半年了，可没办过正式婚宴，领证也是匆匆忙忙的，这段婚姻从一开始就满是潦草的敷衍，但彼时左颖以为见不得光的是自己那些心机手段，对她冷漠寡淡的丈夫不敢提过界的要求。

可春节前，陈南鹤上了最后一天班回家后毫无征兆地让左颖收拾一下，明天去厦门。

左颖已经做好了一个人过春节的准备，她猜测陈南鹤会不会只是客气一下，正组织语言委婉表达她并不介意留下来时，陈南鹤轻描淡写说："我爸让你去过年。"

她正帮着陈南鹤收拾行李，仔仔细细把刚烘干的换洗衣服放好后，故意拿捏出小小遗憾的情绪："我是挺想跟爸爸一起过年的，可机票临时买来不及了呀，春运本来就紧张。"

"买好了。"他隔着半个屋子立刻回应，"可能有退票的吧，正好赶上了。"

左颖嘴上说着那可太好了可以一起过年，又吵着拉陈南鹤一起去商场买礼物给陈爸爸带过去，可心里七上八下的不得平静，像即将面对人生大考一般紧张到彻夜未眠。

大概由于机票是临时捡漏买的，她和陈南鹤没坐一趟航班，左颖的晚一个小时。左颖落地后远远就看到陈南鹤和一个瘦小却腔调十足的老人等在出口，老人穿着件藏青色呢子大衣，戴黑色礼帽，口罩上只露出一双眼睛。不同于陈南鹤眼形小而狭长，陈爸爸是闽南人里少有的大眼睛，可看见左颖后那双神气十足的眼睛却垂下去，心不在焉地看看手机。

左颖过去乖巧地揽着陈南鹤手臂，礼貌地跟陈爸爸打招呼送礼物，自认把默默排练了很多遍的礼数发挥得可圈可点。可陈爸爸只是朝她点点头，转头上车开车，一路跟后座的小夫妻没说什么话，甚至口罩都没摘下来，出了机场在岛内只开了二十分钟就到家了。

陈爸爸把车停到楼下后自己一个人先上楼了，陈南鹤帮左颖拿行李，转头看到她慢吞吞的一脸愁容。

左颖当然知道大过年的要喜气洋洋，可一想到第一次见面公公全程戴着口罩没露脸不说，连一句客套话也没有，不免暗自懊丧。

她跟着陈南鹤唉声叹气上楼，老式的防盗门虚掩着，陈南鹤一推门，香甜味道的浓浓肉香扑面而来。他们刚走进去，在一片薄薄的雾气下，看见陈爸爸端着一个大蒸笼从厨房走出来，放在餐桌中央。

左颖从陈南鹤身后歪着脑袋看过去，陈爸爸已经摘下了口罩，她惊讶看到陈爸爸居然是一张圆润的娃娃脸，整个五官与陈南鹤没有一丝相似之处，看上去蛮可爱的，让人感到亲切。

忽地陈爸爸也歪着头看向藏在陈南鹤身后的左颖，两个脑袋平行对视，他招招手，用语速很慢的并不太标准的普通话说："快过来，过来坐。"

左颖马上弹回去，又想躲起来，陈南鹤拉着她手腕，两人坐在餐桌一侧。

陈爸爸笑着，脸色在蒸气之下红扑扑的："这一路上我担心死啦，就怕蒸老了，掐着点往回走，路上大气都不敢出。小鹤，小颖，你们看好了啊。"

陈南鹤和左颖齐刷刷看向桌子的蒸笼，像两个等待魔术表演中最精彩时刻的孩子。

陈爸爸在他们好奇又期待的眼神中慢慢掀开了蒸笼盖，腾腾雾气散去后，露出一个大瓷盆装着的蒸肉，晶莹剔透，红润诱人，甜甜糯糯的香气仿佛在往左颖毛孔里面钻去。

陈南鹤笑着呦呵一声，伸手要去抓肉，被陈爸爸兜头敲了一下。

然后陈爸爸也坐下来，挺直了背，郑重地看着左颖，眼睛里似乎闪着光："小颖，我介绍一下，这是我们闽菜里的传统菜，也是我的拿手菜吧，本来叫同安封肉，但我们家这道叫陈氏封肉，我在里面加了独家秘方的，甜口的，绝对好吃的。这道菜呢，是一道喜菜，但并不是今天年三十的喜菜，按规矩，封肉是结婚宴上的主菜。"陈爸爸瞥了眼陈南鹤，又转向左颖，真诚又动容，"陈南鹤不懂事，没提前跟我说你们结婚，没给你们办酒席，我们家缺了礼数，愧对于你，今天这顿就算是爸爸对你表达歉意，希望你原谅我们的怠慢。"

"儿媳第一次回来，我们一家第一次真正团聚，不管过不过年，是一定要吃一盆陈氏封肉的。小颖，我给你夹一块，封肉一定要趁热吃，掀开盖就得吃，不能等的。"

陈爸爸夹了一块边上的肉给左颖，左颖端起小碟子去接，手居然不听话地颤抖，她慌慌稳住。

她一时间手足无措，只僵硬笑笑，把肉一口全放在嘴里。说实话肉非常烫,烫到她几乎没吃出来什么味道,烫到她揉了揉眼睛假装眼泪是被呛出来的。

陈南鹤递给她一张纸巾,托着下巴侧头看了她一眼,什么话也没说。

后来就是热热闹闹吃年夜饭,左颖算是个社牛,一向能很快融入任何新环境,在厨房给陈爸爸打下手的工夫就跟他混熟了。他们聊起最近正在热播的电视剧,陈爸爸夸口他也能做出很正宗的肠粉和猪脚面,但年夜饭按陈家的规矩还得吃火锅,围炉合家欢。

火锅主要以海鲜为主,配上陈爸爸自制的沙茶酱,左颖胃口大开,当陈爸爸把他自酿的坛子酒搬出来后,左颖彻底丢掉了儿媳第一次上门该有的矜持,随着一句句新年祝福,她跟陈爸爸一杯接一杯喝到了深夜。

陈南鹤见劝不住他们,干脆先回房间休息了,左颖也逐渐上了头,最后只记得跟陈爸爸胡乱聊了许多,不知怎么就睡着了,再恢复意识时,发现倒在陈南鹤怀里,闻到那股她很熟悉的柠檬香水味。

这款香水很淡,偏中性的小众香,本来是左颖一直用的,陈南鹤开始只是偶尔喷几次,后来就渐渐淘汰了他那些松香烟草香,两人身上的味道越来越像。

左颖迷迷糊糊搂着陈南鹤的腰,窝在他怀里轻轻吸了一口,忽地发觉柠檬香到了他身上,似乎变沉变厚重了,闻起来更像橘子。

陈南鹤正把喝醉了的女人抱到床上,见她赖着不松手,便随着她躺下来。

怕她这样睡不舒适,一只胳膊垫在她头下,又伸手将她脸上的碎发轻轻柔柔地拨在脑后。这时,她忽然动了动,抬眼看过来。

有片刻失神,心跳骤乱。

左颖只是迷迷离离地看他,眼睛里像浸着一片薄薄的粉色水雾,两颊浅浅的红,饱满的唇微微张着,唇角两侧各有一个凹下去的小坑。

陈南鹤眼神被粘住了一般盯着她的唇,手从她头发上滑下来,滑到脸上,拇指轻轻扫过去,稍微在她下唇上用力蹭了蹭。

左颖躲了下,她醉眼看了看门口,意思是隔音不好。

陈南鹤面不改色,低低说:"我不欺负喝醉了的女士。"

左颖哧哧笑:"谁教你的?"而后她想到温和有腔调的陈爸爸,"你爸爸吗?"

"不是,我妈。"

那是左颖第一次听陈南鹤主动提起他妈妈,在大年夜他们相拥躺在的厦门老家的旧居民楼床上,窗外烟花爆竹阵阵,隐约又听到隔壁守岁孩子的玩闹,可她当时只顾着在橘子味道的怀里贪玩,丝毫没注意到说这句时陈南鹤眸子里的复杂。

……

从这段回忆里退出来的左颖正坐在陈南鹤的车上,她从车窗的影子里看到自己的脸,严肃,晦暗,像是耗尽精力后不得不缴械投降的俘虏。

而一旁的陈南鹤也好不到哪里,阴沉地皱着眉,嘴角抿成一条线,手握在方向盘上,骨节青白。

左颖忽地一阵唏嘘,不知道那些正常的夫妻是不是也像他们这般,在不到半年的时间内将玫瑰花上的刺拔下来作为武器刺向彼此心里最柔软的地方,狠狈地赤膊相见,不留一丝情面。

五分钟后陈南鹤把车停在小区门口,左颖解开安全带下车,没看他一眼,但在要关车门时陈南鹤冷冷开了口:

"我的东西都在床头柜里,第一层。"

"嗯。"她低头答应。

"对了,枕头旁边应该有瓶眼药水,别忘了。"

"嗯。"

陈南鹤面无表情低头看她,又说:"你委屈一下吧,我爸估计两三天就走。"

"没事。"

"行。那我走了。"

左颖下车后,陈南鹤依旧沉着脸开车,把车开上三环,直奔机场高速,他要去首都机场接刚刚下飞机的陈爸爸。

那通电话的内容很简单,陈爸爸突然通知他们他来了北京,刚下飞机,给陈南鹤打电话没人接,便不得不在夜里打扰儿媳妇。为此一再跟左颖抱歉,得知陈南鹤也在旁边,他不留情面地呵斥儿子几句。

这通意外的电话结束了他们围绕那碗猪肝汤的厮杀,可残局还来不及收拾,他们又必须一起面对家里的突发状况。

陈南鹤自然要去机场接爸爸,本来左颖也要去的,陈南鹤突然问她,你不回家收拾收拾吗?

左颖愣了片刻,陈南鹤又说,你是想让爸知道咱俩分居了吗?

她冷静琢磨了一下,陈南鹤的房子虽说是三室一厅,但有一间改成了衣帽间,陈爸爸来了肯定是要住在客房的,那他就得搬出来。也不能让他住在客厅,那摆明了告诉远道而来的老人家他们闹掰了,让陈爸爸如何自处。

这个家里,左颖最不想伤害的人就是陈爸爸。于是她点头,赞同陈南鹤的提议。

机场高速一路畅通无阻,陈南鹤看着两旁路灯和树影,心情舒畅了不少,甚至翘起了嘴角哼起了歌。

他的好心情在看到陈爸爸时达到巅峰,他大步跑过去,狠狠地拥抱着已经等待了两个小时的风尘仆仆的可怜老头。

陈爸爸像是没料到儿子会这么热情,僵硬地拍了下他的背,怯生生说:"没打扰你们吧?"

陈南鹤拎过来他的行李和包,终于忍不住笑了:"你来得太好了,爸。"

说完他昂首在前面,大步走向停车的位置。

他并不知道身后的陈爸爸心事重重地看着他的背影,在心底默默祈祷着,祈祷陈南鹤知道他的来意后不会怪他。

左颖只花了十几分钟就把客房里陈南鹤的东西整理好搬到主卧,无非是些睡衣、眼罩、充电器之类的零碎物品,比较让左颖意外的是他居然在吃一款国外的褪黑素。她打开褪黑素看了下,里面不是软糖,是那种黄豆粒大小的紫色药片,她以前都不知道陈南鹤有睡眠问题的。

客房的衣柜里整整齐齐码着两床夏凉被,一床棉质的一床丝质的,陈南鹤会视当天的温度和湿度决定盖哪床被子,就很矫情。被子旁边放着一套他的睡衣,睡衣虽然是穿过的,可还是板板正正叠起来,一丝卷边和褶皱都没有。

左颖过去为了体现自己在这场婚姻里的价值,会过分积极地去照顾陈南鹤的衣食住行。那天在老家的酒店，陈南鹤冷着脸说她故意一步步在生活上把他变成离不开老婆的废物，仔细想来也不是没有道理。

她之所以如此处心积虑，可能是因为从搬进这个房子后她就发现，陈南鹤是个自理能力非常强的人，他看似散漫，实则把自己生活范围内的一切规划得井井有条。

左颖那时候太希望陈南鹤能需要她，太希望能尽快像一块拼图一样严丝合缝地嵌在他的生活里，如今想来似乎用力过猛了。

而他这种罕见的生活能力，左颖想，可能与他很早就失去妈妈有关。

他们刚认识时自然会闲聊到彼此的家庭，陈南鹤轻描淡写说他妈妈很早就去世了，左颖怕勾起伤心往事便没再提过，直到年夜饭那顿酒后，喝醉了的左颖和陈爸爸看着无聊的春晚瞎聊天。忘了是谁的小品了，里面有个女交警的角色，陈爸爸说他妻子生前就是交警，在二零零三年一场交通事故去世的。

左颖没见过陈南鹤妈妈的照片，那次回厦门他还问过陈爸爸有没有老照片看看，陈爸爸只找到几张陈南鹤小学之后的，大多是跟朋友和同学一起的合照。左颖问再之前的照片呢？当时陈爸爸躲躲闪闪的，只说大概搬家弄丢了。

可左颖忽然想起，三十晚上几乎没怎么睡觉的陈南鹤初一早早起来跟堂兄弟们去祠堂后，她曾下楼帮陈爸爸买遥控器用的电池，还遇到楼下的邻居。邻居听说他是陈家的儿媳妇闲聊了几句，印象中，邻居似乎说过陈爸爸在这个房子里住了一辈子了。

那他们什么时候搬的家呢？

左颖的胡思乱想被一阵开门声打断了，她立刻打起精神冲向门口，将刚刚毫无意义的回忆抛在脑后。

"我们回来了。"陈南鹤声音钝钝的，并不太兴奋的样子。

左颖不管他，先是啊啊啊叫了一会，然后喊着爸爸扑上去，热情地拥抱着陈爸爸，嘴上叽里呱啦地说爸怎么又瘦了，是不是又在家偷偷跳刘畊宏了，看起来都年轻了。

陈爸爸只顾着笑，左颖没等他回应又说您怎么过来没提前说呀，早知道我们提前去机场接您了，白白让您等了那么久，热不热累不累，飞机餐都不好吃的,要不要吃点宵夜?

见陈爸爸根本招架不住,陈南鹤伸手拎着她衣领把她扯远了点,又勾住她脖子,语气依旧不客气:"行了,你让爸歇会。"

陈爸爸这才缓过气来:"吃点也行。"

左颖甩掉挂在肩膀的手臂:"爸,你想吃什么?"

陈爸爸居然反问她:"你想吃什么?"

左颖没搞明白,陈南鹤扬了下手里的行李:"吃什么他自己都带来了,估计都是你爱吃的。"

过年那几天左颖除了跟陈南鹤去了趟鼓浪屿,其他时间都在家里,三餐都是陈爸爸亲自做的。他年轻时在部队当过炊事兵,厨艺相当好,加上性子慢有耐心,尤其喜欢琢磨那些费工夫的菜。

三天时间左颖在厦门吃胖了六斤,这里面一半要归功于陈爸爸的沙茶焖三包,她几乎顿顿都要吃一点。

所以不用猜她也知道,陈爸爸一定给她带了沙茶焖三包。

可行李里岂止有用真空包装打包好的焖三包,还有他焖的鸭子、酱的牛肉,马蹄酥花生酥零零碎碎一大包零食,他甚至带了用腌制好的鲍鱼做的捞饭。最后整整齐齐一桌子远道而来的豪华晚餐,左颖只贡献了一壶新鲜的百香果薄荷茶。

三人坐在餐桌前是已经夜里十点多了,大家胃口都不算好,陈爸爸长途旅程不免疲惫,陈南鹤左颖也都各有心事,但他们还是碰了个杯,吃了些菜,聊了一会儿家常。

陈爸爸说他这趟之所以来得这么急,是有一个战友重病在北京住院,老战友们知道后就相约一起来看看他,顺便聚一次。说完,他特意抬眼看了下对面的陈南鹤,似怕他不信。

陈南鹤吃着捞饭,随口问:"哪个战友啊?我认识吗?"

陈爸爸努力想了半天,说出一个姓黄的战友,老家是广西的,说他患了胰腺癌,住在协和。

陈南鹤摇摇头表示并不认识这个叔叔。

陈爸爸急忙切掉话题,看向左颖:"我最多打扰你们一周。"

左颖赶快摆摆手:"说什么呢爸,您想住多久就住多久。"

陈爸爸一脸满足地笑着，脸色红润，明亮的眼睛在对面的小夫妻之间来回流转，没放过任何细节。他当然留意到尽管他们对他极为热情，也看似享受着此刻热闹的家庭氛围，但彼此之间毫无交流，连互相递一个眼神都没有。

儿子倒是主动在老婆伸手取水杯的时候说了句："我帮你吧。"可儿媳看也没看他，笑着说："不用，谢谢你。"

陈爸爸几乎肯定他们之间出问题了，他甚至猜得到问题出在哪里，他早就提醒过陈南鹤，侥幸心理是最要不得的。

意识到脸上的笑容越来越僵硬，陈爸爸主动提出要休息，便先回客房了。

在陈爸爸去休息的半小时后，隔壁主卧的卫生间里，那对让他忧心忡忡的貌合神离的小夫妻又完完整整重复了一遍刚刚的对话，一字不差。

陈南鹤站在洗手池后，取下挂在墙上的吹风机，低头看她一眼："我帮你吧。"

刚洗完头的左颖散着湿漉漉的长发，对着镜子专注护肤："不用，谢谢你。"

这倒不是陈南鹤突然想献殷勤，过去他就经常帮左颖吹头发。

她的头发又长又密，发质又偏软，每次吹头发都很费时间，偏偏她又喜欢在晚上洗头，睡得早还好，赶上像今天这样熬到十二点多还没吹完头发，陈南鹤便也跟着没法早睡，有时候就在她护肤时去帮忙，熟能生巧竟比左颖自己做得还好。

偶尔左颖也会在卫生间的暖灯下跷着脚，拿捏出一丝挑逗闹他："Tony老师，这里有个小忙可以麻烦来帮一下吗？"

但今天这种状况左颖坚决不想他过来，她连跟他共处一室都没法顺畅呼吸，别说挤在这小小卫生间里了。

陈南鹤没给她拒绝的机会，直接撩起一缕湿发，把吹风机开最小挡低温风，在安静舒缓的电流一般的风声中，手指顺进黑色头发里，熟练地轻轻柔柔送到窄小的风口。

同时，他低着头，眼神随着手上的头发微动，声音闷闷的："今天都很累了，一会早点睡。"

左颖从镜子里看向他，他换了套蓝色睡衣，领口敞开两粒扣，露出一小截锁骨来，脸色在浴室的暖灯下更温和些，但难掩疲态，左颖想起那瓶褪黑素，猜他或许最近睡不好的缘故，眼下有明显的青黑。

她默了默，突然主动说："今天郑慧之来找我了。"

"我知道。"陈南鹤换了一缕头发吹，面色自然，"今天倪战来公司找我了。"

说完，他看了眼镜子，目光相对那一刻，左颖明白倪战识破他的身份了，而陈南鹤自然也知道了他们狗血的离婚官司以及那张作为关键证据的艳照。但左颖拿不准，他有没有私下与倪战达成某种合作。

"倪战找你说什么了？"她问。

"没什么。你呢？"陈南鹤又看向镜子，"郑慧之跟你说什么了？"

他们像两个不同立场的低级特工，揣着心知肚明的答案互相试探，想先从对方那里套出一点真诚。

左颖一阵疲惫，厌倦了这游戏，叹口气，语气软下来："陈南鹤，咱俩聊聊吧。"

陈南鹤手上的动作顿了顿："聊什么？"

左颖看着他忙碌的侧影，脑中一片混沌，半天才后才开口："我也不知道。"

陈南鹤听出来她声音异样，停下手上动作，略带震惊地抬头看向镜子，发现左颖眼圈红了。

左颖仓皇低下头，怕被他看见，甚至语无伦次起来："我不知道，你别问我了，我也说不清楚，可能就是累了吧，算了别聊了。"

她想起从在日料店见郑慧之那一刻开始的起起伏伏，哭腔逐渐明显："今天真的，真的是太漫长了……"

说完她转身要走，像是宁可湿着头发去睡觉也不愿与他堵在这狭小空间。

陈南鹤转身关上卫生间的门，抓过她的肩膀，想看着她怎么了，左颖低下头，他干脆两手捧起她的脸，逼着她看自己。

很近的距离内，她眼神里的委屈一览无余，原本就黑白分明的眸子在浓浓水雾下更加蛊惑人心。

"陈南鹤你有病啊，放开我。"

他没松手："哭什么？"

"我没哭。"

他显然不信。

她眼睛里的水雾快要溢出来："我就是心烦。"

"因为我爸来了吗？"

"当然不是。"

"那为什么？"他觉得胸口发闷。

左颖眼睛瞪大了些，像是想逼退那些水雾："你不明知故问吗？"

陈南鹤皱紧了眉头，挣扎片刻，才说："因为她吗？"

左颖问："谁？"

陈南鹤用很小却重的声音快速从齿缝中挤出来那个名字："王樱。"

左颖眨了一下眼睛，眼泪一边一颗滚出来，陈南鹤快速用拇指抹掉，随后缴械投降一般说："我跟她并不是那种关系。"

"哪种关系？"

"你想的那种。"

"哪种？"

"我既不是她的孩子，也没喜欢过她。"他艰难地停顿了下，又说，"如果你关心的是这个。"

"那她喜欢过你吗？"

"更不可能。"

左颖眼睛垂下来："行。知道了。"

陈南鹤恍惚一下，意识到了什么。

左颖挡开他箍在脸上的手，快速挣脱他，转身就要走："真的不早了，睡吧。"

"你等等。"

他又一把拦腰把她捞回来，用力推在门上，欺身过去，几乎贴着她的身体，低头不放过她脸上任何细节，然后不出意外地看到，这个该死的女人居然在得意地浅笑。

陈南鹤眼睛里聚起一团乌云，明白被她当成傻子耍了一通，咬着牙，低声说:"跟我来这套是吧?"

左颖也不装了,她就是不甘心白白浪费好不容易攒起来的底气,既然他要浑,那她也换个戏路。

刚才虽然没做到严格意义上的刨根问底,但那么短的时间内提出的问题都是她最在意的,答案也算满意。

既然扳回了一局,那么态度上让一步也不丢人。

"好啦,我还答应明天带爸爸去医院看战友呢,得睡了。"左颖柔柔地哄他。

陈南鹤仍不肯松手,手上力气重了些,气息又浓又乱,左颖忽然有点害怕,知道他是真生气了。

"陈南鹤我错了,你别闹了。"

陈南鹤凑近,鼻尖蹭着鼻尖,嘴角抿出一丝笑来。

"求我。"

"求你。"

"再说一遍。"

陈南鹤早早就来到公司,他跟马尔空约了视频会议落实最后的方案细节。马尔空人在上海办展,熬了个大通宵,此刻还在等他下班。

尚飞的小智能会议室坐满了人,都是参与这次联名项目的核心成员,唯独不见陈南鹤。刘诺站门口找了一圈,终于在茶水间的走廊看到了那个难得穿了正式西装的人。只见他撅着屁股攥着手机对着窗外发呆,看起来别别扭扭的,不知道在想什么。

此刻的陈南鹤难以自控地一遍遍回忆昨晚的屈辱遭遇,觉得他就是个傻子。

又不是第一天认识她了,又不是第一回被那条狐狸尾巴绕进去了,老家酒店里,苍蝇饭馆里,还有很久以前左颖并不知情的他溃败得更彻底的意外里……陈南鹤越想越惆怅,越惆怅越清醒。

他清醒地意识到,每一次走进圈套都是他自愿的,再来一次也未必表现得更聪明。

就比如昨晚,在他慌忙去抹掉那两滴眼泪和缴械投降之间,很短时间内他曾有过设防的,怀疑过这又是她的伪装,但他承受不起判断失败的后果。

　　好在，她铆足了演技骗来的那几个酸溜溜的答案，陈南鹤看着窗外湛蓝的天空弯了弯嘴角，细细想来赢的人是他。

　　他自认并没有真的生气，可看到她扮猪吃虎后还洋洋得意，他倒是很想撒点野，反正他在她眼里早就不是什么体面人了。

　　可那个时候她居然提起了郑慧之。她像刑场上即将被砍头的犯人一般带着满满求生欲说，你觉得我把头发剪成郑慧之那样能好看吗？你想象一下。把我想象成郑慧之。

　　他当然看出她拙劣的伎俩，真逗，好像谁稀罕一样。

　　一晚上他用丝质的夏凉被把自己裹得结结实实的，像是生怕有女妖精乘虚而入勾引了他。

　　早晨他起得早，醒来发现左颖也裹着被子搭在床边睡，稍不注意就能摔下去，陈南鹤闪过把她抱到床中央的念头，可想起她有在枕头下藏刀的习惯，就作罢了，只把车钥匙留在她床头。

　　他把车留给左颖是想着她带陈爸爸去医院能方便些，想到此，陈南鹤挺直了身子，给陈爸爸发了个微信，问他到没到医院。

　　陈爸爸很快回复，说去医院改成下午了，战友上午要接待别的朋友，左颖正打算带他出去逛一逛呢。

　　陈南鹤立刻问，去哪里逛？

　　没等陈爸爸回复，陈南鹤又说，你别说我问的。

　　然后他还特意强调了一下，如果她让你跟她一起去理发店剪头发提前告诉我。

　　他当然知道剪头发不是她随口胡诌的，不知道郑慧之许诺她什么了，她一定是动了心。他倒不是心疼那一头长发，反正又不是长在自己身上，只是作为丈夫有义务提醒她在婚姻法庭上作伪证也是违法的。

　　与马尔空的视频会议不到一个小时就结束，出了一点计划外的状况，马尔空对合作似乎有了新想法，改约他们面谈。在那一个小时里陈南鹤偷偷看了五六次手机，陈爸爸都没给他报备行程。

　　会议结束后陈南鹤立刻追问过去，爸你们在哪呢？

　　陈爸爸隔了二十分钟才回复他，刚才在雍和宫上香呢，佛祖面前我关机。

陈南鹤表示不理解，但他关心的是另一件事，你们雍和宫之前去哪了？

陈爸爸回，排队进雍和宫。

陈南鹤又问，那接下来呢？

陈爸爸回，小颖说带我去吃北京最好吃的烤鸭。

陈南鹤知道左颖说的烤鸭店在哪里，离他们有点距离。再看看时间，开车过去的话也差不多午饭时间到，料想也没功夫去做别的了，稍稍松了口气。

刘诺见陈南鹤别扭了一上午的脸似终于舒展了些，便去跟他确定即将出差的行程，又问问他午饭怎么吃要不要帮他带外卖。

陈南鹤忽然拿着外套起身要走："我中午在外面吃。"

刘诺随口问了句："约了事情啊？"

陈南鹤自然答："我家里人。"

刘诺原地瞪圆了眼睛，他没从陈南鹤嘴里听过家人这个词，还琢磨着是不是他跟厦门那座城堡破冰了。

而此时同样瞪圆了眼睛的是陈爸爸，他刚接到陈南鹤的一大串文字消息，大概意思是说他也在去烤鸭店的路上，但是不要跟左颖说是他主动去的，而是想办法说陈爸爸非得邀请他来的。

陈爸爸这一上午受够他了，嘀咕着我看不明白什么意思，然后直接把手机递给左颖看。

左颖正在开车，大致前后翻了翻，抿唇笑了半天说，爸你别管了。

他们来到南城一家很雅致的小院里，这是一个开了几十年的京菜馆子，据说老板的祖辈是宫里御厨，传给后人几道菜，其中最有特色的就是用荷叶包着的烤鸭。陈南鹤曾经带左颖吃过一次，赞不绝口，她觉得比某董某德的口味别致多了。

店里人不多，坐下后左颖给陈南鹤发了个信息，只有三个字：【老位置】

陈南鹤收到信息时正好在小院门口，顿时明白他被陈爸爸出卖了，他停下来犹豫要不要进去时，又收到他老婆的短信，还是三个字。

【快进来】

左颖刚点完菜，就看到穿着套正装的陈南鹤乍眼地走进来。天气闷热，他把薄西装外套拿在手上，里面穿了件黑色衬衫，他一向喜欢版型宽松，材质偏硬挺的衬衫，领子也不高，袖子整齐叠在小臂处，领口松开两粒扣子，看起来松弛又蛮性感的。

他本想坐在陈爸爸旁边，陈爸爸说他不喜欢太挤，他只好坐在左颖边上。

左颖朝他凑了凑，拿着菜单简单说了下她点的菜，笑着问要不要加什么。

陈南鹤眼睛看似落在菜单上，余光却一直盯着旁边凑近的小脑袋，发现她今天用一根墨绿色印花的丝带把头发绑了起来，露出白净修长的脖子，清清爽爽。他摇头，说不用加。

菜上齐后，陈南鹤才自然些，解释他今天突然来蹭饭的原因："我下午就要出差去上海，跟公司同事一起去见一个艺术家，过来就是特意跟你们说一声这个。"

左颖默而不语，陈爸爸当场拆台："你发个微信就行啊。"

"我不忙吗？"

"忙你一上午微信也没少发。"

陈南鹤被噎得吃不下，吃了两块烤鸭后就放下筷子，靠在椅子上，一手刷手机，一手自然地展开搭在左颖的椅背上。

左颖偶尔动一动身子，绑起来的长马尾轻轻地扫过陈南鹤的手指，留下丝丝缕缕冰凉触感。

陈爸爸算是个话痨，一顿饭的工夫从封建迷信聊到娱乐新闻，陈南鹤中途被凉凉拂过几次的头发晃了神，不知道他们怎么又聊到了过年的话题，他本来不想参与，可陈爸爸突然抛出一个炸弹。

陈爸爸先是说："今年过年你们早点回来，别再掐着点吃年夜饭。"

左颖解释："是因为春运机票太难买了，我的都是临时捡漏才买到的，差点去不了。"

"不对啊。"陈爸爸看了眼陈南鹤，"他提前至少半个月就跟我说你跟他一起回来了。"

左颖转头看了他一眼，陈南鹤仍是盯着手机，假装听不见，假装在忙碌，期望这尴尬的时刻能快进过去。

终于，饭桌上沉默了两分钟后，他们切入了下一个话题，左颖主动跟陈爸爸聊起春节那档热播剧的结局。

陈南鹤这才敢慢慢地喘了口气，同时发自内心地后悔来蹭这顿饭，恨不得此刻就原地消失。

可这时，他搭在旁边椅背上的手感受到一阵带着重量的冰凉丝滑的触感，转头看见正跟陈爸爸聊天的左颖突然把丝带扯下，黑色卷发倾泻下来，在他眼中投下一片墨色。

她轻轻甩了甩头，发丝划过，手背又酥又痒，蔓延至深。

几乎立刻，手机里弹出一则消息，他都没注意到她什么时候拿起手机发的，只有一句话：【我们和好吧。】

陈南鹤立刻起身，说他出去一趟。

三分钟后，左颖收到他的微信：【来露台一下。】

左颖借口去卫生间，拐了两个走廊来到小院后面朝北的小露台，老板在露台上养了只孔雀，过去他们好奇来看过，所以自然找到这里。她刚推开露台的槅门，就被一股大力拉着手腕扯过去，她感觉到一股熟悉的气息，刚抬头要看人，突然吻狠狠落下来。

孔雀伸长了脖子从他们身后窸窸窣窣走过两圈，他才停下，低头看她，带着窃笑。

左颖微微抬头，看到他脖子红了一片，在黑衬衫的衬托下极为明显，她伸手摸了一下，有点烫，然后笑着看陈南鹤："看你这点出息。"

陈南鹤擦了下她嘴角："怪我吗？"

左颖余光看看周围，好在没人："叫我来干吗？"

陈南鹤抿唇："不是你要和好吗？"

左颖眼睛垂下来转了转，似乎在认真思考着什么，然后虚虚揽着他的腰："嗯。"

陈南鹤笑笑："你说和好就和好，我不是那么好哄的。"

左颖看他："怎样？"

陈南鹤捏着她的下巴，又亲上去。

孔雀又壮着胆子在后面来回徘徊，脑袋抬起来，不住地看着角落里粘在一起的两人，又走了三圈，他们才分开。

陈南鹤盯着她：“想我了吗？”

左颖往往这种时候就变成了废物，一句话也说不出，只是笑。

陈南鹤向前顶了一下：“你等我回来。”

"去多久？"

"三天吧。"

"辛苦了。"

"你也辛苦了。"

"我？"

陈南鹤捏下她的脸：“别因为爸耽误了上课。”

左颖嗯了一声。

然后她朝里面看了眼，抽开手，脱离他的怀抱，整理一下刚才被揉乱的头发，说回去吧。

她刚走到楠门，又被拽了回来。

他们再回来时陈爸爸吃完的饭已经快消化一半了，本来想埋怨几句的，可两人一前一后坐在眼前，陈爸爸只搭眼瞅了瞅，立刻埋下头假装看手机，眼神再不敢往他们身上放一秒，害臊。

要是一个人嘴突然肿成那样他可能还关心问问，两人同时犯这个毛病，他说啥都显得多余了。

陈爸爸看看手表，低头提醒得去医院了，他要去看战友，自己先拎包出去了。

左颖紧急抹了下口红补妆，就要追上去。

陈南鹤拉了她一下，说要不路上捎我一段。

左颖琢磨了一下刚才陈爸爸的反应，再看了眼陈南鹤肿着的唇，笑："不顺路。"

陈南鹤还想去拉她，左颖一溜烟先跑了。

左颖一路上不停地瞄着坐在后座的陈爸爸，暗自懊丧被陈南鹤带歪了，长辈面前多少有点不得体，酝酿着说点什么挽回下形象。

可她不经意发现，一直看着车窗外的陈爸爸逐渐露出了微笑。

陈爸爸当然是开心的,他这一天的功夫没白费,雍和宫的香火也真是灵。

但转而,随着他们离医院越来越近,陈爸爸面色越发凝重,可谓惴惴不安,即便他努力控制还是被左颖看了出来。

停好车后,左颖关心地问要不要陪他上去,或者买点礼物鲜花,陈爸爸不敢看她,只说让她先回去,完事了给她打电话。

陈爸爸转头带着一股凛然气势走进医院,来到最后面的一栋灰白色矮楼,步行上了二层,走到中间的病房,站在门口没进去。

几乎立刻,里面有人推门出来,她逆着光,一身白色套装,身姿飘逸。

"您来了。"

"他醒了吗?"陈爸爸冷冷淡淡。

"醒了,在等您呢。"

王樱得体地微笑,为陈爸爸推开了病房门。

当陈爸爸走进去后,王樱转头看向走廊的窗外,窗外是医院停车场,她正好看着左颖开的那辆陈南鹤的黑色大奔。

左颖的车在医院停车场里逗留了一会,她并不知道楼上有双犀利的眼睛在观察她,她正盯着车窗想另一件事。

车停在一棵梧桐树旁,树枝随着微风摇摇晃晃投在车窗上,投在左颖眼前,像是黑白老电影中的一幕耀眼的空境。

在这空境前,左颖用很短时间筹措好了语言,一气呵成编辑条微信给郑慧之发过去。

【慧姐,抱歉没有及时给你回复。你可能不知道,你一直是我的偶像,我当然希望有机会跟你一起工作,但我更希望这个机会是我通过能力争取来的,而不是其他。谢谢你慧姐,愿你一切顺利。】

拒绝郑慧之是左颖昨晚就决定了的,她当然动了心,当然明白抱女大佬的大腿对她来说是不错的选择,很适合她这种豁得出去脸皮又会耍小聪明的人。

起码不久之前她是这么认为的,可后来她发现她错了,她做不到那么洒脱。

比如这段她骗来的婚姻，她以为只要做一个尽职尽责的空心妻子就能熬下去，可日子过到了图穷匕见的地步，她才承认她什么都想要。

甚至，就连她一开始最不在乎的，被她划为真正奢侈品的东西，如今她也想要了。

郑慧之没有回复，倒是那个刚刚分别一个小时的人给她发了个消息，问她在干吗。

左颖把跟郑慧之的对话框截个图给他发过去，缀了一句话：【感觉损失了一个亿（sad）。】

陈南鹤回：【格局可以啊，小左（拍拍头）。】

左颖笑笑，想了想后说：【等考完试我去找个工作。】

陈南鹤此时正在出租车上，挑挑眉，刚想告诉她这个事情没必要着急，马上又接到一条：【多少帮你分担点。】

陈南鹤在出租车狭窄的后座盯着那条消息看了很久，直到感觉眼睛酸酸涨涨的才回过神来。说来可笑，虽说是一句调侃，他也绝不会让她做什么，但这是很久以来第一次有人对他用分担这个词。

左颖见他没回复，拍了拍他头像，看着那一串拍出来的小字哭笑不得。

聊天界面抖了抖："你拍了拍陈南鹤并管他叫了声大爷"。

陈南鹤随手拍了一张旁边的老花手提包照片，他刚刚紧急回家收拾了一些出差用的东西，照片发过去后，说：【回家了一趟。】

左颖回了个OK知道了的表情包。

陈南鹤秒回：【完了。】

左颖以为他忘记什么东西：【怎么了？】

【已经开始想你了。】

左颖抿着笑看了一会，隔两分钟才回应他，什么话也没说，又拍了拍他头像。

陈南鹤那边的显示是："老婆拍了拍你并管你叫了声大爷"。

可仅仅过了两个多小时，左颖正开车去医院接陈爸爸的路上，陈南鹤的信息又蹦了出来。

【你就不想我吗？】

他还加了个委屈巴巴的表情。

左颖鲜少见到陈南鹤这么黏人的情况，之前两人的关系全靠她单方面经营，他最多在欲念正浓时才会缠着她要东要西，但也不像现在这般明目张胆地索取。

她把车停好之后才准备给陈南鹤回信息，看到陈南鹤后面又发了两条。

【出发了。】

然后拍了个高铁窗外的徐徐倒退的北京城。

左颖只回了句：【好的。】

陈南鹤隔了一会才回：【你还真不会谈恋爱。】

左颖没怎么谈过恋爱，这陈南鹤是知道的。

过去她的人生都在最基本的需求上挣扎，在爱情和面包之间她从来没得选。

说起来她一直觉得这个问题是个伪命题，那些舍弃面包选择爱情的人，或许从没有真正饿过肚子，缺过面包。

尽管从没有遭遇过爱情，但纯情悸动时期她也有过不少畅想，做过诸多置身言情故事里当女主角的美梦，大多野得不切实际。跟陈南鹤结婚后，她就把那些在温室暖房下才能养活的少女心收了起来，疯狂和浪漫从不属于她。

左颖回复他：【对啊。】

【要不我教你。】

【怎么教？】

陈南鹤连回两条：【跟我谈个恋爱。】

【手把手教。】

左颖笑，他们虽然结婚马上要一年了，却是典型的闪婚，是越过恋爱阶段就走进婚姻的，这一点彼此都心知肚明。

【你很有经验吗？】左颖问。

【我从小学就开始谈女朋友的。】

【她们的反馈都特别好。】

左颖笑：【哦，怎么个特别好？】

【都说跟我谈特别刺激。】

【后来换了谁都没意思了。】

【羡慕你。】

左颖嘴角不自知地向上咧开,正要回他时,车门旁映过来一个阴影,她才注意到陈爸爸来了,开门让他上车。

陈爸爸看着心情不佳的样子,神情阴阴的,带着点疲倦,他不是那种擅长掩饰情绪的人,左颖当即看出来他在医院里遇到了什么糟心的事情。

左颖小心翼翼问陈爸爸要不要去散散心,可以带他去后海走一走,再吃点烧烤。陈爸爸半天才回过神来,嗯嗯啊啊地说回家吧有点累,左颖便没再说什么。

路上赶上堵车,加上左颖车技远远不如陈南鹤蛮横,一路塞在别人后面,40分钟的车程她足足走了一个半小时。她看着像是堵塞的血管一般的路况,忽地想起此刻高铁上的陈南鹤,凭借并不娴熟的地理知识去猜想他已经到了哪里了,他们隔了多远了。

陈爸爸一路上始终看向车窗外,从晚霞明媚的傍晚,直到夜幕降临,快到家时他似才从阴霾中缓过来,突兀问了左颖一个问题:

"小颖,陈南鹤平时对你怎么样?"

左颖愣住,一时之间不知怎么回应,打了个方向盘,支吾了一会。

陈爸爸换个问题:"他对你发过脾气吗?"

左颖皱皱眉头,仍不理解他的意思,但心想不能让长辈操心:"没有,他对我挺好的。"

"也没有闹过奇奇怪怪的情绪?"

左颖想起过去许多瞬间,摇头,否认。

陈爸爸看了她一眼:"如果有什么你可以跟我说的,小颖,我会站在你这边。"

左颖意外地看了看陈爸爸,发现他那张平时笑面佛一般的娃娃脸罕见地严肃起来,让人摸不着头绪。她当时以为善良的公公只是想给她在婚姻里撑个腰,算是好心,便领情笑笑,说好的爸爸。

驶入小区后,左颖想缓解一下车内的氛围,故意问起始终在她脑中的八卦:"爸,陈南鹤之前交过很多女朋友吗?"

陈爸爸冷笑一声。

左颖解释:"我不介意的,我就是好奇啦。"

"反正你是我见过的第一个女朋友。"陈爸爸爽快说,"他就直接娶回来了。"

"他不是从小学就谈恋爱了吗?"

陈爸爸顿了顿,才说:"他就没怎么去念小学的。"

左颖有点吃惊,看向他。

陈爸爸低了低头,思考了一会说:"七岁那年他妈去世后,他也病了一阵,休过学。"

左颖微微点头,意识到触碰了他们家的敏感话题,她想着找个由头绕过去,在地库停好车后,她打开旁边的储物箱,拿出陈南鹤平时放橘子糖的盒子。

陈南鹤一直有在车里放橘子糖的习惯,有时候左颖也跟着吃,一种蛮特别的橘子奶糖味道。她想给陈爸爸一颗,可打开一看,里面居然放的是褪黑素,就是他床头那种紫色的保健药片。

左颖只好作罢,抬头看见陈爸爸已经先下车,一个人走在前面。

不知是不是她的错觉,忽然觉得这短短一个下午陈爸爸老了许多,地库刺眼的白炽灯下,他蹒跚着似乎晃了晃。

左颖没有跟陈南鹤提陈爸爸对她说的那些话,倒是在晚饭后,闲来无聊时,两指夹着手机翻来覆去转了两圈后,打开微信陈南鹤的对话框。

可删删减减依旧不知道发什么,没什么正经事情可说,却想说。

她像是陷入一种死循环般心烦意乱,退出去,想干脆去洗个澡,这时手机振了下。

【想我了?】

左颖心跳漏了一拍,明白被他抓了个正着,莫名脸红了一瞬。

此时她坐在餐桌旁,陈爸爸正在沙发上看投影电视,电视里播放着合家欢综艺节目,热热闹闹地遮盖住了左颖的慌乱。

陈南鹤继续发:【我后悔了。】

左颖低头打字:【怎么?】

【应该把你带着。】

左颖回了一个摊手的表情。

【想看看你。】

【视频吗?】

陈南鹤快速回了两条:

【算了。】

【你明天有课吗?】

左颖答:【下午的课。】

【几点?】

【四点。】

【那来得及。】

【?】

【要来吗? 来找我。】

左颖一愣:【上海?】

【对,现在。】

【你坐最早的飞机来,明天上午飞回去。】

左颖停了一下,可脑子却冷静不下来,借着这几行文字,她几乎能看到对面那双虎视眈眈的眼睛。

【来不及吧?】

【我们不出机场。】

她算算时间:【也就能停留三个小时。】

【你现在出发的话有四个半。】

左颖心跳越来越快,手似乎也在抖。

【你疯了吗陈南鹤?】

【嗯疯了。】

【谈恋爱哪有不发疯的。】

……

左颖努力遏制体内的燥乱,却不可控地让那股暖流冲到了头顶,熏红了眼睛,而后她恍然想起少女时期憧憬过的那些爱情故事,那些非理性的悸动,那些野性的浪漫,以及她骨子里与陈南鹤极其相似的本质。

于是,她抿着坏笑,带着了然的答案回:

【求我。】

当左颖争分夺秒登上最近一班去上海的飞机时,已经夜里十一点了。

她坐在靠窗的位置,飞机起飞后才喘匀气,低下头,发现她走得急衣服都没换,还穿着件男款的白色大T恤,搭了个打底短裤,露着一双笔直的细腿。

膝盖不知怎么蹭破了一块,她回忆了下,大概是在机场入口上楼梯时摔的。忽地又想起,她还丢了一副耳机,不知是摔丢了还是安检时忘记了。

她看着飞机窗外逐渐缩小变成沙盘模型一般的北京城,心跳渐渐平静下来,却忍不住低头笑。

而那个让她狼狈着连夜奔波来见的合法丈夫,在她走出上海机场出口时仿佛魔术一般突然出现在她面前,吓了她一跳,也让她费了很多力气才得到的平静功亏一篑。

陈南鹤只上下看了她一眼,笑着牵起她的手,朝一个方向走去。他步子又大又急,左颖要快步小跑才能跟上。

她对这里的机场不熟悉,追上几步问他:"我们去哪?"

陈南鹤感受到她的手在出汗,干脆十指相扣攥住:"旁边。"

机场旁边有一家假日酒店,专门接待转机和赶早晚班航班的旅人,都不用出机场,从地下通道可以直接走到酒店负一层,进电梯后陈南鹤直接刷卡按了五层的按钮,看来已经提前订了房。

凌晨的国际机场来来往往人并不少,走到地下通道就冷清许多,只碰到两个拎着行李箱的老外,出了电梯后酒店走廊里只有他们俩牵手走过,只能听见他们踏在羊毛地毯上沉闷的脚步声。

脚步声一前一后停在房门口,又随着房门被大力甩上,消失在门内。

房间里没有开灯,只有卫生间亮着一盏夜灯,左颖去找开关,还没碰到就被人拦腰掳走,按在墙上,扭过她的脸,低头吻上去。

他今天似乎跟往常不一样,急急切切的,趁她还沉浸在那个吻里时,快速褪去了彼此简单的束缚,等左颖回过神来,陈南鹤抵着她坏笑了一下,然后锁着她的眼睛,徐徐皱起了眉。他们一句话也没说,只看着彼此的脸,见左颖露出异样,陈南鹤又吻上去,全部吞下,直至最后。

结束后左颖手肘向后虚虚挡了一下，想起来去冲个澡，刚翻个身，他又蹭过来，红着双仍不解恨的眼睛。

陈南鹤不是个会说情话的人，往往这种时候只会用眼神跟她交流，可今天他居然在凶相毕露时咬着牙在她耳边连续问了两句话，一句比一句放肆。

左颖扬起手似要给他个巴掌，被他粗暴地按了下去。

……

两个小时后左颖带着湿漉漉的水汽从浴室走出来，钻进被子里，旁边的人手疾眼快也钻进来，把她捞在怀里，在她肩头咬了一口。

"你属狗的吗？"

虽然挨了骂，脸上却挂着笑："你说是就是。"

她也笑："脸都不要了。"

"不要了。"

陈南鹤手在被子里钩住她的手，摆弄她的手指，挨个按着她的指腹，揉揉压压的，酸酸涨涨的。

左颖微微回头看他，他像是时刻观察的猎豹一般敏锐地迎上去，在她嘴唇亲了亲。再分开时，很近的距离内，左颖看到他眼底一片红血丝，眼神却异常明亮，甚至兴奋。

"你眼睛怎么了？"她有点担心。

陈南鹤躲开她的凝视："没睡好吧。"

左颖看着他，正想跟他聊聊时，忽然感觉手指上有奇怪的金属异物。

她举起来一看，无名指上不知何时被套入一枚戒指。

随手把旁边的落地灯调亮，手凑到灯下，转了转，看到那是一枚简单的素圈银戒指，上面用华丽的字体刻了三个英文单词，"blind for love"。

左颖知道这句话的来源，也知道这个戒指品牌，她曾经在八卦公众号上看到不少明星会在结婚时选择这款戒指。但是仔细看来，又有些不同，也许就是普通首饰呢。

她想摘下来看看里面，是不是她以为的那样，旁边的人制止了她，并给了她答案。

"婚戒刚戴上就摘可不吉利。"

181

左颖看着他，他也晃了下手上的同款："上次弄丢了时，我不是说过要重新买一对吗？"

他继续说："本来早就定好了的，他们寄过来一次，我不太满意，让我朋友把字体重新设计了一下。"

左颖依旧愣愣地看着他，想起了什么。

陈南鹤捏了下她鼻子："这么感动？"

左颖缓缓说："所以你才叫我今天来？"

今天，准确说是过了凌晨之后，是他们结婚一周年的纪念日。

去年的今天，他们各自怀揣着见不得光的动机，挽着手匆匆在当天往返厦门去领了结婚证，在回程的机场免税店陈南鹤随便选了两枚戒指，他们各自戴在自己手指上。戒指很轻，可当时左颖觉得它给生活附上沉甸甸的重量。

而这枚戒指由于材质的原因重了许多，她晃晃手，却觉得空无一物般轻盈。

左颖失神地想，当时让她觉得沉重的到底是这场婚姻，还是她身上自带的枷锁呢？

但她此刻不想在给不出答案的事情上耗神，眼下让她感兴趣的是在床上被人突然套上婚戒这回事，虽说已经是夫妻，但也太儿戏了些。

"你这样就耍赖了。"

"怎么？"陈南鹤声音发紧。

"哪有偷偷摸摸就给我戴上的。"左颖依旧盯着戒指，越来越顺眼，"也不问问。"

"好，我问。"

陈南鹤捏着她下巴，摆正她的脸，让她收回思绪看自己，眼神灼灼发着光，盯着左颖的眼睛看了一会才开口，抿着唇问："愿意吗？"

左颖刚要说话，他抢下来替她回答："说你愿意。"

他马上又问："会后悔吗？"

再次替她回答："说你不后悔。"

左颖仰头看他，他闪着光的眸子眨了眨，看似玩闹，却透出一丝丝不安。她抬手抚摸他的下巴，按了按他冒出来的胡茬，而后向上回应他的眼神。

她轻笑:"陈南鹤,你爱上我了吧。"

陈南鹤面色一沉,用力扯着被角把两人一起埋在里面,左颖一边笑一边说没时间了要回去了,天快亮了。

他问还有多久。

她说也就一个多小时。

他说够了。

"今天又不是世界末日陈南鹤。"

……

后来,其实也没过多久左颖就意识到,某种程度上,在他们结婚纪念日当天的那场争分夺秒的酣畅欢愉,对他们来说就是世界末日前的狂欢。

其实有许多显而易见的征兆的,但左颖事后回忆起来,检讨自己过于沉溺在那晚的浪漫激情中,也许那枚好看的戒指也发挥了一定作用,使她没有及时抓住她丈夫布满红血丝的眼睛里的反常。

如果当时她就看出来一切,她本来可以的,她有这个能力的,或许就能避免后面诸多不必要的撕伤。

他们收拾好后又在酒店简单吃了个早餐,直接原路回到机场。

一路上陈南鹤都钩着左颖的脖子,左颖揽着他的腰。

当她调皮地趁人少把手伸进陈南鹤衣服里时,他用力把她脑袋钩过来,在头顶亲一口。

就这样腻腻歪歪走到安检口,见时间还算充裕,陈南鹤说什么不肯放她走,把她揽在怀里,低头仔仔细细看,近乎贪婪。

左颖实在有些累了,就由着他赖着,见安检口的人越来越多后才挣脱他,他低头亲了她一口,就分开了。

整个安检过程,左颖都能感受到他一直站在外面看着自己。他那天穿了一套休闲装,黑色POLO衫和卡其色短裤,修长笔直地站在那看着她,目光炯炯,像个目送孩子远行的家长,最后她朝他笑着挥挥手,转身去登机口。

走了几步,左颖的电话响了,她以为是身后那个黏人精,却不料是郑慧。她猜想郑慧之打电话来定是为了那条拒绝她的信息,犹豫着没接,想着回北京再说。

可是在登机后,刚坐稳,电话又响了起来,左颖一时手滑接通了。

她抢先说话,解释正在飞机上,马上要关机,稍后给慧姐回过去。可郑慧之毫不客气地打断她的话,三言两语彻底将这趟夜会变成了笑话。

郑慧之说:"我几句话说完,不会打扰你。你的信息我看到了,没事,理解、尊重、接受。但是妹妹,你们这段时间把我当傻子耍就有点过分了吧?"

左颖意外:"怎么了,慧姐?"

"你老公是尚飞的陈总吗?你们可真有意思。"

左颖对此是有心理准备的,她知道郑慧之跟倪战一通气,陈南鹤的身份就瞒不住了,这个谎言虽然没给双方带来真正的损失,但说到底是她一时贪念而起的闹剧,对郑慧之是不尊重的。她刚想道个歉,郑慧之又打断她的话。

"要不就是你也不知道吧?对,你应该也不知道,你如果知道他是谁还能为了这点小钱跟我这演戏?还能在网上卖二手鞋?"

"行,我爽快点告诉你,省得你拿王樱的杂志来搞谍战那一套,你老公,叫陈南鹤是吧,我查过了,他就不姓陈,他姓尚。"

"他是尚一祁的儿子,虽说被尚一祁赶出去了,但也是他唯一的儿子。"

"这件事在尚飞早就不是什么秘密了。"

"明白吗,傻妹妹?你也被骗了吧?"

郑慧之挂了电话。

空姐走过来,善意提醒左颖飞机马上起飞需要关机,她说了两次,左颖才愣怔地点头。

左颖想去关机,可手一抖,手机滑落在脚下。

她弯腰去捡手机,视线向下,僵住。

她看着右手无名指上那枚崭新的定制婚戒,忽觉一阵眩晕。

"Blind for love"

上面刻着。

而此时,戴着同款婚戒的陈南鹤走出机场,站在上海夏日湿热的阳光下，掏出半盒烟，抽出一根点上，用力吸了两口。

他揉了揉眼睛，拿出手机，看到一串红色未读信息，他一手不停吸着烟，一手随意地点出几个信息来。

首先是陈伟浩：

【电话也不接？听说老尚和樱姐在北京呢！】

接着是刘诺：

【对不起小鹤哥，尚智远说是尚总要停掉这个项目的。】

最后是尚智远：

【傻×。】

【疯狗。】

【明白了吧，你现在连吃我剩下的都不配。】

陈南鹤眯起眼睛，两指按在燃烧的烟头上，用力碾灭。

第七章

刘诺第一次见到陈南鹤是在去年夏秋之交的厦门，在尚飞总部的公共咖啡厅里，他偷听到总部的财务钟姐给陈南鹤介绍对象，相当搞笑。

那时刘诺刚入职尚飞几个月，又赶上时装周一直在海外出差，才回国不久，还不知道陈南鹤是谁，只听下面同事八卦不要随便惹北京来的那个闲人大帅哥。

刘诺一开始对陈南鹤的印象确实是又闲又帅，他没什么具体职位，但每次总部重要会议都有他的位置，偶尔还发发言。帅是毋庸置疑的，刘诺曾动过心思让他来拍时装周的男装，可下面人齐刷刷惊恐摇头。

不过除此之外，他对陈南鹤真正产生好奇，起因就是在咖啡厅里偷听到的那场对话。

钟姐是尚飞老人了，工作之余热衷于给年轻人牵线搭桥，连陈南鹤她都盯上了："有女朋友了没啊小鹤？"

当时他们就坐在刘诺身后，一听事关帅哥八卦，刘诺竖起耳朵。

陈南鹤在吃一个小布丁，慢悠悠说："怎么，钟姐要给我介绍啊？"

钟姐笑："不知道你中意什么样的姑娘？"

"什么样的？"

"就是有太太的理想型吗？"

"还真有。"

刘诺端着咖啡杯向后靠了靠，一个字都不想错过。

只听陈南鹤毫不犹豫一口气说："我只喜欢那种肤白貌美头发大波浪长得像个小狐狸的那种女的。"

钟姐尴尬笑笑："这也太具体了……而且，说实话，要求有点高……"

陈南鹤补充："文化不高也没关系，脾气不好也能忍。"

钟姐听到这里，借口要去批报销走了，路过刘诺时嘀咕了一句："怪不得他单身。"

刘诺当时要笑疯了，想去跟陈南鹤认识一下聊聊天，可转头看到他不知何时也离开了。

那时候他以为陈南鹤就是在开玩笑，故意逗钟姐，却不知道他当时已经结婚了，娶的太太跟他描述中一模一样。

他没见过陈南鹤太太本人，但看过照片，在两人出差去上海见马尔空的高铁上。

即便只是看到了照片，刘诺想，他应该是公司里为数不多的知道陈南鹤太太长什么样的人，而且还是陈南鹤主动给他看的。

当时陈南鹤坐在他对面，从上高铁就捧着手机傻笑，被他撞见几次后可能觉得再不解释解释容易被怀疑智商，便轻描淡写地说："我老婆。"

刘诺听过公司里传陈南鹤已婚的绯闻，但他始终没承认。眼下有点蒙，不知他是不是又在开玩笑，不过这段时间一起工作已经混熟了，刘诺看透他骨子里胜负欲很旺，便故意激他。

"我不信。"刘诺下了狠招，"我就是信陈伟浩能娶到老婆，也不信你。"

他居然不买账："你随便。"

只能剑走偏锋了，刘诺又说："肤白貌美头发大波浪，长得像个小狐狸那种更不可能了。"

终于引起了他的兴趣："你见过她？"

"谁呀？"

"我老婆。"

刘诺耸耸肩："不知道是不是，我又不知道你所谓的太太长什么样子。"

陈南鹤眯起眼睛。

"有照片吗？"

终于，在刘诺堪称咄咄逼人的目光中，陈南鹤从手机里翻出一张合影给他看。陈南鹤搂着他太太的肩膀，两人好像站在某个街头，看样子是冬天拍的。

刘诺盯着他太太看了几秒，除了跟他随口描述的理想型一模一样之外，格外有一种温暖的感觉。

那温暖不仅仅是他太太弯起来的妩媚眉眼，更是陈南鹤罕见的堪称温柔的笑容。

在此之前，他见到和听到的陈南鹤，都是倦怠的，凛冽的，喜怒无常的，暴躁又脆弱的，甚至刘诺觉得，他是那种对人世间几乎所有情感失去兴趣和耐心的人。

能让这样一个凉透了的灵魂露出温柔特质，必然是经历了一段炙热的亲密关系。他信了，收起玩笑跟他聊了聊家常。

"你们结婚多久了？"

"一年。"

"有宝宝了吗？"

"没。"

"你这样突然出差，她不介意吗？"

"你管得真宽。"

正常不过三秒，陈南鹤又恢复一贯的淡漠，把头转向一侧，看着高铁窗外倒退的远郊。

他们这趟是去见马尔空的，那位大艺术家不知怎么突然对已经谈好的合作犹疑起来了，搞得他们很被动，不得不去面谈。

不过刘诺很快就知道，这趟计划外的出差并不是马尔空单方面作妖，而是尚智远从中作梗。

尚智远算是刘诺的顶头上司，是那种典型的没品位、没素质还特别傲慢的纨绔子弟，刘诺常常觉得他工作很大一部分精力都花在跟尚智远内耗上。

不过像他这种初出茅庐的设计总监，到一个家族品牌里伺候一些靠长辈庇护的二代也不是新鲜事，他在时尚圈的许多偶像前辈都是这么混过来的。

但如果非要选择，他宁愿为陈南鹤这种脾气古怪的人工作，好歹他算是个时尚鬼才。

刘诺很少会把一个人称为鬼才，陈南鹤算一个。在一起工作时，刘诺常常会被陈南鹤临场迸发出来的灵感和判断折服。时尚创意行业没有天道酬勤那回事，混到最后靠的还是基因里带的天赋，这属于老天爷赏饭吃，羡慕不来。

就比如马尔空的这个联名项目，刘诺只是想了各种办法如何把尚飞和马尔空的元素结合起来，做出一套有宣传点的产品。可陈南鹤显然野心不止于此，他陆续废掉许多方案，突然有一天又把废掉的案子整合起来，大胆剔除了尚飞原来的保守设计，做了个彻底的翻新。

尤其是他最终敲定的那款机能风运动鞋，既保留尚飞一向看重的实用性，又突破性加入了后现代时尚感，放在一线大牌市场也是相当出彩。

刘诺跟陈南鹤一起去京郊工厂拿到这双鞋的样品时，都快哭了，而旁边连续熬了两夜的鬼才只是揉了揉眼睛，说终于可以回家补觉了。

陈南鹤看起来懒懒散散的，但在他专注的事情上他比谁都卷，这个联名项目他是付出了极大心血的。有一次通宵加班的早晨，两人疲倦地在茶餐厅吃早餐，刘诺随意问起他这个问题，为什么这么拼？

当时陈南鹤倒是真诚："想赌一把吧。"

"赌什么？"

陈南鹤没回答，眼神审慎起来，他便没敢再提。

其实刘诺心里是有答案的，如果没猜错的话，他的这个赌跟他隐秘的身世有关。

刘诺并不清楚老尚把他边缘化的原因，他私下也八卦打听过，但众说纷纭，毕竟是20年前的事情了。不过于公于私，他非常愿意帮陈南鹤打赢这一场胜仗，辅助他把马尔空的案子做到完美。

可他没料到的是，他们带着满满的诚意来跟马尔空落实最后的细节，却遭到一场预谋已久的伏击，彻底摧毁了几个月的心血，也撕碎了陈南鹤难得建立起来的希望。

当他们走入马尔空工作室时刘诺就有预感了，因为马尔空突然不回任何信息，他们只好在会议室等待，可等来的不是马尔空，而是趾高气扬的尚智远。

尚智远带着几个人进来，直接坐在陈南鹤对面，推了推鼻梁上的黑框眼镜，什么也没说。

刘诺还没弄明白怎么回事，就听到旁边的陈南鹤冷冷哼了一下，似乎已经明白发生什么了，吐出一个字："操。"

尚智远厚厚镜片下的眼睛转了转，做了个无辜的表情："这是公司的意思，我也没办法。我刚刚已经替你们安抚好马尔空了，后面的事情我来善后。"

刘诺还想挣扎一下，抢着说："智远哥，这个项目特别有前景，你有时间我可以详细……"

尚智远打断他："对了，我刚想问，刘总监你晚上有安排吗？没事的话你跟我走吧。"

刘诺看看旁边的陈南鹤，他仍旧坐在那里，一言不发。

尚智远又说："是这样，晚上在这边有个时尚盛典，你如果不去，我就带别人了，反正尚飞的创意总监从不缺人。"

这等于是明着逼刘诺站队了，他又看看陈南鹤，依旧是沉默和隐忍。

刘诺从没见到陈南鹤那副模样，他浑身上下拗出一个别扭的姿势，是不舒服的，却僵硬地一动不动。他脸色看似平静，可放在腿上的手紧紧握在一起，青色的血管盘旋在手背上。

不，与其说是隐忍，他似乎是在控制，用尽力气控制自己别出格。

想到此，刘诺觉得还是赶快结束这个局面比较好，便跟尚智远离开了，同时天真地盘算着也许还有机会再翻盘。

晚上的盛典和晚宴他都心不在焉的，往常这就是他的主场，他可以像只花蝴蝶一样满场飞舞，可那天他毫无兴致，苍蝇一般绕在尚智远身边想趁他高兴时再努一把力。

时机倒是有，那天晚上尚智远非常开心，情绪最高涨时在晚宴上跟一个流量小生拼起了酒，刘诺就是在他把对方喝倒下后，见缝插针又提起了马尔空联名项目，可再次被拒绝，但这次刘诺彻底放弃了挣扎。

因为尚智远说，拿掉这个项目是尚一祁的意思。

刘诺躲到角落里，试探地给陈南鹤发了些信息，但都没得到回复，他不免想起分开时陈南鹤的状态，有些担心，这时有人从身后拍了拍肩膀。

尚智远步伐踉跄，看样子已经喝多了，叫他去帮忙挡酒。

他又探头看了眼刘诺手机，瞥到了跟陈南鹤的对话框，借着酒劲搂着他肩膀贴着他耳朵问：

"你是不是挺欣赏他的？"

"觉得他有才？"

"觉得他长得好看，高。"

"那你是没看见，他当初跪在老子面前爬的狗样子。"

刘诺震惊地看过去，尚智远突然笑了起来，摆摆手说你就当我胡说八道。可刘诺原地愣在那里，浑身爬满了跳蚤一般难受，他从尚智远兴奋到每个毛孔褶皱都泛着油光的脸上判断，这不完全是个低劣的玩笑话。

再次得到陈南鹤的消息是一天后的下午，仍是在上海，刘诺宿醉后住在一个朋友家，酒还没醒就接到尚智远秘书的电话。秘书带着哭腔，让他过来帮忙。刘诺本想拒绝的，可秘书给了他一个理由，让他被酒精泡了一夜的脑子瞬间清醒了。

秘书说，陈南鹤和尚智远打了一架，场面非常难看，还被媒体拍到了。

"人没事吧？"

"都在医院呢，尚总还好，就是小鹤哥有点麻烦……"

"哪个医院？"

刘诺拦了辆出租车就赶去医院，路上他刷到了尚飞副总尚智远打架的新闻，新闻中倒是没提陈南鹤，大概因为媒体也不知道他身份。

刘诺有考虑过是否联系谁，但思来想去陈南鹤似乎只有他太太那样一个亲人在身边，而他又根本不认识。

他决定先去医院看看状况再说，可刚下出租车，意外地接到陈伟浩的电话。

刘诺想着把情况告诉陈伟浩也可以，毕竟他们是多年好友，可陈伟浩听起来比他还紧张急迫。

"你跟陈南鹤在一起吗？"他直接问。

刘诺不知从何说起："在是在，就是……"

"到底出什么事了，他电话打不通。"陈伟浩越来越急，"是不是……"

这时声音突然断了，像是电话被人夺走了，而后一个清脆果断的女人声音传过来。

"你好，我是陈南鹤的太太。"

刘诺脑中嗡地炸了一下，闪过陈南鹤描述他的理想型用的那句话，以及合影照片里那双妩媚眉眼。

"请问你知道我老公在哪里吗？我很担心他。"

上海飞往北京的飞机一落地，左颖打开手机，没有任何信息。

她与陈南鹤的对话还停留在昨天晚上，她雀跃地连发几条告诉他如何争分夺秒赶在最后时刻登上飞机，甚至摔了一跤还丢了一副耳机，到现在心跳都停不下来。

【辛苦了宝宝。】陈南鹤回复。

随后又加了一句：【跟我谈恋爱刺激吧。】

左颖盯着最后那句话看了几秒钟，眼睛酸涩，退出，再没有打开与他的对话框。

她脸色极其平静，无波无澜，甚至有些肃穆，白净手指敏捷地翻出微信通信录，找到晶晶的头像，点进去，给她打了个语音电话。而后，她从机场出来先回了趟家，换了身衣服，跟陈爸爸简单说了几句话，开着车直接来到国贸附近的一家素食餐厅，晶晶已经在那里等她了。

自春天那次短暂的重逢后，左颖跟晶晶陆续又约了几次，大多都是吃饭逛街做SPA这样的闺蜜局。她也叫过陈南鹤，但他不愿意参加，说一想到见传说中的Crystal就头皮发麻，但他愿意承担他们聚会的所有开销，多贵都行，算是报恩。

左颖已经把晶晶当成了无话不谈的朋友，或许也是唯一的朋友。甚至她在准备成考选学校和专业时，也重点听了晶晶的意见。

她们像往常一样抱了抱，闹了闹，还是点了那几样常吃的菜，听晶晶吐槽她的职场升职记，又八卦了一会霸着热搜好几周的两岸离婚大战，最后轮到晶晶关心问起她和陈南鹤drama的婚姻生活时，左颖照例笑笑说，凑合过呗。

晶晶敏锐地看到左颖手上新戴的婚戒，调侃说这款戒指市面上已经买不到了，估计陈南鹤是直接找到品牌方定制的，费了不少心思吧。

可晶晶看到左颖笑容忽地僵了一瞬，戴着婚戒的手指向内弯了弯，开

193

了句毫无关系的玩笑把话题绕了过去,随后,她说要拜托晶晶帮两个忙。

第一个倒是举手之劳,只是第二个有点挑战,左颖问晶晶能否找到那位真正的Alex陈的联系方式。

对此她解释说:"我说了你别笑话我哈,我想给陈南鹤一个惊喜,所以这个事也不好直接问他,只能来求助你啦,你可得帮我晶晶。"

晶晶并没有完全信这个理由,太牵强了。但既然这么牵强的理由她都能说出口,晶晶想,她一定是遇到了更难以启齿的状况。

想找到陈伟浩的联系方式并不难,毕竟他们的圈子多少也有点交集。晶晶立刻询问去年圣诞节在工体办年会的公关公司朋友,他们就是在那个场合遇到过一次,对方回复得很快,发来一个手机号码。

左颖后来显然心不在焉的,晶晶便借口忙工作散了局,只说有事情她随时在。

左颖并没有立刻打那个电话,她结了账,下午就去学校上了课。直到翌日中午,她开车直接去西边的产业园,来到一家僻静人少的咖啡馆,坐在二楼靠窗的位置。

她从窗户向外看,正好看到尚飞北京分部的独栋四层小楼。

下午两点半,她才准时拨打那个号码,因为昨天陈伟浩还在出差,今天才赶回来参加公司一个重要的会,此时刚刚结束。这是她提前给公司前台打电话连蒙带骗套出来的,用的当然是一些胡编的理由。

电话很快被接通,对面声音粗哑,礼貌问哪位。左颖沉沉吸了口气,缓缓地,不紧不慢冷静地说:"你好陈总,我是左颖。咱们没见过面,但你一定知道我吧,我对你也蛮熟悉的了。你先听我说,陈南鹤并不知道我给你打这个电话,我没有别的意思,只是想跟你聊一聊,毕竟我们之间也算有缘分不是吗?"

对面沉默了一刻,带着一丝慌乱的语气说:"对不起啊,我人不在北京,我出差呢。"

左颖完全料到,笑笑:"陈总,你回一下头,对,现在,看到了吗?我就在你对面的咖啡厅等你呢。"

她看到陈伟浩几乎贴着窗户的大脸清清楚楚写满了惊悚两个字,内心一阵舒畅。

"我本想去公司找你的,但又怕引起什么不必要的误会。你不方便或者忙的话,那我现在过去找你吧,稍等。"

"别别,我这就来。"

挂掉电话后左颖端着一杯红茶,翘着脚侧头看着雄壮身材的陈伟浩匆匆从尚飞公司走出来,向上看了眼,而后大步走进咖啡厅。她脸上严肃的表情瞬间敛起来,换成另一副玩味的样子。

当陈伟浩站在她面前时,左颖笑盈盈打量他:"啊,陈总,你比我当初看相亲照片时瘦了好多呢。"

陈伟浩局促地坐在对面,手里紧紧攥着手机,只跟服务员要了一杯苏打水,眼睛向下盯着桌面,不敢抬头看对面来势汹汹的漂亮女人,气场上显然输了一大截。

陈伟浩当时还不明白左颖的来意,甚至不明白为什么他见了陈南鹤的老婆尿得像是老鼠见了猫。是他们俩互相骗婚,我又没做错什么。

而且他给陈南鹤连着打了三个电话都没人接,不知道这两口子又在闹什么幺蛾子,居然还牵连到了我。

"陈总……"左颖试图拉回他的思绪。

"不用,你叫我陈伟浩就行。"

"你跟陈南鹤谁大一点啊?"

"我。"

"那我叫你伟浩哥。"左颖盯着他尬笑的脸,"伟浩哥认识陈南鹤多久了?"

"我们一起长大的。"

"那你应该是最了解他的人了吧。"

陈伟浩听到此才找回些主心骨,意识到左颖单独来找自己也许想试探什么,他不想蹚这浑水,弄不好回头陈南鹤能要了他小命。

他现在看得很清楚了,只要涉及眼前这个女人的事情,陈南鹤都随时发疯。

"那个弟妹,"陈伟浩挺直了腰杆,看向对面,"你来公司是找陈南鹤吧,他呀最近在出差跑一个联名项目,好像是去上海了,你知道吧?"

左颖故意摇头:"我不清楚,他很多事情我都不清楚。他出差去干什么?"

陈伟浩一愣,想着言多必失:"我也不知道。"

左颖揪住:"可你刚刚说了啊,他在跑一个联名项目。"

陈伟浩面如死灰,言多果然必失。

左颖微笑:"所以伟浩哥,你在故意对我撒谎吗?"

咖啡厅里空调开得并不算足,他们又坐在朝阳的位置,陈伟浩还穿了件长袖衬衫,可还是感受到从对方周围散发出一股寒气,让一个彪形壮汉忍不住缩起肩膀。他当时只有一个念头,那就是心疼陈南鹤。老婆好看有什么用,怪吓人的。

陈伟浩狼狈地胡乱解释一通,说他记错了之类的,恨不得把舌头咬下来,可对面却沉默着没说话。他看过去,发现左颖侧头凝视着尚飞的办公楼,不知道想什么。

隔了一会,她才慢慢开口:"伟浩哥知道陈南鹤的妈妈吗?"

"什么?"

左颖直接问:"他妈妈去世的时候,他多大了?"

陈伟浩顿住。

左颖自顾自说:"陈爸爸倒是告诉过我。春节我们回去过年,他跟我说妻子是二零零三年去世的,可前两天他又跟我说陈南鹤妈妈去世时他七岁。我当时没在意,可现在想起来,不对呀,零三年陈南鹤是八岁呀。对不对?"

左颖转头看向陈伟浩,让他一惊。

她继续说:"难道,陈爸爸的妻子不是陈南鹤的妈妈?是这样吗?"

陈伟浩慌乱地闪躲着,不言自喻。

左颖了然:"那这么说,他果然不姓陈了。"

她紧盯着他,眼神锥子一般,问出她早就准备好的问题。

"他其实是姓尚的,对吗?"

陈伟浩不小心把苏打水弄翻,手忙脚乱,却也证实了一切。

左颖忽然泄了气,肩膀垮了下来,随后陈伟浩听到她声音微微颤抖了下:"他怎么了?为什么被赶出来?"

陈伟浩看向左颖,难得地捕捉到了她凌厉气场下暴露出来的软弱。她今天看似有备而来，步步为营，确实把自己按在地上一顿摩擦，但她的底色似乎并不是兴师问罪，更像打抱不平。

他想进一步确定，可就在这时手机接二连三振起来，不是电话，而是陆陆续续收到许多信息。

陈伟浩拿起来看了看，面色越来越凝重，赶紧打了个电话，对方没接。过程中他屡次看向左颖，表情慌张。

左颖感应到什么，问："陈南鹤吗？"

陈伟浩继续打电话，依旧没人接。

左颖几乎确认："他怎么了？"

眼前的人毕竟是陈南鹤的妻子，陈伟浩明白不能瞒她，便给她看了同事陆续发来的消息。陈南鹤跟尚智远在上海打了起来，双双住院，据说还被媒体拍到了。

左颖想联系陈南鹤，被陈伟浩制止，说他电话根本打不通，于是联系了跟他一起出差的刘诺，恰好赶在刘诺去医院的路上。

左颖中途从陈伟浩手里抢过电话，问清了陈南鹤所在的医院，起身离开。

陈伟浩跟左颖坐同一班飞机来的上海，他们到浦东那家国际医院时已经夜里九点多了。刘诺在医院门口等着他们，简单说明情况后就带他们直接去了病房，途中不时地回头偷看他脑补了好一阵子的陈太太。

左颖从没想过有一天，她会用妻子的身份去医院探视陈南鹤，尤其是在眼下这种混沌时刻。

她说她是陈太太，可她甚至根本不了解她丈夫。

今天对陈伟浩的全方位围剿算是成功，证实了郑慧之的话，但于左颖来说更多的是不安。

她明白，她将要面对的是个陌生的爱人，和他背后深渊一般的背景。

她隐约感知到陈南鹤已经深陷在里面了，只是不确定是否也要把她拽下去，更不确定自己能否心甘情愿。

走到病房门口，一阵熟悉的笑声打断了她的胡思乱想。准确说，是几个人的笑声，男男女女，嘻嘻闹闹。

刘诺推开门，左颖站在门口，看到她丈夫正躺在病床上跟两个小护士聊着天，不知道他说了什么小护士咯咯笑起来，见来了家属，便离开了。

陈南鹤输着液，斜斜躺着，一脸慵懒，对他们的到来并不意外。

他慢慢觑着眼睛，穿过层层凝固了般的空气，越过几步远的漫长距离，对旁人熟视无睹，只看着他老婆。

左颖快速扫了下他全身，他穿着浅蓝色病号服，头发乱乱地盖在头顶，手上输着液，下巴上有一抹处理过的伤口，手背青紫一片，似乎没别的大碍，暗自松了口气。

可目光扫到他的脸时，那口气又提了起来，哽在喉间，又坠在胸口。

陈南鹤眼角不知被什么熏得通红，在他苍白的皮肤上像是上了妆一般冶艳。

而后，他又缓缓地，露出一个自嘲的笑容。

在陈南鹤病房里待了不到三个小时，陈伟浩就后悔来上海了，并郑重地把跟陈南鹤夫妇共处一室列为猝死风险最大的因素，以后能避免就避免。

说起来，如今这种局面他们俩就算吵翻了天他都是有心理准备的。换了谁发现结婚一年的精英老公先是一夜之间变成个普通社畜，日子没消停多久又成了个没名没分的富二代谁都忍不了。何况左颖不是个任人拿捏的软柿子，还不得撕了陈南鹤。

陈伟浩多少带着劝架的准备来的，说得更直白一点，其实是想护着点他那不着调的发小。毕竟理亏，加上又受伤住了院，而左颖的战斗力他刚刚也亲自体验过，陈南鹤不是对手。

他一直陪在病房里，话不多，只默默观察形势。他们来到后没多久医生过来给陈南鹤做了检查，见家属来了，交代说除了外伤之外陈南鹤因为脑震荡曾发生短暂昏迷，但没有大碍，建议明天下午就可以出院。

听到陈南鹤被打成脑震荡时左颖来了兴致，眉眼婉转打量斜躺在病床上的人问怎么搞的呢，被谁，以及怎么打成脑震荡的呢？

陈南鹤眼睛一闭，绝口不肯提如何受的伤。如果再问，他就说忘了，别问了，脑瓜子嗡嗡的。

医生离开后刘诺又买了一堆外卖来，说是陈南鹤还没吃晚饭，正好大家一起了。左颖倒是礼貌谢了谢刘诺，选了几样陈南鹤爱吃的摆在小餐桌上，又去帮忙一起洗水果。

洗个水果的工夫，陈伟浩听见左颖和刘诺在洗手池边热络聊起来，左颖笑盈盈地问东问西，刘诺对于传说中的陈太太丝毫没有抵抗力。陈浩伟本着为刘诺好的原则，怕说错了什么话被疯起来的陈南鹤问责，便找个借口让他先回了。

刘诺一走，病房里只剩他们仨，遭殃的就是陈伟浩了。

他本来只是默默在沙发上吃眼前的蓝莓，看见左颖把一小盒坚果摆在陈南鹤面前，意味深长说了句："补补脑子。"

陈南鹤盘腿坐在病床上，宽却瘦的肩膀顿了顿，抬手把坚果向对面推了推："你也吃点。"

左颖轻轻搭在床沿坐下，她穿着一条黑色工字背心长裙，头发散下来盖住整个肩膀，海藻一般，看不太清脸，但语气绝对不是好惹的："我这个智商，吃什么都没救了。"

陈南鹤掀眼皮瞭了眼她："你太谦虚了。"

"不敢不谦虚。"

"我现在脑子被打坏了。"

"坏了也能把我耍得团团转。"

陈伟浩听得胆战心惊的，实在怕他们打起来，放下蓝莓，清清嗓子，糊里糊涂插话："那个，就是，要不……"

陈南鹤一甩手，直接把坚果扔给他："你补补吧，省得再被人按地上摩擦。"

"我谢谢你。"

他瞪了眼好友，还真的接过坚果，心想吃点亏就吃点亏吧，好歹他们能消停会，可没想到，转头战火引到了他身上。

左颖笑着看了眼陈伟浩，温温柔柔的："伟浩哥，今天的事情我得跟你道歉，我一时着急昏了头了，你别介意哦。"

"没事没事。"

"还要谢谢伟浩哥，放下那么多重要工作跟我一起来上海。"

"客气了。"

"唉，就是有点遗憾。"左颖叹口气，"伟浩哥是个实在人，要是我们早点认识就好了,也许我就能早点清醒了。"

陈伟浩拉响警铃,再蠢也听得明白这话里全是雷区,刚要解释点什么,陈南鹤扔下手里汤勺,有点急了。

陈伟浩心吊在嗓子里,就怕陈南鹤凶起来没有分寸,伤害到左颖就不好了。可没想到陈南鹤小眼睛朝他瞟了瞟,提高嗓门对着他老婆阴阳怪气吼一通:"你停停停,他什么实在人,你什么时候认识他都一样,就一普信男。"

"还伟浩哥?他也好意思答应。"

"你叫他陈伟浩就行!"

陈伟浩一脸懵,心想我这是招谁惹谁了,他本想站起来为自己辩驳几句怼回去,可左颖忽然开口替他说话:"你抽什么疯,人家可是从头到尾都是为了你好。"

陈伟浩觉得有必要加一句:"是为了你们俩好。"

左颖转头看他:"我们俩?"

"不管怎么说,"陈伟浩心里咒骂自己狗腿子,嘴上还是替陈南鹤说好话,"你多包容他吧。"

左颖伶俐地笑笑:"伟浩哥是怕我把他甩了吗?"

然后她又看向前方凝视她的病号,语气揶揄,慢条斯理地说了一句杀伤力极大的话:"那你可以放心,我的为人你们是了解的,我当初结这个婚就是为了过好日子,我赚了不是吗?"

那个病号忽地也笑了,看着眼前被海藻般长发包裹起来的小脸,说:"听到了吗?伟伟,你小看我老婆了。"

陈伟浩想原地爆炸,他觉得这个令人窒息的病房他一秒也待不下去了,他就像个活靶子,这俩疯子通过一刀一刀扎在他身上来竞赛,现在输赢未定,他快被弄死了。

不管了,爱咋咋地,保命要紧。

陈伟浩收拾收拾东西,说不早了,要先去对面的酒店休息,明天再来。左颖也忽然站起来说跟他一起走,医院不让家属留太久,也快到熄灯时间了。

陈南鹤也不知哪里来一股邪火,说那就走吧,我累了,脑瓜子嗡嗡的。

陈伟浩跟左颖都在对面的酒店住下了,夜里他接了个工作电话,之后就怎么也睡不着,便去酒店一楼的酒吧喝点酒。酒越喝越烦,也越来越焦虑,他当然不仅仅为了病房里受的夹板气,而是担心另一件事。

来的路上陈伟浩私下问了尚智远团队相熟的朋友,得知这场冲突的来龙去脉后,明白并不是尚智远在老尚的授意下停了马尔空的项目这么简单。或者说,马尔空项目仅仅是一个开始,背后是盘踞在尚家二十年的不为外人而知的纠葛。

这一切的导火索,必然与老尚和樱姐来北京有关。

晚上趁着左颖和刘诺洗水果间隙,陈伟浩又试探着跟陈南鹤说了老尚在北京的事,他似乎并不意外,当时他只是听了一会洗手池方向隐约传来的交谈声,而后淡淡说没什么大不了的。

陈伟浩干着急,让他这段时间耐着性子好好表现,别再轻易中了尚智远的圈套,离他远一点,该忍的时候要忍。

陈南鹤忽地笑了,说:"我忍的还少吗?"

陈伟浩听不得他说这种话,只能劝:"那躲着他点,眼不见为净。"

"我躲了这么多年了,躲得了吗,你觉得?"

"那你有什么打算?"

"躲不了就不躲了呗。"他轻描淡写,可眼神却专注笃定。

陈伟浩鲜少见到他那样坚定无畏的模样,回想起来,恍然失神。这时瞥见一抹熟悉的身影从酒店大堂走出去,步子轻盈,目标明确,走向对面的国际医院。

哼,陈伟浩冷笑一声,他算是瞎操心了。他又续了一轮酒,想把自己灌醉。

左颖偷偷溜进陈南鹤病房时,发现病床上并没有人,走廊里熄了灯,病房里只有仪器上闪着的幽蓝暗光,她在黑暗中找了一圈,直到险些被一条长腿绊倒,才发现他躺在小沙发上,半条腿搭在地上,闭着眼睛像是睡着了的样子。

左颖蹲下,轻轻晃了晃他,陈南鹤慢慢睁开眼睛,定睛看了看眼前的人:"你真来了?"

"怎么睡在这了？"她只说。

他目光在她脸上转了转："没想到你会来。"

她平静地回视："你想聊什么？"

左颖之所以会半夜跑出酒店，又冒着被医院发现的风险，偷偷趁着值班护士去卫生间时贼一般溜进她老公的单人病房，是因为收到一条对她诱惑极大无法拒绝的信息。

信息很简单，只有短短几个字：【想聊聊吗?】

在这场迷雾重重的婚姻里，陈南鹤从没有主动提出要聊天。

日子过了这么久，左颖很清楚她丈夫不是一个擅长袒露自我的人，他擅长的是用胡搅蛮缠和虚情假意把自己遮得严严实实。

所以不管他想聊什么，不管他出于什么动机，哪怕又是个陷阱左颖也要往里跳，她不想错过他难得暴露出来的一点真诚。

陈南鹤坐起来，坐在小沙发一侧。他还穿着病号服，或许衣服大了一号显得有点不合身，半个肩膀露出来。左颖像是已经习惯了一般伸手帮他把衣服整理好，他也自然接受。

"你坐旁边吧。"

左颖听话，挨着他坐下。

陈南鹤弓着背，手肘撑在膝盖上，微微侧头看向她："爸在家还好吧？"

"挺好的，早饭晚饭我们都是一起吃的，他这两天没事就去医院。"

陈南鹤若有所思点点头："他知道你过来了吗？"

"我没说，怕他担心，只说我去朋友家住，他以为你还在出差。"

他嗯了一声，又把头转回去，看着地毯，两手握在一起，似在思考纠缠着什么。

沉默了半天，左颖意识到他的艰难，顺着刚才话头打破平静："陈爸爸……"

陈南鹤忽然开口："他是我舅舅，亲舅。"

左颖一惊，一动不敢动。

黑暗中，陈南鹤也一动不动，声音又低又轻："我去到他们家后，没多久就改了姓，户口也是跟着他，他把我养大的。"

左颖坐得直，正好看到他的后背，他说话时后背纹丝未动，两块肩胛骨耸在病号服里极为醒目，她才意识到这段时间他似乎瘦了许多。

她盯着那两块骨头，柔声问："什么时候？"

"我妈死了之后，七八岁吧大概。"

那两块骨头动了动，左颖不知为何很紧张，尽量让自己平静，又问："为什么呢？"

"嗯？"他轻轻反问了下。

"为什么让你走？"

陈南鹤的背更弯了些，骨头塌了下去，但也就一瞬，他就直起腰来，转头看向左颖。

不知他是如何做到的，瞬间换了副松弛姿态，抿出一个笑容来，故作轻松："我讨人嫌呗，不争气。"

左颖盯着陈南鹤那张散漫的脸，视线从他受了伤的下巴到眯起来的小眼睛，明白了那所谓的真诚转瞬即逝，索然失望。

而这时陈南鹤忽然撑着沙发靠背，身子绕过来，拉住左颖一只手放在自己腿上，握住，细细揉搓，说了一句不要脸的话，把气氛彻底扭转。

他忽然说："闲话聊完了，办点正事。"

左颖想把手抽出来。

陈南鹤紧紧攥着不肯松，把她拉近了些，点点幽蓝灯光中，恍惚看着她明明暗暗的脸，嘴角含笑，似是得意，说："听说你很担心我。"

左颖捕捉到了他的得意，一阵懊恼，话还没说清楚，倒是被他耍赖着占了上风，干脆抱着看谁比谁更无赖的心态，回了一句："我还听说我是你的理想型呢。"

陈南鹤倒是大方："是啊，你是。"

这左颖没料到，怔住，盯着他的脸，眼神锐利，像是非要剜出点什么来。

陈南鹤趁她失神，带着些试探和不安细细看她，直到把她脸上每个细节反反复复衡量过后，才俯身凑过去想吻她。

左颖几乎下意识地，皱着眉头，坚定地躲开。

陈南鹤停在那里，像是被施了法术一样动弹不得。半晌后，他只是转了转酸胀的眼睛,在病房内幽蓝点点的光下,在各种仪器的丝丝电流声中,很近的距离内错愕地看着他老婆,看到她那清媚的脸上写满了明晃晃的抵触。

这是自他们认识以来,左颖第一次毫不犹豫地抗拒他的亲近。

后来左颖每每回想起她与陈南鹤在黑暗中那场令人筋疲力尽的争吵,都很后悔没有在第一时间努力去看清她丈夫的脸,哪怕光再亮一点点,哪怕离他再近一点点,或者干脆别躲避那个小心翼翼的索吻,都不至于撕咬到两人都血淋淋。

如果这些都做不到的话,哪怕在躲过那个吻后能及时转头,她就会看见陈南鹤错愕的眼神里布满卑微、委屈,以及无法言说的恐惧,于是他才暴躁,他破坏,他慌不择路又口不择言。

可这些假设都不存在,凡夫俗子的生活中没有月光宝盒,所谓的后悔药也只是廉价的安慰剂,该发生的依旧会发生,她回不到当时。

一切开始于陈南鹤索吻失败后的僵持,他呼吸紊乱了起来,语气生硬:"怎么了?"

"什么?"左颖仍旧回避他,拧着眉头。

"亲都不让了?"

他的姿态过于机械冰冷,毫无温度,像是理所当然的质问,也像气急败坏的攻击。

左颖顿觉今晚所谓的交谈再无意义,她抽出被他攥着的手,起来要走:"你早点休息吧。"

陈南鹤忽然抓住她手腕,用力将她扯回来,左颖又跌坐回沙发,他立刻撑在沙发边缘把她圈住,牢牢锁在眼前。

燥热的气息停在眼前,呼吸都是粗重的。

那一刻左颖厌倦透了他的喜怒无常,也没挣扎,脸别到一边,语气淡淡:"有意思吗陈南鹤?"

陈南鹤抿着唇没说话,片刻后,在她蒙了霜一般的寡淡脸色中退了回去,像是做错了事情一般垂丧,微微弯着腰,与她平坐。

左颖顺了顺眼前的散发,没再急着走,往往这种时候她觉得自己有必要做那个理智的人,主动轻声说:"我以为你是真的想跟我聊聊的。"

"哦？我没聊吗？"他转头，却并不看她，"我刚才是什么也没说吗？"

左颖愣了下："没关系，你不想说的可以先不说。"

他直接问："那你想听什么？"

左颖皱眉，终于意识到他情绪不太对，没回答。

可陈南鹤倒是自问自答起来，带着明显的攻击性，语速极快，字字冰冷。

"你是不是想知道，他们给我多少钱？我在尚飞有没有股份？将来集团会不会交给我？再不济能不能分点财产？还有就是作为配偶法律意义上你能得到多少？"

左颖难以置信："你在说什么？"

"这难道不是你关心的吗？"陈南鹤依旧侧着头，脖子上盘旋着青筋，"不是你自己说的吗，说你结这个婚就是为了好日子，你难道不想知道日子到底能有多好？"

"有多好？"她冷笑。

"特别好。"他咬牙。

"你这么了解我啊。"

"比你想象中的了解得多。"

左颖脸色已经很难看了："那你觉得我图的就是钱了？"

"我不知道。"

"不知道你说了解我？"左颖压低声音，却字字狠重，"好吧那我承认，你说的没错，我就是这样一个人，当初相亲是为了钱，结婚为了钱，结婚后我也在搞钱。"

"是，你有生意头脑，你能把我送你的礼物挂在网上卖！"

"你怎么知道？"

陈南鹤慌乱扯过去，提高嗓门："我是在跟你讨论钱的事吗？我有不给你钱花吗？"

左颖怔了怔，想起陈南鹤曾送给她一张卡的旧事，笑："那还是我不好了，早知道你是尚一祁的儿子，我就应该把花钱当工作，我当初就应该收了你的卡，把它刷爆！"

"那你刷啊，你清高什么？"

205

他瞪了她一眼,几乎是咬牙切齿。

"是我清高吗?"左颖声音有些颤抖,"我那时候以为你只是一个高管,就算有工资有分红也是你辛苦赚来的,是你没日没夜出差应酬喝酒赚来的,是你陈南鹤的辛苦钱,而我和我们家已经给你添了很多麻烦了,我已经对不住你很多了,不然你以为我为什么在你面前做低伏小那么久?"

"做低伏小?"他低吼着,"你跟我结婚是在做低伏小?"

"不然呢?"左颖声音干脆,"你以为我每天撒娇卖萌还得洗衣做饭很开心吗?我难道不是在看你脸色吗?"

陈南鹤冷笑一声,声音很大,很突兀,两手紧紧攥着拳,骨节冷白。

"所以很委屈吗,跟我结婚?"

左颖想了想,带着点敌意:"是。"

陈南鹤像是忽然被戳中痛处一般,低下头,又猛地抬起来,两手胡乱向后抓了抓头发,像是一头被刺激到了的豹子。

左颖看到他硬生生扯掉几根发丝,在幽蓝的光线中,徐徐落在地毯上,无声无息。

她也随着那几根被丢弃的短发叹了口气,又将眼睛的酸涩感逼退,换了副坚硬一点的心肠继续刚才没说完的话。

"后来发现你可能就是个设计师,我是生气,我觉得上当了,我想撕了你。可坦白说陈南鹤,我那时候心里觉得你就是个打工仔也挺好的,起码我们平等了一些,我能稍微抬起头来一些。"

陈南鹤像是听不下去了一般,伸长了腿,又跺了跺脚,又从小茶几上拿起一瓶矿泉水,一口气喝了大半。

在他喝水过程中,左颖话没停:"可谁想到你拿我当傻子耍,一次次耍,明明我那么早就问你王樱的事情了,你就是不肯说,我都不知道你在怕什么,我知道你是谁的儿子又能怎么样呢,你有必要这样防备我吗?

"就连今天,我听到你受了伤立刻飞过来,我只问了你两个问题,我问你为什么被人打成脑震荡,为什么从尚家出来,你还是不肯说!你把实话吞回去,用甜言蜜语来糊弄我,这个时候了,你还以为我跑来你病房是跟你睡觉的吗?

"有时候我甚至觉得你们有钱人家的小孩是不是活得太无聊了,这样很好玩是吗？你娶个老婆，就是想找点乐子是吗？"

陈南鹤忽然将剩下的半瓶水狠狠摔出去，摔在墙上，咣当一声，水溅到左颖脸上。

而后，他像是不解气一样，又拿起一瓶没开封的水也砸过去，低声咒骂了一句："操！"

左颖吓了一跳，浑身一抖，条件反射般警惕看向他，只能看到他紧绷着的侧脸，一句话不敢说。

陈南鹤默了一会，像是努力在克制着什么，而后哑着嗓子低声吐出几个字来："你真的没必要来。"

左颖仍然吓得大气不敢喘，甚至一时间没听懂他的话，显然还处在震惊中："什么？"

陈南鹤浑身绷得紧紧的："我这种人，不配你担心。"

左颖僵硬擦掉脸上的水，没说话。

陈南鹤似乎依旧躁动难耐，他又想去拿瓶水，可刚一伸手，发现左颖立刻躲了一下，坐在沙发边缘，与他保持着最远距离。

陈南鹤看了她一眼，语气嘲讽，却听不出在嘲讽谁："在怕我吗？"

左颖微微摇摇头，但她知道黑暗中的陈南鹤看不见。

陈南鹤弓着背，把脸埋在双手里，用力搓了搓，搓到通红，而后就保持这样的姿势，沙哑着说："你走吧。"

左颖听到了他的话，但并没立刻回应，她盯着他弓起来的瘦削后背，薄薄的像是只剩下一副骨架，随着粗重的呼吸高高低低起伏，她想过要不要伸手去抚摸他，可终究没攒够勇气。

陈南鹤再次赶她："让你走呢，赶紧走。"而后又低声吼了句，"滚。"

左颖听话站起来，胸膛里有千言万语但什么也说不出，低头看了眼他诡异的姿势，迈步离开。

可她刚迈出一步，手腕突然被人攥住，紧紧的，湿漉漉的，用尽全力握住。

她以为他又要发什么疯，可他低着头沉默了一会，将左颖的手攥到发白发麻，辗辗转转只用极小声音叫了她一句："宝宝。"

喃喃的，轻轻的，是哀求，也是致歉，更像是卑微的呼救。

左颖等他后面的话，期待他随便再说点什么，可陈南鹤湿漉漉的手顺着她手指滑下去，终究松了手。

　　左颖转身就走，头也没回。

　　走到走廊尽头时她听到那间病房里传来摔东西的声音，几声巨响，似乎整个医院都在跟着颤抖，随后两个护士闯了进去。而左颖连电梯都不想等，直接从楼梯逃似的离开。

　　回到酒店后她呆坐在床上很久，惊魂未定，又混沌一片，回过神来时甚至不知道自己身处哪里，做了什么，以及接下来有什么打算。

　　她一向自诩是个清醒理智的人，她永远知道要什么，第一时间做出最精准的选择，她不允许自己下坠，不允许内耗，不允许生活从她手里失控。可此刻，这些被她刻在骨子里的准则全都不管用了，就像一个即将溺毙的人不会在意游泳求生的姿势好不好看。

　　直到眼睛睁不开，她才和衣躺下，浑浑噩噩睡了一会儿。

　　醒来时天已经亮了，阳光穿透白色窗帘铺洒进来，她打量了一下这个陌生城市的酒店大床房，不久前的记忆慢慢复苏，也渐渐一字一句回想起来他们说过的话，以及临走时那个黑暗房间传出来的暴躁。

　　左颖立刻坐起来，给陈南鹤打了个电话，他并没有接。

　　过了20分钟左右，她收拾好准备去医院前接到了陈伟浩的电话，电话里他只是简单说陈南鹤出院先回北京了，他会陪着一起走，让她放心。末了，陈伟浩迟迟不挂电话，像是想说点什么，却不知从何说起。

　　左颖领会他的意思，冷静说那陈南鹤就麻烦你了，我自己回去。

　　她买的下午的机票，在浦东机场等了一个多小时后才登机，安静坐在靠窗的位置，始终一言不发。飞机飞稳后身后的阿姨拍了拍她肩膀，问她能不能换个位置，她想跟她老公坐在一起。左颖见旁边的大叔冲她礼貌笑笑，便答应了。

　　新座位旁边是一个穿着套白西装的男人，他挨着过道，立刻起身让她们交换了座位，左颖没在他身上留意太多，点点头就坐了进去。直到空姐过来发餐，她才注意到他。

　　起初，她只注意到他的手，他帮她递餐盒时左颖看到他戴着一块顶级名表，市面价格是百万起的那种，她有点狐疑，这种人不是应该坐在头等舱吗，跑经济舱挤什么。

而后，她注意到他的手很短，很小，看起来并不好看，可左颖记得他站起来时身高也不算特别矮的。

左颖本就没什么胃口，餐盒也没打开，跟空姐要了一杯咖啡。咖啡倒好后，那只戴着世界名表的小短手接过来，贴心地放在左颖面前的折叠桌上。

"小心烫。"他说。

"谢谢。"

左颖这才微微侧头看了眼他，忽地震住，因为看到他右眼睛一片青肿，在本来还算文质彬彬的脸上留下骇人的记号。

发现来自隔壁的震惊，男人温柔笑笑："吓到你了吧？"

左颖摇摇头，表示冒昧，端着咖啡看看飞机窗外，并不想搭话。

可他一边吃着飞机餐里的橘子，一边自顾自说起来："不怕你笑话，我昨天跟人打了一架，本来不想伸手的，毕竟是自家兄弟，而且我还是当哥哥的。"

左颖并没反应，他继续说："我这个弟弟从小就不省心，惹的祸太多了，后来去了他舅舅家，还在惹祸。"

左颖这时浑身一抖，有了一种异样的感觉，她转过身来，大胆看向旁边浑身显贵的男人，忽然觉得他很眼熟。

他也看了眼左颖，又说："不过也不能怪他，他是个病人，精神类疾病那种。"

左颖面色惨白，直觉想吐。

他却丝毫不在意，还在说："你知道那种精神病吧，一开始是摔东西，后面就打人，最过分的是，这种人犯了法也治不了罪。"

"我出去一下。"

左颖突然站起来，快速走出去，走进狭窄的卫生间，锁门。

一进卫生间，她拿出手机，翻出相册，她记得来的时候陈伟浩给她看了一则陈南鹤打架的新闻，她当时截图保存了。

她打开那张截图，放大一个人的脸，认出了他。

左颖回来后，那男人站起来让座，微笑看了看她，待她坐下后又像跟熟人闲聊一般说:"躁郁症,不知你听说过没有?"

左颖转头,瞪向尚智远。

等人的时候,左颖想起了去年初夏的一件小事。

她很清楚地记得,那是她和陈南鹤同居一周后的周三,前一天晚上一切都还很正常,他们一起去逛了趟超市囤货,结束后还吃了顿火锅,回家已经很晚了,因为陈南鹤第二天要去厦门,早早就休息了。

可第二天北京突然发布大风雷电预警,陈南鹤的航班被取消,他很焦虑,不停刷各种订票软件,又打了很多电话,非要在今天赶到厦门去。

左颖建议他跟公司请个假,航班都停了总不能开飞机去吧,陈南鹤烦躁地说我就是没有,有的话你以为我不敢开?

窗外电闪雷鸣,左颖洗了一盘车厘子坐在餐桌前,看着陈南鹤像被困住的野兽一样越来越暴躁,在屋子里大步走来走去,不停喝水,不停说话,他蛮不讲理地给好几个航空公司打电话要投诉他们,还真的去找相熟的律师咨询如何告航空公司。

不知道他怎么做到的,在很短时间内拟定了三个方案跟两家航空公司打官司,还借了左颖的手机,同时给不同律所打电话。左颖吃完了车厘子又泡了杯柠檬茶,就在旁边看着他同时跟两个律师深度交流,用极其专业的法律术语排兵布阵,电话那端的职业律师甚至都跟不上他的思路。

就这样折腾到了傍晚,陈南鹤嫌弃律师效率低,打开电脑自己去写诉状了。

这时突然有人敲门,左颖去开门,是楼上的邻居,一个温温和和的大厂程序员,因为楼上漏水左颖跟他打过交道。他站在门口,笑容腼腆,小心翼翼跟左颖说外面雷电交加担心她在家害怕,特意过来看看。

然后,他从身后拿出一小盆精致的多肉植物,羞涩地递到左颖面前,说这是他自己养的,取名叫野莲,他觉得这朵野生莲花一般的可爱植物与左颖的气质很像。

"不对,左小姐你比它更独特。"见左颖面露难色,程序员连忙红着脸文绉绉补充。

左颖倒不是为他这蹩脚的比喻尴尬,而是在想怎么委婉得体地拒绝这个礼物,她暂时还不想招惹什么不必要的桃花。

她筹措着语言，正要开口时，只觉身后有团阴影笼罩过来，眼前那朵浅绿色的野莲被凭空夺走。

"让我看看谁更独特。"

原本在电脑前写诉状的陈南鹤突然过来，他蓬乱着头发，穿着套家居服，玩闹一般地把那小盆植物放在左颖脸旁边，拧着眉头换不同方位来回比较，似乎难以决断。

多肉尖锐的边缘划到了左颖的皮肤，划出一丝刺痛，皱眉躲了下，她知道今天陈南鹤情绪不对劲，想着赶紧结束这诡异的局面，可接下来程序员邻居的一句话彻底让他失控了。

程序员并没有介意植物被陌生男人拿走，反而笑笑，客气对左颖说："你室友也在啊。"

陈南鹤瞥了眼门口，转头看着左颖："他说谁是室友？"

左颖一时也有些心虚，胡乱解释："就是，我随便说着玩……"

陈南鹤逼近左颖，眼神冷峻："真把我当室友了？"

左颖已经很不适了，她不敢抬头看陈南鹤，略略慌张地看了眼门口的邻居，想把他劝走，可陈南鹤忽然堵在她面前挡住了全部视线，低头质问："你看他干什么？"

那位温和的程序员见这种状况也担心起来："左小姐，你没事吧？"

陈南鹤转身把他推了出去，手里的多肉随手扔在楼道里，花盆应声而碎，他丝毫不在意，大力关上门："别再让我看见你。"

左颖觉得他做得太过分了，径直绕过他，想出去跟那位邻居道个歉。

陈南鹤把她拦下，又试图把她往里面拽了拽，左颖脚下一滑，拖鞋甩掉了一只。她勉强扶着墙站稳，狼狈地抬头看向那个失控的人，发现他丝毫没有歉意，依旧问责一般紧紧盯着她，山一样压迫在眼前。

他又问："把我当室友了？"

左颖去把拖鞋穿上，低头闷闷说："没有。"

"那咱们是什么关系？"

"我不知道。"

当时左颖是真的说不清楚他们的关系。陈南鹤从没有正经表过白，按道理相亲认识的算是情侣，但他没带左颖去见过任何朋友，更没有在任何场合承认她的身份，两人走到现在都是她一步步费尽心思推动的。

"你不知道你住到我家里来？"陈南鹤眯着眼睛，故意狠毒，"我是不是得跟你要房租？"

以往遇到他心情不好，左颖都会撒娇或装傻扯过去，可此刻她完全没心情应付，只想赶紧离开。

外面雷声滚滚，大雨簌簌拍打落地窗，左颖仰头看着他，只说："等雨停了，我就走。"

他却更生气了，咄咄逼人，口不择言："去哪里？去找楼上那个码农？你是担心在我这行不通，提前找好下家了吗？"

左颖猛地抬头与他对视，看到他眼睛里泛着血丝，五官因情绪激动微微颤抖，整个人有一种病态的乖张。可她来不及想他为何这样，只觉得他陌生，偏执，甚至有些卑鄙。

"滚开。"左颖用力推他，直接回主卧收拾东西，"我找谁跟你没关系。"

当时左颖是真的打算雨停就搬走的，反正颠沛流离对于她早就是常态了，倒是这段日子的希望才是妄念。

她抽身后不经意瞥了眼陈南鹤，看到他用一种古怪的姿势还站在门口，像一张紧绷着的弓，很久才似回过神来。

不过他没再继续写诉状，也不再执拗地要去厦门了。

左颖收拾好了简单的行李，放在门口，在打车软件上排队约车。每逢恶劣天气约车堪比世界末日上诺亚方舟，左颖排在一百多号，等了半小时也就向前挪了十号，夜深后，不知不觉她就在沙发上睡着了。

再醒来时，天还没有亮，她一睁眼，看到陈南鹤坐在地板上，下巴搭在沙发上，在很近的距离内看着她，左颖吓了一跳。

陈南鹤似乎一夜没睡，眼睛里的血丝更浓了些，眼下泛着青色，长了些细小胡茬。他看到左颖醒了，露出一瞬害怕的神情，向后退了退。

见左颖看了眼窗外要坐起来，陈南鹤又凑上前，长胳膊把她圈住，锁在沙发和自己怀抱里。

他低声说："对不起。"

左颖没理，仍要起来："雨是不是停了？"

"没停。"

说着，陈南鹤用头蹭着左颖身子，紧紧环着她的腰，一寸一寸向上，身体也落在沙发上，躺在外侧，把左颖拥在里面，蓬乱的脑袋埋在她锁骨里，大口大口急促又郑重的呼吸，像是抱着一个失而复得的无价之宝。

左颖感觉到他身子非常沉，像是浸透了水的海绵，虽然身体是干爽的，却给人一种湿漉漉黏糊糊的错觉，不免担心问："你怎么了？"

他还在大口呼吸，很久才稳定了些，下巴抵着她肩膀，突然对着她耳朵喃喃说："左颖，要不我们结婚吧。"

"你说什么？"

"我说，"灼热的气息贴着她的皮肤，像是挑逗，也似诱惑，"跟我结婚。"

"滚。"左颖想挣脱他，手脚并用，"别拿我开心。"

陈南鹤稍微用了点力气，把她手脚控制住，躺着凝视她，一句话也不说。

他们之间几乎只隔着一掌的距离，左颖仔细看着他眼睛，看到那泛着红的眼底渐渐流露出暖意，湿润而温和了些，随着他弯起嘴角浅笑，又似乎闪着光。左颖恍然明白了，他是认真的，他是在求婚。

她心下一抖，毫无准备："为什么？"

陈南鹤又抿出一个笑来："爱你呗。"

见左颖显然没信，陈南鹤说了句实话："不想让你走。"

而后，他又凑近些，几乎贴着她的唇："不想让你跟别人勾搭。"

左颖声音不自觉也虚弱些，只有他能听见："我勾搭谁了？"

陈南鹤贴上她，轻轻咬了一下她的唇："你还想勾搭谁？"

左颖很吃他这一套，缓缓闭上眼睛，可感受到他唇齿的温热力度后，脑中忽然闪现傍晚时他暴躁着为难自己的乖戾模样，眼睛忽地睁开，头向后缩了缩。

陈南鹤有些慌乱，仔细观察她。

左颖想了想才开口："陈南鹤，你为什么会那样？"

他瞬间也微微后退，眼神谨慎又小心，逐渐看透了她的全部担心，而后缓缓吸了一口气，罕见地露出左颖从没见到过的真诚表情。

"我知道我那样很无理,很卑劣,相信我,我比你更厌恶我那样对你。但你不要怕,以后不会了。"

"到底怎么了?"

"你就当我有病吧。"陈南鹤自嘲地笑,又过来在她嘴唇轻咬一下,"有病治病。"

左颖还想说什么,头又向后缩,陈南鹤一手扣着她后脑,带着点凶劲撬开她的唇。

……

之后隔了一天,当左颖接到左凝从老家给她寄来的户口本后,陈南鹤一刻也没耽误带她去厦门领了结婚证,他们就是在这样仓促的情况下结婚的。

左颖当然不是没有担忧,她自那时就知道要嫁给一个情绪不稳的人,但她就是给不出拒绝的理由,或许是手机里时刻会响起的催债电话,或许是眼前可见的更优渥生活,总之当陈南鹤牵她的手走进厦门民政局时,她心里的希望比忧虑多得多。

领证回来的那个晚上,左颖记得陈南鹤开车带她去南城小院吃烤鸭,左颖知道陈南鹤有在车里放口香糖的习惯,便自行去储物箱拿,可突然看到里面多了两罐一模一样的橘子糖,之前是没有的。

陈南鹤不等她说话,直接拿出一罐来递给她,让她尝尝,左颖还挺喜欢,问他在哪里买的,陈南鹤说国外的。左颖又问怎么还放两罐,陈南鹤随口说买多了。

如今的左颖才终于明白,另外一罐不是糖,是药,是后来被她误认为褪黑素的药。

陈南鹤就是从那一天开始,换不同罐子把药随时放在身边的。

也是从那一天之后,左颖再也没见到过他那么极端的情绪变化,取而代之的是婚后他的冷漠疏离,以及以出差为借口的聚少离多。

此刻,那米粒大小的紫色药片就放在她眼前的桌子上,她等的人坐在对面,也盯着那几颗看起来还挺漂亮的药,用一种略带责备的语气对她说。

"电话里你说是你家里人吃的?怎么能让他长时间吃这种药呢?怎么

才发现呢？这种药表面裹着一层糖浆，里面是高浓度的碳酸锂和奥氮平，虽然确实是治疗躁郁症的，但配比都超过了正常医用程度，而且还有一种我们实验室没检测出来的成分，总之这肯定是违禁药，在国内买不到，他在哪里弄的？"

说完，廖教授皱眉看了眼处在惊愕中的左颖。

廖教授是首都医科大学的药剂学教授，也是晶晶所在医药公司的顾问之一，前几天左颖找晶晶帮忙要陈伟浩的联系方式时也拜托她另外一件事，就是查一下陈南鹤所谓的褪黑素药片成分，晶晶才找到廖教授帮忙。

没错，在接到郑慧之那通电话后，左颖就串联起了之前很多忽视掉的细节，包括陈南鹤妈妈去世的时间，也包括这颗出现在不同包装之下的药。

她知道陈南鹤是在吃药，却没想到是治疗躁郁症的违禁药。

她当然说不清楚药是他从哪里弄的，她更关心的是另一个问题，于是在廖教授严肃的目光下小心问："有什么副作用吗？"

廖教授叹口气："因为还有一个成分检查不出来，我也不敢确定全部的副作用，但就现在看，长期服用这种药看似能控制躁动情绪，但会对代谢和激素水平有不可逆的影响，症状比如容易疲倦嗜睡胃口不好，还有出汗心悸什么的，也会在病发时对情感麻木和漠视。"

然后廖教授又皱眉问了句："你们生活在一起，难道这些你都没发现吗？"

左颖垂下头，良久才慢慢抬起来，她继续跟廖教授聊了一会，直到傍晚才结束回家。

北京盛夏傍晚依旧很热，她却在蒸腾的热气中站了一会，感受到周身凝固许久的血液终于流动起来后，重重地吸了口气。她还穿着那件工字背心长裙，下了飞机后她就约廖教授见面，没来得及回家换衣服。衣服已经有些脏了，上面沾了些水渍和咖啡渍。

水渍是那晚陈南鹤摔出去的矿泉水，咖啡渍是飞机上她泼向尚智远的咖啡。

在尚智远处心积虑在她面前揭穿陈南鹤的病后，左颖瞪着他，并从他青肿的眼睛里看到恶意满满的痛快。

215

那痛快刺痛了左颖，于是她在飞机气流不稳时端着咖啡倒向一边，将咖啡泼向他那身崭新的白西装。

尚智远当然看出来她是故意的，也不装了，一边阴着脸擦拭西装，一边冷哼着说了几句让左颖半晌回不过神来的话。

"行，就算你能接受他，就算他能治病，你想没想过以后？你难道不知道这个病遗传率还挺高？

"那你肯定也不知道陈南鹤他妈就是严重的躁郁症患者吧，对了，死也是因为这个病死的。"

第八章

左颖到家时正好是晚饭时间，一推门，扑面而来一股浓浓的饭菜香，厨房里传出抽油烟机工作的鼓风声，客厅的投影用极小的音量播放着综艺，空调嗡嗡细细地工作着，门口陈爸爸新买的干花散出淡淡的玫瑰香，往常这杂乱拼凑一起的味道和声音对左颖来说是一首欢迎回家的快乐协奏曲，可今天是个例外。

　　换鞋的工夫，系着围裙的陈爸爸从厨房探出头来："是小颖回来了吗？"

　　左颖努力堆起笑容，冲里面答应："是的爸，我回来了，好香啊，让我猜猜今天晚上陈大厨又做什么好吃的了。"

　　说着左颖调皮地嗅嗅鼻子："捞饭，煎蟹，爸你是不是还炸了什么呀，是不是过年我们吃的那种菜盒！"

　　答案已经满满登登摆在了餐桌上，捞饭是用黄酒腌了一天的鸭肉熬的，煎蟹红艳艳的摆了满满一大盘，菜盒是陈爸爸独创的配方，主要用的菜干笋干，不过这次专门加了北方人爱吃的韭菜，除此之外还有个凉拌秋葵。

　　左颖雀跃地赶紧拿手机各种角度拍照片，想到什么，笑盈盈冲厨房说："爸，陈南鹤出差还没回来呢，这么多菜咱们两个人哪里吃得完啊。"

　　"不管他，都是给你做的。"陈爸爸在厨房回。

　　左颖脸上的笑容忽然像风干的水泥般僵住，用最后一丝力气笑着谢了谢陈爸爸，说换件衣服再过来帮他。一回到主卧，风干的水泥稀里哗啦落下来，露出一张筋疲力尽又心事重重的脸。

　　在楼下左颖曾试图联系过陈南鹤，依旧联系不上，她又给陈伟浩发信息问了问，陈伟浩只回了两个字：【放心】，她这才敢跟陈爸爸撒谎陈南鹤仍在出差。可不知为何，心里仍然七上八下，不得安宁。

她本想好歹先熬过这顿饭再说,再去解决扰得她不得安宁的那个难题,可刚坐到餐桌前,左颖就明白这顿饭不是那么容易挨过去的,因为陈爸爸拿出来他自酿的坛子酒。

　　坛子酒也是他从厦门带过来的,就一小桶,但为了这点酒陈爸爸在机场闹了个笑话。

　　他不知道白酒不能带上飞机,安检时被拦了下来,但老人家以为没时间再去办托运了,在安检口急得快哭了,最后意外地遇到一个很久没联系的女同学。女同学是个飒爽的急性子,三两下帮陈爸爸用最快的方式重新办了托运。

　　陈爸爸聊起这件事时脸红到了脖子根,陈南鹤立马识破肯定是他那个学跳高出身的初恋女友,当即要想办法联系那个阿姨来撮合一段黄昏恋,左颖也从中添油加醋要帮忙,臊得陈爸爸放下杯中酒回到客房躲了起来。

　　那天是他们一家三口唯一一次齐刷刷坐下来喝酒,喝的自然是那桶坛子酒,最后剩的不多了,陈爸爸说下次特别重要的场合再拿出来。

　　而今天,此刻,在左颖刚刚撕破她丈夫疑雾重重的身世一角、他的病症,以及与他吵了婚后最激烈的一架后,她的公公拿出家里最隆重的礼仪郑重地招待她一个人,不用想,也知道为了什么。

　　她看过去,果然看到对面的陈爸爸绷着后背,紧张又小心,眼神在桌子上扫来扫去就是不敢放在左颖身上,原本有些天真的娃娃脸上写满了惭愧和为难,像是一个要提分手的人去履行最后的责任。

　　而遇到这种场合,左颖一贯是那个爽利的人,从不拖泥带水。

　　她干脆主动拿起剩下的坛子酒,给陈爸爸和自己都倒了满满一杯,而后坐下来,举起杯,说爸您今天辛苦了,我敬您,说完自己先喝掉。

　　不等陈爸爸喝完,她又自己倒了一杯,再次举起,大概是酒倒得太满了,顺着白瓷酒杯淌下来,她仓促用食指抿了下才准备开口,可陈爸爸伸手拦住了她,说先听我说几句。

　　左颖放下酒杯,抬眼看向对面还没开始说话就已然红了眼圈的陈爸爸,一阵恍惚。

　　恍惚中,她听见陈爸爸用他发音不标准的普通话一气呵成说出一番虽然已经知晓,听起来仍然蚀人心肺的真相。

他先是交代了一句:"小颖,你们在上海的事情我知道了。"而后又说,"但你别误会,我今天准备这些不是要替陈南鹤说话,我就是觉得你叫了我这么久的爸,我心里有愧,有些事情我必须要跟你说一说。

"你肯定也知道了的,我其实是陈南鹤的舅舅,他妈妈去世后的第二年,他就过继到我们家了。但他并不是主动要来我们家的,他是无处可去了。"

说到此陈爸爸低头喝了一口酒,皱紧了眉头,舒展后似乎才有勇气继续:"如果我不去接他,他们是打算把小鹤送去国外一家疗养院的,就是治疗精神类疾病的那种医院,他有遗传性躁郁症。"

陈爸爸说这话时轻描淡写,却刻意观察了左颖,看到她毫无血色的脸只是沉了沉,并没有露出太讶异的神情,明白这对她也不是秘密了。

陈爸爸义愤填膺了些:"他的病确实是遗传他妈妈,但远远没有他妈妈严重,这我是很清楚的,所以我不同意他们把他送到什么国外的精神病院,我把他接走,我说我证明给你们看他是个正常孩子。

"但是在那种环境下,那些年两边拉拉扯扯的,加上他们对他也不好,小鹤就变得时好时坏。后来也闹过事,惹过祸,吃过不少苦头,他……"

陈爸爸语气激动着还想再说什么,但突然就收住了,又沉默半晌,思虑一番后才继续。

"我之前问过你陈南鹤跟你发过脾气没有,你说没有,其实你在说谎对吧?"陈爸爸手肘放在桌子上,倾身看她,"你肯定是见过他不好的状态的,对吧?"

左颖眨了眨眼,默认。

"那他攻击过你吗?语言上,或者肢体也算?"

左颖没作声。

陈爸爸了然:"害怕过吗?"

左颖是想摇摇头的,但不知为何脑子不听使唤,像是衔了根锈住的螺丝。

陈爸爸温柔看着她:"很难过吧,那时候。"

左颖终于重新掌控了身体,急促喘口气,而后说:"爸,您想跟我说什么？"

陈爸爸挣扎了片刻，艰难说："小颖，我很喜欢你这个儿媳，也看到你带给小鹤的改变，说句自私的话，我希望你陪他一辈子才好呢，但这对你未必是公平的。"

"你要想清楚，跟这样的人生活在一起，是很辛苦的。可能他们在外人看来只是性格不好，有点不好相处，但只有家人知道每天要面对什么。"

左颖突然觉得头痛得很，觑起眼睛，视线也跟着模糊了。

模糊中，听见陈爸爸又说："你们才结婚一年，可能还没遇到太极端的情况，但你必须要理智思考。"

"思考什么？"

陈爸爸突然看了眼客房的方向，一咬牙："无论你做什么决定，爸都站在你这边。"

左颖不知为何一瞬间耳聪目明起来，她听到投影里综艺节目玩猜谜游戏的笑声，听到头顶上中央空调弱弱的风声，听到窗外三环路上无数个奔波回家的步履声，甚至听到隔着两面墙的熟悉的喘息声，最后还有体内最深处震荡出来的回声。

那回声席卷着陈爸爸所谓的金玉良言，把左颖逼到了绝境，让她无从选择，只能全盘托出。

于是，她凝视着陈爸爸的眼睛，一脸无畏和决绝，噼里啪啦回应他。

"爸，你跟我说了这么多，不就是想告诉我陈南鹤疯起来有多可怕，跟他生活在一起会多悲惨吗？可是爸，谁没有发疯的时候呢？"

"您想听听我的故事吗？"

左颖自嘲笑笑，靠着椅背，突然提高了声音："我啊，我偷了我室友的相亲对象，骗他我是个留学海归，可其实我高中都没念完，我跟认识不到一个月的人同居，同居不到半个月就结婚，结婚一年发现他也是个骗子，说出去都没人信吧？都会觉得我是编的，或者我疯了吧？对了，真疯起来的时候，我连我亲爸都敢砍。"

"我们有什么区别呢？"

"不对，有区别。陈南鹤伤害别人后会道歉，会愧疚，会为了不再伤害别人去做伤害自己的事，但我不会。我从不后悔发的那些疯，一个也

221

不。"她顿了顿，小声强调一句，"再来一遍我一样会砍我亲爸。"

说完，在陈爸爸震惊的目光中，左颖起身离席，只说今晚她去朋友家住了，拿起包就走，但在门口换鞋时，她突然停下，大声冲屋子里说了句极其冷静的话。

"如果想提离婚的话，让陈南鹤自己来跟我说。"

而后，她视线模糊着看了眼客房的方向，盯着那扇门停留了几秒钟，开门离开。

门被重重甩上，陈爸爸被震得抖了下，然后驼着背盯着餐桌上一口没动的丰盛晚餐沉默了两三分钟，起身，径直走向客房，大力敲了一下，不等里面的回应推开门。

门只开了一半，里面一片黑暗，他视线转了一圈，再低下，看到坐在地上的人。

走廊里也没开灯，客厅的光只能匀到这里一点点，勉强映出他一半的侧脸。

他紧贴着门口，小心抱着膝盖靠墙坐在地板上，头微微垂下，带着点驼峰的鼻子高耸着，下面是抿紧了的薄唇，眼睛斜斜下搭，睫毛投下一片薄薄阴影，看不出神情，却散着一股沉郁。

陈爸爸瞪了他一眼，像是看着极不争气的败家子一般痛心疾首地说出三句话："你满意了吧？"

"我真是作孽！"

"以后这种事不要让我……"

陈爸爸第三句话还没有说完，陈南鹤突然猛地站起来，冲出去，险些撞到还在数落他的老人家。

等陈爸爸回过神来，人已经消失了，只留下比刚才更响的关门声。

陈南鹤从没有觉得这栋楼里这么挤。

往常随叫随到的电梯今天居然从顶层慢悠悠停了三次还没下来，停到了22层后他发现妈的电梯里面居然只有一个小孩，更让人费解的是那小孩按的是5层。

他按了1层，祈祷着不要再有人上来，可中途陆陆续续几乎隔两层就停一下，上来的都是拖家带口的，不是牵狗就是带孩子，不知道今天是什么日子,大晚上的外面是在赶集吗?

他想要不搬家算了,干脆搬到胡同里住平房,出入接地气,追个人也方便些。

当电梯又停下时,他已经咬着牙暗暗盘算住哪里的胡同了。

终于挨到了5层,那小孩下去后,门还没关,老远有人喊了句等一等然后招呼身后的孩子们快点上电梯,陈南鹤终于忍不了了,扒拉开前面的人,长腿迈出电梯,直接走楼梯跑下去。

脚步声咚咚回荡在空无一人的楼梯间,在这宛如心跳般的钝重声里,陈南鹤刚才急躁的情绪渐渐平稳了些,脚步虽没有停,他却又患得患失起来。他明明是想像个没种的懦夫一样藏起来的,甚至懦弱到让陈爸爸替自己去接受她的审判,毕竟再次那样对待她后,不知哪里来的脸和勇气去见她。

而她此刻会想见我吗?

我见了她要说什么呢?

她刚才那番话是说给我听的吗,我可以往好的方向去理解吗?

算了,不重要,陈南鹤坚定告诫自己,再见到她后要大方一点,要直面他们之间的裂痕和撕伤,更要接受她所有选择。

就这样他跑到了单元门口,站在那里放眼望去,小区里确实好多人,可来来往往的并没有看到那抹让他辗转难平的身影。

"陈南鹤。"

正打算放弃时,他忽地听到那个熟悉的清脆声音。

循着声音回头,看到那个人居然就蹲在身后的台阶下面,可不知怎的,他第一个念头就是想跑。

"陈南鹤!"

她又喊了一声,他才稳住,隔着两步远的距离低头看过去。

陈南鹤看到她穿着件杏色无袖连衣裙蹲在那里,散着发,毛茸茸的小小一只,在他心尖的位置挠了一下,脸是素净的,只有闪着光的眼睛略显妩媚,甚至透着一丝无辜。

而左颖看到的是一个穿着短裤大T恤,趿拉着拖鞋的大高个站在眼前,浑身上下只有那张脸还算能看,却也有点呆。

左颖朝他伸出一只纤细胳膊，晃了晃："过来一下。"

陈南鹤依旧愣在那，不知她是何用意，脑中盘算各种可能，七上八下，翻来覆去。

左颖叹口气，无奈："拉我一下，我腿麻了。"

陈南鹤并没有马上过去，他别过头，假装看向别处，露出一个已经控制不住的笑来。

陈南鹤没多久就发现，外面果然是在赶集。

准确地说，是社区趁着夏至节气在中心花园张灯结彩搞了一个集市，主题是夏日消暑，卖的也都是冷饮冰激凌棉花糖之类的小吃，还有一些夏天用得着的零碎小物件，是小情侣们约会的好地方，也是带孩子遛狗的好去处，不免人来人往。有的商家为了吸引人，还用小音箱循环播放几首欢快的洗脑神曲。

集市风格就是一个大写的快乐多巴胺，再忧郁的人来到这多少都能享受几分愉悦，展露出几分欢笑，可有一对别别扭扭的男女除外。

他们并排坐在集市后面的长椅上，中间隔着一个人的距离，身子不约而同向反方向转了几度，两双都没什么赘肉的细腿之间形成一个钝角。他们一个穿着件材质不俗的修身连衣裙，一个简单T恤拖鞋大裤衩，按理说怎么看都不像是一对，但就是一打眼就能识破他们之间的暧昧磁场。

证据倒不仅仅是他们手上捧着的同款暴打柠檬茶，而是那两张让人过目不忘的脸上带着极其相似的神情。谨慎，凝重，此起彼伏的眼神试探，和不约而同的低声喟叹。

而打破这个别扭局面的是一个不开眼的小伙子，小伙子大概是想找个清净地方打局游戏，径直要去坐他们中间的位置，没等坐下，那个拖鞋T恤大裤衩眼疾手快挪到中间，挨着他老婆后暗暗松了口气。

手肘不经意擦到她的皮肤，左颖躲了下，捧起暴打柠檬喝了一口。

陈南鹤有个难得的优点，那就是他一向对目标一鼓作气乘胜追击，既然开了头就索性试一试，反正死皮赖脸也不是一次两次了。

于是他坚定扭过头，对旁边人说："你想……"

话才吐了个头，左颖突然兴奋地喊了一句："小狗狗！"然后像是根本没听到他的话一般弯腰去逗路过的一只小柯基，可陈南鹤却觉得她是故意让他闭嘴的。

他这么想也不是毫无根据,因为那只柯基本来离她有点距离,是被她强行掳过来逗的,她之前可没这么喜欢小动物。

陈南鹤还记得去年刚结婚后不久,他带左颖去京郊玩了两天,他们住的民宿养了些家禽,左颖心血来潮当着他的面逗那些走地鸡鸭鹅,夸它们可爱,拍了不少照片,结果被一只大白鹅追着咬,陈南鹤在旁边忍着笑都快憋疯了,非要她求自己才肯去帮忙。

当天晚上她就让民宿老板把那只鹅炖了,吃得比谁都香。

想到此陈南鹤嘴角挂着笑,有点同情那只被她掳过来的柯基,凑热闹般低头看过去。可突然他看到小狗的耳朵向后微微一拢,小短腿朝左颖的脚下紧迈两步,陈南鹤立马挡住左颖脚踝,托起狗的身子把它顺到一边。

左颖还没反应过来怎么回事,原本在一旁刷手机的柯基主人赶紧道歉:"不好意思啊,我刚才没留神。"

陈南鹤脸黑了一下,只说:"最好拴一下。"

左颖还没搞明白:"怎么了?"

陈南鹤又看了眼她的脚:"你没注意到狗狗的耳朵向后拢了一下吗?"

"那怎么了?"

他叹气:"如果狗狗的耳朵突然拢起来,或者尾巴突然翘起来,都是惹急了,暴躁了,突然想攻击人的表现。"

左颖顿了顿,若有所思看了他一眼,目光婉转:"哦。"

陈南鹤觉得她话里有话:"哦什么?"

"你还挺了解……"她啜了口饮料。

"我养过。"

左颖有点意外,她从没听陈南鹤说过养狗的事情,好奇随口问:"什么狗?"

"德牧。"

"什么时候养的?"

"小时候。"陈南鹤身子转回去,与她平坐,语气平静,"七八岁的时候,我妈留给我的。"

几乎立刻,左颖五脏六腑揪了一下,她皱起了眉头,口中的柠檬糖浆都掩盖不住翻涌而上的苦涩。

她不敢再多问,也不想再继续问,只用余光偷偷瞟了眼旁边端正坐着的爱人,看到他高高低低的侧脸在白色T恤上投下一片阴影。

而感受到旁边余光的陈南鹤却并没有那么纠结,就像他也没想到还会主动提起那个对他很重要的小生命一样,一切自然而然得像是随口分享一则旧事,既然如此,陈南鹤想,干脆勇气再多一些。

可他刚撇过头,左颖像是害怕什么一般打断他:"陈南鹤我今天好累好累啊,昨天没睡好,飞机上也不消停,回家连口饭都没吃到,我真的……没力气了。"

他明白她在怕什么了:"回去休息吗?"

"不要。"她语气居然带着点久违的娇嗔,"你爸该笑话我们了。"

"那去哪儿?"

"不知道。"她捧着柠檬茶,眼神荡了荡,"你不是说你很会谈恋爱吗?一般这个时候,这种情况,你会去哪?"

左颖觍着脸壮着胆子把话都说到这份儿上了,以为陈南鹤定会选个独特浪漫到一鸣惊人的地方让她开开眼,可他居然漫不经心随口说:"行,那看电影去吧。"

左颖白了他一眼,却也没拒绝,想提醒他出去看电影你要不要回去换套衣服,可他只说了句你等一下,然后去集市里买了双人字拖换上,把脚上的浴室拖鞋随手扔到垃圾桶,自我上下打量一番还挺满意,摆手叫她一起走。

电影院倒是离家不远,不过他选了部沉闷的文艺片,左颖只看了一眼片名和海报就泛起困意,犹豫着要不要提议换成《速度与激情》时,他已经把票和爆米花饮料都买好了。

影厅里除了他们只有一男一女,那对男女也不是一起的,分坐在影厅前排两侧。左颖循着票根找位置,陈南鹤忽然拉着她胳膊,直接带她去最后一排,坐在角落里。

左颖多少有点惶惶不安,她倒不是担心陈南鹤再发什么癫,而是怕他在这里来一番走心局,毕竟沉闷的片子加上隔绝的环境,挺适合聊点什么的。

而她是真的疲惫了，已经没有力气再处理任何意外了，此刻哪怕天塌地陷她也只想短暂地躲起来喘口气，争分夺秒地过一个小假期。时间也不用太长，一部电影刚好。

好在陈南鹤似乎并没有与她聊天的意图，他仍是那副懒懒散散的模样，长腿局促地摆出去，肩膀陷在座位里，认真盯着荧幕，一句话没说。

最后还是左颖主动找他搭的话，电影演了不到十五分钟她就走神了，看不懂了，小声问陈南鹤男主角明明讨厌这个美女为什么还跟踪她？

陈南鹤没听清，凑过去，她的头发绒绒地刺在脸上，一阵痒意中缓缓回答她，因为男主角是坏人，他要杀她。

左颖嗯了一声，似乎觉得无聊，说节奏太慢了拍得也晦涩，有点困了。

陈南鹤小声说，那你睡会吧。

在左颖眯上眼睛后，陈南鹤低下身子，肩膀送过去，轻轻地把她脑袋扶在肩头，侧头小心看了她一眼，见她呼吸匀净眉头平整，不免得意。

毕竟电影他不是随便选的，这种拖拖拉拉的欧洲文艺片最适合助眠。

座位也不是随便选的，整个影厅只有这个角落吹不到冷风，不至于在睡梦里着凉。

自己可真是难得一遇的好男人，陈南鹤忍不住沾沾自夸起来。

得意中他又想起了家里可怜的陈爸爸，发了个信息给他报个平安，末了又发了个电影院的位置分享，暗示他两人趋近于和好。

陈爸爸接到儿子报喜一般的信息后愁了一晚上的脸终于笑了，忽觉胃口大好，吃了一大碗捞饭，囫囵吃饱后拿出手机，拨出一个电话。

接通后，电话那端温柔的女声只礼貌打了个招呼，陈爸爸便一口气说完了酝酿已久的决定。

"是这样，我知道我本来答应你们去做小鹤的工作的，我没有反悔，但我有个条件，就是你们如果要让小鹤回去，就必须要接受左颖。我知道你们调查过她，你们嫌弃她，但我认准了。我的话在陈南鹤那还是有点分量的。"

陈爸爸一脸坚毅，等待对面的回复。

"嗯，知道了。"

沉默片刻,她温和答应。

王樱挂了陈爸爸电话后,杏仁一般的眼睛停在手机上转了转,而后慢慢撩起来,轻盈地落在对面,缓缓展出一个略带责备的笑容来。

"我就说你办砸了吧?"

"嗨,谁想得到那女的连疯子都不怕?正常人遇见这种不得立马跑?"

尚智远依旧肿着一只眼睛,因为眼睛受伤没法戴近视眼镜,觑着看向对面的王樱,略过那个让他受挫的尴尬话题,恭恭敬敬地递上一个精致的实木礼盒。

"樱姐,这就是我上次跟你说的那款,我给你拍下来了。"

小短手灵巧地打开礼盒,里面是一个镶了满满登登珠宝的王冠,中间是绿色翡翠,两边大大小小几十颗钻石。

尚智远北京办公室的休息间里,穿了套蓝西装配白色阔腿裤的王樱跷起腿,探身看过去,她浅浅弯起嘴角低头打量这副据说摩洛哥王室传承下来的珠宝,眼神里露出一丝尚智远看不到的嫌弃来。

但那嫌弃她只暴露出片刻,立马收敛得干干净净,取而代之的是让人如沐春风的笑容。她谢了谢尚智远,关上礼盒,忽地把话题又转了回去。

王樱突然问:"她长得怎么样?"

"谁?"尚智远愣了愣才理解,"你不是看过她照片吗?"

"我问本人。"

尚智远冷笑:"陈南鹤的眼光,不就那样吗。"

"怎么说?"

尚智远回想起在飞机上与左颖并不愉快的切磋,一脸晦气:"那女的,俗气,浅薄,粗鲁,空有其表。"

"那就是长得好看了?"王樱突兀地总结了句。

"陈南鹤就图这个吧?"尚智远轻蔑笑,"不然这女的身上还有什么价值?"

王樱盯着尚智远愚蠢的眼神看了一会,视线挪开,嘴角抿紧,不再多言,似是惹她不高兴了。

尚智远也不是真的蠢货,这些年他巴着王樱,怕她,也依赖她,自然也知道她的弱点在哪里。大部分时间他都不敢碰她的雷区,但有时候也像个吃不到肉的小畜生一般闹两声，尤其一想到她教唆自己去折腾陈南鹤两口子，结果她却在老尚那边当好人。

尚智远越想越不甘，于是带着点酸劲故意说："樱姐，你就这么在意陈南鹤的老婆。"

王樱敏锐地看向他："我在意她？"

尚智远微笑。

"是尚总。"王樱看似无奈，"是尚总想见她。"

尚智远皱起了眉，牵扯着眼睛痛了起来，哎哟一声。

与此同时，左颖在低低沉沉的根本听不懂的外语文艺片背景音下，闻着淡淡的熟悉的柠檬香水味，不自觉轻轻揽着那香味来源的胳膊，脑袋在他肩头蹭了蹭，迷迷糊糊似梦非梦。

就在这半梦半醒中，她依旧闭着眼睛，糊里糊涂小声问了几个问题，都得到了极简却笃定的回答。

她问："电影还有多久了？"

他答："半小时。"

"坏人抓到了吗？"

"还没有。"

"那个美女活下来了吗？"

"也没有。"

"你不困吗？"

"不困。"

"还离婚吗？"

陈南鹤心里抖了一下，一瞬间翻江倒海地想起这几日的惶恐不安，这一年来的小心翼翼，以及二十几年的仇恨与煎熬，复杂甚至自相矛盾的情绪在他体内迅速冲撞，又陡然结合，消失，最后被他悉数融在血液里。

他转头亲了下她毛茸茸的脑袋。

"你想都不要想。"

两天后的早晨，左颖醒来时发现自己像个树袋熊一样挂在陈南鹤怀里，恍惚以为时光倒流了，仿佛这一段时间以来的兵戎相见都不存在，她又退回到那个兢兢业业的职业娇妻身体里。

她第一个念头就是拼命回忆有没有说什么蠢话，毕竟彼时她早晨起来的例行公事头一件就是抱着陈南鹤撒娇，还真有，她很快想起睁开眼睛前迷迷糊糊贴着他嘟囔过一句："老公几点了？"

真是要命。

她第二个念头是祈祷陈南鹤没有听到那句话，再悄悄脱身当做什么也没发生。

她像对待刚哄睡着的宝宝一样，把胳膊和腿慢慢从陈南鹤身上撤下来，轻拿轻放，可还是惊扰到了他，那位快三十岁的一米九的宝宝动了动，胳膊一揽把她圈在怀里。

左颖翻了个白眼，又酝酿着从他怀抱里逃出去。好在他抱得不紧，她想干脆滑出去，可刚缩着身子滑了一点点，环着她的手臂稍稍用力，左颖猝不及防，听到隆隆的熟悉心跳声，与她的形成一股奇特共鸣。

她一向自诩能辨别出枕边人的呼吸状态，盲目断定他仍在沉睡，一定没听到那句话，可几乎立刻，头顶上传来低哑的声音，回答了她带着娇哼的问题。

"不到九点。"

然后，他又把她搂紧了些。

左颖眼睛一闭，痛心疾首骂自己没出息。前两天刚主动给人家台阶下，结果人家就带你看了场闷死人的文艺片，第二天早早出门去上班，到半夜她睡着了才回来，一整天连个电话微信也没有，按理说我应该作一作闹一闹的，再不济也要冷他一冷，怎么还投怀送抱了？

他还抱得挺自然？大尾巴狼。

左颖一向是个锱铢必较的，偏偏陈南鹤又很容易勾起她的胜负欲，她几乎能想象头顶上那颗脑袋的得意模样，越想越懊恼，便也不给他好过。

于是，埋起来的脑袋瓮瓮地问："你不去上班吗？"

"要。"

说罢，陈南鹤起身走向厕所开始洗漱。

这段时间太紧了，不管是身体还是精神，左颖也终于沉沉地睡去，再次醒来时，收到陈南鹤的信息。

几个字：【外面太热了。】

左颖回：【有多热?】

【就八个太阳那么热吧。】

左颖笑，她笑点偏高，却经常会被陈南鹤的幽默感戳到。

左颖下午在学校上课时又收到他的信息，他今天貌似没那么忙，变得缠人起来。

他先是发了一张鞋的照片，左颖点开看了看，是一款银色的机能风运动鞋，厚底圆头都是时下最流行的，除此之外鞋身却用了很有设计感的立体纹理，正面看很圆润，侧面却超级酷。

左颖很喜欢：【好看！设计感很足啊，比那些国际大牌都酷，酷到没朋友。】

她以为是尚飞的新款什么的，又问：【市面上没看到有卖啊！】

陈南鹤回：【绝版了。】

然后附加了一个得意的小表情。

左颖：【那太可惜了……】

陈南鹤：【但有你的。】

左颖手机放在桌子底下猛敲字：【啊啊啊啊啊啊啊啊啊】

陈南鹤片刻后回了句：【再挂网上卖我揍你啊。】

左颖也不知道自己是不是有什么大病，低头看着那一行字脸红心跳的，半天没回复上。她忽然觉得大家都说谈恋爱耽误事也不是没有道理的，强制关了手机，继续听课。

但也就过了不到20分钟，她又拿起了手机，又想起了陈南鹤，只因为看到一片堪称瑰丽奇绝的云彩。

其实是坐在她面前的女学生先看向窗外的，左颖好奇她入神地在看什么，顺着望过去，瞬间睁圆了眼睛，与其说惊艳不如说震撼。

北京这几天虽很燥热，天气却罕见地明媚，尤其每到下午天色碧蓝，云朵层层团团地堆叠在一起，错落有致地浮坠在天空之下，远远望去仿佛置身在清澈美好的童话世界里，又像是处在极不真实的科幻电影天幕下。

总之，是大自然馈赠给人间的难得的美好，是值得跟心里人分享的难得的美好。

那一刻左颖想起了手机对面的陈南鹤，不知为何，就是想拍给他看。

可她刚打开手机,却收到了他发来的一张照片。

也是一片云,不,准确说,就是左颖在看着的这片云。

陈南鹤站在窗边把照片发出去后没有立刻得到回复,他有一瞬害怕,又有一瞬后悔,他怀疑他是不是太过于谄媚冲动了,或许人家并没有想看这片云,或许会觉得收到这个照片很奇怪,他不知道这种一厢情愿的分享能否得到正面的反馈,毕竟是他有生以来第一次这样做。

能发现生活中的美好就很不易了,分享给别人对他就更难得了。

陈南鹤逼迫自己不盯着手机,继续收拾眼前的烂摊子,把剩下的唯一一双他老婆尺码的马尔空联名款球鞋打包好,其余的资料通通扔进碎纸机里。

他这两天来公司就是收拾马尔空联名项目的烂摊子的,虽说项目黄了,但作为负责人仍旧要把收尾工作做好,除了给项目里的员工和工厂结算之外,还有一些设计专利和合同的事情要处理。

整个收尾流程像是亲手为挚爱的孩子办了场葬礼,他尽量保持理性和职业态度,接受现实并妥善处理,可还是在看到那双每个细节都是他精心推敲的主打款运动鞋时动了情绪。不过比起不甘心,他的自我怀疑更多,怀疑是不是他做得不够好,所以他迫不及待给她看了这双鞋。

如果这世上只有一个能欣赏我,我希望是她。

左颖自然不知手机对面这一番纠结与求证,她挨到了下课才稍微平静些,给他回信息,发了个无聊的表情包。

陈南鹤并没有很快回她,左颖想会不会是刚才戛然而止的对话让他不高兴了,便加了一句:【照片拍得挺好。】

隔了两分钟,陈南鹤才回:【发错了,不是我拍的。】

左颖就知道他是不高兴了,主动表示关心:【今天加班吗?】

陈南鹤:【不加。】

左颖想约他一起吃饭:【饿吗?】

【饿。】

【想吃什么?】

【吃牛排吧。】

陈南鹤一边收拾东西下班,一边赶紧发信息问她想不想去蓝色港湾吃牛排，他们同事吃过都觉得不错，然后转发了一条同事们在牛排店聚餐时评价的微博。

左颖回了一个OK的小表情。

陈南鹤抿着唇角，低头敛眉盯着手机一路从二楼下来走向公司门口。脑子里全都是想到左颖吃饭的可爱样子，全然没注意到周边环境的变化，直到有人喊了他的名字，他才停下来。

陈南鹤先是发现往常下班时间很热闹的公司大厅几乎没人，门口还站着两个黑T恤的眼熟保镖，他恍然一惊，再一转身，看到那个带着些恭敬和亲切喊他名字的人，马叔。

马叔摆了一下手，示意陈南鹤跟着他走，其实也就走到园区的停车场，那里有一辆全黑的顶配商务车。外面热气蒸腾，陈南鹤却觉得体内散出阵阵寒意，随着他一步步靠近那辆车，脸色冷得已经结出了霜。

马叔为他拉开后座车门，陈南鹤离两步远站着，看到那个穿着一身黑色运动衣的微胖身影，他散发出来的黑暗气场蔓延而来，击碎了他脸上的白霜，染成青黑色。

尚一祁转头，极不耐烦地看他一眼，眼角褶皱堆成一把不伤人的利刃。

在这利刃之下，陈南鹤无法控制地上了车，坐在他旁边，把唯一剩下的那双他亲自设计的球鞋放在两人中间。

尚一祁摆摆手示意开车，而后就盯着手里的pad全程不说话，只有在中途似是忍无可忍打开了一半车窗，说了句让陈南鹤浑身一凛的话。

"这么丑的东西，别放在我车上。"

然后，他随手将鞋盒扔到窗外。

陈南鹤顺着窗户看过去，看到那双留给他妻子的鞋落地后滚出来，翻滚着落到四环马路上，被碾压。

他盯着那双被毁掉的鞋子，冷笑了下，果然，这么多年了，还是你最知道如何一句话把我击碎。

当他沉浸在往事与现实重叠的痛苦中时，没注意到在马路的对面，一辆出租车突然违规停下来，一个散着长卷发的女人蹲在路边痛苦地呕吐，可她什么也吐不出来，倒是眼泪被硬生生逼出两行。

左颖自然也不知道跟她擦身而过的商务车里，坐着她备受煎熬的丈夫，她只顾拿出手机，再次确认让她失态至此的三张照片。

　　照片是顺着陈南鹤转给她的同事聚餐的微博找的，起初她只是无聊在出租车上翻了翻那位同事的微博，又顺着他@过的人点进去，一来二去，竟搜到了尚智远的账号。虽是没有加V的小号，但那双丑陋的小短手出卖了他。

　　左颖点进他的相册，向后翻了翻，在他无数炫富自拍和奇葩爱好分享中，找到一个只有三张照片的相册，她只看了看，就认出里面的令人心疼的主人公，忽觉肠胃翻涌，赶紧叫停了出租车。

　　那个相册的名字叫——【疯狗CNH】。

第九章

"这样会不舒服吗?"他低头问。

"不会。你呢?"她抬头看他。

"不用管我。"

陈南鹤的这栋房子里左颖最喜欢的就是主卧的床,她甚至闪过那个滑稽的念头,如果真的离婚了她说什么也要把床垫扛走。

一开始她觉得这个蓝白格的床垫很不起眼,价格又贵,可躺上去后柔软舒适的包裹感让她很惊艳,全身感受不到任何压力却被稳稳托起,哪怕轻轻翻动一下,床垫也会如细沙一般紧随着身体流动裹住。左颖不懂陈南鹤说的材质工艺和人体力学,只知道这是她睡过最舒服的床。

所以当陈南鹤提出要在床上跟她聊起往昔时,左颖一开始是有犹豫的,可转念一想,或许这种舒适感会抵消一些即将脱口的沉重,她想让陈南鹤躺下来,他却不愿意,在后背垫了两个枕头坐在床上,让左颖枕着他的腿。

陈南鹤再次低头看了眼腿上的小脑袋,将她头发撩到一边,露出完完整整的脸,而后在额头上亲了下:"别那么严肃盯着我。"

左颖会意,干脆转到里侧,面对他身体,陈南鹤手轻轻抚着她后脑,长手指顺进发丝里揉揉按按,平视前方微微蹙眉:"你就当听个故事。"而后他沉缓地开始,"我跟你说了今天下班后被他接走了吧?但我没跟你说,我其实很害怕坐他的车,印象中,每次都没有好事发生。"

"可明明一开始,我是很喜欢坐他的车的。"

陈南鹤记事非常早,他记得四岁多尚一祁买了第一辆敞篷跑车,意气风发地带他去海边兜风,快行驶到一片荒地时趁着周围交通监控少他突然把陈南鹤抱在怀里,说儿子你看那块地,再过两年我就要在这里把尚飞做成全国最好的运动品牌。

陈南鹤腾地从他怀里站起来，站在行驶的敞篷跑车驾驶座上远远瞭望过去，用稚嫩声音喊着说爸爸为什么不是世界最好的呢？

他鲁莽的举动把尚一祁吓了一跳，赶紧将他拽下来，陈南鹤却摇晃着不知轻重地碰到了方向盘，跑车疾驰向荒地，尚一祁将陈南鹤按在怀里弓起身子好歹在最险时刻刹住了车。陈南鹤至今还记得，他当时看过来的眼神不是责备或担心，更多是警惕。

尚一祁大概就是从那时开始警惕，他唯一的孩子也许遗传了妻子的神经病。

可对于那个四岁的孩子来说，他当时只是出于对父亲的崇拜，想用这种冒险的方式得到他的肯定和夸奖。

他不是没有看出父亲突然的冷意，他以为是自己表现不够好，回家一路上喋喋不休一会唱幼儿园新教的儿歌，一会背全班只有他能背下来的古诗，可得到的是父亲的吼骂，和一记忍无可忍的耳光。

他被吓到了，整整一天一夜关在房间不说话，当他再走出去时，听到家族里同龄的兄弟们在传，说小鹤也疯了，跟他妈一样。

"他这么小就开始疯，长大不得比他妈还可怕？"

"不如跟伯伯说，现在就把他也关在精神病院算了。"

"疯子。"

"是啊，又一个疯子。"

陈南鹤说到此突然低头，手在他老婆圆润小巧的后脑上稍稍用力按了按，微微扭过来一点，看着她的眼睛，浅浅笑了笑，带着点嘲弄和苦涩。

"你知道吗宝宝，在我整个童年，那个词就像看不见的恶魔一样尾随着我，不敢碰触，不敢回头，我怕稍微提一下它就能扑上来把我吞噬嚼碎，再吐出来一个令人厌恶的怪物。

"而在种种恐惧中，我最怕的是被他厌恶。

"所以我绝对不会让这话传到他耳朵里，谁说我是疯子我就跟谁打架，我下手重，惹急了什么都敢，加上我养了一只德牧，他们就给我起了个别号叫疯狗。

"讽刺吧，就连狗都逃不过这个字。而这个字，无论我怎么掩饰都是徒劳，在他眼里早就是盖在我身上的戳了。

"两年后有一天,他在家里接受电视台的采访,那时他不仅在那片荒地上盖起了尚飞大厦,还让尚飞从三四线城市卖场挤进了一线城市,我们也搬进了郊区那栋白色城堡。你别笑,真的是一座城堡,特别大,有球场还有教堂,那几年尚飞每年的员工运动会都是在那座城堡里举办的。

"那天他们又欺负我的狗,我就跟他们打了起来,吵到了他,我以为他会站在我这边,可他蹲下来,怒视着我,问我是不是又犯病了,然后让他们找个地方把我关起来,别打扰从北京来的电视台对他进行的独家采访。

"我们家二楼的露台上有一个鼎,铜的,有些年代了,据说是故宫里储水用的工具,一个生意伙伴送他的,大概一米多高,刚好能藏一个孩子。他们把我扔了进去,关了一整天,直到采访结束。"

陈南鹤说到这里时,左颖忽然凑近他,搂着他的腰,脸紧紧贴着他紧实的小腹。

隔着棉质的薄家居服,陈南鹤感受到她细细轻喘的呼吸雾一般晕染在皮肤上,不重,却也烫人。

拇指在她小巧下巴轻轻划了下,他柔声说:"怎么了?"

左颖顿了顿,声音闷闷的:"生气。"

"那我略过这一段。"

左颖没说话,默认了陈南鹤可以不再复述这段不堪的往事。他诉说的语气一直很平静,且真诚,但左颖知道他在粉饰,他并没有说出实情。

实情是,陈南鹤并不是被扔进那个鼎里,而是被绑住手脚,堵上嘴巴,像牲畜一般地丢了鼎里。不仅如此,那几个兄弟在把他扔进去前还与毫无还手能力的他合影,强迫他露出一张惊恐的脸。

而这堪称霸凌一般的画面被拍成了照片,年代久远像素不佳,却还是被尚智远炫耀着挂在他的相册里,经年之后尖刀一般扎进左颖的心脏。

这张照片是她在尚智远微博看到的三张之一,她没有告诉陈南鹤这件事,本来没想说,如今听到他轻描淡写地粉饰记忆后更不打算提了。

一个人在什么情况下会粉饰记忆呢?她想,一定是每每回想起来不堪到无力担待,才会在往事重提时一次次略过那些细节,直至彻底忘记。

左颖只是窝在他怀里,在淡淡的柠檬味道下紧紧揽着他的腰,闭上酸胀的眼睛,安静听他继续。

陈南鹤喝了一口放在床头的水,缓了缓情绪,后面加快了语速。

也不知道具体从哪一天开始,或许就是在他被丢进鼎里的那天之后,他闯了更多的祸,也在医院被确诊为轻度的躁郁症,疯狗陈南鹤就成了他的名字。

哦,不对,那时候他还不姓陈,还没有被尚家除名。

被除名是在妈妈去世后,他记得葬礼结束没多久尚一祁亲自开车带他来到海边,没有下车,在车里平静地告诉他这个决定。

大致意思是尚飞的理念改革已经成功了,品牌崛起是必然的,接下来就是上市和疯狂收购壮大集团,作为这个传承三代的家族品牌掌舵人,尚一祁自然要考虑以后的事情,他需要再婚,需要更匹配的妻子和继承人。而对陈南鹤来说,留在注定更复杂的尚家未必是好事,可以送他去国外看病。

事实上,当时尚一祁已经在介绍人的安排下开始相亲了,而那所谓的国外疗养院的主意,也是介绍人为了相亲顺利帮他甩掉包袱的手段。

从始至终,陈南鹤作为一个被遗弃的孩子,没有任何选择权。尚一祁唯一的仁慈就是给他留了一部分公司的股份和足够生活的钱。

后来这件事传到陈爸爸那里,他马上开车过来把陈南鹤接走,陈南鹤从城堡里搬走那天,尚一祁正忙着陪相亲对象去提车。

"那后来呢?"

陈南鹤的声音戛然而止,左颖抬头顺着他锋利的下颌向上看,见他眯起眼睛似乎在想什么,神情阴鸷。

听到她软软的声音,才低头,反问:"嗯?"

"那你为什么还留在尚飞呢?"

"为什么?"陈南鹤扯了下嘴角,"因为他把我赶出家门,却又不愿完全放手,把我当成一只风筝一样牵在手里。但凡我飞得远一点,他就把我拽回来。"

"归根结底,是这些年他还没生出另一个孩子。所以我这个残次品虽上不了台面,却聊胜于无。"

在经历了许多更痛苦的拉扯后,成年后的陈南鹤曾想过彻底摆脱尚家。他大四时与两个同学一起做了一个原创品牌，设计了几款出圈的服饰，算是小有成绩。可当他准备扩大规模时，两个合伙人背着他将公司给卖了，收购他们的人就是尚一祁。

尚一祁收购他的品牌后却不闻不问，像是凑单买了个用不着的东西一般搁置了，反而是将陈南鹤牢牢控制在手里，不给他实际职位，却也处处对他放权。所有人都说老尚其实是在考察他，考察他的秉性，也考察他的能力，只要陈南鹤做出点成绩将来继承人一定是他。

可实际上呢？类似马尔空联名项目这样的事情发生过不止一次，但凡陈南鹤工作上冒个头，他就会砸下榔头将他打下去，而后又会有类似声音传过来，说这是考验，是磨炼，是爱。

所以后来，他就干脆大大方方混日子，既然你们都说我有病，就悠悠哉哉养病，混吃等死。

不愿看厦门那几张臭脸，就躲到北京来。

你们说我疯，好，那我就疯给你们看。

"陈南鹤？"

左颖发现他又露出那股阴鸷的神情，又在出神地想着什么，伸手摸了下他脖子，将他唤回来。

陈南鹤低头，锁着左颖亮晶晶的眸子。

她的手还停在他脖子上，柔柔抚摸，似在安慰："那你现在什么打算呢？"

"我吗？"

"嗯。"她直直看他，"你想要什么呢？"

陈南鹤眼神里的阴鸷渐渐褪去，却翻涌出一些诡谲难辨的情绪，他眨了眨眼睛，将那些晦涩复杂都掩饰掉，只专注落在腿上人的唇上，然后俯身低头，眼神试探一番后吻了上去。

他吻得很慢，左颖不自觉扬起下巴。

想去揽着他的脖子，可不等她伸手，他按下她的手臂，捧着她的脸，眼神里透着极度的冷静。他忽然问："如果我什么都想要呢？"

陈南鹤今晚的坦白没有一句假话，只是故意保留了一些细节，就比如在今天下班后尚一祁的车里发生过这样一番对话，他却对他老婆只字未提。

尚一祁用最难堪的方式贬损了他的心血之后，又接了一个工作电话，陈南鹤才听出来他是在去大兴机场的路上，赶着去杭州参加一个行业峰会。只有一个小时的路程里，他忙了四十分钟的工作，剩下的时间简单说明了时隔近两个月后匆忙见被他遗弃的儿子的意图。

"听说你跟你娶的那个老婆感情还不错？"

"她有名字。"

"你不觉得应该带过来我们见一下吗？"

"不觉得。"

尚一祁转头看了他一眼，眼带鄙夷："你应该庆幸，你身体里淌着一半我的血。"

陈南鹤转头看向窗外，觉得可笑。

"我们会在北京住一段时间，我三天后回来，这期间王樱会替我见见你老婆。"尚一祁丝毫没注意到旁边僵硬的身体，警告一般说，"识相点，我是活不久了，但也不是非你不可。智远先不说，王樱也不是不可以。"

陈南鹤看着车窗外倒退的机场高速，觑起眼睛。

"对不起了宝宝，"他当时心里酸楚地喃喃自语，"把你搅进这摊烂泥里，我以后再跟你道歉。"

"吵到你爸了怎么办？"

"我们小点声。"

"行。"

出去吃宵夜是左颖提出来的，理由很简单，当陈南鹤吻得认真时，左颖肚子立刻响起来。陈南鹤停下，抬起那张神志不清的俊脸问你晚上没吃饭吗？左颖摇摇头，试探说要不我们去吃宵夜吧？见他眉心堆了个小山丘，左颖轻轻扯了下他衣角，望着他眼睛糯糯地加了两个字："老公？"

陈南鹤咬牙忍下，一脸意犹未尽："你欠我两顿了。"

他们怕吵醒本就觉轻的陈爸爸，光着脚一对家贼般一前一后走出去，在门口随便穿了双人字拖，轻手蹑脚合上了门。

一出门左颖直接叫了辆网约车，陈南鹤问她去哪里吃，左颖瞟他一眼说跟着走就是了。陈南鹤盲猜又是哪里的苍蝇馆子，如今他对他老婆熟练

241

进出各种犄角旮旯苍蝇馆子已经见怪不怪了，可当她绕了一大圈在东五环外一家大排档坐下时，陈南鹤还是有点蒙的。

"这家的小龙虾特别新鲜，油也干净。"她说。

陈南鹤有些格格不入地坐在低矮的户外塑料凳上，看了眼店名后差点没笑出来，就是那种大概每个北方城市的每个区域甚至每个街道都会有一家的"胖子烧烤"。

左颖没问他的意见直接点了麻辣小龙虾和几种铁板烧，还要了杯扎啤，问陈南鹤喝凉茶行不行。陈南鹤无所谓点点头，心想这次没给他买小孩喝的饮料就挺好。

许是过了客流高峰期，餐上得很快，铝制的长盘上铺满一盘红澄澄小龙虾，红油麻椒香味热腾腾席卷而来，遮盖了其他略显寡淡的铁板串，也遮盖了被一阵夜风刮过来的混着泥土的青草香。

左颖把长发撩到一边，递给陈南鹤一副一次性手套，教他怎么用最方便的手法干净利索吃小龙虾，却见他无师自通三两下剔出一块虾尾肉来，蘸了下铁盘底的料汁，放在左颖的小碟子里。

"挺熟练啊？"

左颖吃着虾尾，歪头在大排档浮夸的彩灯下打量旁边继续认真剥虾的人，觉得他今天尤其顺眼。

左颖婚后才知道陈南鹤对时尚有非常敏锐的感知力，但他基本不怎么追求潮流，衣橱里都是基本款，颜色除了黑白灰就是几件大地色的秋冬外套，不过他对版型和材质要求极高。他常说材质和版型才是实用且高级的，是最值得投资的，而所谓的流行色和潮流款更像是快销游戏，这多多少少也影响了左颖的审美。

他今天随便穿了件纯黑色休闲T恤，胸前有一小排白色字母logo，材质是偏硬挺的棉，版型极大，肩够宽才能撑得起来，却像是给陈南鹤量身定做的一般合身。他习惯戴条银色蛇骨链，在黑色圆领外露出扎眼的一小截，再配上那张轮廓优越的侧脸，整体看起来像个引人堕落的坏男人。

"当然熟练了。"他不知他老婆难得的一番欣赏，手上继续剥着虾，嘴上欠欠地故意逗她，"经常伺候人。"

"伺候谁呀？"她接招。

"小老婆们。"

陈南鹤又要把虾尾放在左颖碟子里,左颖却挪过去凑近,抬着下巴:"喂我。"

陈南鹤看看邻桌喝酒吃串的客人:"别闹。"

左颖不依:"那些小老婆你不喂的吗?"

"那可不是这么喂的。"

"怎么喂?"

陈南鹤看了她一眼,把虾尾放自己嘴里,手肘想去揽过她肩膀。左颖立刻发觉他的意图,身子一侧,灵巧躲开。

"油不油腻。"她吐槽。

陈南鹤嘴里嚼着虾肉,大咧咧表示无所谓,转头又慢条斯理剥下一只小龙虾,嘴角噙着笑。

"不要脸。"

左颖瞪了他一眼,拿过扎啤准备喝酒,暂时不打算招他了。

"给我也倒一点。"他瞥了眼扎啤。

见左颖面露犹疑,他了然地解释:"没吃药的话喝点没事。"

晚风习习,他们各自安静喝了两杯。左颖想,或许归功于这难得的夏日晚风、深夜食堂以及人间烟火,陈南鹤看起来心情显然好了许多,不久前那些回忆卷来的阴霾散了大半。当然,这里面她也有一定功劳。

陈南鹤只喝了两小杯眼底就泛了红,左颖便不再给他了,他也没争:"我确实不太会喝酒,以前他们常拿这个取笑我。"

"陈伟浩吗?"

"尚智远他们。"

左颖一愣,没想到他如此轻松自然聊起尚家的人,他歪着身子,手肘虚虚搭在圆桌上,闲聊一般继续说。

"尚家祖上其实是酿酒的,家族里有喝酒的传统,我们很小长辈就教喝酒了,尤其兄弟们之间都是比着喝。偏偏我天生有一点酒精过敏,他们再怎么逼我也就能喝那么多,后来他们嫌我怂,就把我喝不下的酒灌给高高。"

"高高?"

243

"我的狗，叫高高。"陈南鹤眯着眼睛，"他们眼里我跟高高是一样的。"

尽管他此刻语气极其平和，说出的话听起来也不痛不痒，左颖却瞬间涌上一阵鼻酸，眼前清晰地浮起那三张她不敢提起也不忍提及的照片之一。

照片里陈南鹤牵着只有他一半高的牧羊犬站在一栋红砖小楼前，小楼看上去有些年代了，门牌上刻着几个字，由于像素不佳，隐约只能辨认出"祠堂"两个字来。但陈南鹤旁边还立着一块木牌，牌子上用显然是儿童字体歪歪扭扭地写着一行大字，极易辨认，也极刺眼。

上面写着——【尚智鹤与狗不得入内】。

那时还没有被尚家除名的七八岁的陈南鹤一脸无助，被迫牵着他的狗与羞辱他的牌子合影，他甚至不知该做什么表情，眼神空洞地看着前方，紧紧攥着拳的手僵硬地摆在身体两侧。

左颖红着一双眼睛，恨不得穿过漫长沉重的时光钻到照片里去教训那群小畜生，可她眼下连情绪都不敢过多流露给眼前的人，赶紧端起扎啤杯狠狠喝了一大口，却该死的越喝越清醒。她清醒地听到陈南鹤在邻桌划拳喝酒的笑闹声中，用极为清淡的语气说起关于那只名叫高高的德国牧羊犬更多的事情。

他说，从他妈妈住院之后高高就是他唯一的朋友了，他们一起吃住，几乎形影不离。高高似乎很清楚他的处境，保护他、维护他，加上它是个凶猛不好惹的性子，早就得罪了尚智远那群人了。

后来有一天，尚智远突然叫人喊他去吃火锅，陈南鹤想带高高一起去，却怎么也找不到它，到了尚智远家门口看到了高高的颈链，知道他把高高抓了去。陈南鹤很担心，求尚智远把狗还给他，尚智远先是让陈南鹤喝了很多酒，然后又逼着他耍酒疯出各种洋相。

他说，他让我干什么，我就干什么，顾不上那么多，我是真的害怕高高出意外。

你想知道我都出了什么洋相吗？他说到这里突然问左颖。

左颖低着头，连连摇头，陈南鹤揉了揉她蓬乱的脑袋，反而像是在安慰她一样。

然后他叹口气，似乎攒了点力气才继续说："但是来不及了，很快他们就告诉我，火锅里炖着的就是高高。"

左颖把头低得更沉，她觉得快哭出来了。

陈南鹤感受到她的情绪，向她伸出骨节分明的手，手指上的婚戒在大排档五颜六色的灯光下显得很钝重。左颖也伸出那只戴着同款婚戒的手，搭上去，被他握住。她朝他挪了下凳子，很近的距离内头抵着他肩膀，仍旧不敢抬头。

陈南鹤将她手紧紧握着放在腿上，下巴轻触她头顶，缓了一阵，而后极其冷静克制地说："你猜我做了什么？"

"当时我没有任何犹豫，端起那锅火锅朝他们淋了过去，锅还是沸腾的，他们尖叫着躲开，但已经来不及了。我只恨我当时力气不够，汤汁浪费了不少。"

左颖感受到陈南鹤手臂上肌肉紧绷，手上力气也重了些，他又说那之后尚智远怕了他，躲了他一阵子，但也因为这件事，王樱觉得他病得不轻，建议让尚一祁送他去国外看病。

"王樱？"左颖忽地听到一个熟悉又敏感的名字，想起之前，"建议把你送出去的人不是尚一祁相亲的介绍人吗？"

陈南鹤沉默了一瞬，左颖这才抬起头，捕捉到他眸子里闪过一股很原始的凶狠劲，仿佛真的是只疯狗般，只是不知是尚智远勾起来的，还是此刻堵在喉咙中的王樱。

他低头凝视着左颖，眼神里的疯劲并没有消退，字字阴冷："对啊，她一开始是介绍人。"

"那怎么又嫁给……"

他似乎终于意识到失态了，慌忙仰头看了眼头顶墨黑色的夜空，再回来神情温和了不少，甚至扯了个笑："这个说起来就精彩了。"

不过陈南鹤并没有马上顺延话题聊下去，左颖自然也不会催他，他们又吃了点东西，才慢吞吞地由着陈南鹤的性子又说了几句。

左颖当时觉得那个晚上他撕开的伤疤已经够多了，每撕开一处就扯出一片血肉来，她之前以为她不是个共情能力强的人，但对她丈夫袒露出来的每个伤口不仅能感同身受，甚至恨不得帮他撕咬回去。

结婚这么久以来,那是她第一次意识到她与陈南鹤的关系如此亲近、坦诚、理解,甚至共振,她以为终于体会到了婚姻的妙处,珍而重之。

所以,在回家的网约车里,当他们路过一片旧居民楼时,左颖揽着陈南鹤的胳膊忽然很想跟他分享一件自己遭遇过的隐秘的趣事,她也说不出什么特别的理由,大概只是想分散一下刚才的沉重。

"老公,你知道我为什么会在枕头下藏刀吗?"她仰着小脑袋看他,小声问。

见他面露不解,左颖指了下那片居民楼说:"我们认识之前我在这里住过几个月。一层,加上老小区治安不好,有一天晚上老家来催债的那两个蠢货喝了点酒,就顺着窗户爬进来了,我吓坏了,后来就不敢住一层,睡觉也得藏着刀才安稳。"

陈南鹤没什么表情,低头看着她。

左颖语调一转,神情灵动:"最有趣的是那天我正打算跟他们拼命时,外面一辆大车突然亮起车灯,照进来,当时太刺眼了我没敢看,但那两个蠢货说外面有个夜叉,吓哭了哈哈,好久没敢再找我。"

陈南鹤也笑笑:"真的假的?"

"车肯定是有啦。"

"车里的人呢?"他问。

"不知道。"左颖贴着陈南鹤胳膊,撒娇一般,"反正肯定没有什么夜叉。"

"也是,鬼神那么多。"陈南鹤故意逗她,"也许是圣诞老人呢。"

左颖笑,仰起下巴。

陈南鹤眼尖,低头啄了下她的唇。

就在这漫长的夜里,左颖看着窗帘外已露白的天空,忽然想起刚才那番对话里的一个漏洞,那就是他为什么会提到圣诞老人?左颖反复回忆,确定她绝对没有说过那天晚上是前年的圣诞夜。

他为什么会提到圣诞老人?沉重的愁绪抵不过困意,"再说吧"左颖安慰自己,侧身抱住旁边已熟睡的人,闭上了眼。

左颖知道她早晚会遇到王樱,甚至认真假想过在不同场景遇到她要如何应对,自认为做了万全准备去面对这个鬼魅般纠缠在她婚姻里的神秘女人,可无论如何也想不到,是在她毫无防备的狼狈时刻。

早晨她是被手机日程闹钟叫醒的,才突然想起来她答应今天陪陈爸爸去动物园看大熊猫。左颖忍着头疼起来,看到穿戴整齐的陈爸爸已经在客厅准备好了,可一见到她就低着头说:"要不我自己去吧,你忙你的。"

左颖赶紧说:"没事,爸,我马上就好。"然后回主卧想把陈南鹤叫起来一起去。陈南鹤睡眼惺忪看了眼手机,说今天陈伟浩好像有挺重要的事叫他去公司。左颖点头说行,刚想走又被他拦腰抱回去搂在怀里亲了亲,左颖想到刚才陈爸爸眼睛都不敢往她身上放的样子,恨恨道:"我数到三。"

陈南鹤立刻放开她,说:"去吧,替我跟西直门三太子说嗨。"

西直门三太子是陈爸爸最近在追的顶流大熊猫,没事就一脸慈爱地一遍遍刷熊猫的视频,看到有趣的也会转给陈南鹤和左颖。

他为了看熊猫也做了一番准备,事先守着动物园官网查好了这位"顶流明星"营业的日子,专门选个非周末的时间买票,在车上左颖发现他还买了熊猫的水壶和帆布包周边,不禁想笑,前几年追男团女团选秀的半大孩子都没他老人家这么拼。

不过百密也有一疏,一是陈爸爸没料到刚放暑假来看熊猫的孩子特别多,二是没料到今天居然是个40℃的大热天,所以他们不得不顶着太阳在场馆外排了一个多小时的长队。左颖事先是有所准备的,她带了遮阳伞、迷你小风扇和足够的水,但陈爸爸还是很快露出中暑症状。

见陈爸爸明显头晕乏力得厉害了,恰好排在前面的人也不多,左颖发挥她皮厚嘴甜的社牛属性,好说歹说成功让陈爸爸插队先见到了偶像,在高高低低的人群中左颖抓拍了几张陈爸爸和熊猫的同框合影,这趟追星之旅算是圆满了。可回到车上,陈爸爸就彻底没了力气。

大概得益于小时候照顾龙凤胎的经验,左颖有一些医疗常识,虽然陈爸爸没有明显发热的症状,她还是在用车内空调给他降温的同时,开车到最近的急诊看了下。确定没有暑热病的风险后,开了药,带陈爸爸回家。

等陈爸爸症状缓解回屋睡着后,已经大半天过去了,左颖这才想起来她这一天没怎么吃东西,全靠昨晚的小龙虾撑到现在。她想去楼下买点生煎,多买点,连着一家人的晚饭也带回来。脑中就这么计划盘算着出了门，可走到单元门口才懊恼地发现她没有带手机，更崩溃的是，连家门钥匙也被反锁在里面了。

外面是熬人的酷暑，里面是回不去的家，她站在明暗交界处用已经快转不动的脑子勉强思考片刻，她自然不想回去敲门叫醒陈爸爸，况且他的房间离房门最远也未必听得到，她倒是可以去门口相熟的超市借个手机给陈南鹤打电话，可她突然意识到根本记不住她丈夫的号码。

很久之后左颖回想起那一刻都很恍惚，当时她拼命去想她能记住的手机号码来求助，她甚至去回想左凝、左斌、左冷禅的，想着如果能联系上他们就能间接联系陈南鹤，可居然只能完整回忆起一个号码，那个号码每个数字都仿佛烙印在她脑中一般深刻，而它的主人，是王樱。

兜兜转转的，宿命一般。

最后她决定去公司等陈南鹤，算着时间她过去时陈南鹤也快下班了，好在她身上有在医院挂号时陈爸爸硬要塞给她的20块纸币，左颖用这个钱倒了两趟地铁又坐了三站公交来到西边那个产业园，可她没有走进尚飞北京分公司的小楼，而是选了园区里的一张长椅坐下，恰好看到尚飞门口。

一开始她并没有觉得此刻有多狼狈，只想着等那个熟悉的身影出来带她回家，直到她遇到了王樱。

准确说，是王樱发现了她。

"你在等小鹤吗？"

她的声音是从身后传过来的，温柔的、愉悦的，辨不出年纪也听不出任何方言的，语调中还带些小心翼翼的，像是怕打扰对方却又忍不住一般，随着阵暖风一字一字飘到左颖耳朵里，却让她打了个不易察觉的冷战。

不等她转过头，对方已经挪到她旁边，左颖稍稍抬头看向她，甚至没看清她的脸，只是从那个白色飘逸的轮廓、一头齐肩的凌厉直发，和知性大方的笑容里就认出了她。而她手里拎着的鳄鱼皮包、手腕上的表，以及手指和脖子上成套的宝石让左颖更确定了她是谁。

那一刻的对比下，她才察觉自己有多狼狈。

她穿着的还是带陈爸爸去动物园排队的那套衣服，牛仔短裤，工字背心，外面套了件灰色的长袖防晒衫，加上脚下的帆布鞋全身上下也就千元左右；更别提她早就花了的妆，和奔波一天后的疲态了。她不是那种遇到一个女人就要比较一番的人，但不知为何不愿第一次见王樱就输个彻底，于是片刻间左颖闪过那个念头，她不想承认她是谁。

"你是左颖吧？"王樱一句话彻底断了左颖的路，又体贴解释说，"我见过你照片的。知道你们结婚后我费了好大劲跟陈爸爸要的，你可不要怪他啊，是我太好奇了。"

左颖这才站起来，有点晕，她想应该是低血糖又犯了："你好。"

王樱主动伸手跟她搭了搭手，歪头笑着打量她，语气像是哄小孩一般："你好呀小颖，我是王樱。"

左颖想了一下称呼："王博士。"

"不不不，你可不要叫这么生疏。"王樱亲切说，"你跟着他们叫我樱姐就行。"

左颖笑笑，没开口。

王樱看了眼手表，又瞥了眼尚飞大门："小鹤他们还在忙，还早呢，我正好没事，我们吃饭去吧，顺便好好认识一下。"

左颖脑子里闪过许多拒绝的借口，比如说有安排了，身体不舒服，陈爸爸在等她之类的，可脱口而出的却是："好啊。"

直到她跟着王樱上了车，来到东四环的商场，坐直梯到五层的一家苏州私厨，见到亲自来接她们到包间里的主厨，并上齐了早就布置好的菜后，左颖仍不明白自己为何不受控制地跟王樱来吃这顿饭。

王樱像是没在意她的走神，周到地帮她布菜，一道道推荐这里的招牌，左颖却只专注吃眼前的一小碟桂花糕，她急需这种精致糖油碳水物来恢复精力体力。几乎将桂花糕都吃完后，她才似活了过来，感受到周身的血液重新沸腾起来后抬起头，才看清眼前这位知性贵妇的脸。

其实跟左颖想象中的差不多，与之前她的微信头像几乎一致，是一张典型的骨相美人脸。端庄大气，神韵盈满，尤其一双温柔的杏眼含情脉脉，再加上紧致到近距离都看不出一丝细纹的皮肉，是个大美人。

左颖眨了下眼睛，垂头默默整理了下散着的头发，掖到耳后。

王樱这时却立刻领会了她的窘迫，夸了句："你比我想象中的好看多了，尤其你的头发。"她看了看左颖的长发，"头发是烫的吗？"

左颖有点意外:"是自来卷。"

"那是遗传吧?"

"可能吧。"

王樱给她盛了一碗汤:"家里还有别的什么人吗?"

"只有弟弟和妹妹。"

王樱点点头,没再多问,反而叹口气:"小鹤的情况也是比较特殊,你们都算是可怜的孩子了。"

左颖默默喝汤,没说话。

王樱眼神锁着她:"小鹤跟你说过我们家的情况吧?"

左颖头也没抬,这个时候装傻是最好选择:"我知道的不多。"

"唉,他心里肯定有很多怨言。"王樱忽然拿捏出一种家长的语气来,"他肯定还是对小时候的事情有误会,这些年也没过去。不过那时候都是孩子嘛,闹起来没个分寸,都没有恶意的。而且那个年代信息闭塞,大家都把那个病妖魔化了,现在看来也就是个普通神经性疾病罢了。所以小颖,你得开导他,让他想开点。"

左颖这才从已经喝得快见底的汤碗里抬起头来,看向对面用一副家长姿态给她交代任务的辨别不出真实年纪的大美人,忽然明白刚才为什么鬼迷心窍跟她吃这顿饭了。

左颖顺着她的话茬,想起昨晚在大排档陈南鹤最后跟她说的几句话。

当左颖问起为什么王樱从介绍人变成尚太太时,陈南鹤过了很久才回答她。他说王樱的目的一直都是嫁进来,只不过刚开始她并不符合尚一祁的择偶标准,所以她花了很多年去跟这个标准靠齐,其中第一步就是让尚一祁认为他的独生子是个废物。

然后陈南鹤又说,他是在几年后才知道把高高炖了的人并不是尚智远,是王樱。是王樱利用他们对陈南鹤的霸凌,来逼疯他,再坐实他就是个不受控的疯子,让尚一祁把他当成人生污点来抹掉。

可如今她坐在陈南鹤妻子的对面,居然用长辈姿态说什么那是孩子间的胡闹?是他们当年把这个病妖魔化了?可笑。

左颖目不转睛盯着对面那张没有一丝瑕疵的脸,忽地涌起一阵反胃来,她花了点力气努力压制下去,挺直了腰,换了张乖巧的面具,回复她的交代:"好的,樱姐。"

"那小鹤就拜托你喽。"

"你放心。"

王樱亲昵地望着她:"就知道你是个懂事的孩子。"

左颖笑笑,又想起陈南鹤昨晚最后说的两句话来。

他说面对王樱要谨记两条原则:第一,不要相信她说的任何话;第二,但凡有任何机会能让她输,抓住,别手软!

这时左颖听到王樱又说:"我们家的规矩是,对于懂事的孩子都要有奖赏的。"

"是吗?"左颖附和。

"今天见得匆忙,没给你准备什么礼物。"王樱打量她寒酸的一身,"或者你想买什么吗?缺什么,或者喜欢什么都可以,我们去楼下买。"

左颖迎着她打量自己的目光,一开始的那些尴尬和窘迫都消失了,甚至有些暗暗的跃跃欲试:"什么都可以吗?"

"可以,只要你提出来。"她居然带着点真诚,"算是我给你的见面礼。"

左颖忽略那真诚,舒展地笑了。

陈南鹤是在晚上才得知他老婆来过园区的,他在茶水间遇到了刘诺,刘诺随口说了句:"你怎么没跟她们一起走?"陈南鹤问:"跟谁?"

刘诺说:"你太太啊,我看到你太太上樱姐的车走了。"

陈南鹤只是点点头,而后端着杯红茶坐在窗前,看着窗外园区的喷水池一言不发,直到滚烫的红茶已经凉透了,他也没喝一口,反倒是按着茶杯的拇指指甲青了又白,没了血色。

电话就放在眼前,他屡次低头看过去,也不止一次有冲动拿起来,却仍是克制住了。

他好奇,却也知这是必然,是早晚,是逃不掉也躲不过。

只不过煎熬还是比期待要多,尤其想起昨晚她把手放在他手里,脑袋抵在他肩上,两枚一模一样的婚戒在他们掌间摩擦时的窝心感动,陈南鹤忽然觉得不能让她独自面对这一切。

他不愿意冒任何风险了。

他拿起手机,快速拨通左颖的电话,对方却没有接。

他又找陈伟浩要了王樱的电话,拨过去,她倒是接得很快,却不说话。

陈南鹤冷静问:"左颖呢?"

对面沉默了片刻,接着一丝冷笑,然后说了句:"回家了。"她挂了电话。

陈南鹤立刻下楼,因为他今天把车给左颖开了,便抢了陈伟浩的车几乎用飙车的速度回家,气喘吁吁打开门后,家里异常安静,只能听到他粗重的声音在回荡。

扫了一圈,他看到陈爸爸一人坐在餐桌上吃生煎,问了句:"左颖呢?"

陈爸爸指了下里面,衣帽间的位置。

陈南鹤觉得奇怪,她在衣帽间干什么?大步走过去,拉开推门,看到左颖站在中央看着一个橱柜,顺着她的目光看过去,陈南鹤看到原本几乎空置的橱柜上堆满了各种大大小小的新包装,都是商场里最顶级的品牌。

下面是两排鞋,中间一层包包,上面是几个装满了衣服的奢侈品口袋。

"你是血洗商场了吗?"

左颖没回答,面无表情,只说跟我来。

陈南鹤跟着她出门上了电梯,左颖直接按了地下二层,出了电梯后带他来到车库最里面,停在一辆崭新的黑色特斯拉面前,她动了动手机,车响应地叫了声。

陈南鹤恍然明白了什么,惊异地看着他老婆求证。

左颖却回了个身,指了下眼前:"还有它。"

另一辆同样崭新的红色奥迪S6也响应起来,像是回应将军召唤的哨兵一般。

左颖这才转头看向她丈夫,一脸坚毅和痛快。

她没有血洗商场,她血洗了王樱。

关于左颖两小时内在东四环著名商场和4S店刷爆了王樱两张卡的壮举,第二天沸沸扬扬成为许多人的聊天谈资。

其中讨论最热烈的要数商场里各大品牌专柜的导购们。据一位全程目睹这场堪比扫荡一般的购物行为的柜姐Rebecca说，她们一开始是从二楼开始逛的，浑身上下空荡荡的年轻小美女走在前面，拎着大号爱马仕鳄鱼皮的优雅贵妇跟在后面，她们连续进出两个店什么也没买，店员以为她们就没想消费，可实际上她们是嫌二楼的牌子不够好，下电梯到一楼右手边的香奈儿店就一口气刷了四个包两套衣服一双鞋。

小美女显然意犹未尽还想逛逛斜对面路易威登，贵妇优雅笑笑意思是你随意，她便直接闯进去只花了十五分钟的时间又拎了五六个战利品出来。当她们从第四家店出来时已经引起轰动了，平日里那些个个趾高气扬的大牌柜姐纷纷出来迎笑吆喝，Rebecca就是在这个过程中拔得头筹的。因为她看到小美女已经扛不动那些花花绿绿的品牌购物袋了，于是机智地提供了一个推车，这个送推车的举动，顺利让她完成了这个月的KPI。

扫了一圈一楼奢侈品后，不远处的化妆品和珠宝专柜也探过头来跃跃欲试，可推着推车的小美女却在特斯拉门口停下了，那位贵妇只歪头看了她一眼，率先走进去。

Rebecca这时候已经上头了，让在旁边奥迪4S店工作的男友千万不要着急下班，找准时机就推销，尤其是那位小美女，一定要挑最贵、最难卖出去的给她，果然最后Rebecca男友这个月的KPI也解决了。

刷爆了两张卡这事是Rebecca跟同事们八卦的，因为听男朋友说最后那位贵妇随身带着的两张卡余额加在一起也不够提小美女相中的那款R8，由于已经刷到了当日额度上限，如果从其他渠道挪用现金需要去银行办理，今天肯定是来不及了的，那位始终优雅得体的贵妇终于面露一丝尴尬，刚想说暂时不买。

可那小美女妩媚的眼睛一转，似乎算了算账，指着旁边价位正好合适的奥迪S6说："这个我也蛮喜欢的。"

据说当时贵妇非但没生气，反而莞尔一笑，捏着两张卡递给销售："提吧，她喜欢就好。"

热闹过后大家抚平心跳，开始关心这两位是谁，什么关系？她们看起来不算特别亲昵，话也不多，一个在前面笑盈盈杀红了眼，一个平静温和地在后面埋单，而且年龄差看起来不算太大，穿着打扮上又悬殊，实在惹人好奇。

有好事的人拍了她们的视频放在社交网络上,激起不大不小的讨论,讨论的焦点都在她们的关系上,五花八门的评论中点赞最高的居然猜测她们是婆媳。

那条评论写着:"显然是豪门婆婆实力宠平民媳妇啊,友友们!"

而发这条贱兮兮评论的人,就是陈伟浩。

冲在吃瓜前线的陈伟浩没想到他随手一条评论被赞到了热门,而且还被尚飞的同事看到了,一时间这件事成为公司最劲爆的八卦,原来陈南鹤不仅早就结了婚,他老婆还生猛到只用了一顿饭时间一口气刷了樱姐上百万。

陈南鹤倒是大大方方承认了,难得坐在格子间里一整天都笑眯眯地跟大家闲聊,当有人小心问起他的婚姻状况时,居然跟答疑一般地一一回应,可以说是有问必答。

"结了。"

"对,视频里是她。"

"好看吗?就那样吧。"

"她追的我。"

最嚣张时他甚至把脚翘到桌子角,一脸痛心疾首:"缺点就是太黏人!唉,你说女的太黏人可怎么办?"

可下班后不止一个同事看见陈南鹤杵在附近商场门口,在盛夏燥热的天气里等了他老婆快半小时。当那抹小巧灵动的身影出现后,他赶紧凑上去搂着人家,结果被嫌热躲开了,不止一次。

自那之后,陈南鹤在办公室里的慵懒高冷神秘男神形象彻底坍塌了。

陈南鹤并不知他在公司人设崩了的事,反倒是觉得他老婆一夜之间隐隐有了些变化。

刚才他赖皮去搭她肩膀,她借口热拿掉,可陈南鹤在触碰到她皮肤时清晰地感受到冰凉,而且她一向是个怕冷不怕热的。

他想这倒不是她一夜之间涨了百万身价的缘故,而在于她只字未提的累积那百万身价的过程。

昨晚清点完那批战利品后他们还没来得及聊天,陈爸爸因为吃多了生煎又闹起了肠胃炎,跑了趟急诊回来后已经深夜了,各自都睡了,早晨他还没醒左颖又去上课了,只留下一条短信说别忘了叮嘱爸吃药。

陈南鹤跟在她后面走进商场,她今天戴了个藏蓝色鸭舌帽,几缕长发散下来,错落地遮住脸颊轮廓,将帽檐压得低低的,像是拒绝让人查阅她的神色一般武装严密。

说不出为什么,他这一天漫不经心的得意瞬间消失得无影无踪,取而代之的是从黑暗深渊里伸出来的黏稠藤蔓,拉着他不断下坠。

他们来到商场四层餐厅时陈伟浩已经等在那里了,这顿是他非要请他们两口子,说是为了嘴欠发评论的事道歉,一见到左颖连忙站起来,倒了杯酒就要敬她:"以后别人我不管,你就是我姐,我就是你小弟!"

说着,他还真干了一杯。

陈南鹤和左颖挨着坐在他对面,在陈伟浩玩笑般继续表达对左颖的崇敬之意时,陈南鹤趁着左颖招架他的时候,偷偷吃了一粒药,而后把手搭在左颖椅背上,疏离地听着他们聊天,不发一言。

陈伟浩的话题一直围绕在左颖痛宰王樱上:"樱姐平时对大家都很大方,肯定不会在意,但姐你这么干属实过于高调了哈哈,当时是什么感觉?"

"开心呗。"左颖敷衍地说了句,然后突然转过头,看着陈南鹤,"老公你开心吗?"

陈南鹤一愣,搭在她椅背的手就势轻轻触碰了下她的背,笑笑刚要开口,手机响了起来。是商场门口的保安,说他的车把别人的堵住了,让他下去挪一下,陈南鹤恍惚松了口气。

他一走,左颖将鸭舌帽下挡住轮廓的长发向后理了理,抬眼看向对面的陈伟浩,眼神带着审视,露出了她今天赴宴的真正目的。

"我看你对樱姐印象挺好的哈。"

"嗯,她算是我们那群人的女神了。"陈伟浩喝了口酒,丝毫没注意到对面的凌厉,"有部电影叫《西西里的美丽传说》你看过没有,她当年在我们眼里就那样。"

"当年是什么时候啊?小时候吗?"

"就樱姐搬过来的时候,那会儿我们应该是初中吧,半大小子的时候。"

"哦？她不是在你们更小的时候就来的吗？"左颖凝重看着他。

陈伟浩皱了皱眉："反正我认识樱姐就是初中，有一次跟陈南鹤一起去城堡，樱姐送我们一人一辆摩托车。"

左颖垂下眸子，陈伟浩这才有点紧张，赶紧补充："那些年樱姐跟老尚分分合合的，中途樱姐还去读了个博士，加上我又不是他们家人，好多事我都一知半解，你别听我瞎说。"

左颖无所谓地笑了笑，她没有喝酒，倒了杯果汁跟他碰了下："我也是瞎打听，毕竟以后要打交道嘛。主要我对她了解太少了，吃了一顿饭，连年龄都看不出来。"而后盯着他眼睛问，"她多大了？"

陈伟浩想也没想："她八零年的，四十出头也就。"

"确定吗？"

"我之前帮她补办过签证，记得很清楚。"

左颖顿了顿："那她哪里人？"

"国外啊，你不知道吗，她是澳洲国籍，父母都是澳洲的华人。"

左颖愣在那里，默默吃着眼前的一碗凉拌秋葵，没再说话。

陈伟浩突然警觉了起来，怀疑是不是话说多了，毕竟陈南鹤不在场，加上他这位老婆绝对是个不输樱姐的女中豪杰，谁知道她是不是又挖了什么坑给他跳，赶紧给陈南鹤发短信催他回来。

待他回来后，饭吃得也差不多了，陈伟浩说下次让左颖把新车开出来，组织个郊区自驾游。左颖推托说没有车牌。陈伟浩忽然提到陈南鹤有个备用车牌一直放在他那里，不知能不能用，改天给他们送过去。

说说笑笑中，大家散了局。

陈伟浩叫了辆网约车回去后，陈南鹤和左颖一前一后从商场走出来，到门口陈南鹤突然停下，难耐一般蹙着眉说："我先抽根烟。"

左颖有些意外，他之前几乎从不在她面前抽烟的，偶尔几次也是无意中被撞见。她看到陈南鹤走向商场侧面的一块空地，旁边有个户外立式烟蒂垃圾桶，他懒洋洋倚着墙站在旁边，从烟盒里敲出一根来。

两指虚虚夹着烟，敛眉深吸，吐出一口浓得好久才散开的烟雾。

左颖的视线随着那团烟雾徐徐弥散开，飘飘荡荡的，在四周转了一圈后落在街角，而后她沉沉吸了口气，走向他。

见她过来，陈南鹤把夹着烟的手放在身侧："你过来干吗？呛。"

"呛你还抽。"她语调轻轻柔柔，尾音勾了一勾。

陈南鹤立刻把烟头碾灭，动作娴熟。

"你看那里。"

烟灰洒落殆尽时，他听到旁边声音带着丝雀跃，便顺着那雀跃望过去，看到街角一处蓝色招牌的咖啡厅，眼睛忽地眯起来，努力压抑着体内不知哪里涌上来的酸涩。

蓝底白字的招牌上简单写着"蔚蓝咖啡厅"，就是他们第一次正式见面、彼此都怀着不可告人动机用着别人的身份相亲的地方，是他们带着心虚和期待开始走进彼此生活的地方，也是彻底改变他们的人生并朝着未知且不可逆的方向一路滑行的地方。

陈南鹤忽觉喉咙干涩，他很想再敲一根烟出来，绷着一张压抑的脸，听到旁边的人倒是兴致勃勃。

她忽然看着他，眼神闪着好奇："你说，如果我们当初没走进去，会怎么样？"

"什么怎么样？"

"就是我们会过什么样的生活。"

他喉结上下滚了下，努力撑着："不知道。没想过。"

她却突然笑了笑，眼神延展着滑向街角。

陈南鹤腾地被勾起了某种不甘："你呢？想过吗？"

她点头。

"说说看。"语气僵硬了几分。

左颖也学着他慵懒靠着墙，眼神闪过一瞬不易察觉的狡黠："就简单的生活吧，朴素的，宁静的。"

"还有呢？"

"每天都充实啊，能感受到幸福。"

"还有呢？"

"再开心一点就更好了。"

"接着说。"

左颖感受到他冷滞的语气，抬起头不出所料地撞见那双低垂的、缀满乌云的眸子，尽管有所准备却仍是心下一凛。

他直直盯着她，身体僵硬，沉默了好一阵才开口。

"所以你说的这些。"他低着眸，目光沉甸甸落在她脸上，"我都没有做到是吗？"

不等左颖回答，他动作敏捷掏出烟盒抽了一根出来，一边点烟一边冷淡地对她说："你先回家吧，车你开走。"

左颖踌躇片刻，问："你呢？"

"别管我。"

他闷着吸了一大口，吐出的浓雾渐渐散到左颖脸上，她轻轻咳了下，他似听不见一般，直到身边的人转头离开，他才狠狠眨了眨眼睛，用夹着烟的手曲起来揉了揉。

他确实从来没想过那个愚蠢的问题，再来多少遍他还是会走进街角那个该死的咖啡厅。

如果不是这一家，也会是另外一家，不是蓝的，就是红的，总之总会有这样一个地方。

因为那根本就不是什么意外巧合，也不是什么宿命缘分。

你逃不掉。

会过什么样的生活？

如果没有认识你，我可能根本活不到现在。

陈南鹤绷着下颌，似做了什么决定般打开手机，一手夹着烟，一手两指快速翻出通话记录，找到昨天拨出的未保存的号码，发了条信息：【见一面吗？】

回到车上的左颖也拿出手机，一脸严肃地在微信添加好友栏上输入那个刻在她脑中的号码，与陈南鹤此刻翻出来的号码一模一样。

左颖点了下搜索键，搜出来那个叫【樱】的账号，添加好友。

这一次，对方没有设限，立刻添加成功了。

当王樱筋疲力尽从海淀法院回到他们位于北京东北部那栋老别墅时天已经黑了，她忍着严重的头晕停好车，抱着一大摞沉甸甸的卷宗走向门口，脸色阴沉。她想都怪劳动仲裁调解室浑浊恶心的空气，在里面待了一天后像是从腐烂的酸菜缸里泡过一般,晦气。

她就这样一脸晦气地走进别墅宽敞的大厅,听到住家阿姨兰姐从厨房传来一声问候,几乎立刻,王樱变戏法一般换了副精神饱满且令人愉悦的面容出来。

"兰姐,做什么好吃的啦?"

"熬了点人参乌鸡汤,您累了可以补补身体。"

"我又不累啦。"王樱拗出一个极亲切的,甚至有点撒娇的语气,"那等下咱们一起吃。"

兰姐笑得慌乱:"不了不了,主要我刚来,不知道您喜欢什么,您有什么喜好可以告诉我的。"

"鸡汤就挺好。"

王樱转头抱着材料上楼回房间冲个澡,随着高跟鞋踏在木地板的笃笃声,她脸上的礼貌随和一寸寸瓦解掉,恢复出她本质里的冷漠寡情,再配合上她挺拔的姿态,俨然像是童话故事里高段位的皇后。

她这番耗神耗力的伪装倒不是因为兰姐是个什么重要人物,她只是新雇来的工作人员,照顾他们在北京这段时间的饮食起居和工作日程。而且王樱身边的工作人员一向流动性很大,最多半年就会换一批,更没必要跟她维护什么长期关系,她这么做只是因为习惯了。

对,习惯,王樱早就已经习惯了用虚假伪善示人,这对她来说如吃饭睡觉般自然,甚至她自己都已经难辨真伪了。不过她非常清楚,就是因为她看起来的高情商和好脾气,才让她在尚飞和尚家有一席之地的。尚家的人个个都是直来直往的性子,其中不乏尚智远这样的耿直蠢货,和尚一祁这种自大的暴君,哦对了,还有陈南鹤这样的纯病理性的暴躁狂。

所以啊,王樱在冲澡的时候想,尚一祁才会把她留在身边这么多年,哪怕她终究是没生个一儿半女的,还是没甩了她。

王樱知道尚一祁并不是贪恋她的容貌,好看又聪明的小姑娘跟雨后春笋般一茬茬地往外冒,况且她也不算年轻了,最重要的还是尚一祁并不是那种油腻好色之辈,他看中的是实用价值。一个人如果失去了实用价值,再亲密的关系对他来说也是废物,或累赘。

王樱的实用价值,一是作为妻子能帮他挡刀,二是作为伙伴能帮他善后。

远的不说,就说今天耗了她一整天的劳务官司,起因就是尚一祁为了配合他所谓的大计划,突然要裁掉北京分公司几乎整个财务团队。这些财务也不是省油的灯,把劳务法吃得透透的,换着花样组团告公司,在法院里威胁的、哭穷的,要同归于尽死磕到底的都有,一个比一个难对付。

尚一祁动动嘴皮子要人头,王樱得扛着刀去前线厮杀,惹了一身的血腥。

洗掉一身腥味的王樱灌了两口红酒醒醒脑,脸色也红润了些,然后就去喂了喂她养的一缸金鱼。她几乎没什么特别爱好,也不喜欢猫猫狗狗的宠物,唯独偏爱金鱼,跟老尚在厦门养的那几池锦鲤不同,王樱喜欢的是眼前这些漂亮乖巧且记忆短暂的观赏性动物。

喂完鱼后她给在杭州的尚一祁发了个视频电话,可他没有接。几乎立刻,马叔回了个电话过来,说尚总还在跟峰会的领导吃饭。

王樱嘱托了马叔两句注意尚总的身体,饮食要清淡,酒万万不可以喝,晚上要早点休息。如果他问起,就说北京这边挺顺利的让他放心。

交代完后马叔并没有挂电话的意思,在对面支支吾吾话里有话却不敢明说,王樱很快会意尚一祁应该看到了昨天在东四环商场的视频了,笑了笑,又喝了一口酒,而后语气嗔怪着,甚至有点撒娇的交代。

"你就跟尚总说,我是让那小丫头片子给宰了一顿,穷人家的疯丫头,没见过什么世面,掀不起什么大浪来。再说了,那还不是他老人家让我去会会的。你跟尚总说,那两张卡让他给我报销了。"

挂了电话后她陷在柔软沙发里,重重吸了口气,不由自主地想起昨天晚上几乎把她宰得分文不剩的那抹薄薄的身影,事实上,那抹身影一整天都悬在她脑中没有褪去过。

让王樱记忆深刻的倒不是刷了多少钱,丢了多大的脸,而是她意外地瘦,怎么那么瘦?如果再稍微胖点,从王樱的审美看来,可能会更好看一些。

还有穿的是什么衣服?浑身上下连个像样的牌子和配饰也没有,虽说北京这个城市就没什么时尚基因,可她那身也太随便了点,若不是底子好皮肤白扔在人堆里挑都挑不出来。

再说陈南鹤好歹也是个搞时尚的,也不缺钱,自己一天天人模狗样的,老婆寒酸成那样。若不是事先知道他为左颖冒的那些险,发的那些疯,王樱都要怀疑他是个彻头彻尾的混蛋了。

哦,对了,还有她脖子上、耳垂上那几处就算涂了遮瑕也遮不住的淡紫色痕迹,王樱眯起眼睛,咬紧了牙,没来由地一阵恨意。

就在她意识到这股恨意并感到恐惧时,突然收到了一条短信,来自那个多年来拉黑她无数次并且从来不回她信息的人,她某种程度上的继子。

【见一面吗?】

【好啊小鹤,你来家里吧。】

王樱换了套亚麻的家居套装,简单收拾了一下,而后让兰姐把鸡汤准备两份出来,想了想又问了句:"兰姐,你收拾房子的时候,查过家里监控系统吗?还正常吗?"

兰姐周到说:"正常倒是正常,不过监控的存储空间很小,只能保存几天的内容,我还想问您要不要换掉呢?"

"不,我要的就是这种。"

兰姐有点意外:"那,需要打开吗?"

"把书房的打开。"而后王樱又着重交代,"等会客人来了直接带到书房。"

兰姐没有见过陈南鹤,也不知道他是谁,过了四十分钟左右听到有人按门铃,她打开门,没想到来的客人是个年轻帅哥,而且不是普通的帅,那张脸和身材以及周身散发出来的有点野性的气质,让她有点莫名慌乱了些。

这个年轻的男人似乎对这栋房子很熟悉,兰姐只说了句王总在书房后,他就直接大步上了二楼,右拐,推开第二个门进去了。兰姐站在楼梯口愣了一会,才忽地一拍巴掌,想起王樱嘱咐过送两碗鸡汤。

餐盘里端着两碗不浓不淡的人参乌鸡汤,兰姐站在书房门口,才轻轻敲门,听到里面的回应后推门进去,发现房间里的气氛有点诡异。

王樱站在书桌前,抱着肩膀隔得远远地看向沙发。那位年轻人懒散地坐在沙发上,两条长腿叠着大咧咧放在茶几上,微微仰头盯着她。他们不像是聊天,更像是对峙。

兰姐小心翼翼把鸡汤放在书桌上一碗，又放在茶几上一碗，年轻人礼貌地跟兰姐点点头致意，兰姐含笑看了看他，忽地一惊，发现他那双狭长乌黑的眼睛里布满血丝，使他整张脸有一种病态的乖张。

"没事，你先出去吧，兰姐。"

直到王樱催促，兰姐才回过神来，赶紧出去，轻轻带上门。

门关上后，王樱下巴点了点茶几上的鸡汤："喝点吧，对身体好。"

陈南鹤不为所动，仍是盯着她。

"别怕，我没下毒。"

他扯了个笑："监控开着呢，你想下毒也不是现在。"

王樱一愣，不免慌了慌："小鹤，你胡说什么呢。"

"恨不得我给你下毒才对吧？"陈南鹤收起长腿，倾身看向她，"或者像以前那样，用监控拍点乱七八糟的东西说我欺负你。"

王樱回身端起鸡汤抿了一口，食之无味，却给了她足够的时间换上一副委屈的样子："小鹤，咱们算算也好几个月没见了，你来家里就是挖苦我的吗？"

"几个月没见你就绕过我，直接去见我老婆吗？"他观察她。

"原来你是为了这事啊。"王樱恍然一笑，"我和小颖也是突然遇到的，再说了，昨天她也没吃亏不是吗？"

"总该跟我说一声吧？"

王樱一顿："这事说起来也怪你，你一声不吭结了婚不说，还瞒着我们，不然也不会这么突然。"

陈南鹤来了兴趣，直直盯着她："你觉得，我为什么瞒着你们呢？"

王樱迎着他嗜血般的目光，攥着拳的手背在身后，表面撑着一股坦然："我怎么知道。"

"你不知道吗？"

"我应该知道吗？"

陈南鹤点点头，似是赞同，而后突然凛冽地抬头，字字狠厉："或许，老尚更应该知道。"

王樱抿紧了唇，与他对峙，不再说话。

半晌后，陈南鹤笑笑，语气放慢："现在怕了吗？"

"怕你？"王樱突然也笑了，"我只是不跟疯子一般见识。"

陈南鹤挑眉，知道她的面具撕下了一半，靠在沙发上饶有兴趣听她继续说。

王樱也不再遮掩，一口气吐出一些她早就忍不住的，这些年也说过无数遍的，每一句都能像锐利的剑一般扎在陈南鹤最脆弱部位的话。

"你又吃药了吧？犯了病，跑我这里来发疯了是吗？当我好欺负吗？"

"再说你欺负我有什么用，你亲生父亲打骨子里看不上你，跟我有什么关系？不过你自己看看你的样子，人不人鬼不鬼的，凭什么让他瞧得起你，凭什么把公司交给你？"

"你配吗？"

"可笑。"

陈南鹤低头像是轻轻笑了笑，而后缓缓站起来："好，看到你这么多年一点也没变，说实话我反而轻松了不少。"

然后他走向门口，中途停下，转头懒懒地看着王樱："我今天本来是要跟你好好聊聊的，但既然这样，就都别好过了。我不配，你配吗？"他眯起眼睛，一字一顿，"你连王樱这个名字都配不上。"

说完，他直接要出门，但很快，身后传来急急的一声。

"你想聊什么？"

陈南鹤忽然闭上眼睛，像是赌赢了事关生死的赌局一般，重重松了口气。而后心底涌起巨大的悲哀和自责，以及惶惶不安的恐惧。

不到两个小时后，在厨房休息的兰姐听到一阵急促的下楼声，那位年轻人大步下楼，径直出门，客套送别的话还没来得及说，他甩上门后就消失了。兰姐一回头，突然看见王樱站在楼梯上，整个人像是没了魂魄一般看着门口出神。

兰姐从没见到王樱如此狼狈的样子，有点担心，问她怎么了。王樱半响才缓过来，礼貌笑笑说有点头疼。兰姐主动提起她早些年在按摩院工作过，手法还不错，可以帮她放松一下。王樱坐在餐桌前的椅子上，兰姐站在身后，动作娴熟地帮她揉按头部穴位，一阵阵酥麻酸涨的触感后，王樱渐渐放松了些。

可她突然又想起了什么，拿起手机，打开微信，从刚添加的好友里点出左颖的微信，她点开对话框，但斟酌半天还是关上了。

她心烦意乱，闭上眼睛，干脆专心享受兰姐的手艺："谢谢你，兰姐。"

"客气了。"兰姐笑着，看着王樱的头顶，"不过王总，您这头发该打理了。"

"怎么？"

"里面的自来卷长出来了不少。"

王樱顿了顿，忽地睁开眼睛："什么？"

"您这新长出来的卷发，是自来卷吧……？"

兰姐哆哆嗦嗦地，看着王樱严肃的脸。

王樱忽然坐直了，并没有回头，语气冰冷地跟身后的人说："兰姐，你之前问过我喜欢什么是吧？"

兰姐小声嗯了一声。

"我现在告诉你，我喜欢只有几秒记忆的金鱼，喜欢存储时间短的监控，喜欢隔几个月就换的员工。总之，我喜欢一切记忆力短暂的东西。懂吗？"

第十章

夜里十一点半，陈伟浩打车来到那个老牌别墅区门口时，看到陈南鹤就坐在保安亭下的石阶上。他曲着两条长腿，两肘搭在腿上，头重重垂在两腿间，瘦削的肩胛骨在黑衬衫内尖锐隆起，远远看去仿佛掉了脑袋的鬼魅般瘆人。

夜深浓重，两旁偶尔有行人匆匆路过，却没人在那抹颓丧无力的影子上停留半刻，保安亭的指示灯就笼罩在他头顶，柔和一小片萤黄色，像是舞台上给主角的最后一丝光束。

陈伟浩对他这种状态再熟悉不过了，他下车后赶快跑过去，用尽全力扶着肩膀把他撑起来，塞进车后座，挨着他坐下后，迅速查看了一番他的脸色和瞳孔。

这时陈南鹤突然缓慢睁开一半眼睛，面无表情闷闷地自嘲调侃，"死不了。"

陈伟浩暗暗松了口气，嘴上骂骂咧咧："那你他妈大半夜折腾我干啥，还非得我来接你，再把你送回家？"

"去你家。"他又把眼睛闭上。

"我明天早晨的飞机去杭州，老尚让我也过去一趟，昨天不跟你说过了吗？"

"那你把我扔在这吧。"

陈南鹤把头转向窗外不再理他，身体瘫在座椅上，脑袋沉甸甸地斜挂在脖颈，浑身上下散着一股腐浊的毫无生机的气味。

陈伟浩很清楚这种颓废来自他无法自控的情绪以及劝过他无数次的违禁药，只是不明白他为什么不愿意回家。左颖不是早就知道他的病了吗？

而且傍晚他还跟他们两口子一起吃过饭，看起来还很正常。对了，陈伟浩忽地想起左颖旁敲侧击跟他打探过樱姐的事情，当时陈南鹤被叫去挪车了,他催陈南鹤快回来时也在微信里大致说了几句,说你老婆还挺关心樱姐的。

之后没几个小时,陈南鹤显然犯了病又吃了药,深更半夜一个人出现在老尚的别墅门口,而且谁都知道这几天老尚不在北京,他忍不住皱眉瞥了眼陈南鹤,心下复杂。

深夜北京的路况难得地好,陈南鹤撑着最后一丝清醒,恍惚看着窗外倒退的霓虹,不知在想什么,半响后自言自语般很小声说了句:"真是卑鄙。"

陈伟浩一惊,花了点时间才辨别出他说的什么,却难辨他指的是别人,还是自己。但经过一番挣扎和权衡,陈伟浩觉得他不得不说点公道话了:"陈南鹤,左颖挺不错的了,没计较之前你骗她的那些事,也接受你这个病了,对陈爸爸更是没得挑,你如果又做了什么对不住她的事,我都不会原谅你的知道吗?"

陈南鹤像是没听到一样,一动不动,呼吸都难以捕捉,有点肿的眼睛弱弱眨了两下,而后在闭上之前又喃喃说了句:"我们都会遭报应的。"

陈伟浩确定他说的"我们"里面包括他自己,另外还有谁,陈伟浩忽地向后看了眼已经消失的豪宅,就不得而知了。

快到家时他还是联系了左颖,他明天天不亮就要赶去大兴机场,实在不放心把陈南鹤一个人扔在家,况且他非常笃定此刻能把陈南鹤从泥沼里拉出来的只有她。

陈南鹤当然不知陈伟浩联系了他老婆,他甚至没听清他那句带着警告意味的公道话,他只觉耗尽了力气,强撑着从那栋令人厌恶的豪宅里出来后,一步步艰难地走到门口就再也无法动弹,这身皮囊和它的灵魂一样无限下坠。

他闭上眼睛,放任自己沉浸在这种熟悉的下坠里,如果不去恐慌和挣扎,有时也会享受到几分自由落体般的爽感,甚至能听到呼啸倒退的风声。风声贯穿耳膜,一阵短暂的耳鸣后所有感官都模糊起来,然而模糊中,他却隐约看到了一双鞋。

那是一双很旧很旧的白色帆布鞋,杂牌子,尽管保持得干干净净却明显看出反复洗刷的痕迹,鞋面斑驳的片片淡黄,鞋帮道道磨损,是一双扔到垃圾桶都大概率不会有人捡的鞋子。可这双鞋上，系着一对用色极为大胆的拼色鞋带，显然是自己DIY的，撞色撞得很扎眼，若是平常看不免艳俗，可放在这双旧鞋上却格外动人。

衰败中藏着生机，困顿中又抱有希望，艺术品一般。

那双仿佛艺术品的旧鞋突然又清晰地出现在他眼前，脚很窄，露出的脚腕纤细，零下的天气里被冻得通红，淡红下又透出骨节的白。她站在一把折叠椅上，微微踮起脚尖，脚下晃了晃，隐约似要站不稳，他有个冲动想要去扶住，这时头顶上传来一声客气的询问。

"先生，你要的是这种吗？"

他抬头，看到她从超市货架上取下一罐咖啡粉，低着头，戴着大口罩的脸上只露出一双清媚的眼睛，冷冷淡淡地看向自己。

他想躲避，却又想起他也戴着口罩，便大胆望过去："是。"

他跟着她去结账，她个子不算高，他稍微低头就能看清她毛茸茸的头顶上居然长着两个一模一样的发旋，像是两个小龙卷风一样盘旋在那。她把头发随便在脑后夹住，露出修长的脖颈，脖颈上长了两枚小黑痣，一大一小，落在白皙的皮肤上。

"一共150。"

"你扫我吗？"

"都行。"

跟后来她在自己怀里揉揉蹭蹭时娇滴滴的声音不同，那时她的声音极为冷淡，带着被生活磋磨过的疲惫，不含一丝情绪和温度，落地即碎，与她眸子里的寒意如出一辙。

他付了钱转身走出超市，与她擦身而过时就曾不怀好意地想，如若筹码足够多，大概也能让她披上另一副面孔。

无限下坠中的陈南鹤嘲弄般想，早在那时候他就如此卑鄙了。

哦，不对，还有更卑鄙的。

当时了无生趣的他像是终于找到了生活动力一般，虎视眈眈盘旋在周围，寻找机会和破绽，他甚至盘下了超市对面的房屋中介，整天坐在门口角落里抽烟，盼着对面那双旧鞋的出现，尽管她只是个临时工。

很久以来，她给了他莫大的求生意义，却也同时藏着阴暗卑劣的动机，可她却毫无知觉。

不对，忽然想起来，她也曾差点撞见他。

那天她被那几个作死的混混找到了，推搡着从超市跑出来，她想扫一辆单车骑走，却被他们从后面踹了一脚，整个人摔在车上，半天起不来。

他也不理解为什么会冲过去，瞪向那几个混混，许是他眼睛里的杀意更浓，他们还真的跑了。他想把她扶起来，她一手抓着他的手腕，一手撑着身体。从她脸上反映出的疼痛，以及握着他手腕的力度判断，想必是骨折了。

"没事吧？"

"没事，谢谢。"

她想转头看他，他忽然意识到没有戴口罩，急急偏过头去，甩开她的手，转头埋入熙熙攘攘的人群中，一步也没回头。不过就在那时他才决定，他要见她，要正式认识一下。

看吧，就算亲眼见识了你有多艰难和苦痛，我仍然卑鄙地想把你拉入这肮脏的泥潭中来。

后来我曾无数次用你的狡黠和自私说服自己不去自责，我告诉自己你也不是那么无辜，你也并不完全坦荡，你也虚情假意，也虚与委蛇，脸皮厚，演技还拙劣，一次次把我当成傻子去耍，一次次把我糊弄得像条狗一样围着你翘着的尾巴团团转。你能让我看到生活中的美好，也能让我瞬间堕回地狱，让我贪婪重欲，也让我了无所求，让我活一次，又让我死一回。

你也许不知道，我也永远不会告诉你，你动一动手指，可以要我一条命。可即便如此，说到底啊，这张网是我织的。你只是被我兜住的，以为这里有获得新生的机会的鱼。最卑鄙的还是我。但现在，陈南鹤觉得他快要坠落到底了，心脏一阵发紧，他知道那条鱼他网不住了。不仅那条鱼，好像一切瞬间都虚幻起来，他失去了重心，可周身感官却清晰了些，脑中那些翻来覆去的杂念渐渐散开，而后他听到了自己浓重的呼吸，一呼一吸中，又缓缓听到了那熟悉的声音。

她似乎离他很近，声音是从头顶传过来的，仿佛她又站在超市货架前的折叠椅上一般。

不过这次她说的是:"那我带他回家。"

对面是陈伟浩的声音:"行。我帮你。"

"谢谢你了。"

"客气啥。"

"对了,你说的那个车牌,我可以拿走吗?"

"当然。"

突然他感受到一阵很温柔的触摸,她摸着他的额头,手指细腻又冰凉,其中又有细微的金属的触感。

陈南鹤这才瞬间被拉回现实,她现在是他的妻子,他名正言顺合理合法戴着婚戒的妻子。他突然大口大口呼吸起来,胸膛里通畅自如,宛如新生。可随着新生而来的又是一阵溺水般的失控,浑身湿漉漉的燥热,脏腑里火一般燃烧。

不知过了多久,有人过来一遍遍给他擦拭脸上和身上的汗水,而后又扶着他的头,用吸管喂了他一些温水,缓缓熄灭了体内的火焰。

他很快知道此刻他躺在自己家的床上,周围散着淡淡的柠檬香,那是他老婆最喜欢的香水味,后来他也用了起来。他并不觉得那个味道有多高级,只是为了让她更愿意靠近自己。

他朝旁边的位置伸了伸手,却什么也没有,人呢,没来由一阵失落,仿佛这个世界都变得空荡荡的。

他又翻了个身,不甘心地朝那边摸索着,终于摸到了几乎睡在床边的小小的身体,顾不得她在枕头下藏刀的习惯,恢复些体力的陈南鹤用力揽一下,把她揽进怀里。她没有反抗,顺从地窝在他怀里。陈南鹤低头,用力闻了闻她的味道,一种独属于她的香。

在这香味混沌中,他听见身旁的人清冷地叫了他一句。

"陈南鹤。"

"嗯。"他粗重地回应。

"记得我说过的为什么在枕头下藏刀的事情吗?"

"嗯。"

她冷静地继续说:"那天的第二天我觉得奇怪,去保安室问过,他们说是有一辆大车停在我窗口的车位,还查到了车牌号。"

他没有反应。

"那个车牌我当时记在手机上，刚刚看了一下，和陈伟浩交给我的一样。"

他像什么也没听到一般，安静着一动不动。

"窗外那个夜叉，什么圣诞老人，就是你是吗？"

陈南鹤愣神，一双布满血丝的眼睛抬起来，惊愕地撞见她的冷漠。

"卑鄙。"她最后说。

第二天下午陈南鹤才醒来，一阵恍惚后突然惊坐起来，昨晚发生的一切清晰地一帧一帧在他脑中循环，让他恐惧，让他无助。

他下床，光着脚在家里找了一圈，那抹让他恐惧无助的身影并不在。

他想也没想，冷静拨出一个电话，对面很快接起来，却没说话。

陈南鹤声音沙哑着，却也无比清醒："她去找你了吗？"

"怎么了？"王樱淡淡说。

"别忘了你答应我的事。"

"你也别忘了。"

王樱挂了电话，莞尔一笑，看向窗外树荫下的人。

为了配合即将开场的慈善活动，现代美术馆的休息厅被临时改成了几个化妆间，其中最宽敞最明亮的那间提供给了这场活动的发起人之一王樱。王樱已经化好了妆，正在做造型，造型师把她齐肩的直发在尾部绕了一道梨花卷，看起来精干中又透着些温柔，颇适合今天的主题。

王樱两指夹着手机，优雅地坐在落地窗前，似乎还在琢磨着刚才那通电话，然后忽地冲身后造型师摆手示意暂停一下，敲了敲窗户，窗外树荫下的人听到后转过头，王樱笑着冲她招招手，示意她进来。

左颖本就没方向感，绕了一圈费了点时间才找到化妆间，推门进来，王樱热情招呼她："小颖过来，这边有茶，西瓜也很好吃。"

"不用，樱姐，我在外面等你就行的。"左颖笑笑。

"外面多晒呀。"

造型师见两人熟络，随口问："这是你朋友呀，樱总？"

王樱上下打量了一番左颖，发现她依旧穿得非常简单，像个来这里打卡看展的女学生。那天买给她的奢侈品她一个也没带来，不过王樱并没有露出丝毫不悦，语气反而透着几分慈爱，甚至是故意逗她："不是啦，这我们家孩子。"

左颖不由得浑身一凛，虽知她是刻意，却仍晃了下神。

王樱敏锐的杏眼在她脸上停了停，把她的心思和来意猜测了七八分，与其等她问不如主动提起哽在她喉间的人，也趁机明确与她的关系："小鹤昨天回去没事吧？他昨天来家里喝鸡汤，我看他好像不是太舒服的样子。"

左颖觉得自己低估了王樱的段位，重新调整心态说："他好多了。"

造型师弄完了头发，王樱满意地对着镜子笑笑，而后转头一脸为难地看看左颖："那小颖，你可能要等我一会了，不过也很快，我发了言就可以撤了，你就在台下等我，别嫌无聊就行。"又对身后的助理说了句，"等会给我们小颖安排个位置。"

左颖看着镜子里美到有些刺眼的脸："好啊，樱姐。"

虽然早就看过无数王樱的照片，也近距离与她打过交道，左颖仍然觉得王樱的容貌在她脑中极为模糊，她知道那是王樱的脸，却无法准确描述任何一个五官。

此刻她坐在慈善活动现场的第一排，当王樱被主持人叫上台时距离她最多只有两米远，明亮的灯光聚在她身上，背景视频里还有摄影师怼脸拍的特写，可左颖还是觉得无比虚幻和恍惚，她真真实实站在那里，惟妙惟肖谈天说笑，可如此近的距离内却像是隔着无数层薄薄的白纱一般欲盖弥彰，难辨真假。

左颖今天本不知道她很忙，只是彻夜未眠后实在忍不住那些煎熬，而且她也自信做了充分的准备，没有捕风捉影，也非一时冲动，所以试探着给她发信息，借口说没想到那天商场的事情被拍了视频，为给她带来的麻烦道歉，问可不可以一起吃个饭。

王樱几乎立刻回她，让她下午到美术馆来，等她忙完工作去吃火锅。

左颖没料到王樱所谓的工作是这样一场盛大的慈善活动，几乎包了整个美术馆，除了长枪短炮的各家媒体外，还有几个脸熟的主持人和明星艺人，她甚至刷到了微博同步直播的热搜话题。而她更没料到的是，这场慈善活动的主题像是沾着剧毒的箭一般，直射中她最为隐秘且薄弱的靶心，唤醒了掩埋多年的她自己都以为已经遗忘了的往事。

王樱接过主持人的话筒，大方得体地站在舞台左边的黄金位置，她穿着一套浅紫色的高定西装套装，内搭白色低胸丝绸衬衫，配饰是一整套的珍珠饰品，当然最为扎眼的还是她标志性的完美笑容。

她笑着垂了下眸子，有点羞涩般开口："我本来不想上来的，什么也没准备，覃老师你下次再搞突然袭击我可要生气了哦。"

台下一阵附和的笑声，包括那位被她调侃的主持人，唯独左颖冷冷扯了扯嘴角。

笑声中王樱挺直了身体，瞬间转换成一副稳重又真诚的姿态，徐徐道来："了解我的人都知道我做慈善有十年了，过去跟着团队一起跑过灾区，跑过大山，也资助过很多次孤儿和老人，但唯独一个群体是我一直没有涉猎但始终念念不忘的，那就是那些失学女孩子。"

左颖顿觉一阵战栗，她以为是场馆里空调太冷，抱紧了肩膀后听到台上所谓的大慈善家轻松幽默，甚至颇为感人地继续说："所以这次啊，我跟尚总说既然尚飞要为社会做点事情，那么首先就是要关注那些鲜少被提起的群体。他老人家你们是了解的，除了做鞋、卖鞋什么也不会，但他却跟我说了一句话，让我下定决心办这个活动。他说，尚飞能发展到今天，离不开他的曾祖母。最初就是他的曾祖母一针一线把鞋纳出来的，是她一个不识字的单亲母亲背着孩子拿着鞋一家一户推销出来的，所以女性的力量特别重要，不要小看任何一个女孩，一个女孩能影响几代人，而我们能做的，就是要给每个逆境中的女孩平等的受教育的权利。"

"所以，这次我代表尚飞跟各位老板一起办了这场女孩助学公益慈善活动，就是让那些无论因为任何因素无法继续求学的女孩子都有受教育的权利！都有选择生活的权利！我就不废话了，先拿出点诚意，我们尚飞决定一次性拿出五千万投入这次慈善。"

左颖眼睛无比酸痛，像是被人灌进了刺鼻的药水一般从瞳孔逐渐晕染开来，在每一处细微血管上灼烧，她想眨眨眼睛，肌肉却也不听使唤，只能忍耐煎熬。煎熬中，她又听见台上传来刺耳的声音。

"对了对了，差点忘了。"王樱笑着，"除了钱之外呢，尚飞也会拿出同等资金的品牌服饰和运动鞋来捐赠受助群体，希望女孩子们都能自由飞翔,跑得更快,飞得更高!"

左颖猛地用尽全部力量闭上眼睛,垂下头,半晌抬不起头来。就在那俯仰之间,她脑中快速闪过许多零碎的看似毫无逻辑却也因果紧密的画面。

她想起那年春分的那场小雪,想起那半块冒充生日蛋糕的枣糕,想起那个卑微的生日愿望,以及愿望落空后讨价还价买来的劣质赝品球鞋。她想起因为一双鞋而输掉的短跑比赛,想起在起点就注定实现不了的梦想,想起多年来逃也逃不了的困顿,以及老鼠一般远离家乡仍被追着打的恐慌。她又想起她费尽心机骗到手的以为能逆天改命的婚姻,想起她满口谎言狡诈卑劣却也狠不下心来的王八蛋丈夫,还有摆在眼前的注定一场苦战的生活。她顿觉呼吸凝滞,胸膛堵到透不过气来。

很快,她又告诉自己别矫情,小口小口呼吸,积攒力气,现在远远不到崩溃的时候。于是她狠狠心,将那些片段糅杂在一起试图一口吞掉来恢复自然,再抬起头来,看到台上两个被捐助的小姑娘怯生生地给王樱胸前戴了一朵小红花,她似感动般抚着胸口微笑,用力抱了抱她们,眼眶湿润。

那两个小姑娘离开后,工作人员又搬上来一张五千万的捐款牌,所有长枪短炮般的照相机对着那块巨大醒目的牌子一顿轰炸。左颖也直愣愣地盯着它,刚刚积攒起来的力气瞬间损耗殆尽,中间的数字狠狠将她捶打回去。

她又想起了很多年前,在小城火车站附近的煎粉店里,那个人塞给她的皱巴巴的50块钱。既是她抛弃女儿的决心,也是她安慰自己良心的价码。只有50块。只值50块钱。

她突然痛恨当时四岁的自己为什么没有记住那个人的脸,为什么一点都回忆不起来了。偏偏左冷禅那个厌货一张照片也不敢留,不过她很清楚如果真像她猜测的那样,这么多年她敢抛头露面混名利场,必然是有底气不被过去的人辨认出来的。但左颖并不觉得她这种大胆的猜测是捕风捉影,除了影影绰绰的诸多说不清道不明的第六感之外,让她真正起疑的正是她们在商场被拍到的视频。第二天一早左颖就刷到视频,起初没在意,直到翻了翻下面的评论才警觉起来。

让她警觉的是一条很不起眼的只有一个点赞的评论，上面写着："你们难道没发现她俩的背影，走路的姿势一模一样吗？好像一对母女啊。"她仔仔细细认认真真看了无数遍，翻来覆去放大缩小做对比，一阵心惊。

随后左颖回想起很久以来陈南鹤对王樱又怕又恨的态度，以及她从未出现却始终鬼魅般萦绕在他们婚姻中的姿态，尽管很多信息并不吻合，她仍然想验证一下。她知道陈南鹤最在意什么，便故意激了他一下，这王八蛋果然露出马脚立刻去找她了。而那个车牌，更说明一切早有预谋。

他在预谋什么呢？左颖花了很久想这个问题，直到突然回忆起他在大排档提醒自己面对王樱的那两条准则。第一，不要相信她说的任何话。第二，但凡有任何机会能让她输，抓住，别手软。

她恍然，我应该就是他绝不手软地去抓住的那个机会了。

可为什么偏偏是我呢？

"小颖？"

左颖恍惚听到有人叫她，惊惧中回过神来，抬头看过去，看到那张面目模糊的脸突兀地出现在眼前，表情透着担忧和意外。

"你怎么了，小颖？"王樱又问。

"没事，樱姐。"她偷偷攥紧了拳头，努力表现自然，"可能有点累。"

"是太无聊了吧。"她笑笑，"正好结束了，咱们先去休息室等一会，我助理跟他们再交涉一点别的事，然后咱们就可以走啦。"

说着，王樱要带左颖回她的临时化妆间，可左颖起身时一个不注意，她的包从腿上滑落下去，里面零零碎碎的东西都撒在了地上。

左颖赶紧低头去捡，王樱也弯腰去帮忙。左颖只挑着几样小玩意捡起来，眼睛死死盯着王樱脚下的废纸一样的东西却故意不去碰，直到看着王樱把它拿起来，又好奇地展开。

周围的嘈杂瞬间消失了，一片宁静中，她眼神锁着那张"废纸"，又顺延到王樱的脸上，看到一向稳重的她明显无比错愕，以至于整张脸都抖了抖。尽管她用最快的速度恢复自如，左颖确定她全部捕捉到了。

王樱眨了眨眼睛，嘴角挂着笑，以为万事大吉，两指间夹着那张展开的"废纸"，说："你还随身带着零钱呀？"

那不是零钱，也不是废纸，就是当年被抛弃在火车站旁边的煎粉店时那个女人留给她的50块钱。

起初这个钱被左冷禅拿去买假酒喝了,后来左颖哭着去求一个远房的小姑,可支支吾吾说不明白需求,小姑却神奇地理解了她,并用自己的零花钱去找小超市的老板换回来了。

左颖看着那张皱巴巴的,染着块浅绿色污渍的时隔二十几年的旧纸币,对王樱说:"这是我妈留给我的。"

王樱皱眉,眉眼错乱:"你妈?"

"对。"她强调,"王晓梅。"

王樱笑笑:"就50块钱,你留着它干吗呀。"

"做个纪念。"

"纪念什么?"

"她以为塞给我50块钱,我就可以不怪她。"左颖眯着眼睛,盯着她,"我就是要纪念这种被廉价对待的感觉。"

王樱做出一个不置可否的表情来,笑笑把钱放进左颖包里,不再揪着这个话题,似什么也没发生过一般云淡风轻。

不一会她助理过来,在她耳边说了几句话,王樱点点头,而后一脸遗憾地对左颖说还有些捐款手续和流程的事情需要她亲自去处理,她得回去加个班,火锅改天再请她吃。

左颖点头。

王樱准备离开,走了两步后突然又折返回来,她搂过左颖的肩膀,侧头看着她,似是纠结一番后才开口,像是一个长辈的谆谆教导,也像是一个语意不明的警告。她说:"看得出来你过去很辛苦,但现在不是好起来了吗?何必揪着50块钱不放呢,你现在想在后面填多少零都可以。这个世界就是这样的,只要有足够的钱,谁都可以从容、善良,可以不那么需要爱的。"

"甚至,可以有很多种办法感受到被爱。"

"明白吗?"

左颖愣怔着,失魂落魄地坐在美术馆的活动厅角落里很久,久到周围的灯几乎全部熄灭,久到听不到半点人声后才想起来离开。

她从包里拿出手机看了下,看到许多未接电话,都是来自同一个人的。她并不想回复,站起来揉了揉酸胀的小腿,往场馆外走。可美术馆这栋楼设计得宛如迷宫一般,她天生又是个路痴,加上没了指示灯,绕来绕去似乎又回到了原地。很快她就确定,她迷路了。

当她第二次绕回原地后,手机又振了起来,还是那个人,她权衡一番后接了电话。

对面急急地吼了一句,像个暴躁的狮子:"怎么才接?!"

她平静说:"我迷路了。"

他只说:"给我发个定位。"

"我在现代美术馆。"

"我知道,我就在外面。"他似不耐烦,"给我发个定位。"

左颖低头摆弄一下手机,给他发了个实时定位。

很快,听筒里传来抱怨:"这破场馆没有区域地图,妈的。这样,告诉我你南边是什么?"

"哪边是南?"

他想起她根本分不清东西南北。

"那左边呢?"

"黑的。"

"右边?"

"也是黑的。"

"哪里有光?"

"前面有。"

"你朝前走,朝亮的地方走,看到什么告诉我。"

左颖把手机放在耳边,听着对面熟悉的呼吸,一步步循着微弱的灯光前进,走到一半时听到对面呼吸声重了些,她知道他急性子又上来了。

"快到了。"她先解释。

"没事,你慢慢走。"

左颖终于走到了亮光的地方,眼前是一块很大的广告牌,她微微仰头看过去,虚起眼睛,视线忽地模糊了。

电话里问了句:"看到什么了?"

"这里有个牌子,牌子上写着,"左颖稳了稳神,想保持镇定,可突然就绷不住了，哽咽起来，"写着让每个女孩都有追梦的权利。"

他没有听清最后一句话，追问："写着什么？"

左颖看着那张慈善活动的宣传海报，这一天压抑着的情绪再也收不住了，她不理解、不接受、不甘心，也不想原谅。可她又觉得委屈、无力，凭什么，以及为什么。

很久以来，她第一次号啕大哭。

"陈南鹤。"她大哭着，边哭边又大声重复了一遍，"上面写着，让每个女孩都有追梦的权利。"

陈南鹤顿觉五脏六腑被人狠狠揪出来千刀万剐一般，他自知活该，痛恨自己为什么没听清，为什么让她又重复一遍，为什么让她走这一遭，为什么当初不干干净净死了算了。而在无穷无尽的懊悔自责以及心疼中，他用力捏着手机，只是柔柔说了句："在那等我，我去找你。"

当陈南鹤用最快的时间找到那块慈善活动海报，气喘吁吁小心翼翼站在她面前时，蹲在海报下的左颖已经收拾好情绪擦干眼泪了，她只是摇晃着站起来，冷淡说了声："走吧。"

美术馆算是北京老西城难得的现代建筑，他们从侧门出来后，直接走进了阜成门通往西四的那条贯穿南北的大街。现在已是深夜，街上除了稀少的游客外并不算嘈杂，那条大街连着许多宽敞的胡同，胡同边仍有一个个售卖老北京零食的小店在营业。

左颖走在前面，毫无目的地游逛，在一个胡同口闯进去，兜了一圈后又在下一个胡同口绕出来，盛夏夜晚的微风和蝉鸣交相辉映，陈南鹤跟在她后面两步远的距离，既像个尽职尽责的骑士，又像个动机不纯的败类。

然而如果仔细观察，又能看到他无比焦灼的脸色和慌乱的眼神，在他控制得恰到好处的距离内紧紧盯着游荡在前面的妻子。她的步伐很快，脚步却飘忽不定，她目不斜视，脊背绷得很直，陈南鹤凭借与她朝夕相处了一年多的经验判断，她在用暴走的方式做最后的思考和决定。

陈南鹤常常觉得，左颖低估了他了解她的程度，这场婚姻看似荒唐到立不住脚，却也结结实实让他有生以来第一次如此深刻地了解一个人。他环顾胡同两旁的小店，多是卖糖葫芦或者老酸奶的，觉得不顶用，便大步绕了一圈去买了一小盒糖炒栗子。

陈南鹤把糖炒栗子递到左颖眼前，她却只是斜斜瞥了眼，继续向前走。陈南鹤并不意外，他知道她骨子里并不是那么容易讨好的人，过去所谓的给台阶都是她单方面懒得计较罢了。她若是打心里给一个人判了死刑，是没有回转余地的。

他继续跟在她后面，不敢上前，走过四四方方的鲁迅博物馆，又路过了几百年历史的白塔寺，终于快走到西什库教堂门口时，陈南鹤看到左颖停下一下，右脚脚尖点地，用力撑了撑。他立刻明白，她那条惯性常抽筋的小腿可能又累到了。

陈南鹤两步上前，手略略碰了下她肩膀，又似怕她反感一般弹了回去，只是低头试探说："你如果不想回家的话，不然找个酒店你先休息。"

左颖依旧撑着一条小腿，抬头凛凛看着他，眼神里毫无温度。

"我不去，"陈南鹤立刻补充，"我把你送到我就走。"

"不用。"

"你就这样一直逛下去吗？"

她收起小腿，试图绕过他，陈南鹤却先一步堵住她的路，无声叹口气道："你要我怎么做？"

左颖仰头，狠狠瞪着他的脸："要你滚。"

她撞了他一下，其实没怎么用力，陈南鹤却险些绊了一跤。他顾不得脚下，脑中悬着刚才她瞪向自己的那冰透了的眼睛，里面浸满了鄙夷，又藏着赤裸裸的杀意。

陈南鹤恍然意识到她在给他宣判了，心下一紧，腾地窜起一股恐慌，便也顾不得太多周不周到妥不妥帖，本能的求生欲让他像个走投无路的囚徒一般追上去，缠住她，一番挣扎。

他拉着她的肩膀，急急低声说："我一开始不是这样打算的。"

左颖只是看着他，没回应，陈南鹤又垂着眸子说："一开始我没想利用你，我只是好奇，我那段时间状态非常糟糕，我没想伤害你。"

左颖冷冷哼了一声，陈南鹤抬起眸子，看到她嘴角挂着一抹讥笑。

"你的意思是，是我的错？是我自投罗网了？"她甚至口不择言起来，"是活该了？"

"不是，我没否认我的责任。"

"你现在是不是特别失望?"她似乎根本听不进去陈南鹤的话,自顾自仰头眯着眼睛,盯着他,"你把我弄到手,藏起来,以为关键时刻可以将她一军,结果人家根本不在意我。"

她甩掉他的手,推了他一下,继续咄咄逼人:"你如意算盘落空了吧?白忙活了吧?后悔在我身上下的功夫了吧?"

陈南鹤转身又去拉住她胳膊,把她绕到自己眼前:"你别这么说。"

"你放开我。"她试图挣脱。

"你听我把话说完。"陈南鹤干脆两手箍着她肩膀。

"信不信我报警?"

陈南鹤用力控制住她,保证她能听到自己的话:"是我做错了,是我的错。"

左颖却一脸抗拒,像是根本不屑于也不相信他道歉的话一般,又突然带着期望看向不远处,眼神里透出一股疯狂来:"你跟警察说吧。"

陈南鹤有种不好的预感,顺着她带着疯劲儿的目光看去,看到西什库教堂对面走来一个穿着制服的巡逻民警,想必是听到了这边的争执声后过来的。

那民警大致与他们是同龄人,瘦瘦高高的,端着一张严肃的长脸走过来,指着陈南鹤问左颖:"姑娘,他是在纠缠你吗?"

"对!"左颖提高嗓门。

"你们认识吗?"警察又问。

"不认识!我不认识他!"左颖吼着。

不等陈南鹤说话,瘦高警察伸手挡了下他,将他拦下,一脸坚毅警告:"这位先生,请你离这女士远一点,听明白我的话了吗?"

陈南鹤不得不松手,让她脱身,恨恨看过去,随后对旁边的警察解释:"误会了,哥们儿,我们是夫妻,她是我老婆。"

"我不是!"左颖后退一步,"我不是他老婆!"

陈南鹤皱眉:"左颖?"

左颖对警察继续吼着,几乎是泄愤一般说:"他就是个骗子,是个变态,他干的那些事跟人贩子没什么区别!警察你把他抓了,关起来,给他毙了!"

瘦高的警察此时已经意识到这位女士似乎也有点异常，却还是更警惕这位男士，看过去，看到他绷紧了下颌咬牙看着面前的所谓的老婆。

陈南鹤强忍着不爽："左颖，别闹了行吗？咱们好好说话行吗？"说着他就要上前，被瘦高警察拦下来："干什么！"

陈南鹤转头再次解释："我们真是夫妻。"

警察也犹疑："要不你跟我回一趟派出所，我查清楚再说。"

陈南鹤看了眼左颖，见她眼神得意，心下急了起来，语气也冲了些："你查我们也是名正言顺的夫妻啊！查什么，结婚证吗？不用，我现在就可以告诉你，她是我老婆，我知道她叫什么，几岁，学历籍贯，知道她生活习惯饮食喜好，知道她的笑点、哭点还有一碰就炸的雷点，我甚至连她身上有多少颗痣都知道！"

小警察被他一通输出也弄迷糊了，还没反应过来，听到一旁的女的又开始了。

"你要不要脸！"左颖完全露出她愤怒的一面，咬着不放，"你知道这些很光彩吗？了不起吗？都是你偷来的，骗来的，为了你那见不得人的目的调查来的！"

"行，这些都不算，我还认识你弟弟妹妹。"他转头对警察说，"我跟他们都有聊天记录可以做证。"

左颖不等警察回应，吼他："你别提我弟我妹，你不配。"

陈南鹤得意笑了笑："我不配？你还不知道吧，他们有事找我也不找你这个亲姐姐。对了，左斌谈恋爱了你都不知道吧？"

"他谈恋爱找你干什么？"

"找我干什么？他敬重我啊，找我取经啊。"

"找你取经？跟你能学什么？"左颖冷笑，"学你骗婚吗？"

"你要这么说你也好不到哪里去，你也没做什么好表率。"陈南鹤终于被激起了怒意，"你刚才还承认，承认你一开始就是把我当傻子钓的！"

"那是我走投无路瞎了眼，下次要钓也钓个货真价实的！"她再次口不择言。

"下次是什么意思？"他准确挑出关键词。

"下次就是下次。"

"我告诉你左颖,离婚门也没有,你想都不要想。"

至此,瘦高警察彻底看明白两人确实是一对夫妻了。只不过在近距离观摩他们你来我往几个回合的厮杀后,他脑子已经乱成一团,凭借他并不太多的恋爱经验串联起只言片语的信息后,直觉告诉他这是一对势均力敌的高手。他燃起了好奇心,想探听更多,可发现两人突然都沉默了。他左右看看,看到那两张都非常扎眼的脸四目相对,用极其相似的复杂眼神看着对方,像是在竞赛,也像是在游戏,总之在传递着外人看不懂但他们彼此心知肚明的殊死较量。

他们三人此刻站在西什库教堂侧面,深夜里几乎没有行人了,偶有车辆经过,划过一阵短暂的轰鸣。旁边有两把老旧的木椅,木椅旁是一棵高大梧桐,梧桐叶子顺着路灯投下斑驳阴影,盖在站姿诡异的三人头顶。

警察站在中间,将他们隔开,但他不知不觉已经不再继续挡着那位话里话外在求和的丈夫了,而是抱着肩膀看了看旁边明显处于上位的妻子,有些期待她对刚才戛然而止的话题的回应。

左颖仰着下巴看着他,微微眨了眨眼,声音轻柔却坚定:"如果我要呢?"

陈南鹤冷冷回应,字字狠重:"我不同意。"

"为什么呢?"她看他,脸色死寂,"我今天试过了,我不管用。"

他忽地也眨眨眼:"我跟你结婚不是为这个。"

"那为什么?"

他抿唇,眸子黑压压抵着她。

左颖又露出她的狡黠来,笑道:"陈南鹤,可千万别说你爱上我了!"

"你不信吗?"

"你信吗?"

警察抱着肩膀,一脸期待地看向他,看到他将脸偏向一边,重重叹了口气,然后像是下了什么重大决心一般再转回头,扯出一抹讥笑来。

陈南鹤豁出去了,怒视她,几乎是低声咆哮:"你不信?你在跟我装吗?还是蠢?你故意的吗左颖?你把我逼疯了很有成就感吗?爽吗?你非要我这样吗?还别说我爱上你了?我爱不爱你你不知道吗?你还要我怎么做呢?你要我说吗?"他恶狠狠看着她,"好,我说!对,我爱你,我也不明白为什么到头来爱的是你！我一开始不是这么打算的！你以为我愿意吗？我也抗拒过，也努力过了，但没有用！所以你听好了，我告诉你，告诉所有人，告诉这位警察，我爱你！"

警察一愣一愣的，已经失去该有的表情管理了，更不知此刻该走该留，两脚像是被粘在了地砖上。他只能不动声色转转眼球，又看向一旁被表白的女士。

左颖寡淡地看着他，脸色惨白，妩媚的眼睛锁着他暴躁的脸，难辨情绪，沉默了一会才说："你搞清楚陈南鹤，我不是那个依赖着你生活的处处迎合你的娇妻，我过去哄着你宠着你都是装的，我不是那样的人。"

"我知道啊！"他喊。

"那你爱我什么呢？"她淡淡问。

陈南鹤忽然烦躁起来，他向后退了一步，身体晃了晃，胡乱用力抹了几下头发，再盯着左颖时眼眶已经红了，甚至透着明显的泪光。

他丝毫没在意已经失态，两根手指快速抹了下眼角快掉出的眼泪，然后对她说："我爱你什么呢？对啊，你狡猾，你庸俗，你虚伪，你可以对我说最好听的谎话，但我就是想戳破你所有谎言。我想让你卸下伪装，我想让你暴露出最原始、最本质、最不堪的样子，然后告诉你我爱的从不是什么伏低做小的娇妻，我爱的是那个被你费尽心思遮遮掩掩藏起来的你。

"所以我爱你的狡猾，爱你的庸俗，我甚至犯贱爱你的虚伪，我可以说上千字万字我讨厌你的地方，可他妈的每一条也都是我爱你的理由！"

陈南鹤眼睛又泛起泪光，不过他已顾不上了，丢盔弃甲，告饶一般低眸看着她："所以左颖，你要什么你跟我说，我可以把房车给你，把钱都给你，我给你洗衣做饭，我给你伏低做小，如果你觉得让他把我毙了你就能解恨的话也可以。或者要我跪下吗？"

当陈南鹤几乎祈求着低眸说出最后一句话时，他那咄咄逼人的妻子脸上终于露出一瞬间动容。

左颖站在一块斑驳的树影里，午夜柔黄的路灯投在她脸上，将她的轮廓衬得更小巧，却也放大了五官，陈南鹤视线在她的唇和翘起的鼻尖划过，落在勾起的眼尾，看到那双清媚眸子不露声色地眨了眨，投过来几分挑衅。

随后，嘴角和下巴小幅度轻轻扬起，她淡淡用四个字回应了陈南鹤最后那句走投无路的祈求，干净利索，不留情面。她说："那你跪啊。"

陈南鹤一震，却并没有退缩，脑中有且只有一个念头，那就是杵在旁边看了半天别人家热闹的警察怎么还不消失？把他弄走我就跪。他转头看了眼警察，警察却误以为这位红着眼眶的可怜人是在向他求助，便一个大步迈过去，拦住他，当起了和事佬："哎哎哎，有话好好说。"

警察也不明白他一个正经警校出来的高才生怎么干上居委会阿姨的活了，但还是好人做到底，想从中说和说和，可那位暴躁表白的丈夫看起来并不需要他，连连说："没事，谢谢，您忙吧，我们就不浪费国家资源了。"

陈南鹤好歹把警察劝走，可一抬头，发现左颖已经转身走了，她拐了一个弯，似乎朝着北海公园的方向去，他赶紧追上。他当然没有乐观到认为已经被原谅，他知道自己干的那些缺德事绝不是三言两语就能被消解的，他做好了继续被折磨的心理准备，她可以骂他，可以惩罚他，甚至拿菜刀把他砍了也无所谓。

心态轻松了，他便不像一开始刻意与她保持着两步远的距离，而是紧随她一路朝东走去，偶尔也低头壮着胆子瞥向她的侧脸，发现并不惹她厌烦后卑微地得到一丝愉悦。

他们从北平图书馆旧址绕过去，通过文津街走到北海公园南门附近的码头。左颖脚步放慢了些，略略环顾周围，此时公园自然早就歇业了，码头上人也不多，偶有一两个怀揣不同心事深夜在此偷赏荷花的，也都悄然埋在黝黑墨亮的夜幕里默不作声。

陈南鹤看出左颖有意在这歇一歇了，便想找个安静舒适的位置坐下，却听见她突然清亮喊了一声："阿姨，等一下。"朝一个方向小跑过去。

他也跟去，见是一个拎着食品保鲜箱的老太太，保鲜箱上写着北京小吃拼盘，又贴着付款二维码，想必是在对面后海卖街边小吃的商贩。左颖问还有没有，老太太说还有几份，都是豌豆黄和豆馅烧饼的拼盘，卖她七元一份。

陈南鹤拿出手机就要扫码，左颖忽地伸手轻轻挡了下他手腕，短暂的冰凉触感下，他听到这煎熬的一路上她主动说的第一句话："不用。"而后她从包里拿出一张很旧的皱巴巴的50元纸币:"50块,剩下的都卖给我可以吗,阿姨?"

陈南鹤不明白她为什么非要花光这张旧纸币买根本吃不完的小吃,他忙着去找了张长椅,脱下身上的黑衬衫外套垫在椅子上,她倒是没拒绝,坐下后就取出一盒吃起来,可当陈南鹤也想去拿时,被她拦下,把保鲜箱护在身边。

"不是给你买的。"她说。

"你也吃不完啊。"

"你别管。"

陈南鹤没再说话,安静坐在旁边,他上身只剩了件白色背心,坠了条银色蛇骨链,露着看起来瘦却攀着几块结实肌肉的手臂,好在盛夏夜晚的风都卷着燥热,他反倒舒适了许多,不经意瞥向身边,发现她的吃相有点奇怪。她吃得并不急,每一口都细嚼慢咽,但丝毫看不出来她在享受食物,只是机械地把它们全部干掉。他不禁入神地歪头看着她,她似乎也并不在意旁边毫不掩饰的探查目光,又拿出一小盒点心后,纤细的手指灵巧拆开塑料包装,突然缓缓开口。

她拿出一颗豌豆黄,咬下一半,突兀说:"我曾经离家出走去找过她。"

"谁?"话一出口,陈南鹤就会意她指的是谁了。

她也没多解释,自然知道他懂:"她不是我们那本地人,当年我们那煤炭生意还不错,她是来打工的。听左冷禅说他们结婚时她老家一个人也没来,只寄过来一大包花生当嫁妆,左冷禅反倒是给他们邮过去两万块钱,后来再也没有来往。"

陈南鹤一阵局促,他并没有想躲这个话题,这是他们之间无论如何也绕不开的同时扼住他们喉咙的宿怨,是早晚要面对的。让他局促的是她此刻提起这个人的语气,她小口小口咀嚼那50块钱换来的食物,语气平静得像是在讲别人的故事一样。

她继续说:"他们都说她很聪明,什么东西一学就会,嘴甜会说话,人也漂亮,爱打扮。我听小姑说,她是我们小城第一个穿喇叭裤搭豹纹吊带的女人,喇叭裤还是低腰的那种。我从没见过她的照片,她走了之后左冷禅把她的东西全烧了，我脑中每次想起她，就是那套穿搭，没有容貌。"

"高二那年，龙凤胎的妈妈也走了，"左颖又拿出一块豆馅烧饼，突然笑了笑，"左冷禅也是个妙人，一辈子桃花运不断，却一个女人都留不住。"

陈南鹤也跟着笑了声，他一笑左颖忽然转头微微皱眉看了下，他立刻闭嘴眼神瞥向别处，好像刚刚捡笑话的不是他一样。

左颖回身，眯着眼睛看向不远处的荷ూ滩，吃掉那块烧饼后才又继续："因为没人照顾龙凤胎，他非让我退学，我不愿意，他就断了我的钱。我当时太想继续上学了，我想考大学，甚至已经选好了要去的城市、学校和专业，所以我就决定去找她，我想她当年一定是有苦衷才走的，她不是真的不要我，而且就算她有了新生活不认我也没关系，能帮我解决眼前的问题让我继续上学就好。

"我找到了当年那个包裹，就是她老家寄花生的那个，上面有寄件地址，是商丘那边的一个村子，我攒了点零花钱，买了车票，谁也没通知，一个人去了商丘。

"可那个地址已经不存在了，周围都是新盖的楼，我在附近的市场打听，遇到一个热心肠的姐姐，她说她能帮我。我跟着她坐了三四个小时的大巴车，越走越偏，在车上她小声用方言跟别人打电话，她不知道其实我听得懂他们的方言，我听出来她在说骗来一个年纪大点的，不知道能不能卖得上价钱。"

说到此，左颖蓦地停顿了下。陈南鹤忽地弯了腰，手肘撑着腿，他心里泛起莫大的酸楚，另一只手很想去触碰她，却不敢。

左颖继续边吃边说："我很快知道她是人贩子，就嚷着肚子疼闹着要下车，中途向司机求助了。好在司机是个好人，报了警。当地的警察人也不错，又帮我找人，人没找到，只通过她表姐找到一个联系方式，一个手机号。

"我打了那个手机号，迫不及待说我是谁，边哭边说，对面一句话也没有，只有很细很轻的呼吸声，大概两分钟不到，就挂了电话，再也不接了。"

左颖挺直了腰目视前方："她虽然一句话也没说，我就是知道，我确定,她是王晓梅。"

左颖利落的话音刚落,几乎立刻,陈南鹤接下来,回应她。

他沉沉地说:"对,那就是她。"

左颖震惊转头,他直起腰,侧头看着她几乎没有血色的脸,坦白说:"那就是她的电话,你是不是还给她发了一条信息,留了你的名字和高中宿舍地址电话?"

左颖只眨了眨眼,恍如雷击般。

陈南鹤抿唇,略艰难地说:"那个手机她后来就不用了。前年,手机到我手里,我就是顺着那条信息找到你的。"盛夏午夜的北海公园码头,在一片浅浅的荷花滩对面,他们一高一低略略歪着头凝视对方,眼神里滚着无数汹涌情绪,既有被命运捉弄后的不甘和无奈,也有对彼此自私又复杂情感的控诉,或忏悔。

忏悔的自然是陈南鹤,他觉得没有比此刻更适合袒露自己卑劣行径的时候了,他缓缓吸了口气,甚至故意浅浅笑了下,而后又大胆地伸手轻轻擦拭他老婆嘴边残留的一点点豌豆黄残渣,说出一切。

他说:"听说过雷普利症候群吗?她就是。她根本不是王樱,这么多年,她一直盗用王樱的身份生活,并把自己活成王樱的样子。我找过她很多破绽,都被她反过来证明是我神经病不正常,我不是她的对手。很久以来我一直活在她的阴影下,前年大概是我状态最差的时候,没有目标,低沉,绝望,我以为我很快就会像我妈那样彻底疯掉。"

"我没跟你说过吧?我妈是自杀的。大概太痛苦了吧,她在医院割了手腕。

"小时候我不理解她,但那年有一次我实在挨不过,胡乱吃了很多药,很快我就知道可能也会像她那样,但我居然一点也不怕,那时候我理解了她,甚至替她高兴。

"我当然没死,洗了胃,活了过来,行尸走肉的时候,遇见了你。

"一开始我只是好奇,然后就一头栽了进去。我那时候已经没什么力气跟她周旋了,我当然也知道如果证明你跟她的关系,就能戳破她苦心经营多年的形象,她就不再是那个人人尊敬和爱慕的王樱博士,自然在尚飞也待不下去。但是,我就是,一直下不了这个决心,也承担不了那个后果。"

陈南鹤看着旁边的人,一阵心疼,鼻子酸涩:"我狠不下心,可我又害怕,所以我什么都不敢告诉你,宁愿你把我当成一个普通人,一个社畜,什么都好。"

他紧紧盯着左颖,恍惚看到她乌黑的眼睛在自己脸上转了转,里面闪着亮莹莹的光,可突然他视线一阵模糊,暗自骂自己没用,两根手指急促地抹了下眼角。再看过去,发现她已经敛起情绪,继续吃剩下的北京小吃。

他们沉默地坐了一会,视线平行望向远方,眼里却空洞无物,好像整个人的精气神都随着轻描淡写分享出来的痛楚往事一起散在即将来临的黎明里。

夜已经褪去了墨黑色,天边甚至泛出一点浅蓝,不知过了多久,左颖机械地咽下最后一块豌豆黄,轻轻叹口气。

她依旧语气淡淡道:"知道那50块钱的来历吗?"不等陈南鹤回答,她继续道,"那是这么多年,我唯一保留的与她有关的东西。"

陈南鹤惊异地看她,这才理解她为什么逼着自己一口一口独自吃掉那张旧纸币换来的食物,她在与她过去最深的执念告别,吞掉它,才能重生。

比起左冷禅对她的压榨和剥削,王晓梅的一次次抛弃伤她更深。

左颖不知旁边的腹诽,看了眼天边破晓的红,语气忽地轻盈起来:"你看,天亮了。"

陈南鹤却并不在意天边,更专注眼前,他深深看着眼前的人,看她转头,看她露出笑容,笑着看向自己,一如往常一般摄人心魄。陈南鹤不由自主地伸出手抚摸她的侧脸,又停在下巴,近距离倾身看着她。她并没有躲,甚至微微歪头在他手上蹭了蹭,留下一阵柔软酥麻。

天边呈现罕见的浅蓝与浅红交杂的景象,宛如马卡龙一般的朝阳里,陈南鹤看到他老婆的脸在他手心温软地笑开,狐狸般弯起嘴角,又勾起眼尾,她望向自己,软软糯糯又步步为营地问了他几个问题,让他毫无抵抗。

"陈南鹤。"

"嗯。"
"你爱我是吗?"
"是。"
"我要什么都可以是吗?"
"是。"
"什么你都给吗?"
"给。"
她凑近,用只能他听见的声音说:"我要尚飞。"
"好。"
陈南鹤抿唇,他觉得,他跟跪没什么区别了。

第十一章

尚智远觉得他最大的优点就是有自知之明，他知道自己没什么真材实料，也不善笼络人心，在尚飞混到如今这个位置除了投胎技术好之外，全凭他拿捏住了尚一祁最在乎的三个人——吉鸣、王樱和陈南鹤。

吉鸣是尚飞在国内最大的竞争对手，也是福建起家的老牌家族企业，从市场策略到产品研发上一直都跟尚飞对着干，是尚一祁最棘手也是最忌惮的对手。于是，尚智远花了很多功夫拉拢了吉鸣内部的关系，总是能及时提供情报向老尚邀功。久而久之，搞情报成了他一块重要业务了。

王樱就不用说，这女的心机和手段都堪比现代版武则天或者甄嬛，那些年老尚身边莺莺燕燕也围了不少，什么段数的没有，谁想到兜兜转转20年下来赢家居然是她，给了名分不说，还老眼昏花地让她进了管理层，尚智远现在给她的名字备注都是"钮祜禄博士樱"。所以认尿，服软，识时务，必要时给她当狗就是了。尚智远没少给王樱当狗。狗的自有修养是什么他比谁都门清，除了毫无底线的跪舔之外，还得察言观色替她去咬人，咬得最多最狠的，当然是陈南鹤。

没办法，谁让他是老尚唯一的儿子呢，是万万不能让他翻身的。

他知道对陈南鹤干的那些龌龊事上不了台面，可以说是恶行了，可仇早就结下了，与其费劲巴拉跟他缓和所谓的兄弟关系，不如干脆毁了他，让他彻底没机会。何况他很清楚老尚看不上他哪里，谁会把几代人心血的企业交到一个疯子手里呢？尚飞毕竟是正正经经国货之光的大品牌，又不真的是可以托孤或垂帘听政的封建王位。更何况，最重要的是，老尚不是个舐犊情深的爹。所以收拾陈南鹤很简单，想个办法让他发个疯，闹个事，再适时地让老尚看见就行了。就比如前几个月在老尚城堡里故意当着陈南鹤的面围着那个鼎聊童年趣事，他果然就没搂住，老尚也就暂时断了让他进董事会的想法。

每次老尚有笼络那疯狗的打算，尚智远都是这么干的，损是损了点，但生在这样的家族企业，摊上那么个冷血的暴君，丛林法则的标准就是这么残酷。尚智远觉得是陈南鹤倒霉和天真，怪不了他。

最近老尚那个大动作也浮出水面了，加上他身体的状况依旧不太好，又动了拉拢陈南鹤的念头。把陈爸爸弄来当说客不说，还让王樱去讨好他那个偷偷娶的没文化的小娇妻，想干吗？一家团聚？天伦之乐？难不成还想有生之年抱个孙子培养孙子？尚智远烦闷，更觉得有必要做点什么了。

他趁着过生日叫几个朋友组个局，也约了陈南鹤，特意发了两遍聚会的包厢号他都没回复，还以为他不来了，结果酒喝到一半时那疯狗出现了。不过他不是一个人，还带了那个曾往他西装上泼咖啡没文化、没背景，粗鲁俗气的老婆。

"小鹤！弟妹！"尚智远佯装热情地扒拉开眼前的人群凑过去，小短手握拳使劲在陈南鹤胳膊上捶了下，"你来不早说！早知道等等你们了！"然后冲包厢的专职服务员，"把我的酒再拿两瓶来，哎对了，小鹤不能喝酒是吧？"

这时旁边一直揽着陈南鹤胳膊的左颖浅笑着说："我可以替他喝一点。"

尚智远挑眉打量，发觉他们俩今天看起来格外登对，不知是穿着同款情侣T恤的缘故，还是什么，一副有备而来的样子。

他倒是也没在意，故意揶揄："弟妹懂事，我们尚家是无酒不欢的，这个小鹤知道。"

说完尚智远招手领他们去包厢里间，没注意到左颖轻蔑地笑笑，与高她一头的陈南鹤眼神里的蔑视交相呼应。

包厢里比较安静，大家边喝酒边聊天，除了三两个多年好友外，尚智远特意把总部秘书处的小秦叫上。小秦是老尚的人，也是老尚的眼线，尚智远叫他来的目的很简单，等会陈南鹤发起疯来总得有人转播给老尚看，不然他不白忙活了。

陈南鹤两口子倒是心大，直接坐在小秦旁边，两圈酒之后，还跟他攀谈起来。

陈南鹤手里攥着一杯白水，转头突兀地跟小秦聊起工作的事："明年春款的代言人签下来了吗?"

"签了,在走合同了。"小秦谨慎看看周围,"内部消息,别说漏了,等官宣。"

"肖同宁?"陈南鹤问。

小秦点头。

"肖同宁?"左颖放下手中零食,一手虚虚抱着陈南鹤胳膊,脑袋绕过他看向小秦,叽叽喳喳,"是那个射击运动员肖同宁吗?我好喜欢他啊,他好帅!"

陈南鹤阴着脸低头看她:"哪帅?"

"哎呀,为国争光当然帅啦。"左颖似在哄他。

"他又没拿奖牌。"

"入围也不错啦,潜力股。"左颖晃了晃他胳膊,又说,"不过我怎么听说,他前一段好像跟吉鸣在谈合作呢?"

小秦笑着看向尚智远:"这就多亏了咱们远总了,运筹帷幄,从吉鸣手里抢下员大将。"

左颖懵懂看着他们:"什么意思啊?"

陈南鹤低头:"少打听。"

"哎哎,没事。"尚智远颇为得意,摆摆小短手,自恋地解释起来,"弟妹好奇也正常。其实是这样,我了解到他们内部代言谈判的价码,咱们的诚意稍微高一点点就好,懂吧?"

左颖看似一脸蒙,跟尚智远碰了杯酒,喝掉后问:"就是说,你在吉鸣有眼线啊?真厉害。肯定是大人物吧?"

"也就是中层吧。"

"那维护关系要花很多钱吧?"

尚智远觉得这女的还真是蠢得可以,没防备说:"也不一定是钱,各取所需嘛。"

左颖点点头,又跟他喝了一杯,话题莫名其妙还没绕过去:"吉鸣前几天还上了热搜呢,好像明年青奥会的赞助被他们拿去了。"

话说到此,尚智远已经有点喝晕了的脑子终于转了转,意识到话题有点危险,可还没来得及阻止,听到陈南鹤立刻接住他老婆的话茬,问小秦:"青奥会尚飞不是也竞标了吗?"

小秦撇嘴:"没竞上,据说差一点,吉鸣险胜。"

"哦。"左颖拖了个长长的尾音,又扬声问,"会不会尚飞也有他们的眼线啊?所以竞标才输了。"

尚智远脸色已经僵硬了,急急插话:"来来来,喝差不多了,咱们来做个游戏,就是小时候喝酒玩的游戏,陈南鹤你还记得吗?"

陈南鹤抬头,似乎想起什么一般冷眼看向尚智远,尚智远挑衅回视,互不相让。

可在大家心照不宣的暗战中,左颖倒是悠哉地取了颗樱桃吃,而后用一句话划破了凝滞的空气,彻底宣战:"远总急什么啊?难不成是你给吉鸣当内鬼啊?"

尚智远转头,瞪着左颖。

左颖丝毫不惧,又补了一刀:"或者说,你们在交换商业情报?我不懂哈,是你说的各取所需,也许你用青奥会的赞助资格换一个连块奖牌也没拿到的代言人呢?要是那样的话,那尚飞可是亏大了。"

条件反射般,尚智远紧张地看了眼小秦,见小秦已然放下了酒杯皱着眉头在琢磨什么,尚智远知道这样引起了他的猜忌。而自己更清楚,老尚最痛恨内鬼,一旦失去他的信任很难再挽回,也就再没机会翻盘了。

尚智远急了,冲左颖吼:"你他妈瞎说什么呢!"

左颖做了个害怕的姿态,躲在陈南鹤身后:"老公,他要打我!"而后又从陈南鹤背后歪头对小秦添了句,"我就是随口说的,他怎么还急了呢?"

陈南鹤站起来,把左颖轻轻护在身后,开口做最后的收尾:"狗急跳墙了?在这个位置蹲了这么久,你还真是一点本事也没长,除了出卖公司情报别的业务一个也玩不转。"接着又看了眼小秦:"尚飞跟吉鸣竞争这么多年,多少次被他们险胜了?除了商业竞标之外,还有新品开发的策略,上市时间,甚至还有莫名其妙撞款的时候,对吧?"

尚智远至此终于明白这对夫妻就是他妈的有备而来,他们一唱一和的演了一出好戏,三两下就把他出卖公司情报的事情在老尚的心腹面前捅破了,他仓皇看向小秦,发现小秦脸色已经很难看了。

小秦纵然再想维持体面也待不住了，找了个借口离开，尚智远徒劳地试图挽留，小秦没再给他任何面子，他便知覆水难收。

尚智远凶相毕露，忽地站起来，却一阵头晕，又跌坐回去，不免露出狼狈相，仰头看着陈南鹤，半天才憋出那句他骂了二十几年的话："妈的，疯狗。"

不同往常，陈南鹤却笑了，而后牙缝中挤出几个字："对啊，我是。"

尚智远忽地起了一身鸡皮疙瘩，从他的角度看过去，陈南鹤高高站在面前，却微微低头，眼神玩味地落在自己脸上，没有大仇得报的得意和轻蔑，更像是赏玩一般略带怜悯地俯视一条再也站不起来的狗。半晌后，他才开口，他说："不是要玩游戏吗？还玩吗？现在轮到你给我爬了。"

尚智远怔愣着低头，看到搭在陈南鹤手腕上的那双纤细的手微微用力，握住他。

"该说不说，尚智远做人不怎么样，酒还真是不错！"左颖晕乎乎走在前面，眯着眼睛笑盈盈瞥回头，对身后的陈南鹤说。回家途中左颖突然闹着要走一走散散酒，陈南鹤便拐个弯开到亮马河附近，找了个适合散步的位置，一停车，她就撒欢般雀跃着走在前面，碎碎念个不停。

"陈南鹤，我都觉得不公平，凭什么尚智远那个霸凌者混到那个位置，你就不行？不能把这个世界让给那些坏人啊！"

陈南鹤知道她起码醉了七八成了，也没当真，盯着她的背影，笑笑任她胡闹。

"真的不公平！我觉得你哪里都比他强，比他聪明，比他有能力，比他高，比他帅！"她突然停了一下，像是在努力措辞，"虽说你也不是什么好东西，但也稍微比他好点吧。真不明白尚一祁为什么留他不留你。"

陈南鹤笑："我不讨人喜欢呗。"

左颖突然停下，转回身，陈南鹤也愣住停步，见她碎步过来，捧着他的脸仔仔细细看。

她睁圆了眼睛，眸底清澈："不是的，你很讨人喜欢。"

陈南鹤陡然慌了一下，片刻失神看着她，见她那张小脸毛茸茸一片，忽然想逗逗她，便伸手搂住她的背，把她扯近了些，抿唇凑近。

这时左颖眨了眨眼，突然说："陈南鹤，把那些药停了吧。"

他微微退了退，蹙眉打量她。

"我认识一个教授，医科大学的，我拜托她帮我介绍了一个很好的医生，专门治疗这种病的。"左颖一鼓作气继续说，"我之前觉得没什么大不了的，但想想也不对，应该正确面对它，它不是洪水猛兽，但也需要重视。他们不该把你当成疯子，你更不要这样想。"

陈南鹤仔仔细细看着他老婆醉态下略带娇憨的脸，一字不落地听到了她所有的话，除了阵阵酸楚和窝心外，还凭空生出来一丝贪念和期待。于是他抚摸她脸颊那两坨红晕，故意说："这么关心我。"

"关心啊。"

"为什么？"他望着她眼睛，鼻息抵近，"嗯？"

左颖顿了顿，忽然打了个酒嗝，然后拍拍他的肩，扭身晕乎乎离开："加油，小鹤哥，你还得帮我夺家产呢。"

而另一边，陈南鹤跟左颖刚走，尚智远就大吵大闹轰走了所有人，又气急败坏去找手机。他恐惧，愤怒，又不甘，找到手机后立刻翻出那个存为"钮祜禄博士樱"的微信号，拨了个语音电话。

他先是恳求："樱姐，你得管我，这回你必须得管我！"接着又语无伦次地威胁，"这些年我可没少帮你做事，陈南鹤的狗，他的项目，他的病，可都是你教我的！"

对面只是平静问："怎么了？"

"我被他们涮了！"

"他们？"

"陈南鹤，还有他老婆！"

不等王樱说话，他又补充："他们现在可不一样了，我看出来了，他们要造反！那就是一对神经病！"

王樱顿了顿，语气如常，似安慰一般说："好了，尚总回家了。"

挂了尚智远那通聒噪晦气的电话后，王樱揉了揉眉心，继续在平板上看助理发来让她确认的资料。其实就是一张精简的个人简历，用在慈善协会的年鉴上的，除了一张精修过的照片外也就短短六七行字，介绍了她令人羡慕的完美履历，可其中没有一句是经得起推敲的，甚至连她的名字和年纪都是假的。

"海外成长经历""博士""慈善家""尚飞集团副总",王樱视线从那几个闪亮的关键词匆匆掠过,仿佛看到由一幢幢精密谎言堆砌起来、华丽却又不堪一击的摩天大楼。

她已经忘了第一次说谎是什么时候了,好像说谎是她与生俱来的天赋一样。年少时只是因为喜欢的男生没有选择自己,她就谎称在外地有一个王子般的男友等着娶她,为了圆谎还真的远离家乡去打工,匆匆嫁给了除了长得帅之外一无是处的男人。很快她的公主梦就碎了,又不甘心过一眼到头且灰头土脸的日子,便与社会上的朋友相约外出去创业。

她抛夫弃女来到南方,才知道所谓的创业就是在婚介中心当托儿,不过也凑巧给她提供了一个施展天赋的舞台,也为日后平步青云的机会磨炼了足够的演技。所以在她认识尚一祁时,她已经可以毫无破绽地谎报自己的一切,并投其所好把自己雕琢成他需要的女人。

这个过程是漫长的,需要足够的耐性和毅力,但更重要的,她需要一个好运气。

恰好她一个澳洲客户的妹妹去世了,父母因为过于伤心搬到了挪威远郊索居,而她手里又有完整的那位年纪小她十岁、可容貌却与她八分接近的华侨富家女的全部资料。于是在语言、习惯和社交圈上做了许多功课后,她又适当微调了容貌,并按富家女的身形把自己养得更加丰腴。正又碰巧赶上那个"欲有所为而可为"的时代,当她出现在国内精英社交圈时,已经足够以假乱真了。

可尚一祁那样的人物,绝不是容易被拿捏的,所以王樱花了很大功夫去"调教"他。她会纵容他,随他在外面胡吃海塞莺莺燕燕;她会帮助他,总是在他惹了麻烦后干净利索地替他收拾烂摊子;她更会努力提升自己,来给他充当完美却不抢风头的名片。最重要的是,她会培养他许多习惯,生活的、工作的,甚至极其隐私的,让这位叱咤商场几十年的大佬几乎寸步离不开她。

她之所以耗尽心机花费近20年打造这样一个服务型的虚假人设,是因为这位大佬能满足她想要的一切。

她想要光鲜,要尊重,要从容优雅,要成为别人口中善良慷慨又高贵聪慧的王樱博士,而不是那个卑微虚荣又狼狈不堪的王晓梅。

而最重要的是，说谎是会上瘾的，她早已经迷失在谎言包装的蜜罐里了，她已然彻底相信她就是王樱，王樱就是她。

所以她容不得任何怀疑的声音，容不得丝毫能戳破她谎言的意外。她战战兢兢，谨小慎微，悉心打点对她有威胁的人际关系，频繁更换身边的工作人员，对每一次名利场的抛头露面都极其慎重，每一条关于她的信息图片都严格审核。可即便如此，这些年来还是有人孜孜不倦地来挑战她的底线，那个人就是陈南鹤。

所有人都以为王樱针对陈南鹤是怕他抢夺所谓的家产，其实不尽然，她是怕陈南鹤真的揭穿她的身份，从根源摧毁她用谎言堆砌起来的摩天大楼。

于是她变得恶毒、阴损、不择手段，她要反过来从根源摧毁那个一生困在母亲疯病阴影下的孩子。

而她知道，没什么比坐实他也遗传了疯病更能毁掉他的了，不仅能让他的父亲嫌弃他、抛弃他，也让他无法再威胁到自己。毕竟，世人普遍不愿意相信一个疯子说的话，哪怕那是事实。

可王樱如何也没想到，陈南鹤会找到她最大的弱点、漏洞和把柄。想到此，眼前又浮现出那个与她父亲长得十分相似，浑身上下只遗传到自己头发的瘦弱女孩。她的眉眼，她的语气，她为了替丈夫出口气血洗自己上百万的姿态，以及她拿着那50块钱小心翼翼试探自己时的肝肠寸断，王樱一阵头疼，她恨不得在十几年前就宰了陈南鹤那小畜生。

一阵短促的手机铃声打断了她的胡思乱想，是马叔，提醒她老尚很快到家了。

王樱赶紧吃了片头疼药，整理了一下仪表，顺便换上那副端庄温柔的模样笑着出去，还没下楼就看到老尚和马叔一起进了门。他本来去杭州三天的行程，硬生生待了十几天才回来，王樱知道他并不是参加什么峰会，而是在忙尚飞资产重组的事。

尚一祁始终挂着耳机在打电话，只略略看了王樱一眼，直接去了书房。马叔跟进去，几分钟后出来，王樱笑着打听下老尚的身体状况，马叔只小声说了句，这几天他睡得不太好。王樱立刻会意，睡觉之前准备了热水给尚一祁泡脚，而后他仰头躺在床上，王樱跪坐在他脚边，将他的脚放在自己膝盖上,垫着层柔软细滑没有一丝褶皱的真丝睡裙,用精巧的力度给他捏脚。

这是多年来她给尚一祁养成的习惯之一,他有严重的睡眠障碍,只有在王樱捏脚的过程中才会进入深度睡眠,但也需要她至少捏一个小时。

王樱从不觉得这一小时低贱或者难挨,反倒很珍惜与他私下相处的机会,因为尚一祁会在放松之下难得地对她袒露一些真实打算。比如今天,王樱就有预感,他必然要聊到对陈南鹤夫妻的安排。

话题是从尚智远开始的,尚一祁闷声说了句:"让智远赶快滚回厦门去,他跟着在北京干什么?"

王樱知道尚智远栽了:"可能听说了什么风声,在这里守着吧。"

"他耳朵倒是灵。"尚一祁哼了下,"分蛋糕的时候最积极。"

王樱笑笑,尚飞这次资产重组是配合一项大型收购业务的,会影响公司资产和股权架构,老尚也是想趁这个机会将家族利益分配重新划一划,顺便推个继承人出来,谁都可能有机会。

"陈南鹤的老婆你觉得怎么样?"他突然问。

"我不是跟你说过了吗?"王樱捏着脚,撇头看看他,"就一疯丫头。"

尚一祁冷不防笑了笑:"我让老陈约他们下周吃顿饭了,你准备准备。"

王樱手上一滞:"好。"

她抬起头,眸光狠重地落在前方墙上,手上力道不自觉也重了几分,而后沉着开口:"前几天小鹤来过家里,看样子不是特别好,似乎又在吃什么药了。"

"药?"他问。

"我也不清楚。"她叹气,"我也是担心。"

尚一祁没再说话,但王樱清楚她的目的达到了,他自会去查清楚陈南鹤吃了什么药。

王樱本不想告这一状的,毕竟她那天跟陈南鹤有过口头约定。约定的内容很简单,陈南鹤不再揪着她的谎言不放,但要王樱保证不再刻意接近或伤害左颖;说白了,就是要美人不要江山的约定。王樱冷笑,这种贱货怎么配得到尚飞呢?不过如今看来,这个约定已经失去意义了,他们合起伙来算计了尚智远,也等于向她宣了战。

好啊,那就试试看。

在尚一祁睡着后,王樱又拿起 iPad 看了眼那寥寥几句可对她来讲字字弥贵的简历,直接转给了助理,回复:【就用这个吧,不用改,很好。】

她深呼吸,凝视显示屏上那页简介,那是她最最珍贵的拼了命打下来的江山,那才是她的骨血,她的宝贝,她不允许这栋摩天大楼摇晃丝毫。

同时,她不禁想到陈南鹤的摩天大楼是什么,是爱情吗?

呵,爱情,王樱从不相信爱情,在她看来相信爱情跟疯了没什么区别,爱情只存在于疯狂的人物和疯狂的情景里,一个人但凡在这浑浊残酷的世间浸泡过,但凡他有一丝清醒的时刻,都不会相信爱情这种鬼东西。

她忽地想到左颖,她几乎笃定,那个流着自己一半血液被生活磋磨过的孩子,也不会疯狂地爱上谁。

在陈南鹤和左颖去见尚一祁之前,有这样一个宁静的晚上。左颖好奇陈南鹤之前提到的他的设计和创业经历,陈南鹤找了些资料给她看,她便在落地窗前的书架旁看到深夜。

没多久陈南鹤也过来,给她热了杯牛奶,坐在旁边,左颖便拉着他问东问西。

她拿着一套装帧精致的产品图册问:"这是你们之前原创的品牌吗?"

陈南鹤耐心解释:"嗯,就是大学时做的那个,都是偏户外风的设计。"他翻了翻图册,指给左颖看,"当时卖得最好的是这款工装裤,那时候工装裤可没有现在这么流行,我这款算是国内比较早出圈的了。"

"怎么出圈的?"

"我们穷学生也没钱做宣传,就用这条裤子拍了个微电影,就说这条裤子里缝了许多碎金子,几伙笨贼来抢它,挺逗的那种,结果微电影火了,带货了。"

左颖不免惊异看着他:"回头发给我看看。"

陈南鹤点点头,揉了揉她乱蓬蓬的头发。

左颖又从一沓厚厚的文件夹里翻出一些产品资料,资料都印着尚飞的水印,都是不同年份不同季节的球鞋设计资料,大部分是下工厂之前的图纸,也有一些设计稿和样品照片。其中,也包括左颖看过却没有收到实物的马尔空联名的那款鞋。

"我还真的很喜欢这双鞋。"左颖捏着那款鞋的样品照，遗憾说。

陈南鹤没作声，长腿舒展地伸在地板上，把她圈住。

"真的挺酷的。"左颖指了下旁边她的鞋墙，"就放在尚飞那些爆款里，也是出类拔萃的！"

陈南鹤越过左颖的小脑袋，也盯着那张纸，脸色晦暗不明。

左颖猜测他不愿意聊这个项目，便放下，随手拿起一张潦草的图稿，上面是一套有设计感的男装成衣。

"这个也是你的设计吗？"

"之前随手画的。"

"是中性风吧？"左颖认真看图稿，"男女都可以穿的那种？"

陈南鹤意外地看了眼她："可以是。"

左颖忽地转回头，认真看身后的人，恍然像初次认识他一般细细打量。他应该是刚洗完澡，身上有丝丝缕缕的樱花沐浴露味道，穿着件白背心，头发蓬松盖在头顶，那张漫画轮廓的脸干干净净。

接着左颖攀着他手臂上紧实的肌肉，仰起头，在他喉结下那条小蜈蚣一般的疤痕上吻了下去……

开车去怀柔雁栖湖的路上，陈南鹤放着嘻哈专辑，音乐声调得很大。

去雁栖湖是老尚安排的，他这几天带着核心团队在那里开会，落实收购计划的细节，同时资产重组评估小组也在那里工作。雁栖湖是老尚的风水宝地，尚飞几次飞跃性的质变都跟这处京郊避暑胜地有关，早几年他跟某位国家领导人的单独会面也在这里。

尚飞这次重大股权变革的新闻已经传出去了，股价飙升的同时，继承人的问题坊间也流言满天飞，一半认准了是全程参与这次会议的王樱，一半猜老尚会请职业经理人，总之没有人想得到陈南鹤，除了陈伟浩。

陈伟浩早年是金融出身，又熟悉尚飞市场，被老尚拉到评估小组里，是最能探听前方一手情报的，但他们都签了严格保密协议，啥也不方便说，可他又按捺不住心里的小激动，便每天给陈南鹤发奇奇怪怪的表情包暗示他，现在他俩的聊天界面是一排排的大拇指和炸弹。

另一个给陈南鹤暗送情报的是陈爸爸。陈爸爸早两天就被老尚接走了，请他提前去雁栖湖玩一玩，他们偶尔也一起吃个饭，陈爸爸旁敲侧击验出来老尚继承人基本就是陈南鹤了，劝他过去的就过去了吧，现在也成家了，不如好好回去搞事业，自己也算没白跑北京一趟。但老尚叫陈南鹤夫妻来却没提公司的事，只说陈爸爸要回厦门了，一起吃顿饭热闹一下。

他们出发得晚，赶上有点堵车，到那个扇贝形状的五星级酒店时已经傍晚了，酒店门口停了一排尚飞的车队，他们也来不及欣赏湖边山色，随着引导匆匆走向尚飞包下的宴会厅。

可在宴会厅门口，陈南鹤突然拉住左颖手腕，左颖回身，他上前一步，手上却并没有松开。

抬头看过去，左颖发现他眸光深敛，欲言又止，罕见地露出明显紧张神色。

陈南鹤微蹙着眉，犹豫片刻，却问出一个问题："是不想让给她，还是单纯你想要？"

左颖思考一会，才明白他指的是什么，只说："有什么区别吗？"

陈南鹤了然地低头微笑，似乎笑自己问了个蠢话，松开她："那就听我的。"

左颖随着陈南鹤走进宴会厅，通过一小段玄关，才来到正厅，离几步远就听到里面两三个人在交谈，走近一看却发现足足站了十几个人，最中间说话的是尚一祁和一高一矮的两个脸熟的商界人士。他们并没有因刚进来的两个年轻人中断聊天，视而不见。

但是尚一祁身后的王樱眼尖地看到他们，假惺惺微笑冲他们招了下手，不动声色地指了指陈爸爸旁边的空位，示意他们站到那边。

左颖始终紧跟陈南鹤身后，中途转头看向人群中央，忽然与尚一祁投过来的眼神短暂相撞，她赶快转过头去。

尚一祁与她想象中的差别不大，他很高，大概陈南鹤就是遗传了他的身高，不过发福后看着壮很多，头发灰白一片，国字脸上纵横几道皱纹沟壑，堆叠出些许威严来，下垂的眼皮搭在那双并不太对称的眼睛上，却遮不住藏在里面的锐利又难以揣测的眼神，与他周身散发出来的鹰隼一般的气场相得益彰。

尚一祁一阵爽朗笑声后结束了闲聊,说移步旁边餐厅,虽说今天是家里人聚餐,但强烈邀请那一高一矮两位大佬留下。

到餐厅里就只剩下十个人左右了,尚一祁先落在主座,一左一右安排那两位大佬坐在自己身边,随后突然地,他隔着老远指了下陈南鹤:"你过来。"手随意一摆,示意他挨着那位高个子坐。

陈南鹤过去之前微微转头看了眼左颖,似是有话说,却只是眼神交代她跟着陈爸爸就好。

尚一祁给陈南鹤介绍:"这是盛远的陆总,那位是高总,你跟人多学习。"随后对陈南鹤的身份简单一笔带过:"公司的年轻人。"

陈爸爸朝左颖微笑递了个眼神,意思这是老尚在提拔他,可左颖隔着半张桌子看过去,却在她丈夫脸上看不出丝毫被提拔被重用的喜悦,反倒是有些反常,他不等别人动筷先吃了多半份据说附近农家产的粗粮,狼吞虎咽,像是上战场前的最后一顿。

很快,她就明白了陈南鹤为何这样了,菜陆续齐了后,尚一祁解释他的病不能喝酒,让服务员放了三瓶酒在陈南鹤旁边,说:"这位年轻人替我。"

几乎立刻,左颖挺直了腰想劝阻,虽然陈南鹤已经断了之前的药了,但并不是能跟人陪酒、拼酒的体质。可陈南鹤却朝她投过来一个意味深长的目光,他望着他老婆片刻,小幅度摇了摇头,让她别管。

席间左颖完全没有胃口,尚一祁和王樱与那两位大佬的热聊她一个字都听不进去,就连令大家哄然大笑的笑话也觉得索然无味,甚至刺耳。她几乎只顾着喝了几口眼前的鸡汤,眼神朝她丈夫的位置飘去,一次又一次,从不动声色到明目张胆。

而偌大的圆桌上,几乎只有左颖在乎陈南鹤,尚一祁只是在聊天的间隙眼神示意他倒酒敬酒,却完全不在意他脸色已经白得吓人,额头的汗也顺着脸颊滑下,仿佛他只是一个酒桌上的工具。终于当尚一祁还想再叫两瓶酒来时,左颖忍不了了,想站起来说什么,这时王樱抢了她的话。

王樱玩笑着说今天有家人在,不能多喝,下次让两位老板尽兴。那一高一矮两人也喝得差不多了,摇摇晃晃离开,他们刚走,左颖就看到陈南鹤双肘撑着桌子,把脸埋在手里,瘦削的身影一动不动。

但这顿饭还没有结束，尚一祁目光投向陈爸爸，笑着问他这两天玩得怎么样，陈爸爸一向是个老实的，便如实回答，说湖边的景点转了个遍了，很好。

"对了，青龙峡那里的项目更多，离雁栖湖很近。"尚一祁忽然看了眼陈南鹤，"明天让陈南鹤他们带你去那转转。"

陈南鹤脸从手掌间抬起，眸底一片红，点了点头。

尚一祁盯着陈南鹤脸，笑容瞬间褪去，当着所有人的面突然说："药还在吃吗？"

陈南鹤显然很意外，摇了摇头。

左颖也一惊，原来他早知道陈南鹤在偷偷吃药，却在不知他是否已经停药的情况下让他陪酒，完全不顾他死活。左颖难免后怕，眼前尚一祁的脸也可怖许多，却不知更残酷的在后面。

尚一祁饭后有喝工夫茶的习惯，也喜欢在茶室里聊工作，一般被他叫去喝茶的都有重要安排等着，今天他叫的人是陈南鹤。陈南鹤撑着桌子站起来跟他走，可刚到门口，尚一祁转回头，看着左颖，皱着眉想了半天她的名字仍叫不出，只是说："那个谁，你也过来。"

整个饭局上一直很顺从的陈南鹤突然反驳，像是害怕什么一般大声说："她不用，她不去。"

尚一祁瞪了他一眼："这不是你娶的媳妇吗，也不是外人。"

左颖当时还不知即将面对什么，她懵懂地跟着他们上电梯，来到套房里面的小间，这里已经布置成了茶室的模样，茶具器皿一应俱全，角落里袅袅地熏着香，窗外可见雁栖湖上最后一抹晚霞。

茶室里只有他们三人，尚一祁娴熟地泡着茶，他们俩坐在他对面，中间隔着一个人的距离。空气里异常安静，尚一祁将泡好的茶一顿一顿地倒入三个小茶杯里，自己先端起一杯喝掉。而后目光炯炯地盯着陈南鹤酒后疲惫的醉态，冷冷道："我就看不上你这个样子。"

左颖本来伸出去要端茶的手缩了回来，心底一抖，不明白他为何突然变脸，可旁边的人却像早已习惯了一般一动不动。

"当年我不到二十岁，肠胃炎刚好，你爷爷让我跟乡绅们喝酒，我连喝了五坛，把那些老家伙都喝倒了我才去吐。"尚一祁语气鄙夷，"你看看你,几瓶酒就快要了你的命了。你也就是运气好,那时候你爷爷里里外外五六个孩子,我得样样出类拔萃才能走到今天,倒是便宜你了。"

左颖眼睛缓缓转向一侧,看到他微微垂着头,手攥成拳放在腿上,高高低低的侧脸绷得似张满弓,睫毛不受控地上下翕动。

尚一祁像是更不满了,语气加重:"我但凡有其他选项,但凡我能多活一阵子,都轮不到你。"接着又不耐烦地快速交代,"后天开始你跟着一起开会,路我已经给你铺好了,你先回总部抓一年管理再慢慢过渡。不过你搞清楚,这一年我还死不了,我会盯着你,如果你再发疯,寻死觅活……"

这时陈南鹤突然打断他,转头对左颖命令似的说:"你先出去。"

左颖多少被这场面惊得缓不过来,还没回复,尚一祁驳斥:"你赶她干什么?"

陈南鹤不理,只是沉甸甸地看着左颖,命令转化为温柔的哄声:"听话,你先出去一下。"

"不许走!"尚一祁吼了句。

陈南鹤忽然转向他,咬着牙质问:"你非得这样吗?非得在我妻子面前这样吗?"

尚一祁玩味地看着他:"怎么,你现在要脸了?这不是你自己选的老婆吗?怕什么?都是家人。"

陈南鹤像被戳中了奇怪的笑点一般,突兀笑了,身体也瞬间松弛了些,两条长腿送出去,身子仰在椅子上。

"谁跟谁是家人?你有把我当家人吗?"陈南鹤声音低低的,却极重,"你把我扫地出门,逼着我改名换姓,有把我当成家人吗?"

尚一祁顿了顿:"怪就怪你偏偏遗传了那个病,疯疯癫癫。"

"我怎么变得疯疯癫癫的,你不知道吗?"陈南鹤盯着他,"那时候他们怎么对我的,怎么对高高的,你真的不知道吗?你就算不相信我的话,家里那么多员工都没人告诉过你一次吗?"

尚一祁身子向后缩了缩,露出些难言之态。

陈南鹤稳了稳情绪,再出口时仍略带哽咽,问出于他而言也极残酷的话:"所以你眼睁睁看着他们霸凌我,对吗?"

尚一祁迎着他的目光，丝毫不退："那你希望我怎么做？在你哭哭啼啼的时候抱着你，哄你，给你擦干眼泪给你买糖、买冰激凌，再陪你睡觉吗？你为什么不反击？为什么不狠狠打回去？你是个男人，却让他们当成狗一样遛来遛去的不觉得很窝囊很丢人吗？"

左颖冷不防倒抽一口气，眼睛酸胀，本能地想伸手去支撑旁边的人，却听到更让人心酸的话。

"我没有反击吗？我每次反击，他们只会变本加厉，肆无忌惮。"陈南鹤眸光森冷，字字诛心，"因为他们知道，一个连他父亲都看不上、都嫌弃的孩子，一个没人保护没人管的孩子，跟狗没什么区别。"

"本质上，是你在霸凌我。"

"放屁！"尚一祁吼着，砸出去一个茶杯。

陈南鹤躲了一下，脸上仍旧溅了些茶水。

他轻轻擦了下脸，继续说："包括现在，你无奈之下只能把企业交给我，却非要在我妻子面前，在我最爱的人面前贬损我，侮辱我，来满足你的控制欲和阴暗心理，也是一种霸凌。"

尚一祁瞪着他，暴怒地攻击他："我真没有看错你，你就是个无能懦弱的人，不堪大用，随便谁都可以把你碾碎，甚至让女人把高跟鞋踩在你脸上，你不配当我的儿子！"

陈南鹤却像丝毫没听见一般，悠哉地站起来，重重舒了口气，晃了晃醉透了的身子，转身推门离开。

他走后，左颖慌忙拭了下眼角，想跟着他出去，可走到茶室门口却停下，转回头，不加犹豫地说："不是他，是你不配。"

"你们都不配。"

左颖大步出门，却不见陈南鹤的踪影，她找了个电梯按了一层，心急如焚，可下到一楼后却迷了路，看哪里都很陌生。

她随便找个出口跑出去，外面天已经黑了，郊区的夜晚格外凉爽，天空繁星点点，路上游客三三两两地说笑，不远处还传来街头艺人欢快的歌声，可左颖却觉得心底无比荒凉，她自责、愤怒，又夹杂着难以辨别的疼痛。

可举目望去，她倒吸一口气，却找不到那个她此刻唯一在乎的人。

"左颖。"

她听到一个熟悉的声音,温柔的,沉稳的,极其虚伪的,语气中又带着些许得意的。

王樱站在她身后:"你还好吗?"

左颖回身,看着那张漂亮的假惺惺、让她痛苦多年的脸,恍然明白她从一开始就知道在茶室里会发生什么,她以退为进,步步为营,如今专门守在这欣赏他们夫妻落荒而逃的败相。

左颖觉得周身血液窜起来,汇聚在喉头,她想咒骂想嘶吼想攻击,可很快,她脑中又凌乱出现陈南鹤刚刚在饭局上投过来的安慰目光,他在茶室里哄着她离开的艰难语气,以及他为了她忍受这一切的模样,忽然明白她有更重要的事情去做。

她理也没理眼前的女人,转身跑了。

"你去哪?"身后问。

"去找我老公。"

左颖在酒店附近转了一大圈也没找到陈南鹤,最后是陈爸爸联系了她,说陈南鹤喝醉了跑到他房间去了,现在已经睡死了推都推不动。左颖上去看了看,看到陈南鹤抱着枕头霸占了大半张床,便只试了试他身上烫不烫有没有在出汗,确定没事后把行李箱拿走,回自己房间了。

第二天她醒得比较晚,起来就给陈爸爸打电话,想跟他们一起去楼下吃早餐,陈爸爸却说他们已经在去青龙峡的路上了。左颖才想起昨天老尚确实安排他们去青龙峡,问怎么没喊她一声,陈爸爸电话里支支吾吾像是在和谁商量着什么,左颖没了耐心,说她自己过去,让他们在景区等她。

虽说青龙峡离雁栖湖不远,左颖打车赶过去时也快中午了,刚下车,远远看见他们正站在景区门口比比画画像是在吵架。陈爸爸看见左颖后招手把她叫过来,瞪了陈南鹤一眼,说他想玩点刺激的,陈南鹤却死活不让,父子俩杵在这掰扯了一个小时了,让左颖拿意见。

左颖忍不住笑,翻了翻景区介绍册跟陈爸爸商量了一会,又考虑到景区下午关门比较早,折中选了三个项目,蹦极速降攀岩那些确实不合适,但可以体验一下青龙峡索道,再逛逛峡谷,最后划船收尾。陈爸爸觉得不错,又问陈南鹤,陈南鹤戴着墨镜的脸瞥到一边。

左颖这才挪出工夫打量一番一夜未见的人,见他高挺的鼻子上扣着个大墨镜,险些遮掉一半的脸,头发有少许发蜡痕迹,胡子显然也刮过了,又换了套卡其色的偏古着风的夏季套装,材质松垮却不邋遢,印花也是低调独特。放眼望去整个灰突突的景区就数他最精致最显眼,左颖想起她昨天平白担心了半宿不说,早晨心急出门连妆都没化,一阵牙痒。

在走向索道入口的路上,左颖故意放慢脚步挪到他旁边,看了眼他衣角:"衣服应该熨一下再穿的,都压皱了。"

"不明显。"他也低头看了眼。

"昨天睡得好吗?"

"还行。"

"去爸房间怎么没跟我说一声?"

"喝多了,走错了。"他闷闷地又解释了一句,画蛇添足,"白酒后劲太大,后来就断片了。"

"哦,断片了。"左颖点点头,就等着他这句呢,"断片了还知道提前把行李箱最底下的衣服拿出来第二天穿?真有条理。"

陈南鹤脚步一顿停下,看着前面毛茸茸的后脑勺懊悔自己话多,不知不觉又被她给绕进去了,恨不得把舌头咬断。

因为没打算久留,他们只带了一个行李箱,昨天左颖去陈爸爸房间看他后就把行李箱推走了,早晨他也没时间去拿,所以怎么看都是他故意假装断片睡在陈爸爸房间的。

左颖懒得欣赏身后人懊恼的表情,其实她也没计较,甚至理解他为什么躲着她。她昨晚几乎没怎么睡,翻来覆去回想茶室里发生的一切,将那些残酷的话一遍遍嚼碎了吞下去,直到麻痹了感情,可以做到理智分析,她才明白伤害陈南鹤最深的并不是王樱或者尚智远,而是尚一祁多年的漠视和贬损。而最无力的是,这一切从陈南鹤出生就已经注定了,他无法改变已经遗传到的基因,无论多努力多出色都注定被他父亲嫌弃和遗弃。

这是不公平的,是很难自洽的,所以为了抵抗这种不公,多年来他都用一种玩世不恭的混账逻辑来自保,看上去消极沮丧上不了台面,可这种态度却是每分每秒支撑他活下去的根本。

就比如现在,他用光鲜亮丽的外表和漫不经心的态度来遮掩昨晚惨烈的撕扯,好像他只要表现得不在乎,就没有被伤害一样,只要他表现得无坚不摧,就真的强大一样。

一想到此,左颖就更加笃定,她想要他远离所有糟糕的环境,这对她更重要。

沉思中他们来到上山索道的入口,青龙峡的索道都是两人座的开放式缆车,他们仨必须分开,没等左颖说什么,陈南鹤直接上了陈爸爸的缆车,说:"爸,你别害怕,我陪你。"

可左颖坐在他们后面的缆车里丝毫没看出来陈爸爸害怕,他甚至中途还回头扯着嗓子兴奋地跟左颖聊天,问她下面的是不是长城,左颖喊着说是。

陈爸爸感叹说这长城在天上看更壮观啊,然后手肘碰了碰陈南鹤让他也看看,陈南鹤却像个蜡像一样一动不动。

下山时陈爸爸就不愿意跟陈南鹤坐一个缆车了,说他没意思。不等左颖邀请,陈爸爸把她也拒绝了:"我自己一个人就行,害怕的不是我。"

没多久左颖就知道陈爸爸为什么这么说了,下山的索道垂直度更大,视野更好却也更险峻,因为缆车行进速度很慢,两个人又坐在相对密闭的空间,左颖便想跟旁边的人搭个话,随口说:"今天天气还挺好哈。"

"嗯。"他紧绷地回应。

左颖有点好奇,心下有了个猜测,故意向后仰头,顺着他墨镜侧面看过去,果然看到墨镜底下那双狭长的凤眼闭得死死的,便抿着唇忍着笑,这时突然听到旁边的人小心翼翼说:"你觉不觉得有点晃?"

左颖猜是因为她身体晃动引起的,说:"没有啊。"说完,又故意转了转身体。

陈南鹤手紧紧握着栏杆:"比上山时候晃啊,咱俩这缆车不会出问题了吧?"

"不会。"

"你怎么确定?"

"你睁开眼睛看看就知道了。"

那张戴着墨镜的脸忽然扭过头,左颖猜他此刻应该是睁开眼睛了,大概是看到了她狡猾的笑容,露出一些气急败坏来。

下山后左颖还在安慰他:"哎呀呀,恐高也没什么丢人的。"

陈南鹤走在前面,头也不回:"抓紧时间吧,下一个景点去哪儿?"

他们稍微在景区吃了点东西,而后就去青龙峡峡谷里逛了一大圈,陈南鹤全程板着脸不说话,陈爸爸拿着手机四处拍照,左颖跟在陈南鹤后面,偶尔想去跟他凑个近乎,陈南鹤就大步甩开点距离在前面走马观花。

等他们来到峡谷南部的水上项目区时已经下午了,陈爸爸一看玩的是皮划艇,嫌弃不够刺激,没意思,说他不如去旁边的青龙庙拜一拜。

"那票都买了呀,爸!"左颖想劝他。

"你俩划吧。"陈爸爸转头就走,"好好划,划到头给我拍一段瀑布的视频。"

皮划艇有一条专门的水上通道,大部分是平静的湖面,中间有两道转弯,而后进入稍微急一点的水道,到了尽头就能看见青龙峡大坝旁的瀑布。

左颖和陈南鹤都没有玩双人皮划艇的经验,一人一边抱着一副桨坐好,姿势摆得倒是都有模有样,可划起来却东倒西歪,在原地转了一圈也没走动,一点默契没有。

陈南鹤急了,指挥左颖听他的安排划桨,左颖照做后皮划艇还是走不动,她便低头从防水袋里拿出手机搜攻略,又指挥陈南鹤用另一种方式划桨,两个人混乱地试了试,好歹船动了起来,游过平静的湖面,可拐到第一个弯处就卡住了,再也动不了。

偏偏这时已经到了景区要关门的时间,早就不售票了,周围一个划船的游客也没有,工作人员离得也比较远,他们俩坐在皮划艇的一头一尾,卡在狭窄的两座小山峰之间的湖水中,一脸沮丧,像是两个被丢弃在荒岛的倒霉鬼。

陈南鹤先淡淡开口:"给景区打电话求助吧,也不能一直卡在这,我明天还得去开会。"

左颖忽地敏感了下,问:"开什么会?"

陈南鹤隔着墨镜看着她,难辨情绪:"你说呢。"

左颖垂下头,她本想换个轻松的环境跟他戳破这个话题,可眼下也由不得她选了,便直接说:"要不不去了。"

"不行。"陈南鹤反驳,"如果想回去,这个评估组我必须得参加。"

"你不想回去,可以不回去。"

"不要尚飞了?"他反问。

"如果你不愿意,我可以不要。"左颖抬头看他,更坚定地补充,"如果你不开心,如果每天都像昨晚那样,就不要回去。"

陈南鹤盯着她不说话了,隔着墨镜看不出神情,左颖一阵不爽:"你能不能把墨镜摘了?"

陈南鹤没动,只是喉结滚了滚。

左颖忽然起身,跪着爬过去,上前一把摘掉陈南鹤的墨镜,露出一双微肿的疲惫的眼睛。陈南鹤猝不及防想躲一下,可一个不稳,身子向一侧栽倒,他本可以按着皮划艇的边缘撑住,却害怕连累她也失去平衡,便放任自己掉进水里。

"陈南鹤?"

左颖看了眼落在水里的人,几乎立刻跳进去,扑向他:"你没事吧?"

陈南鹤急了,扑腾着赶紧去顾她,吼着:"你下来干吗?"

"怕你出事啊。"

"我在你眼里就那么废物吗?喝酒不行,索道不行,难道水我也怕吗?我在海边长大的你忘了吗?"说着,他忽然站直了,"再说这是浅水区!"

水果然才到他齐腰的位置,他抹了一把脸,去抓住左颖的手臂,揽着腰抱起来,想把她抱上船。

左颖被吼了一通也不免激动:"我不是关心你吗?"

陈南鹤把她小心放上去,双手按住皮划艇边缘稳住:"对啊,我是你的摇钱树,聚宝盆,我可不能出事。"

左颖气得推了他一把,陈南鹤站在水中看了眼她,脸色沉了沉,挂着浓重黑眼圈的眼睛眯起,似自嘲一般说:"难不成,是因为你爱我?"

左颖跪坐在船上,身上几乎湿透,一双媚眼立起来瞪着他:"我不知道。"

陈南鹤苦笑,似不意外:"不知道?你还不如说不爱呢。"

"也不是不爱。"她突然认真起来。

陈南鹤觉得她又像之前很多次那样逗他:"有什么区别?"

"有区别。我想过这个问题陈南鹤，我真的不知道。"她坦言，"我不知道这是不是爱。"

陈南鹤这才意识到她认真了，站在水里看着她。

左颖重重吸了口气，觉得就是现在了，她想试着用坦诚让他卸掉所有保护壳，顺着刚才的话茬说："我承认喜欢你。我知道我喜欢你的脸，喜欢你的身材，你的声音你的手指，我尤其喜欢你喉结下面那道疤，我觉得特别性感。"

陈南鹤处在震惊中，接着想上前一步，左颖伸手挡了一下："还有，我很在意你。我会因为你被欺负愤怒，会因为你难过心疼，你生病的时候我会担心，你消失了我会焦急，我之前也会为你的一条短信心动，会为你的那些设计骄傲，还有，被你骗的时候会尤其伤心。

"看到好的景色我想跟你分享，听到好玩的笑话第一个想说给你听，我很开心我弟弟妹妹认可你，我也把你的爸爸当成了亲人。我很少对别人暴露脆弱的，我怕别人笑我软弱好欺负，可是我愿意在你前面哭。

"可是陈南鹤，我不知道这是不是爱。"左颖忽然哽咽，眼泪淌下来，"从来没有人教过我什么是爱，在你之前我也没有被爱过，我不知道爱应该是什么样的，怎么判断，有什么标准，我这些算不算？

"你知道吗我真的去查过，去查爱上一个人的理由会是什么，他们说是因为这个人阳光热情，温柔体贴，情绪稳定，还有什么人品善良……可我怎么看都跟你不沾边。"左颖边说边哭，眼泪噼里啪啦地流。

陈南鹤上前一步，站在皮划艇边缘，捧起她的脸，认认真真一点点帮她擦眼泪，说："我知道了，我知道了。"

"所以我爱不爱你，我真的不知道。"

陈南鹤在她眼睛上亲了一下，又说了一遍："我知道了。"

"你知道了吗？"她突然抬起哭红的眼睛看他。

陈南鹤站在水里笑，眼底却红润一片，极其温柔地再次说："我知道。"

"真的吗？"

"真的。"

陈南鹤忽然一阵鼻酸，他不想让左颖看到，用力捧着她的头，自己贴过去，抵着她的额头，闭上眼睛用力吸了口气，而后又轻轻吻了下她的唇，松开后又似不够，重重吻上去，站在齐腰的水里极认真地吻着跪坐在皮划艇里的他的妻子。

他胸膛里堆满了万语千言，可不知为何此刻一句话也说不出，只体会到人生从未有过的完满、幸福，和来之不易的珍贵。

他们最终当然没有划到终点，也没有完成陈爸爸拍瀑布的任务，而是坐在湖边的石凳上，在盛夏下午依旧燥热的阳光下晾晒着身上湿透了的衣服。

他们肩膀贴着肩膀，挨得很近，齐刷刷看着远方的山景，表情是同样的松弛宁静，如果仔细看，眼神里也闪着同样疯狂的光芒。

忽地，半晌后，左颖微微叹了口气："你考虑得怎么样了？这样可以吗？"

陈南鹤也叹口气："行。"

"不后悔？"

"你也不后悔？"

而后，两人相视笃定看着对方。

接着，左颖拿出手机，拨了个视频电话，很快电话被接了起来，没等左颖开口对面传来热情的招呼。

"颖子！怎么，是不是想爸爸啦！"

左颖稍微转了一下手机，左冷禅立刻看到了旁边的陈南鹤，更激动了些。

"哎哟，姑爷！你们这是都想爸爸了啊！"

在给左冷禅打电话之前，他们浑身湿漉漉地坐在湖边聊了很久，已经西落的太阳暖烘烘融在他们身上，将两张神情极度相似的白皙的脸照得泛红，随着身上偏薄的夏装逐渐脱水晾干，他们也毫无负担地把埋在心底最深的连自己都很少去触碰的本质分享给对方。

左颖先是耐心听陈南鹤说，偶尔把头贴在他肩膀上，脸颊轻蹭他的肩头，能闻到他身上清冽的被太阳晒干的湖水味道，与他平静说出的那些话糅杂在一起，让左颖罕见地彻底松弛了下来。

于是当陈南鹤说完后，她垂着眸子自然地衔接："你知道吗，我其实很少有吃饱的记忆,并不是真的饿肚子,是那种永远处在匮乏状态的饥饿感。"

陈南鹤下巴在她头顶点了点,认真聆听。

"小时候害怕开学,开学就会有各种费用;害怕长高,长高就要买衣服。长大后也好不到哪里去,害怕赚不到钱,身后没有任何人能支撑你,又害怕发工资,钱一到手必然收到催债电话,后来我就拼命想逃离那种匮乏,可逃离也是有价码的。

"我曾经许过一个愿望要很多很多的鞋,可当我真的有了一整面墙的鞋才慢慢明白,我需要的并不是物质,不是满墙的鞋,不是将衣橱塞满的衣服包包,也不是将冰箱塞满的食物,我最匮乏的,是从没有被珍重对待过的体验。

"我能接受他们不够爱我,不是每个人生来都能备受宠爱,可我接受不了他们因为自私和野心为所欲为,却让我来承担一切代价。"

"陈南鹤。"左颖仰头看着他,"之前我们都以为是没有好运气,可难道不应该有人为此负责吗?"

"我也不是真的想要什么上市公司,我只是觉得应该有人为此负责。"

陈南鹤低眸,眼神专注又笃定。

"但我不希望让你再搅进去了。"左颖回头,目视前方,"如果真的有人要出面,也不应该是你。"

陈南鹤立刻会意她指的是谁。

左颖眯着眼睛:"毕竟从根源上说,本来就是他们的婚姻问题。"

"那就用魔法打败魔法吧。"

第二天左冷禅风尘仆仆赶到雁栖湖时,左颖和陈南鹤正在酒店大厅办理退房,左冷禅离老远看见左颖立刻扑上去,抱着她哭起来,边哭便说:"颖子,咱们父女俩可太可怜了!要不是那个女骗子,咱们家也不会散,爸爸也不会这么惨,你也不会这么辛苦!"

"爸爸主要是心疼你,一听到这个消息马上来了,怕你一个人弄不过她。"

左颖忍不住想笑,他哭哭啼啼说为了她而来,可浑身上下一身假名牌，还喷了劣质香水，为数不多的头发一丝不苟用发胶固定在脑后，在老家出去约会也没见他这么夸张隆重。左颖怕引起不必要围观，让陈南鹤一人办手续，把他扯到一边。

左冷禅快速收起好不容易挤出来的眼泪，握着左颖的手，丝毫没留意她脸上淡漠的神情，义愤填膺地涨红着脸说："来的时候我查过了，那个女骗子现在可是尚飞的副总，嫁了个大富豪，颖子你说这世界也太不公平了，她亏欠我们的太多了，你说咱们跟她要多少钱合适？"

左颖目瞪口呆，虽然早知左冷禅是个没脸没皮的表演型人格，可听他用受害者口吻说出"公平""亏欠"这些词依然十分钦佩，肃然起敬，忽然觉得叫他来就对了。

左冷禅继续催她："你说个数颖子，爸爸来执行！爸爸不会让你失望的！看我不讹死她！"

左颖一个没忍住笑出了声，这时陈南鹤推着行李箱过来，搂过左颖肩膀，跟左冷禅打了声招呼，又看看手机提醒左颖他们得出发了。

左冷禅瞪圆了眼睛："你们去哪儿？王晓梅不就在这开会呢吗？"

左颖揽着陈南鹤腰，看着左冷禅那张五官与她极像的沧桑油腻的脸，冷静说："过去你打我、骂我的时候常说要怪就怪王晓梅，她害了你，所以你才迁怒于我，我给你打电话就是要告诉你现在她出现了，你最好用对我的方式对待她，不然你就是个懦夫，只会欺负压榨孩子的混账。"

在左冷禅已经僵掉的表情中，左颖又说："这是你们俩之间的账，你自己跟她算吧。至于我们去哪儿，跟你没有关系。"

左颖转头就走，陈南鹤还礼貌性地跟左冷禅道个别，却听到前面的女人吼了一声："老公，快点！"

"哎。"他立刻跟过去。

陈南鹤钩着左颖的脖子走向停车场，路上抽空回了两条微信，是陈伟浩发来的，问他怎么没来评估组开会，话里话外透露出来是老尚在催他。

陈南鹤回：【今天太忙，过不去了。】

【大哥你忙啥呀？】

【送我爸去机场。】

【找人帮忙不就行了？】

【完了还得送我老婆去学校上课。】

陈伟浩半天没回复,想必也猜到了陈南鹤真正的意图和打算,隔了半小时后回了句:【你的决定我都支持。】

陈南鹤收到消息时正在开车,并没有及时看手机,而是转头看了眼身边的妻子和坐在后座的爸爸,有一种把全世界最宝贝的东西通通装载在他车上的富足感,他告诉自己要心无旁骛开车,要慎重,要安全,要尽到守护他们的责任。

所以后来手机接二连三拼命振时陈南鹤也没在意,于是错过了第一时间看到陈伟浩给他图文加视频直播的王樱与左冷禅的恶战。

这场恶战几乎持续了整整一天,起先只是有同事看到有个穿着浮夸梳着油头的中年男人嬉皮笑脸在楼下等王樱,王樱看到他罕见地大惊失色,跟他拉拉扯扯在门口聊了几句,似乎不欢而散,被八卦的同事偷拍了照片。

上午的会王樱倒是一切正常,同事们以为早晨的插曲是闹了个误会,可中午休息时一群人下楼,看到那个中年男人依旧在等王樱,只不过手里捧着个几百朵的大束玫瑰花,看到王樱露面赶紧冲上去,用几乎所有人都能听见的声音喊了几句莫名其妙的话。

把陈爸爸送到机场后,陈南鹤才爬楼看完几十条陈伟浩的直播,也递给左颖看看,两人脑袋凑在一起听了陈伟浩录下来的左冷禅献花时说的话。

他撕心裂肺,却字斟句酌极有条理地喊:"晓梅,王晓梅,来自河南商丘五十一岁的王晓梅,我还爱你,我们复合吧!再说法律意义上可能咱俩还是夫妻呢,咱们也没离婚,你再给我一次机会吧!"

只一句话,彻底捅破了王樱的过往。

左颖当然不认为左冷禅是个深情的人,她放大了左冷禅献花表白时的照片,看到他得意的嘴脸,猜测他是勒索价位没谈拢,于是破罐破摔逼她一把了。据说当时老尚也在场,黑着脸走了,下午的会王樱没参加。

左颖和陈南鹤没再继续追八卦,而是帮陈爸爸办理了行李托运,又把他送到安检口,都没有露出明显的情绪,仿佛只是看了一场与己无关的热闹。

他们当然比谁都希望看到王樱被揭穿、被质疑的时刻，想看她的狼狈，她的逃窜，她被扯掉华丽外衣后的灰头土脸，某种程度上那是同时折磨他们二十几年的根源，殊途同归的敌人。可不知为何，当结局已经注定的时刻，他们默契地淡然面对，将目光投入更重要的未来。

陈爸爸站在安检口，百般不舍地在他们夫妻之间看了又看，嘱托又嘱托，最后试探地看着陈南鹤，知他打定了主意离开尚飞，问他将来的打算。

陈南鹤笑："你还怕我吃不上饭吗？对我这点信心都没有？"

"怕你亏待我们小颖。"陈爸爸撇嘴。

"那爸你应该对我有信心啊。"左颖接过话来。"大不了我养他。"

陈南鹤把她的头钩过来，用力亲了下头顶，一堆肉麻的话跟大甩卖似的往外冒，陈爸爸没眼看，转头去安检了，冲身后潇洒摆摆手。

"真养我？"陈南鹤钩着她低声问。

"看你表现。"

"怎么表现？"声音又低了些。

左颖没理，抽身先走了。

陈南鹤也不知来了什么兴致，追过去围着她："说嘛，怎么表现，我都听你的。"

"离我远一点。"

"这个不行，换一个。"

……

左颖再次听到王樱和左冷禅的八卦是在她上课的课间，并不是从别人口中得知的，而是她无聊刷手机时看到的一则短暂的热搜，有一条显然是偷拍的视频，标题写着：#尚飞副总疑似身份造假#

她多少怀着一丝好奇，稳了稳神，点开那视频，起先是漆黑一片，显然倒扣拍摄，但声音是极清晰的。左颖坐在教室的后排，戴上耳机，埋着头听她的亲生父母用直白到残酷的方式给他们曾经那场荒唐婚姻定价。

那就是一个讨价还价的勒索现场，他们先是互相攻击辱骂了一番，当然主要是左冷禅单方面咒骂王樱，而后提出一个天价，王樱反驳他是个好吃懒做的废物来趁机压价，逐渐演变成听上去很精彩的撕扯。总之，他们细数彼此在那场婚姻里的付出和伤害，种种之后，左颖听到他们提起自己的名字，早就麻痹的神经突兀地疼起来。

最先是左冷禅说："这些年我一个人把颖子拉扯大，你不应该掏点钱吗？赡养费懂吗？"

王樱笑："你怎么养孩子的你自己不知道吗？"

"那也比你不养强。"

"别忘了，你一开始根本不想要她。"

"起码我不恨她。"左冷禅语气玩味，"你敢说你这辈子没再生孩子，跟生颖子时的意外没关系？"

左颖只听到了这里，她慌忙摘下耳机，闭上眼睛调整呼吸，过了很久才止住神经的疼痛。她小时候曾幻想过一个幸福的画面，她在假装睡觉，旁边围绕着她的父母，他们打量着她的睡容小声讨论她高了瘦了又惹祸了这些琐事，甚至偷偷亲她一口，那是她天真时期能想象到的温馨幸福的极致。可没料到，她唯一听到父母讨论起她来，是把她当成荒唐婚姻里并不受欢迎的用来讨价还价的产物。

她没再打开过那个视频，不过根据下面的评论看来最后他们依旧是谈崩了，于是左冷禅用手机拍到了王樱的正脸。

当天晚上，这则视频全网都搜不到了，同时尚飞在官方账号上发布了一则简短的人事调动通知。简而言之，王樱被撤了职，顷刻间她的个人信息从尚飞集团彻底消失了，像从来没存在过一般干干净净。

大概三周后，有一个专门做人物报道的自媒体在公众号上发布了关于王樱的文章，两位资深记者借着曝光的视频对她的履历做了深度调查，采访了甚至包括郑慧之在内的圈内人，才得出这篇几万字结论文章。

文章中将王樱描述为罕见的雷普利症候群的骗子，为了提升身份而不断说谎圆谎，久而久之处在幻想中自己都分不清何为真实。文章还说她因为几项诈骗罪正在被起诉，并一一扒光了她用无数精巧谎言堆起来的华丽身份，她的摩天大楼彻底坍塌了。文章最后说，当记者通过电话问王樱是否后悔时，那位面临牢狱之灾的假博士毫不犹豫地说不后悔。

"这世上人和人的关系不都是骗来骗去的吗？"她居然笑了。

"骗了那么多人，你也不内疚吗？"记者又问。

据说王樱是这么回答的："有一个人吧。"

"是谁呢？"

王樱沉默。

"那你希望得到那个人的谅解吗？"

"不，"她斩钉截铁，"永远不要原谅我。"

看这篇人物报道时左颖正在陈南鹤车里等他，陈南鹤正在工商局办理品牌注册需要的手续，他把之前左颖看过的男装设计重新调整后作为主打，又对应做了几套同风格的单品，打算自创一个中性风的设计师品牌。

左颖重重吸了口气，关掉手机，将视线投向车前方宽敞明亮的马路，明晃晃的绿荫，湛蓝的天空，她忽然觉得周身的一切都极为不真实，仿若梦一场，她只是做了一场辛苦疲惫的梦，梦醒来后的她是明媚又充盈的。

忽地，她看见一个熟悉的身影，他高高立在台阶中央，姿态俊逸，眉目舒朗，恍然松了口气，那是她的丈夫，也是让她明媚充盈的缘由。

不过回过神来后，左颖发现他正在打电话，表情极其凝重。她立刻下车过去，站在台阶下面仰头看着他，眼神询问。

陈南鹤愣了下，低头看着他老婆，脸色惨白，失神地眨了眨眼："是老尚……"

尚一祁不是第一次死里逃生了，却是第一次意识到他老了。

他仿佛一只要冬眠的动物般睡了很长时间，却还是睡不醒，睁开眼睛盯着天花板看了很久才逐渐恢复神志，身上隐隐疼痛的伤口和鼻腔手臂上的仪器提醒他刚做完第二次肝脏手术，此刻正在住院。

他努力回想，今天应该是手术后第三天，记得上次手术刚醒他就开视频会议把质检出问题的团队大骂了一顿，可他现在连说话的力气也没有。他稍稍转了个头，想看看窗外是白天还是黑夜，忽地看到窗户下面的沙发上坐了一个人，长手长腿的低头在刷手机，有那么一刻，恍惚以为看到了年轻时的自己。

陈南鹤是他让马叔叫来的，听说手术前医生下了病危通知书，马叔通知了他，几个小时的手术他就一直默默在外面等着，手术成功后就悄然离开了。明天尚一祁就要坐私人飞机回厦门，这趟充满了挫败和背叛的险些要了他命的首都之旅就这样狼狈收尾了。

因为王樱的事情尚飞股票大跌，收购计划中途叫停，他牵头的资产重组计划也搁置了，这还不算，回去还得面对董事会和尚家那群老东西跟他拍桌子叫板，想到此他又看向窗户底下那个年轻的轮廓，猜想他是不是应该很得意，忽地很后悔叫他来，叫他来干什么？看我笑话吗？

尚一祁表情狰狞了许多，从被子里伸出手想去拿手机，他要让马叔来把他赶走，他还没有惨到让这疯小子来取笑的地步，可手一滑手机掉在地上，沙发上的人闻声抬起头，一双无波无澜的眼睛撞过来，定定看着他。

半晌后，陈南鹤才开口，身子却不动："要我帮忙吗？"见他目光森冷，陈南鹤便也没再自讨没趣，淡然说，"马叔说你找我。"

尚一祁盯着他，费劲地用尽全力撑起上半身，鼻孔中的吸氧管脱落也没注意，咬着牙蹦出三个清晰的字："你走吧。"

陈南鹤转头笑了笑，起身，却没有立刻离开，而是来到他的病床前，弯腰先捡起掉在地上的手机，又试着帮他把吸氧管摆正，同时很平静地说："我没有想到会这样，早些年我无数次明着暗着提醒你王樱有问题不是吗？可你总认为是我在针对她，欺负她，是我心胸狭隘颠倒黑白。"

尚一祁突然拼命拒绝让陈南鹤帮忙戴吸氧管，他歪着脑袋，倔强着向后躲，连扯到了身上的伤口也不介意，仿佛此刻的尊严比疼痛重要得多。

可陈南鹤却没给他躲的机会，用力箍住头部，面无表情盯着他看了半刻，见他不再挣扎后，慢条斯理垂眸把吸氧管摆正，同时耐心说出一番话："我不是要看你笑话，也不想听你道歉，那些对我都没有意义了。我不知道今天之后我们还有没有机会再见面，如果没有，就彻底了断在这里也不错。"

说完，陈南鹤松开他，与他平视。尚一祁还在粗重地喘着气，惊异地看着眼前面容冷漠可眼神灼灼的他的亲生儿子，发现他不知何时褪去了曾经的癫狂和战战兢兢，变得稳健、强大，甚至有点可怕。他一时怔愣住，甚至有点失落和神伤，仿佛他一直轻而易举就能牵在手里的风筝正在摆脱他飞走，他又看见陈南鹤直起身子，毫无留恋甚至略带鄙夷地看了他一眼，转身就走。

尚一祁突然之间清醒了许多，似乎也想起叫他来的目的，在他离开病房前忽然沙哑着开口："我不是不爱你。"

陈南鹤陡然停步，背对他站住。

"尚智远王樱他们从来不是我的选择，我一直希望是你。"尚一祁声音虚弱，却足够清晰，"可你天生性格软弱，性情不稳，我以为摔摔打打就会成长，你就会从他们口中的疯狗变成一匹狼，我也是这么长大的，但我撑住了，我赢了，你为什么不行？你为什么就自暴自弃？"

隔了一会，陈南鹤才在凝滞的空气中慢慢回头，那张脸并没有什么变化，问："你的意思是，这么多年你纵容他们作恶，其实是在锻炼我了？"

尚一祁仰头看他，默认。

"为什么呢？这么煞费苦心的。"

"我希望你能证明你配得上。"

陈南鹤忽然笑了，像是大人听到孩子讲了个天真愚蠢的笑话一般："配得上什么？你的位置吗？还是当你儿子？"

尚一祁似没料到陈南鹤的反应，露出些惊诧和猝不及防。

而在他罕见的慌乱中，陈南鹤隔着几步远的距离，低头看着他，思忖片刻后，决定说出那天在湖边与他妻子分享过的一番话："没错，我确实曾经非常想得到你的认可，我崇拜你，把你当做榜样，把得到你的肯定作为人生目标，现在告诉你也无妨。小时候哪怕被你除名遗弃，我心里也渴望能再次得到你的接纳，为了这些我做了很多努力，可我怎么做都不对。

"你不相信我的能力，不相信我的忠告，却永远相信别人对我的诋毁。我从不奢望你的鼓励，可你永远知道怎么在我最得意时用一句话摧毁我，然后兴致盎然地欣赏我的颓败。

"后来我发现我错了，不，应该说你也错了。你不是想证明我配得上，你是想证明我配不上。在你心里，你恨不得我把自己活成一堆烂泥，由此证明你最初遗弃我是对的。

"所以，我怎么努力都没用。"

陈南鹤一气呵成说到这里，戛然而止，收住了那天在湖边他对左颖说过的另一番话。他知道尚一祁这么多年或许多少对遗弃他抱有悔意，可他太自负了，太骄傲了，他不愿意承认他做错了选择，所以就一次次证明他的选择是对的，证明陈南鹤就是一个毫无用处的疯疯癫癫的人生污点。

陈南鹤绝不会对他说出这番话，他不会暴露出丝毫对他的理解，他们没有任何和解的可能，他要让他带着廉价的悔意独自度过余生。

尚一祁猛地闭上眼睛，他意识到风筝彻底飘走了，而对于已经抓不到的东西他从不留情，再睁开眼睛后，他瞬间恢复一贯的薄情，眼神凛凛示意他可以离开。

陈南鹤了然，最后点了点头，转身就走。

许是医院里冷气开得太重，陈南鹤大步投入夏日傍晚西二环的汹涌街道，蒸腾的热气瞬间激活他已经凝滞的血液，周身温暖又舒适，紧绷着的神经也恢复如常，而后猛地，他看了眼手机意识到要迟到了，今天车被左颖开走了，高峰期的路况打车更不靠谱，他转头埋进人流拥挤的二号地铁线。

当他赶到东四环的商场时还是比约定时间晚了二十分钟，他本来想坐直梯直接去顶层餐厅，路过一家名牌店时犹豫要不要买个礼物赔罪，又骂自己简直俗不可耐，人家小左现在是准名牌大学生了，可不吃这套了，家里那些闲置的东西都挂在二手网站了，以为他不知道呢。

可到了顶层，陈南鹤见到他老婆一人等在餐厅门口，抱着个包闷闷地笔直坐着，海藻般的长发下小脸显然不太愉快。他起初以为怪自己迟到，清清嗓子大步过去绕着人家一顿表现，左颖却更不耐烦了些，随手把包扔给他，说手机没电了去扫个充电宝。

陈南鹤还在回想到底哪里不对劲，恍惚一低头，一开始没主意，反应过来后直愣愣看着左颖的敞口托特包，心跳骤停，眼睛都要瞪出来，大脑嗡地一下炸掉后一片空白。他看见他老婆的包里躺着一个崭新粉红色包装的验孕棒，他再三确定了，确实是一次性验孕棒。

整顿饭陈南鹤都不知道他在干什么，看似如常吃饭聊天，魂儿早就没了，身体器官和大脑系统彻底分家各自运作。比如他切了一块牛排，嘴上机械地关心对方上周考完的成考考试："成绩什么时候出？"可他根本就不想问这个，满脑子咆哮的都是她为什么买验孕棒？是自己用的吗？那玩意没有别的用途了吧？冷静冷静，也许她是买来留着以后用的呢？

这时对面心不在焉地答："快了吧，不过左斌帮我评估过了，问题不大。"

"哦。"

他闷声点头，心里却念叨着面对现实吧陈南鹤，那玩意也不是什么稀缺资源没必要囤货，她买了就肯定是现在用的！

忽然听到对面叫他："陈南鹤？"

"嗯？"他猛地抬头。

"我在问你话呢。"

"你问了吗？"

左颖蹙眉："我问你这几天跟刘诺忙得怎么样了。"

"哦，主打款定板差不多了，下周我跟他准备跑一圈浙江的工厂。"他突兀又补充，"或者晚一点去也行。主要刘诺刚离职，他说想歇几天，陪陪父母陪陪女朋友，天天骂我黄世仁。"

陈南鹤讪讪地补充一堆理由，埋头往嘴里胡乱塞了两口根本不知道是什么味的沙拉，心里默默算日子到底是哪次出了纰漏，他平时都是很注意保护措施的。

左颖莫名叹口气，扔下餐具，起身："我去下卫生间。"

陈南鹤也不知道抽了什么风，突兀说了句："那你不带包吗？"

左颖回头瞥了他一眼，陈南鹤慌忙摆摆手，又啰里啰唆解释他听错了以为她要去结账，可左颖几乎立刻就明白验孕棒被他发现了，怪自己疏忽大意。

左颖完全没了吃饭的兴致，真的去埋单结了账，等陈南鹤囫囵吞下最后几块牛排后就回了家。

走往停车库的路程，各怀心思的夫妻俩不约而同都觉得无比漫长煎熬，煎熬中他们的心态也发生了同频变化，都在猜测对方为什么不捅破这层窗户纸。坐上车后，左颖瞥了眼握在方向盘上的骨节分明的手，琢磨着他为什么不问我，他是不是就想一直假装不知道？他轻轻松松等结果，把压力都给到我？

陈南鹤的手不自觉握紧了些，转头做了个深呼吸，他觉得左颖不跟他分享一定是想给他一个惊喜，可转念一想，这一晚她心事重重的也不像饱含期待的样子，不是期待的话，难道是失望？

她失望什么？对我吗？

左颖看到他突然皱起眉头，怀疑这个事让他烦躁了。他们从来没有聊过这个计划，而且说起来这次意外算是左颖的主要责任，她忽然很自责，又委屈,便再也忍不住了,主动戳破。

暗流涌动的沉静中,左颖突然低声说:"你是不是觉得,我当不了一个好妈妈?"

陈南鹤震惊地看了她一眼,突然换道急拐弯,把车急刹在路边,转头看着她:"你说什么?"

"我说,你是不是觉得像我这样长大的人,不会懂怎么养孩子。"左颖不看他。

"胡说什么呢!"陈南鹤低声急急说,"我以为是你嫌弃我……"

左颖这才看他,见他原本白皙的脸色添了层淡淡的红晕,呼吸急促,透着不安,一双狭长眼睛在她脸上转来转去,眸底藏了些即将暴露出来的脆弱。

陈南鹤身子向她倾斜,可眼神却闪躲下:"我以为你会失望,失望孩子有我这样的父亲。"

"我没有。"

"那如果他也遗传那个病怎么办?也是有这个可能的。"陈南鹤艰难地问出口,而后又赶紧补充一句,"如果真有,我肯定不会嫌弃他。"

"我当然也不会啊!"

陈南鹤没出息地一阵鼻酸,他慌忙转头控制了下,又笑了笑凑近在他老婆额头亲了一口,而后启动车子,用最快的速度回家。

短短几个月时间,不知是陈爸爸来了之后的影响,还是左颖有意无意的布置,这栋原本冰冷的工业风房子变得花花绿绿又拥挤热闹。

家里添了许多绿植鲜花,大部分大叶植物是陈爸爸买的,左颖定期会买束雏菊或百合摆在客厅,沙发上多了两个西门町三太子玩偶,茶几上大部分都是左颖的书,原本他们的小婚纱照旁边,又添了两张三口人的自拍合影。就连厨房门口的冰箱上,也密密麻麻地粘满了冰箱贴和便利贴,与里面存储的新鲜足量的食物共同昭示这个家庭的热闹与温馨。

一轮满月从落地窗洒进来,铺在木地板上,一路蔓延至餐桌旁,拉长了一高一矮两个并肩站立的身影。客厅里没开太多的灯,只有餐桌顶上的一盏亮着,正好照着一个刚刚验过的验孕棒,它被放在偌大桌子中央,颇有仪式感地在慢慢揭示那个令人期待的秘密。

在那紧张的半小时内，起初只能听到一长一短此起彼伏的深呼吸，过了一会，像是被等待的煎熬逼疯一般，他们开始胡言乱语说了些疯话。

首先是陈南鹤一把搂过他老婆的肩膀，眼睛死死盯着餐桌中央，声音有点抖："宝宝你一定会是个好妈妈的！"

左颖险些飙出泪来，揽着他的腰，眼睛一寸不敢离开那枚粉红色："真的吗？我都担心我做不好！"

"应该担心的是我！我希望他能多像你一点，像你一样坚韧，像你一样勇敢，像你一样有生命力。"

"他最好也像你那样才华横溢，又高又帅，然后……"左颖贴着他，鼻音带着哭腔，"我想不出来了。"

陈南鹤毫不在意，把她搂紧了些："我想过了，我不希望他有多优秀，我要让他快乐，自信，乐观，爱自己，也热爱生活。"

左颖又说："我要陪他认认真真过每个生日，给他许多许多的爱，夸奖他，鼓励他，让他有足够的底气面对困难，因为我永远会在后面支撑我的孩子。"

说完，她眼泪噼里啪啦往下掉，糊住了眼睛，这时听到陈南鹤小声说了句："结果出来了。"

左颖胡乱擦了擦眼泪，低头看过去，沉默了一会，又莫名哭出声来。

陈南鹤赶紧抱着她，揉着她哄着："好了好了，没事没事。"

左颖却完全控制不住，在他怀里放声大哭，边哭边说："老公，你说他是不是嫌弃我们啊！"

陈南鹤也莫名红了眼眶，瞥了眼餐桌上极为清晰的一道杠，又想笑，明明是一个从没出现过的孩子，一场乌龙，为什么他也跟着如此难过，仿佛真的失去了什么一般。

为了一个从没出现过的孩子抱头痛哭的父母，他们也算这世间独一份了。

他转回头，把左颖搂紧了一些，柔声说："怎么会呢？他怎么会嫌弃我们呢？我们这么好，这么相爱。"

（正文完）

番外一

左颖问过陈南鹤喉结下面的疤是怎么来的,陈南鹤当时没有说实话。

那是他们第三次约会,与第二次间隔了近半个月,陈南鹤对左颖解释他疲于出差和应酬,实则忙着戒断和内耗。

相亲之后陈南鹤连着约了她两次,都是一整天的行程,都充满了矫饰和试探。她将矫饰发挥到了极致,却经不起任何试探,于是就厚着脸皮胡搅蛮缠收了尾。

第二次送她回家后,陈南鹤在她家的路口站了很久,陷入无法自洽的混沌中,觉得自己像一头被无形锁链困住的兽,他甚至找不准那链条缠在了哪里,束手束脚的钝重。

他不明白他在做什么,明明只要把她推出去他的目的就达成了,而就目前她对他的信任来看,把她带到厦门去直接丢在那群狼面前,她也无从防备。明明一开始,他就是这样卑劣打算的。

手机短促振动,不用看也知道是谁,这段时间他无心兼顾任何事,每天固定联系的人只有一个。

她用的卡通头像,他不认识,搜过,是一个以乖巧懂事为标签的日漫人设,呵,真是包装到了骨子里,明明一点也不像她。

晚上七点一刻,那个乖巧头像照例发了张照片,缀了一句:【吃饭啦。】

照片就是普通的寿司拼盘,大部分是平价食材,只两枚配了鹅肝的稍贵一些,整体也不过百元上下,不过陈南鹤知道她又是像前几天一样从哪里搜的网图糊弄他,她可舍不得吃这样豪华的晚餐。为什么这么确定?因为当时他的车就停在她打工的咖啡店外面,埋在春夜的梧桐树下,隔着车窗,正好看到她坐在外面吃晚饭。

肋骨骨折那次后她被之前的超市辞退了,临时找了一家咖啡馆收银工作,工资应该不高,好在地处偏僻且时间灵活。每天这个点,她大约有半

327

小时的休息时间吃晚餐。她穿着浅灰色帽衫工作服,坐在门口室外休息区,晚餐当然不是精致寿司拼盘,只是一个用来果腹的面包,以及她身侧白色保温杯里的蜂蜜水。

陈南鹤斜斜瘫在座椅上,耷着眼睛看到左颖发完那条诈骗信息后就放下手机,拆开透明包装,咬了一口看起来毫无食欲的面包,那张在他面前装得明媚娇柔的脸冷漠得能碾碎寒冰,她小口小口慢慢咀嚼着食物,抬手把长发顺到耳后,意外地散出一股惹人挑衅的气场来。

陈南鹤果然来了挑事的兴致,滑开手机,敲下几个字:【味道好吗?】

她瞥了眼手机,拿起来快速回:【不好,鹅肝太腥,又好腻。】

陈南鹤看着那行小字,哼笑。

【你吃什么了?】她又发。

他故意:【面包。】

见她停顿了下,陈南鹤低头敲:【是不是很可怜。】

他盯着屏幕期待她会怎么回,像棋局正酣时等待对手落子般兴致盎然,可对面半天没反应,他转头看向车窗外,突然看到她旁边不知何时坐了个穿同样工作服的年轻男孩,那男孩眉清目秀的,笑着跟她说话。

就是品性再稳健的人被搅了棋局也会惹出几分不快,陈南鹤黑着脸瞪向那个闯入者,纳闷春夜外面湿冷,他为何也出来挨冻?而且那么多空位,偏偏坐在她身边?明明见她忙着回信息,却拉着她闲聊?

左颖还真跟他聊了几句,刚才坚冰般的脸缓缓露出笑容来。

陈南鹤一阵烦躁,发泄在对话框上:【人呢?】

还是没回应,再看过去,见那男孩突然不知从哪里拿出一盒水果捞,捧到左颖面前,左颖笑着摆摆手,却没拒绝成功。

棋局已然凉透,陈南鹤毫不掩饰他的败兴,又发:【?】

左颖匆忙回复:【刚有点事。你就吃面包呀,好歹再加点水果什么的嘛。】

陈南鹤看见水果两个字就眼睛疼,忽略,揪着前面敷衍地解释问:【刚才什么事?】

那男孩终于站起来要走,左颖仰头跟他又说了句话,笑得更舒展了些,极刺眼。不知一盒水果捞哪里来这么大魅力,他跟她发了这么久的信息,也没见她笑一次。

左颖低头回到手机上,回他:【工作上的事。】

又加了句:【你出差还要多久呀?】

陈南鹤随便答:【还有一周。】

然后又把话题扯了回去:【工作上什么事?】

她简单回:【同事找我。】

陈南鹤蹙眉,压着眸子,快速打了两个字:【男的?】,觉得不妥删掉,又输入:【找你干吗?】,删掉,再输入:【你们……】

通通删掉,几分钟过去了,硬生生渗出一身虚汗,一个字没发出去。

隔了一会,她感受到了气氛怪异,玲珑地问:【怎么啦?】

陈南鹤抿唇,退出微信,没再回。

当天他一夜未睡,第二天就告诉左颖他临时结束出差回来了,约她出来,左颖说她有点忙可能比较晚,陈南鹤说多晚都可以等。

她晚上九点下班,他们十点多才见了面,陈南鹤没有去接她,让她几乎跨了半个京城来到一家通宵营业的港式餐厅,当左颖带着股潮湿的寒气进来时,他攥着拳决定快刀斩乱麻。

左颖点了个打边炉套餐,放下菜单,盈盈假笑着看着对面慵懒的人:"你跟我说出差提前回来,我好开心啊,以后这种惊喜搞多点。"

"喜欢惊喜?"

"嗯。"她面不改色糊弄他。

"那明天我还得去,你要不要跟我一起?"他慵懒神色一扫,眼神精透。

"去厦门吗?"

"敢吗?"

"有什么不敢的。"她眨了眨眼睛,失笑,"你还能把我卖了?"

陈南鹤看她,语气像是逗她:"有这个可能的。"

左颖却丝毫没在意他眸子里的警示,转头看向窗外:"下雨了……"

阴了整整一天,大雨终于如约而至,没有雷电预警,没有狂风肆虐,顷刻间像是宣泄一场愤怒般漫天雨雾。

那场雨没完没了下了很久,他们已经吃完了各怀鬼胎的饭,聊完了矫揉造作的天，双双看向窗外倾泻下来的雨帘，闷闷地发着呆。有那么几个时刻，陈南鹤小心瞥向对面的人，看到她淡淡地看着窗外雨夜，眼神坚定又闪着份不安，露出属于她本身特有的漂浮感，让人手痒想抓住。

于是他也淡淡开口，问："看什么呢？"

"哦，那棵小树。"她依旧望向窗外，"你看它像不像在大雨里跳舞。"

陈南鹤看过去，极为诧异，那是一棵几乎要被大雨拍碎了的小树苗，他几乎断定雨后活不了多久，她却在这暗淡惨烈中看到舞蹈，看到美？

他几乎立刻问："你怕淋雨吗？"

"我经常淋雨。"她出神地答。

"为什么？"

"我的人生，好像总是在下雨。"

忽然，她意识到了什么，收回漂浮着的眼神，转头露出一瞬惊慌，看向陈南鹤，挤出一个并不太好看的假笑来，嘀嘀咕咕说了几句没营养的废话试图转移他的注意力。可陈南鹤却完全没了心情继续敷衍她的伪装，他恍惚听到了身体内链条断掉的清脆声，那一直困着他的让他辗转不定的锁链突然消失了，也释放出他早早掩藏在心底的小兽。

他站起来，一手拎着外套，绕过去，牵起她的手，大步往外走。

"雨很大。"她提醒，可手却反过来握上他的。

"没事。"

他们推门出来，迎着大雨，走向街对面停车场，路上陈南鹤始终紧紧牵着她的手，他大步走在前面，她小跑跟紧，白色裙角飞扬在雨中，像是一面招摇的旗帜。

他先给她打开副驾门，待她上车后又从后备箱拿出两条备用毛巾，上车后递给她一条，两人浑身几乎淋透了，只能胡乱擦擦脸和头发。

陈南鹤只把眼睛擦干，看向对面浅笑着用毛巾揉搓着长发的人，她边擦头发边笑着说刚才有多疯，湿漉漉的白皙皮肤下，唇红齿白。

他忽然探身过去，在她唇上轻轻吻了下，立刻退回去。

左颖显然毫无准备，愣了下，手上擦头发的动作也慢了些，大雨簌簌拍打在车窗上，她像是逼着自己听雨声来分神，努力压出一丝镇静，试图轻描淡写把这个吻搪塞过去。

可陈南鹤不想让她搪塞，他扔掉毛巾，整个人欺身过去，把她按在副驾驶座上，手伸到湿漉漉的长发下扶着她的头，用力吻下去。

雨渐弱，空气湿重稠密。

陈南鹤闭上眼睛，放纵自己溺死在这雨夜里，同时也不想给她逃生的活路，连多余的一口呼吸都吝啬给她，似乎要让她随着自己沉下去。忽然感觉一双冰凉灵巧的手抚上他的脖子，在他喉结下轻轻摩挲。

他立刻抽离，盯着她琥珀色的眸子，里面被他激起的情欲一览无遗。而她盯着他喉结，冰凉指尖在那道经年累月已经褪色的疤痕上滑了下。

"怎么弄的？"她声音苏哑，眼神极妩媚。

"刀割的。"他敛声说。

"哦？"她抬眼，在他脸上转了转，蹙眉在问为什么。

为什么？陈南鹤喉结上下滚了下，眼神明灭不定地看着她，一瞬清醒，一瞬沉沦，而后躲避她的凝视，伸手用力揉了揉她的脸，嘴角弯起露出一个堪称温柔的笑容来。可回答的却是假话："小时候跟别人打架，被弄的。"

左颖笑笑："我帮你报仇。"

"真的？"

"嗯。"她看着他，"不是要去厦门吗？我帮你揍他们。"

"那算了，我改主意了。"

"怎么？"

"不带你去厦门了。"他又靠近。

左颖在他耳边轻问："为什么？"

心里揪得生疼："那里雨更多。"

直到如今，陈南鹤也没有告诉左颖那道疤痕的来历。

那是他十六岁那年，尚一祁过生日把他接到城堡里玩了几天，那几天对他来说宛如炼狱一般，只因他质疑了王樱对澳洲一些地理常识的认知，并当众指出来她看起来不像澳洲本土长大的人，他就遭受了明里暗里的欺凌和算计。

有一天，他睡觉时，在床上发现了一条蛇。

自那之后，他的精神就逐渐崩溃了，而他本就不是个足够强大健康的人,他陷入很久以来最严重的沉默期,在把自己关在黑暗的房间一天一夜后,他赤着脚走出去,挡着刺眼的阳光,去厨房里取了一把水果刀。

他选了一处很少人来的僻静角落,对面是荒芜掉的花园一角,盘腿坐下,眼睛肿胀,身体沉重,脑子里只有一个念头,用力点,结束一切。

可他只划了一下,忽然,听到一阵哭声,并不是身边的哭声,而是电话里传出来的女孩子的哭声,撕心裂肺,又哭喊着什么,他觉得,好像在叫他。

他循着声音看过去,看到一扇门外阳台上的桌子上摆着一个旧手机,手机并没有公放,可那女孩的哭声就是传了过来,召唤了他。他险些要站起来,直到看到一身白衣的王樱过去,拿起手机,挂断,离开。他恐惧地抖了下,而后突然感觉脖子下方一阵剧痛,同时黏稠的腥味袭来,他慌忙捂住伤口,本能的求生欲让他大声呼救,死里逃生。

后来,他跟所有人说那是一次意外,他并不是故意的,玩着玩着就不小心划到了。

后来,他找了很久那个藏了王樱秘密的手机,直到很多年后城堡翻修,他故意买通装修工从王樱的衣帽间里找到的。

不过,他已经找不到那天的通话记录了。但幸好,他在手机里翻到同一天来自一个自称是王樱女儿的短信,他确定,是那个哭声嘹亮的姑娘。

那年他十六岁,她十七岁,他们处在一南一北两个遥远的城市,身份各异,从不相识,却因为殊途共归的苦难在那短短几秒钟紧紧连在一起。

所以细细想来,并不是你逃不掉。

我也逃不掉。

番外二

陈南鹤的生日在秋末冬初的一个周三，左颖提前看了天气，据说当天会大降温，她便想准备些他爱吃的东西在家庆祝，可临时被告知为了筹备品牌时装首秀他要留下加班，还不忘哼哼唧唧表达遗憾。

电话里怨气十足："真的宝宝，我恨不得把这公司就地解散了。"

"那散了吧。"左颖不惯着他。

"行。"然后就听到他冲一旁说，"刘诺，你小左姐说再让我加班就把公司解散！"

左颖偷笑，又听到电话里刘诺扯着嗓子喊："散了吧散了吧，也不知道是谁逼着谁加班，我对象都快处成网友了！"

最后左颖联系刘诺，提出替他加班，让他在秀展之前去陪陪女朋友，接下来又是一段连轴转的日子。而私心是，她也想陪陈南鹤过个生日。

下午下课后，左颖就直接来到陈南鹤在展览中心附近租的办公室。办公室是一个旧厂房改装的，虽简陋但空间足够大，方便他们储存服装，也能隔出几个模特的试衣间。但这间办公室只是临时用的，陈南鹤计划时装秀后扩大公司规模，线上线下都投入经营，工厂也开始下订单，他也早早看中了东五环某创业产业园里的一个独栋作为公司新址，预计年后就搬过去。

左颖来到时天已经黑透了，其他员工都撤了，隔着扇玻璃窗看到陈南鹤和刘诺在一堆纸箱和成衣之间围着一个塑料模特争执着什么。

两个人看起来都很疲惫，脸上带着同款黑眼圈和胡茬，左颖仔细辨别，他们面红耳赤的似乎在讨论模特身上的那件拼接风衣，最后刘诺像是被陈南鹤说服了，点点头用手机拍了张风衣的衣领细节照片，再抬头，看见了窗户外的左颖。

"你这个月的加班费都打到我老婆账上了啊。"

陈南鹤搂着左颖肩膀，没骨头一般把身体重量给了她大半，抱怨刘诺背着他答应让他老婆帮忙加班。

刘诺哼地一笑："我就没见过那玩意。"而后又想起什么，边穿外套边跟左颖说，"小左姐，你顺便帮我盯一下他在秀后的那段发言，让他练练，我不放心。"

左颖答应，又从刘诺敏锐的眼神里看出来他知道今天是陈南鹤的生日，故意留空间让他们相处。明天早晨模特们就都到了，他们要试装和彩排，陈南鹤今晚要亲自核对和整理所有服装，确实没时间回家。

刘诺算是陈南鹤的合伙人，但只占了一小部分技术股，公司所有资金都是陈南鹤一人出的，股份和话语权也牢牢握在手里。一开始左颖担心陈南鹤经济上会不会有压力，但在看了他所有存款和理财产品后自知瞎操心了，怎么说呢，她现在才知道确实自己嫁了个有钱人。

据他说大部分都是当年老尚收购他公司时赚的，还有一部分是从尚飞离开后公司抵给他的技术专利费。左颖略略看了眼后面的一串零，感叹才华确实可以折现，另外这些年他还跟着陈伟浩投资理财，也赚了不少，总之若不是这次创业整理资产，他都理不清自己的身家。哦，这还不算他在尚飞的股份。

陈南鹤虽然不至于押上全部身家来豪赌创业，却非常谨慎和专注。从品牌的理念定位，到每一件成衣的设计定板都是他来决策，甚至细节上也极敏感，几乎每一块面料的质地选择，和每一个五金配饰的选用他都要求得很极致。甚至为了在一款牛仔夹克上坚持用YKK的拉链，他专门跑到国外跟厂家磨了一周。

而刘诺的精力更多放在如何帮他把品牌推广出去上，他在时尚娱乐圈的人脉资源深厚，也熟悉时装品牌运营套路，短时间内不仅让两个衣品极好的当红演员穿他们的衣服拍了宣传硬照，还调动资源筹划了这样一场近千人的首秀，在业内狠赚了一波口碑。而他之所以离开尚飞跟陈南鹤一起创业，也是因为初创公司更能让他发挥个人优势。

左颖很喜欢他们这次用来首秀的成衣，陈南鹤的品牌理念是极简主义的中性风，但每一季会有不同的设计主题，首秀主打的是硬朗和色彩碰撞的先锋运动概念。

那些花哨的名词左颖并不懂,她只知道他通过剪裁和材质拼接让这批衣服有很前卫的设计感。而且颜色虽低调,大部分都是暗色或牛仔色,却在每件衣服上都点缀了并不抢眼的彩色细节装饰。

比如左颖很喜欢的一件剪裁错落的毛呢西装大衣,藏青色的主体上有几颗金属纽扣是用水彩墨染效果做的,仔细看那小小纽扣,里面用几种大胆水彩颜色拼出一个鹿角的形状,而鹿角正是陈南鹤品牌的logo形状。

她帮着熨烫完这件大衣后,转头看到陈南鹤还在调整一件长风衣的双层腰带,他揉了揉眼睛,皱着眉,已经说不清多少次翻来覆去折腾那两条细腰带了。

左颖知道他看起来云淡风轻,实则对品牌第一次亮相也很紧张。

于是她看看时间,故意说:"陈南鹤,我饿了。"

蛋糕她买了个小寸的,来的时候放在手提包里,办公室桌子上都堆满了东西,他们干脆铺了一块废衣料,席地而坐,挨着靠在墙边,将那个精致的覆盆子蛋糕摆在眼前。

左颖在蛋糕上插上一根蜡烛,又去关了办公室大部分灯,只留了门口一盏,赶紧坐回到他身边。陈南鹤微微揽了下她的头,亲了一口。

蜡烛点燃,她侧头笑眯眯看他:"许愿吧。"

"你许。"

左颖以为他在闹:"快点,别浪费一年一次的许愿机会。"

他神情极认真:"所以赶紧的,你快许啊!"

"不是你过生日吗?"

"对啊!"

"那愿望是你的啊!"左颖担心蜡烛烧完,不知不觉也跟着喊起来。

"我把愿望给你了。"陈南鹤嗓门也高了,"你快点的吧!"

左颖一愣:"愿望还能送人的?"

"怎么不能?我的愿望就是把愿望给你!"

左颖看着他因为这场滑稽的争执而涨红的脸,在荧荧烛光下尤其生动,又很孩子气,忍不住笑了笑。

陈南鹤盯着她的笑容,怕她又动什么小心思:"你可别再把愿望还给我啊,幼不幼稚!"

左颖摇摇头:"我要了,我许。"

她闭上眼睛,对着那一枚小小的泛着紫蓝色火焰的蜡烛许愿,虽然用的是别人赠送的机会,可那是她自九岁之后第一次认认真真虔诚地许下生日愿望。

她花了很久的时间,一遍遍地重复,却不知旁边的人歪头细细看着她微微颤动的眼睛,弧度上扬的嘴角和极专注的神情,仿佛能透过这一切与她脑中的憧憬共鸣。

所以他没有问她许了什么愿,她也觉得没必要说。

秋夜深浓,凉意习习。

他们旁边点上一台电暖气,身上披了件厚大衣,各自吃了块蛋糕后,左颖忽地想起刘诺走之前交代的事,问陈南鹤他在秀展后的发言稿在哪里,陈南鹤随口说宣传册里的就是。

左颖正要起身去拿桌角的宣传册,陈南鹤突然想起来什么,抢过去藏在身后,急忙说:"算了,我回头自己练。"

左颖自然不依,扑到他身上去抢:"还有什么我不能看的吗?"

他半躺在地上,一手揽着他老婆,一手把宣传册举得高高的。左颖没他力气大,更没他手长,扑腾半天也够不到,只好回到他身上,手伸进毛衣里面,在他腰部轻轻挠了两下。

"别闹啊。"他严肃警告起来。

她反而更放肆了些,终于见他那只手试图落下来抱着她,她眼疾手快夺过宣传册,马上躲得远远的,得意地望了他一眼。

陈南鹤知无力回天,眼睛一闭:"我困了,我眯一会,别打扰我。"

左颖没理他的小心思,翻开册子,前面大部分都是对陈南鹤个人和品牌的介绍,之后是许多参展成衣的照片,翻到最后一页才看到品牌主理人的一段内心独白。也就短短几行字,左颖看了一遍又一遍,上上下下,下下上上,直到视线看不太清了才揉揉眼睛,合上册子,再抬头,看到陈南鹤抱着肩膀靠着墙壁似乎真的睡着了。

她轻手轻脚过去,坐在他旁边,温柔地把陈南鹤的头放在她腿上,将外套盖在身上。他半醒着,配合躺在她腿上,同时拉着她一只手握在手心。他的手心很暖,惹出一阵暖流涌进她身体里,抵抗了深秋寒夜。

左颖一手附在她丈夫额头,轻轻理顺他略微蓬乱的额角头发,沿着额骨滑至眉心,轻轻按揉,似要他放松,别紧张,别担心,沉沉入睡。

而后,她忍不住低头,在他眉心轻轻吻了下。

说出那三个字来。

他勾起嘴角,捏了捏她的手心。

那段主理人独白与大部分秀展结尾一样,无非是介绍品牌灵感来源,最后几句他是这样写的:

> 我所有的灵感都来自一个人。
> 她是麋鹿,也是狐狸。
> 是能在暗淡中发光的。
> 是能在雨雪中起舞的。
> 是支撑我的。
> 也是救了我的。
> 献给我的爱人。